Christa Kanitz

Die Heimkehr der Stellings

Christa Kanitz

Die Heimkehr der Stellings

Roman

Langen Müller

Besuchen Sie uns im Internet unter:
www.langen-mueller-verlag.de

Schutzumschlaggestaltung: Wolfgang Heinzel
Motiv: The Detroit Institute of Arts, USA
(Gemälde von Frank Weston Benson, 1914)
Satz: Ina Hesse
Gesetzt aus 11/14 pt. New Baskerville
Druck und Binden: GGP Media GmbH, Pößneck
Printed in Germany
ISBN 3-7844-2991-2

Prolog

Laura von Semisch war eine gut aussehende, hochgewachsene, schlanke Frau. Auf einem Atelierfoto lehnte sie sich aufrecht und stolz an eine kleine Säule. Die weiße Rüschenbluse war bis zum Hals geschlossen, der schwarze Rock bedeckte züchtig die Beine bis zu den Knöcheln, und die vollen brünetten Haare waren einer Krone gleich hochgesteckt. Sie war zwanzig Jahre und ein introvertiertes Geschöpf, unfähig, Gefühle zu zeigen.

Auf dem väterlichen Gut zwischen Stargard und dem Oderbruch aufgewachsen, hatte sie selten Kontakt zu fremden Menschen, denn wenn Gäste die Eltern besuchten, zog sie sich zurück. Sie hatte drei jüngere Schwestern, lebenslustige, wilde Mädchen, die ihr das Leben zur Hölle machten und ihre stille Sanftmut ausnutzten. Gab es Streit, Unfälle oder Klagen der Dienerschaft, so gaben sie ihr die Schuld, und sie wurde bestraft. Ohne Widerspruch nahm sie Stubenarrest und den Unmut der Eltern in Kauf und zog sich weiter zurück. Die Mutter, eine zierliche Frau, litt mit ihr, konnte sich aber gegen ihren herrischen Mann nicht durchsetzen. Er verzieh ihr nie, dass sie ihm vier Töchter anstelle von vier Söhnen geboren hatte.

Erst als Laura achtzehn Jahre alt war, setzte die Mutter durch, dass ihre älteste Tochter in ein Pensionat nach Berlin geschickt wurde, wo sie Haushaltsführung, Fremdsprachen, gutes Benehmen und den Umgang mit fremden Menschen erlernen sollte. Simon von Semisch reiste persönlich in die Großstadt, um Damen-Pensionate zu besichtigen, und erlaubte nach endlosen, harten Diskussionen den Umzug in die preußische Hauptstadt. Schließlich sollten seine Töchter, bisher nur von Gouvernanten erzogen, einflussreiche Männer kennen lernen und eine umfassende Bildung vorweisen können.

Laura begrüßte den Entschluss der Eltern, um endlich den groben Streichen der Schwestern und dem mürrischen Vater zu entgehen, fürchtete sich aber gleichzeitig vor der Fremde, dem Trubel der Hauptstadt, der ganzen, unbekannten Welt, die auf sie einstürzen würde.

In dem Privathaus in Zehlendorf lebten elf weitere Mädchen. Außer zweien kamen alle von Gütern in Pommern. Geführt wurde das Pensionat von Frau von Achenbach, einer Offizierswitwe, die ihre kleine Pension aufbessern musste. Die Lehrkräfte kamen von außerhalb, das Dienstpersonal wohnte im Haus. Für ihre Zimmer und ihre Kleidung mussten die Schülerinnen selbst sorgen.

Laura bekam wie alle ein kleines Einzelzimmer mit Blick auf eine Laubenkolonie. Es gefiel ihr, wurde zu ihrer »Festung«, wann immer sie sich von den anderen zurückziehen konnte. Bei den jungen Damen galt sie als hochnäsig und eingebildet, was nicht stimmte. Sie war lediglich scheu und gehemmt. Nur die zwei Töchter der Schauspieler, Maria und Lisa, durch ständigen Wohnortwechsel weltgewandt und reich an Lebenserfahrungen, mochten Laura und nahmen sich insgeheim vor, sie aus ihrer Isolation herauszuholen.

Eines Abends klopften sie an ihre Tür, und als sie öffnete, erklärten sie: »Laura, du musst uns helfen und mit uns kommen.«

»Danke für die Einladung, aber wohin denn?«

»Wir haben Freikarten für eine Theatervorstellung am

Gendarmenmarkt, und wir wollen meiner Mutter helfen, die Zuschauerreihen zu füllen. Mutter spielt die Hauptrolle in der »Minna von Barnhelm« und hat panische Angst, vor einem leeren Saal zu spielen. Heute ist die Premiere.«

»Aber da kommt es doch nicht auf mich an.«

»Auf jeden kommt es an. Wir haben schon andere Karten verteilt, wir brauchen einfach alle, die wir bitten könnten. Du tätest uns einen großen Gefallen.«

Laura zögerte einen Augenblick, dann sagte sie entschieden: »Danke, ich komme gern mit, wenn ich euch helfen kann.«

Es wurde ein erfolgreicher Abend: Für die Schauspielerin, die vor einem vollen Theatersaal spielte, viel Applaus und etliche Blumen bekam, die sie später an die drei Mädchen verteilte, für Maria und Lisa, die eine neue Freundin gefunden hatten, und für Laura, die entdeckte, wie schön das Leben außerhalb ihrer »Festung« sein konnte. Man lachte viel an diesem Abend, trank nach der Aufführung im Foyer ein Glas Sekt mit der Hauptdarstellerin und fuhr leicht erheitert, kichernd und Verse der Minna rezitierend zurück nach Zehlendorf.

Frau von Achenbach empfing die drei jungen Damen mit gequält verkrampftem Gesicht, besorgt, weil sie die Verantwortung trug, erleichtert, weil die drei wieder im Hause waren, und ohne schlechtes Gewissen den Eltern in Pommern gegenüber, denn die wünschten ja, dass ihre Tochter das Leben in der Großstadt kennen lernte. Und dazu gehören nun einmal Theaterbesuche, seufzte sie beruhigt, als sie die drei in ihren Betten wusste.

Die Theaterbesuche mit Lisa und Maria wurden zu einem festen Bestandteil in Lauras Leben. Dazu kamen bald Konzertbesuche und eines Tages die erste Aufführung in der Oper, weil der Vater der Freundinnen die Hauptrolle in

Verdis »Troubadour« sang. Er wurde als Graf von Luna frenetisch von der Berliner Bevölkerung gefeiert und die drei jungen Damen besuchten die Aufführung vier Mal. Nach der letzten Aufführung lernte Laura Conrad Stelling kennen.

Sie stand an der Garderobe, wartete auf ihren Mantel, und als sie ihn anziehen wollte, half ihr ein Fremder galant hinein.

»Hat Ihnen die Aufführung gefallen?«, fragte er höflich. »Ich bin schon zum zweiten Mal hier.«

»Danke, ja, sehr gut, ich habe sie schon vier Mal gesehen«, nickte Laura verschämt und sah sich nach den Freundinnen um.

»Vier Mal?«, lächelte der Fremde, »dann muss sie Ihnen sehr, sehr gut gefallen haben.«

Laura nickte. »Die Aufführung ist jedes Mal ein Erlebnis. Der Vater meiner Freundinnen singt den Grafen.«

Conrad Stelling sah sie prüfend an. »Könnten wir dieses Erlebnis nicht gemeinsam mit einem Glas Sekt oder einer Tasse Kaffee beenden?«

»Danke, aber ich muss Ihr Angebot ablehnen. Ich bin ja nicht allein hier.«

»Ach«, überrascht sah er sie an. »Es tut mir Leid, wenn ich Sie belästigt haben sollte.«

»Bitte«, Laura schüttelte den Kopf, »Sie haben mich nicht belästigt, Sie waren sehr höflich. Aber jetzt muss ich gehen, meine beiden Freundinnen suchen mich schon.«

»Wir könnten alle vier diese schöne Aufführung feiern.«

Aber Laura schüttelte den Kopf. »Es ist schon spät, fast zwölf. Gute Nacht.«

Aber Conrad Stelling war mit so einem Abschluss des Abends nicht zufrieden. Die junge Frau gefiel ihm, sie hatte so etwas Unberührbares an sich, sie erschien ihm wie ein Juwel, das man wecken und entdecken durfte, er wollte sie nach diesen wenigen Minuten nicht verlieren. »Vielleicht könnten wir uns an einem anderen Tag einmal sehen?«

»Überlassen wir es dem Zufall.« Laura sah die Freundinnen an, die inzwischen hinzugekommen waren. »Gehen wir?«

Aber Lisa hatte schnell begriffen, dass sich da ein gut aussehender junger Mann für Laura interessierte, und fragte ganz naiv: »Um was geht es denn, von welchem Zufall redest du?«

»Von dem Zufall, sich in dieser großen Stadt zu begegnen«, erklärte Conrad und stellte sich vor. »Conrad Stelling, Student im letzten Semester, und von Zufällen halte ich gar nichts.«

Nun blieb Laura nichts anderes übrig, als die Freundinnen und sich selbst vorzustellen, und Maria fuhr fort: »Wir studieren zwar nicht, aber wir lernen auch.«

»Ach ja, und was, wenn es erlaubt ist zu fragen?«

»Gutes Benehmen«, kicherte Lisa und hakte sich bei den Freundinnen ein. »Kommt Mädels, Zeit für's Bett.«

»Und was ist mit einem neuen Treffen?«

»Übermorgen sind wir im Schauspielhaus am Gendarmenmarkt. Es gibt da ein Weinstübchen auf der anderen Straßenseite, das soll sehr gemütlich sein.«

Conrad Stelling nickte. »Ich warte nach der Vorstellung auf die Damen, es wird mir ein Vergnügen sein.« Er begleitete sie nach draußen zum Taxistand, hielt ihnen höflich die Tür auf und sah dem Auto nach, bis die Rücklichter von anderen Leuchten nicht mehr zu unterscheiden waren.

Nette Mädchen, dachte er, aber bei dreien sind zwei zu viel. Ich muss versuchen, Freunde mitzunehmen. Frohgestimmt und siegessicher machte er sich auf den langen Heimweg nach Charlottenburg. Geld für ein Taxi hatte er nicht – Vater und Großvater auf dem Gut in Rodenhagen hielten ihn sehr kurz, weil er sich nicht für Pferde interessierte und unbedingt studieren wollte – und die elektrische Bahn fuhr um diese Zeit nur in großen Abständen.

Vier Wochen später waren Laura von Semisch und Conrad Stelling gute Bekannte, und als die Theatersaison im Sommer zu Ende war, waren sie feste Freunde, in allen Ehren versteht sich. Im August, als das Pensionat für eine kurze Ferienzeit geschlossen wurde und Conrad seine Examen mit summa cum laude beendet hatte, nahm Laura ihn mit nach Hinterpommern, um ihn den Eltern vorzustellen.

Die junge Frau, inzwischen einundzwanzig Jahre alt und noch immer sehr introvertiert, hatte sich allerdings in aller Bescheidenheit zu einer selbstbewussten Persönlichkeit entwickelt. Sie wusste, was sie wollte, und setzte ihren Willen auf eine sanfte, aber konsequente Art durch. Die Mutter freute sich über diese Veränderung, der Vater nahm sie widerwillig zur Kenntnis, und die drei Schwestern hielten sich zurück. Alle drei schwärmten für diesen interessanten Fremden, der mit dem Vater über Politik debattierte, die Mutter mit Liebenswürdigkeiten verwöhnte und ihnen kleine Komplimente machte.

Conrad Stelling kam aus einem ähnlichen Milieu, aber Landwirtschaft und Tierhaltung lehnte er genauso ab wie die Einsamkeit des weiten Landes, die Stille und die Geborgenheit auf einem traditionellen Landsitz. Er war der Einzige in diesem Zweig der Stelling-Familie, der sich für die Wissenschaft interessierte. Er wollte Jurist werden, überlegte es sich aber nach zwei Semestern und änderte seine Pläne. Er machte Geschichte zu seinem Hauptfach, weil ihn der Entwicklungsprozess sozialer Strukturen und die Entstehung des Deutschen Reiches interessierte. Später wollte er selbst junge Menschen unterrichten und ihnen geschichtliche Zusammenhänge nahe bringen.

Nach der Hochzeit mit Laura und seiner Ernennung zum Doktor bekam er sehr schnell eine Dozentenstelle in Berlin, und als der Großvater starb, erbte er ein kleines Vermögen. Der alte Herr hatte seine Ersparnisse in der Schweiz angelegt, sodass sie nicht der Inflation zum Opfer fielen, und überschrieb kurz vor seinem Tod das Geld seinen Enkelkindern.

Conrads Gehalt, die sparsame Haushaltsführung von Laura und das Schweizer Geld ermöglichten schließlich den Bau eines Hauses bei Hamburg. Conrad, der die politische Entwicklung in Berlin nicht akzeptierte, wo immer öfter Sturmabteilungen in braunen Uniformen durch Straßen marschierten und patriotische Lieder schmetterten, folgte einem Ruf an die Hamburger Universität. 1927 zogen er und seine Frau an die Elbe, und ein Jahr später am 12. Oktober wurde Isabella geboren. Sie war ein aufgewecktes, fröhliches Kind und der ganze Stolz ihrer Eltern. Als sie zehn Jahre alt wurde, fragte sich Conrad Stelling zum ersten Mal, ob er die richtige Frau gewählt hatte. Nicht ein einziges Mal hatte er gesehen, dass sie ihr Kind zärtlich in die Arme nahm.

Erstes Kapitel

Fast über Nacht verwandelte sich der Frühling in den Sommer. Der Himmel wechselte von dem frischen Blau in ein flirrendes Hellblau heißer Sonnentage. Die Schatten wurden kürzer, weil die Sonne ihren tiefen Winterhorizont verließ. Im frischen grünen Laub der Holundersträucher hingen schwer die vollen Blütendolden, und am Wegrand schwenkten die Birken ihre samtweichen langen Kätzchenbehänge. Die Straße, die Isabella Stelling jeden Tag zur Schule und zurück gehen musste, war sandig, und die bunten Sommerblumen an den Rändern kämpften gegen den Staub. Auf einem fernen Feld drehte ein Bauer mit seinen Pferden die Runden, der Pflug zog Furchen durch den Acker und rollte den Boden um. Möwen begleiteten mit lautem Kreischen das Gespann, gierig nach Würmern, die sich im plötzlichen Tageslicht auf der Erde krümmten.

Isabella hörte ihn, bevor sie ihn sah: Hinter ihr brauste Alfons Dreher heran. Der Polizist in der dunkelblauen Uniform mit dem schwarzen Tschako auf dem Kopf, dem Ledergürtel und dem Schulterriemen fuhr, wie jeden Mittag um diese Zeit, auf seinem Motorrad zum Essen nach Hause. Und wie jeden Tag um diese Zeit hielt er an und erbot sich, Isabella mitzunehmen.

Er wohnte in ihrer Nähe und half manchmal bei der Gartenpflege des elterlichen Anwesens. Er fand es nicht richtig, dass dieses Kind den einsamen Weg täglich allein entlangging. Als Polizist wusste er, was kleinen Kindern drohte, die auf abgelegenen Straßen unterwegs waren. Deshalb richtete er seinen Dienst so ein, dass er jeden Tag hier entlangfuhr.

»Komm, Isabella, steig auf, ich nehme dich mit.« Und wie an jedem Tag bedankte sie sich artig und stieg hinter ihm auf die Maschine. Niemals gestand sie ihm, dass sie Angst hatte herunterzufallen. In der Eile des Aufsteigens fand sie nie die hochgeklappten Bügel für die Füße und ließ die Schuhe über den Boden schleifen, heilfroh, wenn sie endlich vor der Gartenpforte ankamen und sie wieder absteigen durfte. Ein Polizist ist eine Respektsperson, dachte sie jedes Mal und wagte nicht, sein Angebot abzulehnen. Außerdem war seine Tochter Annemarie ihre Freundin, und manchmal durfte sie seinen kleinen Sohn im Kinderwagen spazieren fahren, was ihr großen Spaß machte. Und dann die spannenden Ereignisse in seinem Haus, auf keinen Fall würde sie riskieren, dorthin nicht mehr eingeladen zu werden.

Da gab es zum Winteranfang das große Karpfenfest, wenn er seinen Teich am Dorfrand abließ und die vielen Karpfen einsammelte, die dann in seiner Waschküche geschlachtet und verkauft wurden. Niemals darf Mutter erfahren, dass ich eine Meisterin im Karpfenschlachten bin! Und dann im Januar das Gänsefedernzupfen, wenn sich in Drehers Waschküche alle Nachbarsfrauen versammeln und die Federn der Weihnachtsgänse für neue Bettenfüllungen zupfen. Da saß man im Kreis um einen Berg von Federn herum, um die seidig weißen Daunen vom Kiel zu trennen. Es wurde erzählt und gelacht und gegessen, allein der Mohnkuchen mit dem dicken Zuckerguss war das Mitmachen wert. Und dann das Kuchenplattentragen. Jeden Sonnabend musste Annemarie die großen Kuchenbleche mit den köstlichsten Belägen zum Bäcker tragen und später wieder abholen. Und wenn es ihre Zeit erlaubte, half

Isabella der Freundin. Zur Belohnung durften die Mädchen dann die Kanten essen. Frau Dreher besaß nämlich keinen eigenen Backofen. Nein, auf diese Bekanntschaft wollte sie nicht verzichten.

»Sag' deiner Mutter, ich komme morgen zum Heckenstutzen«, bat der Polizist und fuhr mit einem müden Aufheulen des Motors weiter. Das Neueste ist das Krad auch nicht mehr, dachte sie im Jargon der Nachbarsjungen, die sie manchmal wegen ihres Privilegs, mit dem Polizisten Motorrad fahren zu dürfen, hänselten.

Sie rannte die kleine Anhöhe hinauf zum Haus und schleuderte die Aktentasche auf einen Korbsessel in der Diele. Seitdem sie das Lyzeum besuchte, brauchte sie keinen Schulranzen mehr zu tragen. Sie hatte zu ihrem zehnten Geburtstag eine lederne Aktentasche bekommen. Fast so groß und so schön wie die vom Vater, hatte sie festgestellt und beglückt ihre Schreibgeräte, Hefte und Bücher umgepackt.

Wie jeden Tag lief sie zuerst in die Küche im Souterrain. Luise stand weinend am Tisch und schnitt Zwiebeln. Auf dem Gasherd kochten Kartoffeln, und in einem anderen Topf siedeten Königsberger Klopse, denn Luise stammte aus Masuren und überzeugte die Hausherrin immer wieder von den Vorzügen ostpreußischer Kochrezepte. »Hast du wieder Kapern drin?«, fragte Isabella vorsichtig, denn Kapern mochte sie überhaupt nicht.

»Kapern gehören in die Klopse«, erklärte Luise ernsthaft, sagte aber gleich darauf lächelnd, »aber ich glaube, da schwimmen zwei, bei denen ich ganz vergessen habe, Kapern hineinzutun.«

Isabella gab ihr einen Kuss auf die tränennasse Wange. »Danke, du bist mein liebster Schatz.«

»Da bin ich aber gespannt, wie lange noch«, grinste Luise die Zehnjährige an und zwinkerte mit den Augen.

»Immer und ewig«, versicherte Isabella und fragte gleich darauf ernsthaft: »Ist mein Vater schon im Haus?«

»Ich glaube nicht. Das Dorle hat noch nichts gesagt, sonst müsste ich mich mit dem Essen beeilen. Aber deine Mutter ist oben mit dem Fräulein Ernst.«

»Fräulein Ernst? Das bedeutet Arbeit. Schrecklich!«

Luise nickte. Fräulein Ernst wurde geholt, wenn Waschtage drohten oder die Einmachzeit kam oder Kleidung ausgebessert werden musste. Fräulein Ernst war eine alleinstehende Jungfer und half aus, wo es nötig war. Damit unterstützten die Stellings das alte Fräulein und hatten gleichzeitig Hilfe, wenn das Personal nicht ausreichte.

Nach der Mutter fragte sie nicht. Zur Mutter hatte die Zehnjährige kein gutes Verhältnis. Sie war zu streng, sie verbot alles, was Spaß machte und was der Vater vielleicht erlaubt hätte. Wie in jedem Jahr zum Geburtstag und zu Weihnachten wurde sie gefragt: »Was wünscht du dir denn?«, und jedes Mal hatte sie nur einen einzigen Wunsch, sie wollte einen Hund. Aber die Mutter mochte keine Tiere, im Haus schon gar nicht. Statt des Hundes bekam sie ein Klavier. Und das nur, weil der Sohn von Mutters Freundin Elsbeth Klavierunterricht bekam und bei Besuchen die langweiligsten Etüden vorspielen konnte. »Alle Kinder, die eine höhere Schule besuchen, müssen auch ein Instrument spielen können«, behauptete die Mutter, und so wurden die wenigen freien Stunden für Klavierunterricht vergeudet. Dabei hatte Doktor Hansen bei seinem letzten Besuch ausdrücklich gesagt: »Das Mädchen muss viel an die frische Luft. Sie ist zu schnell gewachsen, sie sollte keinen Ballettunterricht bekommen, sondern sich draußen bewegen.« Ach ja, seufzte Isabella genervt, zum Ballettunterricht wollte sie mich auch noch schicken. »Der guten Haltung und der eleganten Bewegungen wegen«, hatte die Mutter erklärt. Aber da sprach der Vater ein Machtwort und meldete sie kurzerhand beim Reitverein in Klein-Flottbek an. Nun konnte sie zweimal in der Woche zum Reiten gehen und hatte inzwischen genug gelernt, um mit der Gruppe am Elbufer entlangreiten zu dürfen. Am Anfang war die Mutter entsetzt gewesen und hatte von Genickbrüchen geredet, aber allmählich hatte sie sich daran gewöhnt, und wenn Isabella wirklich einmal gestürzt war, hatte Frau Giebel heimlich ihre Reitgarderobe wieder in Ordnung gebracht. Die alten Giebels wohnten in einem Gesindehaus beim Reitstall, und Isabella hatte so manche Träne dort vergossen, weil sie so tröstlich und liebevoll waren und immer Rat wussten. Außerdem haben sie die Katze Minka, mit der ich schmusen kann, wenn ich schon keinen Hund bekomme, und Kaninchen gibt's auch noch im Stall, die ich füttern darf, dachte sie.

Nein, zur Mutter hatte sie keine besonders innige Beziehung. Außerdem beklagte sie sich ständig beim Vater, wenn Isabella nicht gehorchte, und verlangte Bestrafung. Manchmal zwinkerte er heimlich mit einem Auge, wenn er so tat, als sei er schrecklich böse. Dabei kann der gar nicht böse sein. Er ist der klügste Vater, den ich kenne, nie sagt er »Das weiß ich nicht«. Als ich noch klein war, hat er mich oft auf den Schoß genommen und mir die tollsten Geschichten aus seiner Jugend erzählt, und wenn er in ganz besonders guter Stimmung war, durfte ich ihn kämmen, erinnerte sie sich. Dann setzte er sich auf einen Kinderstuhl, damit ich seinen Kopf erreichte, und dann durfte ich ihn frisieren, wie ich wollte. Nur leider hatte er nicht oft Zeit für solchen Spaß. Immer warteten Studenten oder Kollegen auf ihn, und oft brachte er sogar welche mit nach Hause. Dann sprach er sehr gewissenhaft und geheimnisvoll mit ihnen, und nie durfte sie zuhören. Was konnte nur so wichtig sein, dass man sich stundenlang und oft sogar nachts unterhielt?

Das Haus der Stellings befand sich in Klein Flottbek, einem bäuerlichen, wenig erschlossenen Stadtteil Altonas oberhalb der Unterelbe. Das Land jenseits der komfortablen Elbchaussee mit ihren Villen und Palästen war dünn besiedelt, und die Preise für Bauland waren für einen Hochschulprofessor gerade noch erschwinglich. So kaufte Conrad Stelling gleich nach seinem Umzug von Berlin nach Hamburg und kurz vor der Geburt von Isabella 1928 das Grundstück und ließ ein schlichtes, aber nobles Haus darauf errichten. Keine Säulen, keine Türmchen, keine Erker und keinen Stuck, hatte er dem Baumeister erklärt und ein gradliniges, übersichtliches Haus bekommen. Im Erdgeschoss die Wohnräume, im Obergeschoss die Schlafzimmer und in der Mansarde die Räume für das Personal. Das Haus stand auf einem Hügel, und der Professor hatte sehr großzügig das Land drum herum dazugekauft, sodass ein schöner Garten das Haus umgab. Aber auch hier hatte der Hausherr um schlichte Bepflanzung und viel Freiraum gebeten. Ein paar Blumenrabatten an den Rändern und an der Terrasse entlang und sonst nur Rhododendron- und Azaleenbüsche am Zaun. Dazu die alten Bäume, die Hausbauer und Gärtner bei ihren Planungen berücksichtigen mussten, mehr wollte der Hausherr nicht in seinem Garten haben. Nur ganz hinten im Grundstück gab es eine Hecke als Grenze zum Nachbarn, darauf hatte die Mutter bestanden.

Isabella verließ die Küche, nahm ihre Tasche und schlich nach oben in ihr Zimmer. Sie wollte die Mutter nicht stören, die hatte immer gleich Aufgaben für die Tochter. In ihrem Zimmer holte Isabella den Stundenplan aus der Tasche und sortierte den Inhalt für den nächsten Tag. Ach du meine Güte, heute Nachmittag ist Dienst beim Jungmädelbund, das hätte ich fast vergessen. Da muss ich ja wieder zur Schule zurück. So eine unnötige Organisation, stöhnte sie.

Isabella mochte diesen Dienst überhaupt nicht. Was man da alles lernen musste. Die Erste-Hilfe-Kurse waren ja ganz gut, und toll fand sie auch die Nachtwanderungen und die Wochenendausflüge mit Zelten, aber alles andere war nicht nach ihrem Geschmack. Das Wettschwimmen für irgendwelche Meisterschaften, das Exerzieren, bei dem die Jungen einen auslachten, das Heil-Hitler-Geschrei, bis es im Chor klappte, das Grüßen mit erhobenem Arm und ewig das Stillsitzen, wenn man Radiosendungen oder Vorträge anhören musste – nein, das war nichts für sie. Aber fern bleiben durfte man nicht, es gab dann unangenehme und blamable Strafen, und man drohte sogar den Eltern, wenn die Kinder nicht zu diesem so genannten »Dienst« erschienen.

Ich mach' lieber schnell die Hausaufgaben, dann muss ich nicht abends damit anfangen, beschloss sie und holte die Bücher aus der Mappe. Mathematik und Englisch waren ihre schwächsten Fächer, Erdkunde und Biologie liebte sie, und was es sonst noch gab, lief so nebenher. Mit der Englischlehrerin hatte sie es gleich am ersten Tag im Lyzeum verdorben. Die wollte von den Kindern wissen, ob jemand ihren Namen kenne, und da alle von der Matschke geredet hatten, meldete sich Isabella fröhlich und erklärte laut und deutlich: »Sie sind Fräulein Matschke.« Der rundlichen Frau mit den dicken Brillengläsern vor kleinen Froschaugen blieb der Mund offen stehen, und entrüstet sagte sie: »Ich bin Fräulein Matuscheck.«

Den Fauxpas verzieh sie ihr nie. Und da Isabella eine schlechte Englischschülerin war, was an ihrer Veranlagung zur Perfektion lag und sie sich genierte, Töne und Laute in ihrem Mund zu verdrehen und dann auch noch auszusprechen, hatte sie nie eine bessere Note als eine Fünf in ihrem Zeugnis.

In der Diele schlug Dorle auf den Gong. Zeit fürs Essen. Isabella schraubte das Tintenfass zu, kämmte sich und spritzte etwas Wasser über die Finger. Mutter legte großen Wert auf gepflegtes Aussehen, und Isabella wollte keine Ermahnung im Beisein des Vaters. Heute saß Fräulein Ernst mit am Tisch. Das war etwas, was Isabella der Mutter hoch anrechnete. Sie war nicht eingebildet. Das stille, bescheidene Fräulein, wie immer ganz in Grau, wirkte stets etwas verschüchtert, aber Mutter verstand es, sie in ein Gespräch mit einzubeziehen, und manchmal passierte es sogar, dass Fräulein Ernst lächelte. Aber das geschah höchst selten.

Vor ein paar Wochen war ihre alte Mutter, mit der sie in einem Zimmer schlief, gestorben und Isabella hatte, weil sie heimlich lauschte, alles mitbekommen. Fräulein Ernst erzählte der Mutter von Schnarchtönen, die sich langsam veränderten und dann erstarben. Sie machte die Geräusche nach, sodass Isabella eine Gänsehaut bekam und floh.

Nun saß das stille Fräulein Ernst zwischen ihnen, und alle genossen Luises Königsberger Klopse. Trotz kritischem Suchen fand Isabella keine einzige Kapernknospe in ihren Klößen und genoss das Essen. Hunger hatte sie immer.

Vater und Mutter unterhielten sich leise, da durfte sie nicht stören, aber später hatte der Vater auch Zeit für sie, das wusste sie genau. Gut sah er wieder aus. Das dunkelblonde leicht wellige Haar, die blauen Augen und die Sommersprossen um die Nase herum, die im Winter verblassten – für sie war er der schönste Mann der Welt. Und groß war er. Gardemaß, nannte er es und lachte, wenn sie sagte, sie wolle auch so groß werden. Auch die Mutter sah gut aus. Ihr Haar, etwas heller, war zwar vom Friseur gewellt, und Sommersprossen hatte sie auch nicht, aber sie war groß und schlank und passte gut zu ihrem Mann. Doch, mit dem Aussehen der Eltern konnte sie zufrieden sein. Und wenn der gemeinsame Sonntagnachmittags-Spaziergang am Elbuferweg drohte, war es ihr einziger Trost, zu diesen wohlgeratenen Erwachsenen zu gehören. Aber sonst fand sie diesen Spaziergang abscheulich langweilig. Immer ging es die Elbe abwärts bis nach Blankenese oder die Elbe aufwärts bis nach Övelgönne und zurück. Man traf Bekannte, plauderte ein Weilchen, ging weiter, traf wieder irgendwen, blieb stehen, ging weiter und immer so fort, kilometerweit! Irgendwann bei so einem Spaziergang hatte Isabella dann einen Hund erfunden, der nur in ihrer Vorstellung existierte. Es war eine gelbe Dogge namens »Senta« – sie hatte gerade ein gleichnamiges Buch gelesen – und Senta gehorchte ihr aufs Wort. Treu lief die Hündin neben ihr her, jagte nach Stöcken, die sie ihr zum Apportieren in die Elbe warf, und beschützte sie vor Fremden. Niemand durfte ihr zu nahe kommen, sonst hätte Senta ihn zerfleischt. Es war nicht immer ganz leicht gewesen, Senta vor den Eltern zu verbergen, aber sie hatte es geschafft.

Doch das war alles schon eine Weile her. Spielereien, dachte sie, aber sie waren schön. Sie lief hinauf in ihr Zimmer, um sich umzuziehen. Zum Dienst mussten die Jungmädel in Uniform erscheinen. Eigentlich mag ich die Uniform, überlegte sie und zog ihr Kleid aus. Der enge schwarze Rock, die weiße Bluse, das schwarze Dreiecktuch mit dem Lederknoten, da sehe ich gleich erwachsener aus. Sie holte frische weiße Söckchen aus der Schublade, rieb die verstaubten Schuhe blank und streifte sich die Schultertasche mit dem Portemonnaie, dem Taschentuch und dem Dienstplanheftchen um. Ein Blick auf die Uhr, Mutter schläft jetzt, überlegte sie, und Vater wird auf der Terrasse Zeitung lesen, bevor er wieder in die Stadt fährt. Sie ging leise hinunter, um die Mutter nicht zu stören, und legte dem erschrockenen Vater von hinten die Arme um die Schultern.

Aber in Wahrheit hatte er sich nicht erschrocken, grinste sie, er tut nur immer so.

»Na, mein Frosch, wo willst du hin?«

»Frosch«, murrte sie. »Ich bin kein Frosch mehr, schau mich an.«

Conrad Stelling drehte sich schuldbewusst um. »Tatsächlich, da steht eine selbstbewusste Dame vor mir! Also, was hast du vor? Ach, die Uniform, dann weiß ich Bescheid.«

»Ich habe überhaupt keine Lust zu diesem Dienst. Heute fällt deshalb wieder meine Reitstunde aus. Mir gefällt das alles nicht. Man hat ja kaum noch Zeit für sich selbst.«

»Es gibt Pflichten, mein Schatz, die kann man nicht umgehen.«

»Ich möchte bloß wissen, wofür das gut sein soll.«

»Erzählt man euch das nicht?«

»Doch, da wird von Pflichten und Verantwortung dem deutschen Volk gegenüber geredet, aber ich verstehe nicht warum. Was habe ich mit dem deutschen Volk zu tun?«

»Du bist ein Teil davon.«

»Ja, schon, aber muss etwa irgendein Kind meinetwegen auf seine Reitstunden verzichten?«

»Das weiß man nicht, dazu ist das Volk zu groß. Aber wenn nun alle zehnjährigen Mädchen lieber zum Reiten gehen würden als zum Dienst, was wäre dann?«

»Ja, was wäre denn dann, gar nichts, alle hätten ihren Spaß.«

»So gesehen hast du Recht, aber ihr lernt doch auch nützliche Dinge, die ihr vielleicht einmal braucht?«

»Und was ist das?«

»Nun, ihr könnt erste Hilfe leisten, wenn jemand verletzt ist, ihr könnt im Wald Spuren lesen und nachts Himmelsrichtungen erkennen.«

»Ach, Paps, was nützen mir denn die Himmelsrichtungen und die Spuren im Wald? Ich möchte lieber hier bei dir sitzen und ein spannendes Buch lesen, da lerne ich viel mehr.«

»Ich weiß, mein Kind.« Der Vater faltete resigniert die Zeitung zusammen und sah auf seine Armbanduhr, die die Mutter ihm zu seinem vierzigsten Geburtstag geschenkt hatte. »Ich muss los, soll ich dich mitnehmen?«

»Nein danke, ich fahre mit dem Rad, dann bin ich abends schneller wieder hier.«

»Ist gut, mein Liebling. Und nimm's nicht so tragisch mit dem Dienst, irgendwann hört das auch alles wieder auf.«

»Tschüss, Paps, bist du zum Abendessen wieder hier?«

»Ich weiß es noch nicht. Du siehst, ich habe auch meine Pflichten. Dabei wäre ich viel lieber bei euch.«

Isabella sah ihm nach, wie er über den Kies der Auffahrt zu seinem Wagen ging. »Hoffentlich bringt er nicht wieder Leute mit, dann habe ich gar nichts von ihm, wenn er wirklich einmal hier ist.«

Sie ging um das Haus herum zu einem kleinen Schuppen, um ihr Fahrrad zu holen. Da stand der Schlitten in der Ecke und ein verstaubter Bollerwagen, in dem sie als Kind bei längeren Wanderungen gezogen wurde. Unter einer Plane versteckte sich Vaters Fahrrad mit dem Kindersattel hinter der Lenkstange. Das waren die schönsten Ausflüge, an die sie sich erinnern konnte. Mutter hatte einen Picknickkorb hinten auf dem Gepäckhalter, und man fuhr übers Land zu einem Gasthaus mit Bänken und Tischen unter schattigen Bäumen. Da bestellten die Gäste dann Kannen voller Kaffee, und die Frauen packten den selbst gebackenen Kuchen aus, während die Kinder durch den Garten tobten und Fangen und Verstecken spielten. Bei so einem Ausflug hatten die Eltern die Familie Brandt kennen gelernt. Nette

Leute, erinnerte sich Isabella und pumpte Luft in die Reifen ihres Rades. Drei Kinder hatten sie, und obwohl alle drei älter waren, verhielten sie sich lieb zu ihr. Sie halfen ihr, Spiele zu gewinnen, nahmen sie vor der Mutter in Schutz, wenn ein Kleid ein Loch bekommen hatte, und erzählten ihr die abenteuerlichsten Geschichten von Baumaffen und Riesenfröschen. Und als sie in die Schule kam, hatte ihr die fast erwachsene Uschi eine große bunte Schultüte überreicht. Aber dann hatten sich die Mütter zerstritten, und die Freundschaft war zu Ende. Dabei hatte ihr der jüngste Sohn, Jürgen, besonders gut gefallen.

Während der Fahrt dachte sie auch an die Familie des Vaters. Die Stellings und die Brennickes hatten in Hamburg bekannte Namen und großen Einfluss, aber Vaters Familie war mit ihnen zerstritten. Irgendwann hatte eine Viktoria Brennicke einen Onkel des Vaters zu einer Schiffsreise überredet, und dann waren die beiden in chinesischen Gewässern von Piraten umgebracht worden. Vaters Großmutter gab den Hamburgern die Schuld am Verlust ihres geliebten Sohnes. Seitdem verkehrten die Familien nicht mehr miteinander, was Isabella sehr bedauerte, sie hätte gern die reichen Verwandten in ihren schönen Häusern an Alster und Elbe kennen gelernt.

Zweites Kapitel

Conrad Stelling fuhr langsam durch das Gartentor und hinaus auf die Straße. Er durchquerte die engen Dorfstraßen und die zahlreichen Kurven, bis er die Park-Straße und kurz darauf die Elbchaussee erreichte. Wie immer genoss er den Blick auf die unter ihm dahingleitende Elbe. Dann dachte er an die vergangene Stunde daheim und bedauerte, so wenig Zeit für seine Tochter zu haben. Sie ist ein so aufgewecktes, wissbegieriges kleines Mädchen mit viel zu vielen Fragen, und ich bin so selten für sie da, dachte er. Dabei ist sie auf mich angewiesen. An wen soll sie sich wenden, wenn nicht an mich? Laura in ihrer kühlen Art streift Fragen und Probleme wie lästige Komplikationen von sich. Für sie sind ein gepflegter Haushalt, gesellschaftliche Anerkennung, ein repräsentatives Erscheinungsbild und das finanzielle Auskommen wichtiger als die Probleme einer Zehnjährigen. Na schön, äußerlich sind wir eine musterhafte Familie, aber innerlich stimmt gar nichts mehr. Lauras kühle Zurückhaltung ist schrecklich. An zärtliche Augenblicke kann ich mich überhaupt nicht mehr erinnern. Gute gemeinsame Gespräche gibt es schon lange nicht mehr, sie zeigt kaum Interesse an meinem Beruf, und wenn ich Freunde oder Kollegen mitbringe, zieht sie sich so schnell wie möglich zurück. Und genauso ergeht es Isabella. Bringt sie eine Freundin mit, achtet Laura weniger auf die Höflichkeit und Wohlerzogenheit des fremden Mädchens als vielmehr auf den Schmutz, den sie eventuell mit den Schuhen ins Haus trägt. Isabella, die das merkt und der das peinlich ist, bringt immer seltener einen kleinen Gast mit und vereinsamt zusehends, überlegte er traurig.

Conrad sah ein letztes Mal hinüber zur Elbe, dann drehte er nach links ab und suchte einen Platz für sein Auto am Altonaer Bahnhof. Nach Hamburg hinein fuhr er mit der Ringbahn, die ihn sicher und ohne drängelnden Verkehr bis zum Dammtorbahnhof brachte. Von hier aus hatte er nur noch wenige Schritte bis zum Haupthaus der Hochschule. Wie so oft blieb er vor dem imposanten Bauwerk stehen, das eher einem Palast als einem Vorlesungsgebäude ähnelte, als ihm jemand auf die Schulter klopfte.

»Nun, Herr Kollege, wie immer fasziniert vom Reichtum der Hamburger Mäzene.«

Lächelnd drehte sich Conrad um: »Wie immer fasziniert«, nickte er, »der Reichtum Hamburger Bürger scheint unermesslich. Wie angenehm, dass das Vermögen der Kaufmannsfamilie Siemers auch der Wissenschaft zugute kommt.« Er reichte dem Kollegen die Hand. »Hallo, Benedikt, auch Vorlesungen heute Nachmittag?«

Benedikt Bemberg schüttelte den Kopf. »Es gibt ein paar Schwierigkeiten, für die ich keine Lösung weiß.«

»Ihr habt Probleme? Sag mir Bescheid, wenn ich helfen kann.« Er wusste, dass Bemberg und ein paar andere Kollegen mit jüdischen Gelehrten, die längst Berufsverbot hatten, kooperierten und eine Flucht nach Übersee organisierten. Bemberg hakte sich bei ihm ein. »Lass uns in den Park gehen, da sind wir ungestörter.«

Conrad sah auf die Uhr: »Ein paar Minuten habe ich noch, was gibt's?«

»Wie du weißt, versuchen wir, im Abstand von einigen Wochen, Freunden auf Hamburger Schiffen eine Seereise zu ermöglichen. Die Schiffspassagen, Visa, Pässe – wir stellen sogar unsere Namen und oft unser Geld zur Verfügung, womit die Ausreise auch gelingt. Aber nun hören wir, dass man unsere Freunde in Übersee nicht an Land lässt, dass sie oft wochen- oder gar monatelang unter schlimmsten Bedingungen mit diesen Schiffen unterwegs sind und schließlich, wenn überhaupt, ganz woanders landen, als sie wollen oder erwartet hatten. Wir sind in großer Sorge und fürchten, dass diese Seereisen in Zukunft nicht mehr möglich sind.«

»Um Gottes willen, warum lässt man sie denn nicht an Land?«

»Offizielle Begründungen gibt es selten. Man lässt sie einfach nicht von Bord, und die Schiffe irren auf den Meeren umher, bis sie irgendeinen Hafen finden, der die Passagiere aufnimmt. Bekannte von mir wollten nach Argentinien und landeten in Chile, andere wollten auf einem voll ausgebuchten Schiff nach Kuba und fanden nach wochenlanger Odyssee in Belgien, Frankreich, England und in den Niederlanden Unterschlupf.«

»Furchtbar! Und das mit Frauen und Kindern an Bord.«

»Ich würde dir das nicht erzählen, wenn ich nicht wüsste, dass du selbst ständig nach Hilfsmöglichkeiten suchst. Rechne also nicht mehr mit ›Seereisen‹.«

»Meine Möglichkeiten sind mehr als beschränkt.«

»Ich weiß, lass uns trotzdem Erfahrungen austauschen, wir müssen einfach Wege finden, denn unseren Freunden sind die Hände gebunden, sie sind auf uns angewiesen, und der Druck wird immer stärker.«

»Du kannst mit mir rechnen, jederzeit. Ruf mich an oder kommt zu mir in die Wohnung, wenn es ganz eng wird.« Conrad sah auf die Uhr. »Leider muss ich jetzt gehen, sonst gibt es einen Aufstand in Hörsaal sieben.« Er reichte dem Kollegen die Hand. »Was meinst du, wie lange das alles noch dauert?«

»Conrad, die wirklichen Probleme haben noch gar nicht angefangen.«

Nachdenklich verließ Conrad Stelling den kleinen Park. Seit der Pogromnacht im letzten November, als jüdische Geschäfte, Schulen und fast alle Synagogen zerstört wurden, hatte die Angst auch ihn ergriffen. Jüdische Geschäftsinhaber, die er gut kannte, Gelehrte, die er als Freunde bezeichnete, Ärzte, die er schätzte, Industrielle, deren Söhne er unterrichtete, sie alle waren entsetzt und zutiefst verunsichert. Seit jener furchtbaren Nacht, deren Ausmaß er erst am nächsten Morgen auf dem Weg zur Hochschule erkannte, denn im kleinen Flottbek gab es keine Ausschreitungen, zweifelte er an der Aufrichtigkeit deutscher Mitbürger, denn viele hatten bereitwillig und freiwillig geholfen, Juden zu denunzieren und ihre Einrichtungen zu zerstören. Wie er später erfuhr, kamen allein in Hamburg einundneunzig jüdische Mitbürger ums Leben. Viele wohlhabende Juden wurden verhaftet, kamen in Konzentrationslager und wurden später gegen ein hohes Lösegeld wieder freigelassen. Conrad schüttelte den Kopf, wohin sollte das noch führen? Er war kein ängstlicher Mann, im Gegenteil, aber manchmal schnürte ihm die Furcht die Kehle zu. Auf der einen Seite dieser Hass, auf der anderen Seite das patriotische Geschrei für Führer, Volk und Vaterland.

Als Conrad Stelling an diesem Abend nach Hause fuhr, hatte er einen Studenten bei sich. Lukas Breitström war Schwede und jüdischer Abstammung. Er war einer der Begabtesten seines Semesters und einer der Gefährdetsten, weil er seinen Mund nicht halten konnte. Offiziell arbeiteten sie an einem Vortrag, inoffiziell musste Conrad seine Frau überzeugen, seinen Gast für ein paar Tage zu verstecken. Und das war problematisch. Nicht, dass Laura nicht hilfsbereit gewesen wäre, in dieser Beziehung war sie vorbildlich, es ging ihr eher darum, die eigene Familie zu schützen. Es gab Dienstpersonal, dem ein fremder Mensch im Hause auffallen musste, selbst wenn man ihn im Keller versteckte. Auch Isabella würde Fragen stellen, und Nachbarn würden das Haus beobachten.

Conrad seufzte, und Lukas erklärte: »Professor, Sie bringen sich selbst in Gefahr. Ich könnte hier und jetzt noch aussteigen.«

»Kommt nicht in Frage. Wir arbeiten an dem Vortrag wie geplant. Morgen bekomme ich Nachricht aus Flensburg, übermorgen fahren Sie ganz offiziell in den Norden, um den Vortrag zu halten, und einen Tag später sind Sie in Dänemark und auf dem Weg nach Hause.«

Diese Verbindung hatte schon einmal funktioniert, es würde auch diesmal klappen. Nur mit Isabella musste er eindringlich reden. Sie mochte diese Besuche nicht, weil sie ihr den Vater entzogen, aber sie musste verstehen lernen, dass es Situationen gab, die Vorrang hatten. Dabei durfte er sie nicht in die wirklichen Probleme einweihen, wollte er sie nicht gefährden. Unbewusst seufzte er noch einmal.

Drittes Kapitel

Isabella beeilte sich. Sie war spät dran. Nachmittags konnte sie Gott sei Dank mit dem Rad zur Schule fahren, wo sich ihre Gruppe heute traf. Während der Schulzeit durfte sie das Rad nicht benutzen und musste den ganzen Weg laufen. Die Schule hatte zu wenig Fahrradständer, und nur Schülerinnen, die wirklich weit entfernt wohnten, durften mit dem Fahrrad kommen.

Sie hatte die halbe Strecke hinter sich, als ein rasantes Klingeln näher kam. Sie fuhr an die Seite, um Platz zu machen. Aber der Drängler fuhr nicht vorbei, sondern stoppte neben ihr und hielt sie an.

»Hee, Isabella, dich habe ich ja lange nicht gesehen.« Da stand Jürgen Brandt vor ihr und grinste über das ganze Gesicht. Jürgen, der ihr schon gut gefallen hatte, als sie noch im Kaffeehausgarten Fangen spielten, gefiel ihr immer noch, dachte sie und zuckte mit den Schultern. »Du wohnst nicht gerade in der Nähe. Wo kommst du her, wo willst du hin?«

»Ich muss genau wie du zum Dienst. Wo trefft ihr euch?«

»Im Lyzeum.«

»Das liegt auf meinem Weg, ich fahre mit.« Ohne Verlegenheit sah er sie an. »Bist ja inzwischen richtig groß geworden. Und beim BDM bist du auch schon.«

»Im Jungmädchenbund«, verbesserte sie ihn, »bis zum Bund Deutscher Mädchen sind's noch drei Jahre. Und du?«

»Ich bin in der HJ und habe schon eine Gruppe mit Pimpfen unter mir.«

»Dann bist du ja Scharführer. Na ja, du bist auch älter als ich.«

»Klar, macht richtig Spaß.«

Sie fuhren nebeneinander her, und Isabella betrachtete ihn heimlich. Gut sah er aus in der schicken Uniform, braun gebrannt von der Sommersonne. Das kurze dunkle Haar klebte verschwitzt an seinem Kopf. Zwischen Hals und Schulter baumelte eine grüne Kordel, Zeichen dafür, dass er HJ-Führer war. Sie wollten einen anderen Radfahrer überholen, und Jürgen ließ die laute, schrille Klingel ertönen.

»Deine Klingel gefällt mir. Damit macht dir jeder Platz.«

»Hab ich gekauft und ein bisschen umgebaut. Wenn du willst, besorge ich dir auch so eine.

»Das wäre toll. Meine ist schon halb verrostet.«

»Dein ganzes Rad sieht halb verrostet aus.«

»Ich habe einfach keine Zeit für's Putzen.«

»Wenn's dir recht ist, schaue ich mal vorbei und bringe das in Ordnung.«

»Das würdest du machen?«

»Klar, ist doch Ehrensache. Wann soll ich kommen?«

»Vielleicht Sonnabend Vormittag?« Isabella konnte es kaum fassen, dass dieser tolle HJ-Führer ihr Rad putzen wollte.

»Abgemacht. Soll ich klingeln, oder ist es dir lieber, wenn deine Eltern mich nicht sehen?«

»Natürlich kannst du klingeln, ich muss dich doch nicht verstecken.«

»Schade, dass es diesen blöden Streit zwischen unseren Müttern gibt, wir hatten uns alle so schön angefreundet.«

»Ja, mir tut's auch Leid.«

»Wir beide könnten uns doch trotzdem öfter mal sehen.

Wenn du mir deinen Stundenplan gibst, hole ich dich ab und zu von der Schule ab.«

»Abgemacht, kriegst du am Sonnabend.«

»Prima, und die Klingel bringe ich auch mit. Aber jetzt muss ich abbiegen, sonst wird mein Umweg zu groß.«

Sie hielten an, und Jürgen streckte seine Hand aus. »Eine Frage hab ich noch.«

»Ja?«

»Kommst du mal mit mir zum Eidechsenfangen?«

»Was willst du denn mit Eidechsen?«

»Mein Vater hat sich einen Steingarten angelegt, und nun redet er dauernd von Eidechsen, die ihm noch fehlen.«

»Und wo fängt man die?«

»Ich kenne eine Kiesgrube am Falkensteiner Ufer, da wimmelt es nur so. Aber allein ist es schwierig, die Viecher sind zu schnell. Ich würde dich zu Hause abholen, damit du nicht allein so weit fahren musst.«

»Das würde mir Spaß machen.«

»Also abgemacht?«

»Abgemacht.«

Jürgen fuhr in Richtung Altona weiter, Isabella erreichte ihre Schule. Auf dem Hof wimmelte es von kleinen und größeren Mädchen in Uniform. Sie hatte kaum ihr Rad abgestellt, als schon die ersten Kommandos ertönten.

»Alle Gruppen aufstellen. Vorn die Jungmädel, dahinter die vom BDM.«

»Was haben die heute wieder vor?« Isabella fragte die neben ihr stehende Annemarie. »Es geht um die Schwimmwettkämpfe am nächsten Wochenende.«

»So ein Mist, ich hab' mich gerade für Sonnabend verabredet.«

»Du und verabredet, was hast du vor?«

»Eidechsen fangen.«

»Eidechsen fangen? Spinnst du? Warum willst du Eidechsen fangen?« »Ein Freund von früher braucht welche für einen Steingarten.«

»Welcher Freund von früher? Verheimlichst du mir was?«

»Nein, vor ein paar Jahren waren unsere Eltern befreundet, und wir haben zusammen gespielt. Heute hab' ich ihn zufällig wieder getroffen. Und nun diese Schwimmerei am Wochenende.«

»Ja, du solltest wirklich den Kopfsprung üben.«

Isabella war eine gute und schnelle Schwimmerin. Das hatte sie von ihrem Vater gelernt, der sogar das Goldene Schwimmabzeichen besaß. Aber sie konnte keinen Kopfsprung. Der Vater übte mit ihr, ein Schwimmlehrer versuchte es, und oft genug probierte sie es heimlich, wenn niemand zusah. Aber es klappte nicht. Sie landete immer mit dem Bauch zuerst im Wasser, und das tat weh. Und schließlich sprang sie aus lauter Angst vor dem nächsten Bauchklatscher falsch. Die Turnlehrerin in der Schule, die auf die schnelle Schwimmerin nicht verzichten wollte, erlaubte schließlich, dass Isabella unterhalb des Startblocks im Wasser kauerte und losschwimmen musste, wenn die anderen sprangen. Das verschaffte ihr natürlich einen großen Nachteil, weil ihr der Anfangsschwung fehlte, aber sie schwamm mit ihren langen Armen und Beinen so schnell, dass sie meist als Erste das Ziel erreichte. Und nun begann das ganze Drama von neuem bei der Hitler-Jugend. Sie konnte sich gut vorstellen, wie die Jungen und Mädchen am Beckenrand standen und vor Vergnügen johlten.

Zum Gesang einiger patriotischer Lieder, nach denen man auch marschieren konnte, zogen die Mädchen in Gruppen ab. Isabella marschierte in ihrer Schar bis zum Ortsrand. Dort lagerten die Mädchen am Waldrand. Die Führerin, ein BDM-Mädel aus Nienstedten, kaum älter als die Kinder, die sie betreuen sollte, befahl den Mädchen, sich zu setzen und die Dienstpläne hervorzuholen.

»Ich diktiere euch die Aufgaben für die nächsten Wochen. Schreibt alles auf. Wenn jemand nicht kann, soll er sich jetzt melden.«

Isabella hob sofort die Hand. »Wir verreisen.«

»Wann und wohin?«

»Das Datum weiß ich nicht genau. Aber es geht ins Riesengebirge.«

Birthe, die Führerin, zögerte einen Augenblick. »Das Riesengebirge grenzt an das Sudetenland. Du kannst einen Abstecher dorthin machen und uns später berichten, wie die Menschen jetzt da leben, nachdem sie endlich zum deutschen Reich, zu uns, gehören.«

»Ich weiß nicht, ob meine Eltern so einen Abstecher erlauben.«

»Dann sollen sie dich begleiten. Übrigens, was ich dir schon lange sagen wollte«, sie trat auf Isabella zu und zog an ihren Locken, »du solltest Zöpfe flechten, diese wilde Frisur kleidet ein Hitler-Mädel nicht. Zum nächsten Dienst kommst du mit ordentlich geflochtenen Haaren.«

Isabella starrte sie mit offenem Mund an. »Das duldet meine Mutter nie.«

»Dann werde ich mit ihr sprechen.«

Damit war für Birthe das Thema »Isabella« erledigt. Sie wandte sich wieder den anderen zu. »Hat noch jemand irgendwelche Pläne für den Sommer?«

Keins der Mädchen wagte, sich zu melden, und Isabella ärgerte sich. Warum bin ich wieder vorgeprescht. So eine Gemeinheit mit den Zöpfen und mit dem Sudetenland. Für die Ferien hätte Paps eine Entschuldigung geschrieben, und alles wäre erledigt gewesen. Jetzt musste sie die Eltern zu einem Ausflug nach »Wer-weiß-wohin« überreden und bei jedem Dienst mit Zöpfen erscheinen.

Birthe diktierte den Dienstplan für die nächsten Wochen. Da gab es als Erstes das Wettschwimmen, dann Schulungsnachmittage, damit die Kinder so früh wie möglich Unterordnung, Gehorsam, Pflichtbewusstsein, Kameradschaft und Liebe für Führer, Volk und Vaterland erlernten, dann gab es den Sport an den Wochenenden, »denn neben der geistigen Schulung muss die körperliche Ertüchtigung stehen«, erklärte Birthe. »Der Gesundheitszustand der deutschen Jugend ist nach ärztlichen Berichten erschreckend schlecht. Also da müssen wir viel tun.« Dann sagte sie: »Und jetzt das Wichtigste: Ab sofort und bis zum Ende des Sommers werdet ihr Heilkräuter sammeln. Deutsche Jungen und Mädchen vergeuden nicht den Reichtum der Natur. Wir werden die medizinischen Fabriken mit Bergen von Heilkräutern überschütten.«

»Heilkräuter, was ist denn das?«, unterbrach sie eines der Mädchen.

»Das sind Kräuter, die überall wachsen, im Garten, auf Bäumen und Büschen, auf Feldern und Wiesen und in Straßengräben. Viele werden als Unkraut bezeichnet, aber nur von Menschen, die den wahren Wert nicht kennen.«

»Und wie soll das vor sich gehen? Wir kennen doch diese Kräuter gar nicht. Und welche wachsen auf Büschen und Bäumen?«, wollte Annemarie wissen.

»Auf Bäumen, das sind keine Kräuter, sondern Heilmittel. Lindenblüten zum Beispiel oder Holunderblüten, die eignen sich hervorragend für Gesundheitstee. Zu unserer nächsten Versammlung bringe ich euch Bilder der wichtigsten Pflanzen mit. Dann werdet ihr den Sommer über die Kräuter sammeln, bei euch in der Wohnung oder wo immer ihr einen Platz habt trocknen und die getrockneten Kräuter, natürlich nach den Arten getrennt, in Apotheken abliefern. Die Apotheker geben euch Gutscheine mit, auf denen stehen die Sorten und das Gewicht und ob sie einwandfrei sind. Am letzten Tag im August sammle ich diese

Scheine ein. Es wird eine Belohnung für die besten Sammlerinnen geben.«

Isabella hatte interessiert zugehört. »Das ist endlich mal eine vernünftige Idee«, flüsterte sie der Freundin zu. »Mit Biologie kenne ich mich aus, wenn bloß nicht immer so viel Zeit für diese Sachen draufgehen würde. Ich merke schon, zum Reiten komme ich in diesem Sommer kaum noch.«

»Kannste doch im Winter nachholen.«

»Wer weiß, was dann wieder los ist.«

Als die beiden Mädchen nach Hause fuhren, wurde viel gelacht. Da Annemarie kein eigenes Rad hatte, saß sie hinter Isabella auf dem Gepäckträger, was eigentlich verboten war, doch Alfons Dreher würde sicherlich ein Auge zudrücken, wenn er seine Tochter erkannte. Sie äfften Birthe nach, erzählten sich Witze, die sie in ihren Schulen aufgeschnappt hatten, und kicherten ohne Grund. Leider besuchte Annemarie weiterhin die Volksschule. Die Drehers waren einfache Leute und der Meinung, die Volksschulausbildung genüge für ihre Kinder, und Annemarie war damit zufrieden. Sie wollte einmal Kostümschneiderin im Theater werden und so schnell wie möglich mit einer Lehre beginnen.

Isabella bedauerte das. Durch den Besuch des Lyzeums verlor sie den Kontakt zu ihren früheren Freundinnen in der Nachbarschaft und fand kaum Anschluss bei den neuen Mitschülerinnen. Die wohnten alle weit entfernt von ihr und hatten ihre eigenen Freundeskreise. Und da sie als Einzelkind aufwuchs, war sie auch zu Hause allein. So klammerte sie sich an Annemarie, die ihre einzige gleichaltrige Bezugsperson war. Mit einer schwungvollen Drehung setzte sie schließlich die Freundin vor der Haustür ab und fuhr, noch immer kichernd, heim. Luise hatte Vanillepudding mit Himbeeren und viel Eischnee versprochen. Ja, Luise war wirklich ein Schatz. Ob sie Zöpfe flechten konnte?

Viertes Kapitel

Im Garten war es endlich sommerlich grün. Die Bäume hatten ihr volles Laubkleid angelegt, in den Blumenrabatten blühten Stiefmütterchen und Vergissmeinnicht, Tausendschönchen und Gottesaugen. Laura blickte hinüber zum Rosenbeet, der Duft zog bis zu ihr auf die Terrasse. Sie hatte zusammen mit Dorle die Gartenmöbel aus dem Keller geholt und aufgestellt. Wenn Conrad nicht zu spät kommt, könnten wir zum ersten Mal in diesem Jahr hier draußen das Abendessen einnehmen, überlegte sie und beschloss, ein paar Rosen zu schneiden und den Tisch damit zu schmücken. Hoffentlich bringt er keine Gäste mit, seufzte sie, es ist in letzter Zeit richtig schwer etwas vorzubereiten, weil ich nie weiß, wie viele Personen mit uns essen. Ich habe nichts gegen Gäste, aber ich habe etwas gegen unvorhergesehene Situationen. Und da es immer Fremde sind, die Conrad mitbringt, ist es schwer, einen gemeinsamen Gesprächsstoff zu finden. Meist dreht sich dann doch alles um Studienpläne, Lehrstoffe und Unterrichtsfächer, um Prüfungen und Zeugnisse.

Laura ging ins Haus zurück, um die Rosenschere zu holen. Mit den Pflanzen hatte sie, wie in jedem Jahr, viel Glück. Sie hatte einen grünen Daumen, wie ihre Mutter das nannte, und den hatte sie von ihr geerbt. Ach, Mama, dachte sie wehmütig, warum bist du so weit weg?

Die Schwestern waren zu Vaters Zufriedenheit mit den Söhnen von Nachbargütern in Hinterpommern verheiratet und verkehrten so oft sie wollten mit der Mutter. Warum musste Conrad damals unbedingt nach Hamburg ziehen? Von Berlin aus ist Stargard schnell zu erreichen, aber von hier ist es eine Weltreise. Alle zwei Jahre ein Urlaub an der Ostsee mit einem kurzen Abstecher zu Hause, das ist einfach zu wenig, überlegte sie, das muss sich ändern.

Laura zog ihre Gartenhandschuhe an und nahm einen Korb für die Blumen mit. Sie war eine sehr einsame Frau, und sie wusste, dass es allein ihre Schuld war. Ich kann eben nicht aus meiner Haut heraus, klagte sie sich selbst an. Ännchen sagt zwar immer, ich sei wie der Vater, stur und maulfaul, aber was weiß schon eine Schwester über die andere? Ich bin eben nicht so aufgeschlossen und extrovertiert wie die drei. Vater ist ein richtiger pommerscher Bauer, wortkarg, bodenständig und solide, und so bin ich auch. Aber Gott sei Dank nicht von seinem körperlichen Format. Das wäre eine Katastrophe für eine Frau. Sie lächelte und strich über ihre schlanken Hüften. Meine Figur habe ich mir zum Glück trotz Isabellas Geburt erhalten.

Sie schnitt ein paar verblühte Rosen ab. Wenn die Blätter erst auf dem Boden liegen, sieht es gleich ungepflegt aus, überlegte sie und legte die nach Verwesung riechenden toten Blüten in den Korb. Dann suchte sie frische Knospen für die Vase. Zartes Rosa, helles Gelb, cremiges Weiß – vorsichtig durchschnitt sie die Stiele, immer darauf bedacht, das etwas tiefer im Schoß eines Blattansatzes gelegene Auge nicht zu verletzen, ihm würde wenig später eine neue Knospe entspringen. Ja, mit Pflanzen kannte sie sich aus. Mit den Menschen weniger. Sie dachte an Isabella, die so selbstständig, fast eigenwillig wurde. Es war schwer, mit ihr umzugehen, und durch den Dienst in dieser Hitler-Jugend wurde sie ihr nun gänzlich entzogen. Statt Hausaufgaben zu machen und Klavier zu spielen, krochen die Kinder auf Spurensuche durch Unterholz und über Kuhweiden, statt Nähen zu lernen und Kochkurse zu besuchen, mussten sie Speere werfen und Weitsprünge üben. Wohin sollte das führen? Bei den Jungen, so erzählten Mütter beim Einkaufen, wurden jetzt sogar Schießkurse abgehalten. Wollen die etwa aus Kindern Soldaten machen? Genügt es nicht, im Gleichschritt zu marschieren und im Takt »Heil-Hitler« zu schreien? Laura schüttelte den Kopf bei diesen Gedanken und ordnete die Rosen in der Vase auf dem Terrassentisch.

Sie hörte den Wagen, bevor sie ihn sah. Da das Gartentor immer offen stand, konnte Conrad direkt bis in die Garage fahren und dann durch einen Nebeneingang das Haus betreten. Dann hörte sie in der Diele Stimmen. Er hat also wieder Besuch mitgebracht. Sie wusste längst, obwohl darüber nicht gesprochen wurde, dass es sich oft um Kollegen oder Studenten handelte, denen er helfen wollte. Aber er weihte sie nie ein. »Was du nicht weißt, Laura, kann niemand aus dir herauszwingen«, hatte er gesagt. Dabei sollte er doch wissen, dass sie niemals darüber reden würde. Aber sie hatten zwei Hausangestellte, die diese Besuche sahen. Luises Bruder war ein Sozialdemokrat und hatte für den nationalsozialistischen Führer nichts übrig, das wusste sie, aber Dorles Freund war bei der Sturm-Abteilung, bei dieser SA, die neuerdings fahnenschwingend auch durch das stille Klein Flottbek marschierte. Da musste Conrad wirklich vorsichtig sein.

Ach, Dorle, seufzte sie still, die wird langsam zu einem Problem. Früher war sie liebenswürdig und pflichtbewusst, jetzt entwickelt sie immer öfter Launen und einen Unwillen, nicht geliebte Arbeiten zu verrichten, der allmählich sehr stört. Ich kann mich überhaupt nicht mehr auf sie verlassen. Was ihr Spaß macht, tut sie, was ihr keinen Spaß macht, lässt sie unter fadenscheinigen Gründen einfach liegen. Und schelten oder entlassen kann ich sie nicht – eben wegen des Freundes. Man hört immer wieder von Schikanen, wenn den Männern von der SA etwas nicht passt.

Laura seufzte und dachte an ihren Mann. Den darf ich mit diesen häuslichen Problemen überhaupt nicht belasten. Er ist sehr hilfsbereit, aber er hat einen klaren Strich zwischen unsere Aufgaben gezogen. »Du hast im Haushalt deine Pflichten, ich habe sie im Beruf. Lass es so, dann weiß jeder, wo seine Aufgaben liegen, und keiner redet dem anderen da hinein«, hatte er am Anfang der Ehe bestimmt, als sie ihn immer öfter mit häuslichen Problemen attackierte. Das war deutlich und stieß sie damals sehr vor den Kopf. Aber sie hatte sich daran gewöhnt, was zur Folge hatte, dass sie sich immer mehr zurückzog und sowohl für seinen Beruf als auch für seine intimen Wünsche kaum noch Interesse zeigte.

Sie ging wieder hinaus auf die Terrasse und setzte sich an den sorgfältig gedeckten Tisch. Auf solche Äußerlichkeiten legte sie großen Wert. Conrad, der einen gepflegten Haushalt von zu Hause her kannte, freute sich darüber, das spürte sie und gab sich große Mühe, ihn in dieser Hinsicht zu verwöhnen. In anderen Dingen war sie nicht so bemüht, ihm zu gefallen. Ihren ehelichen Pflichten folgte sie nur mit Unlust, was im Bett zu einer kühlen Beziehung zwischen ihnen führte und schuld daran war, dass Isabella als Einzelkind aufwuchs.

Sie sah noch einmal über den Tisch. Luise hatte eine Cremesuppe mit dem ersten frühen Spargel, gefüllte Kartoffeln mit Tatar und zum Nachtisch eine Puddingspeise vorbereitet. Der Tisch war passend gedeckt, Dorle musste nur noch ein Gedeck mehr auflegen, dem Hausherrn sagen, dass sie auf der Terrasse wartet, und in der Küche Bescheid geben, damit Luise das Essen auftragen konnte.

Aber Conrad kam ohne seinen Gast auf die Terrasse. Höflich deutete er einen Handkuss an und bat: »Ich möchte, dass wir drinnen essen. Ich habe einen Studenten mitgebracht und möchte ihn nicht den Nachbarn präsentieren.«

»Aber es kann kaum jemand auf die Terrasse schauen.«

»Bitte, Laura.«

Sie nickte. »In Ordnung, ich werde Dorle sagen, sie soll drinnen decken, es wird ihr nicht gefallen.«

»Müssen wir Rücksicht auf Dienstboten nehmen? Ich kann es auch selbst machen.«

»Lass diesen Ton, Conrad, in einer Viertelstunde können wir essen.«

Sie stand auf und rief nach Dorle. Mürrisch kam das Mädchen aus der Küche. »Ja, was gibt's?«

»Mein Mann möchte drinnen essen, bitte helfen Sie mir, den Tisch neu zu decken.«

»Schade, ist doch so ein schöner Abend.«

»Ja.« Laura hielt weitere Kommentare für unnötig und trug den Rosenstrauß ins Esszimmer. Dann begrüßte sie den jungen, hellblonden Gast, der so wenig nach einem Menschen mit jüdischen Vorfahren aussah. Warum also versteckte Conrad ihn vor den Nachbarn? Nun ja, er wird seine Gründe haben. Sie bat, Platz zu nehmen.

»Bitte, nennen Sie mich einfach Lukas«, sagte der Gast bei der Begrüßung, und sie nickte erfreut. Nett, dachte sie, natürlich und nicht eingebildet, hoffentlich macht er Isabella keine schönen Augen, sie kommt langsam in das Alter, in dem ihr junge Männer durchaus gefallen. Wo bleibt sie überhaupt?, dachte sie und reichte die Schüsseln herum.

Auch Conrad vermisste seine Tochter. »Wo ist Isabella?«

»Sie ist noch nicht zurück, der Dienst dauert jedes Mal länger.«

»Unverschämt, die Mädel gehören abends ins Haus und nicht auf die Straße. Ich werde mit diesen Führerinnen sprechen.«

Lukas schüttelte den Kopf und sagte leise: »Tun Sie es nicht, Professor, Ihre Tochter müsste darunter leiden. Die Gruppenleiterinnen würden das Mädchen nur schikanieren. Es gibt da ein großes Gewaltpotenzial bei diesen BDM-Führerinnen, und es wächst mit jedem Tag. Jede will die beste Gruppe vorführen.«

»Sie nehmen den Eltern die Aufsichtspflicht und die Erziehung aus den Händen«, beschwerte sich Laura, »bald haben wir gar nichts mehr zu sagen.«

Conrad nickte ihr zu. »Versuche, ihr die Freizeit so interessant wie möglich zu machen, damit sie lieber zu Hause als auf diesen Veranstaltungen ist.«

Aber Lukas schüttelte den Kopf. »Darf ich etwas dazu sagen?«

»Natürlich.«

»Sie würden Ihre Tochter in einen großen Zwiespalt stürzen. Vielleicht würde sie lieber hier bleiben, aber sie muss zu diesem Dienst, sonst bekommt sie Ärger, und das weiß sie auch.«

Laura sah ihn verwundert an. »Sie sprechen aus Erfahrung?«

»Ich habe es bei den Schwestern eines Freundes erlebt. Die Eltern sind vor ein paar Monaten umgezogen, die Mädchen hielten den Druck nicht mehr aus. Die Familie wohnt jetzt in einem Dorf in der Lüneburger Heide und hofft, dass die Situation dort weniger angespannt ist. Aber der Vater hat seine Stellung in Hamburg deswegen verloren.«

»Wie schrecklich«, Laura war entsetzt.

Dann hörten sie, wie Isabella ihr Fahrrad in den Schuppen stellte und zur Hintertür hereinkam. Laura stand auf und ging in die Diele.

»Hallo, Isabella, du kommst spät. Wir haben einen Gast. Bitte zieh dich um und mach dich frisch. Wir essen bereits.«

»Tut mir Leid, Mutter, wir waren außerhalb in einem Wald, und ich musste erst zurück und in der Schule mein Fahrrad holen, das war ein ziemlicher Umweg. Ich beeile mich.«

Später, der Vater hatte sich mit seinem Gast ins Herrenzimmer zurückgezogen, um einen Vortrag vorzubereiten, erzählte sie der Mutter von den Aufgaben des Sommers, von den Heilkräutern, dem Besuch des Sudetenlandes und den Zöpfen. Laura hörte fassungslos zu, dachte aber auch an die Worte des Studenten, der sehr eindringlich geraten hatte, sich nicht zwischen die eigenen Interessen und die Aufgaben in der Hitler-Jugend zu stellen. So nickte sie nur und sagte: »Wir werden sehen. Ich weiß, dass du gehorchen musst, aber wir werden das Beste daraus machen. Das Sudetenland ist kein Problem, wir gehen von Strickerhäuser nur ein paar Kilometer bergab und sind schon an der ehemaligen Grenze. Bei den Heilkräutern kann ich dir helfen, schließlich komme ich vom Land, und meine Mutter hat uns Kinder meist mit natürlichen Heilmethoden kuriert. Na ja, und die Zöpfe kriegen wir auch hin, du musst sie ja nicht immer tragen.«

Verblüfft sah Isabella ihre Mutter an, das waren ja ganz neue Töne. Sie wusste nicht, dass die Mutter alles tun würde, um ihr schönes gepflegtes Haus und die gut bezahlte Stellung ihres Mannes nicht zu gefährden. »Die Lüneburger Heide« dachte Laura immer wieder, mein Gott, die Heide, nachdem ich endlich die Landluft im Oderbruch verlassen habe.

Isabella dagegen träumte von dem Urlaub im Riesengebirge. In jedem zweiten Jahr verbrachten sie den Sommerurlaub dort. Ein Jahr die Ostsee, ein Jahr die Berge, das war eine herrliche Abwechslung. In beiden Ferienorten hatte sie Freunde und an beide Orte aufregende Erinnerungen.

Strickerhäuser, das waren wirklich nur ein paar Gebäude neben einer Kleinbahnstrecke, und von Hirschberg aus konnte man es mit einer schnaufenden Lokomotive, die die Steigungen kaum bewältigte, erreichen. Schwarzen Rauch und schrille Pfiffe stieß sie aus, und wenn sie Strickerhäuser erreichte, dampfte sie zischend in dem kleinen Bahnhof. Isabella kicherte in der Erinnerung an die vielen Ferien, die sie dort verbracht hatte. Einmal, dachte sie, habe ich den ganzen Ort in helle Aufregung versetzt. Das war die Sache mit dem Bernhardiner.

Da gab es das Kinderheim auf dem Weg zur Gastwirtschaft, in der wir immer aßen. Eine große gelbe Villa mit dem Haupteingang vorn in der Mitte, der nie benutzt wurde. Man ging immer durch die Hintertür, das hatte ich beobachtet. In dem Heim wohnten ziemliche Rabauken aus einer Großstadt, mit denen die eigenen Eltern nicht mehr fertig wurden. Um das Haus herum gab es einen eingezäunten Garten und an der Seite einen Hundezwinger mit einem großen Bernhardiner. Weil die Heimkinder ihn ständig ärgerten, mit Stöcken durch das Gitter stachen und Steine nach ihm warfen, war er sehr böse, und Kinder konnte er überhaupt nicht leiden. Mir tat der Hund Leid, denn immer war er eingesperrt.

Ich war vier oder fünf Jahre alt, als wir uns wieder einmal fertig machten, um zum Mittagessen zu gehen. Mutter zog mich immer zuerst an, aber wenn ich fertig war, durfte ich nach draußen gehen und dort auf die Eltern warten. Nun waren es von unserer Pension zu dem Heim nur ein paar Schritte, und ich hatte mir angewöhnt, bis zu dem gelben Haus zu gehen und vom Weg aus mit dem Hund zu sprechen.

Er hörte mir immer sehr aufmerksam zu. Ich ging also bis zum Zaun und sah den Hund an, und der sah mich an, und ich war sicher, er kannte mich inzwischen ganz genau. Der Garten war leer, anscheinend wurde in dem Heim gerade gegessen. Kurz entschlossen ging ich um das Haus herum und durch den Garten zu dem Hundezwinger. Und dort, o Wunder, sah ich, dass das große Vorhängeschloss geöffnet war und auf dem Boden lag. Sicher wieder ein Streich der Lausbuben, dachte ich und öffnete vorsichtig die Zwingertür. Ganz ruhig kam der große, dicke Hund auf mich zu. Endlich hatte ich einen richtigen Hund zum Liebhaben! Ich streichelte seinen Kopf, kraulte ihn am Hals und zog ihn an seinem Fell nach draußen. Er kam ganz brav mit. Da ich ja meine Eltern nicht verpassen durfte, ging ich mit dem Hund durch den Garten und setzte mich vorn auf die Stufen der Eingangstür, die ja nie benutzt wurde. Der Hund ließ sich neben mir nieder und legte seinen großen Kopf in meinen Schoß. Ich konnte mich richtig gut an ihn kuscheln und genoss den etwas strengen Geruch, der seinem Fell entströmte. Herrlich war das, zum Träumen schön. Aber plötzlich knurrte er. Erst ganz leise, und ich hörte nur ein Grummeln in seinem Bauch, dann lauter und schließlich mit gefletschten Zähnen. Dann sah ich den Grund.

Auf dem Weg näherten sich meine Eltern. Starr vor Entsetzen blieben sie ein Stück vom Zaun entfernt stehen, und Paps rief mir zu: »Isabella, komm sofort hierher. Geh um das Haus herum und komm zu uns.« Aber ich schüttelte den Kopf, ich hatte endlich einen Hund im Arm, und den würde ich so schnell nicht wieder hergeben. Je energischer mein Vater sprach, umso lauter knurrte der Hund. Aber ich legte ihm den Arm um den Hals und schmiegte mich noch enger in das weiche Fell.

Inzwischen kamen andere Fußgänger vorbei und blieben

entsetzt stehen. Jeder gab meinen Eltern einen Ratschlag, wie sie sich verhalten sollten, und ganz fremde Leute lockten mich mit Bonbons und Schokolade. Schließlich fasste mein Vater einen Entschluss. Er ging zum Hintereingang und in das Heim hinein. Nach einer Weile hörte ich Stimmen hinter der Tür, vor der ich saß. Paps erklärte, ich solle ganz ruhig sitzen, dann würde mir der Hund vielleicht nichts tun, und eine Frau rief nach einem Hausmeister, einem Schlüssel und einem Sack. Mich störte das nicht, ich wusste, der Hund würde mir nichts tun, schließlich hatte ich ihn sehr lieb. Er knurrte immer noch, leckte mir aber ab und zu über das Gesicht und blieb liegen. Dann hörte ich, wie hinter mir die Tür geöffnet wurde. Der Hund hob wachsam den Kopf, knurrte lauter, und plötzlich flog ein Sack über seinen Kopf. Ein Mann griff nach ihm, aber der Hund wehrte sich, riss sich los und kauerte sich wieder neben mich. Nun redete die Heimleiterin auf mich ein. Ich solle doch bitte aufstehen, den Hund am Fell nehmen und zum Zwinger zurückbringen.

Auf dem Weg hatte sich eine große Menschenmenge eingefunden. Ein Polizist stand da und hatte eine Pistole in der Hand, und meine Mutter musste sich auf die Wiese setzen, da ihr schlecht geworden war. Sie tat mir Leid, allein ihretwegen stand ich auf, nahm den Hund beim Fell und brachte ihn zurück in den Zwinger. Kaum hatte ich die Tür geschlossen, war der Hausmeister mit dem großen Vorhängeschloss da und sicherte die Tür. »Diese verdammten Jungen«, rief er immer wieder. »Sie haben das Schloss geöffnet, um uns einen Streich zu spielen. Sie wissen ganz genau, dass niemand den Hund anfassen kann.«

»Aber er ist doch ganz lieb«, entgegnete ich.

»Es grenzt an ein Wunder«, grummelte der Mann kaum hörbar.

Auf dem Weg küssten und drückten mich ganz fremde Leute, und ich wusste überhaupt nicht warum.

Wir gingen an diesem Tag nicht zum Essen. Meine Eltern hatten keinen Appetit, und ich war traurig, weil ich den Hund in seinem Zwinger zurücklassen musste. Ich glaube, das war der Augenblick, an dem meine Mutter beschloss, dass niemals ein Hund in unserem Hause wohnen würde. So musste ich schließlich die gelbe Dogge Senta erfinden.

Fünftes Kapitel

Es war fast Mitternacht, als Lukas, begleitet von Conrad Stelling, sein Zimmer aufsuchte. Im Haus war es still, Laura und Isabella waren längst zu Bett gegangen. Die beiden Männer hatten intensiv an dem Vortrag gearbeitet, den Lukas in Schweden vor einem jüdischen Komitee halten und in dem er die wirkliche Situation der Juden in Hamburg schildern würde. Natürlich fassten die beiden Männer die schriftlichen Unterlagen so ab, dass ein uneingeweihter Leser keinen Verdacht schöpfen konnte, denn Lukas musste auf seiner Reise mit Ausweis- und Gepäckkontrollen rechnen. Brisante Ereignisse waren umschrieben, Namen und Daten verfremdet und riskante Textstellen entschärft worden.

Ein fremder Leser würde einen Reisebericht aus Norddeutschland mit Hinweisen auf Sehenswürdigkeiten und Restaurants vorfinden. Die beiden Männer hatten lange an dem Text gefeilt, Zahlen durch Kleinigkeiten geändert und Daten in umgekehrter Form aufgeschrieben. Lukas, der viele Details der Hamburger Ereignisse aus dem Gedächtnis erzählen konnte, brauchte diese schriftlichen Unterlagen, um glaubwürdig, konkret und nachprüfbar berichten zu können. Dabei ging es vor allem um jüdische Mitbürger, die auswanderten, verhaftet oder deportiert wurden und deren Besitz enteignet worden war. Irgendwann, wenn man begann, vermisste Menschen zu suchen, würden diese Unterlagen gebraucht, das wussten die beiden Männer, deshalb waren die Listen und Berichte so wichtig. Dorle, die mit offenen Augen und patriotischer Gesinnung ihre Umgebung und vor allem die Stellings beobachtete, ahnte zwar, dass im Arbeitszimmer des Hausherrn nicht alles so ablief, wie es nach außen hin den Eindruck erwecken sollte, wusste aber nichts Konkretes. Klaus, ihr Freund, mit dem sie über ihre Beobachtungen sprach, sagte nur: »Pass gut auf, aber ich brauche auch handfeste Beweise«, und sie wartete auf eine solche Gelegenheit. Nicht, dass es ihr im Hause Stelling nicht gefallen hätte, das Essen war gut, das Zimmer in Ordnung und die Bezahlung einigermaßen, aber ihr Patriotismus wuchs seit dem Februar ins Grenzenlose, als das Schlachtschiff »Bismarck« bei Blohm & Voss vom Stapel gelaufen war und Adolf Hitler vom Hamburger Rathaus aus eine zündende Rede gehalten hatte. Mit Hilfe ihres Freundes durfte sie in der ersten Reihe stehen und den Führer ganz aus der Nähe betrachten. Und sie wusste, dass offene Augen und Ohren leicht Belohnungen und Bewunderung einbringen konnten.

Auch bei diesem Besuch dachte sie sich ihren Teil, denn wenn ein Gast bei den Stellings übernachtete, der außer einer Aktentasche voller Papiere nicht einmal frische Wäsche und einen Schlafanzug mitbrachte, dann hatte das eine besondere Bedeutung. Dann hieß das entweder, dass der Gast sein Zuhause Hals über Kopf verlassen musste oder sich nicht mehr heim traute. Anständige Leute kamen mit einem Koffer, mit frischer Kleidung und eigenem Rasierzeug. Die mussten nicht die Seife, den Pinsel und das Messer vom Hausherrn benutzen, bevor sie das Haus wieder verließen. Nein, Dorle war nicht dumm, irgendwas war seltsam, und die von Klaus gewünschten Beweise würde sie schon finden. Hellwach lauschte sie auf die Geräusche in der unteren Etage, morgen würde sie die Zimmer durchsuchen.

Aber auch Conrad war noch hellwach, als er Lukas vor der Zimmertür verabschiedete. Er ging zurück in sein Arbeitszimmer, leerte den Papierkorb bis auf ein paar unverdächtige Zettel, riss die obersten Blätter von seinem Schreibblock, falls sich Buchstaben oder Zahlen durchgedrückt hätten, beseitigte Zigarettenstummel, die Lukas' Marke verrieten, und suchte den Boden gründlich nach heruntergefallenen Unterlagen ab. Er wusste, wie gefährlich es war, jüdischen Mitbürgern zu helfen, und wie wichtig es war, diejenigen gut zu kennen, denen man half. Auch unter den Bedrohten gab es Denunzianten, die ihre eigene Haut zu retten versuchten, indem sie andere verrieten. Es sind eben alles nur Menschen, Menschen in Todesangst, dachte er resigniert und löschte das Licht.

Oben im Bett neben seiner schlafenden Frau dachte er noch lange an die vergangenen Stunden, an Ereignisse und Zahlen, von denen Lukas erzählt hatte. Er ist noch so jung, dachte Conrad, er hat sein ganzes Leben noch vor sich. Hoffentlich kommt er durch, überlegte er, auch dieser geheime Reiseweg wird immer gefährlicher. Lukas reist ganz offiziell von Altona nach Flensburg mit dem Zug, wo ihn vor dem Zeitungsstand eine junge Frau empfängt. Als verliebtes Paar sollen sie in einem kleinen Hotel übernachten und am nächsten Morgen zum Hafen gehen, wo kleine Ausflugsdampfer auf Gäste warten. Sie würden an der Küste entlangschippern, das Schloss in Glücksburg und die dänischen Keramikwerkstätten von Kollund besichtigen und dann nicht mehr auf das Schiff zurückkehren. Ein Autofahrer sollte sie zur Schwedenfähre nach Fredericia bringen. Wenn alles klappt, ist der Junge in drei Tagen zu Hause, überlegte Conrad und wusste, dass er wahrscheinlich nie erfahren würde, ob alles gut gegangen war. Er seufzte und sah zum Fenster hinüber, in dem sich das erste Grau eines neuen Tages spiegelte.

Der Sommer zog ins Land, ein schöner Sommer voller Wärme, Licht und Sonnenschein. Nur die Stimmung vieler Menschen passte nicht zur Beschwingtheit dieser Wochen. Immer öfter geisterte das Wort Krieg durch Gespräche, Zeitungsberichte, Rundfunksendungen und Kundgebungen. Seit Einführung der allgemeinen Wehrpflicht 1935 gab es in der Stadt immer mehr neue Kasernen. Über 30 militärische Anlagen entstanden in wenigen Jahren. Die Werften profitierten von der Aufrüstung, die Menschen hatten Arbeit und Brot, »Kraft-durch-Freude-Reisen« belohnten die »rechte Gesinnung«, und im Konzentrationslager Neuengamme vor den Toren Hamburgs arbeiteten Tausende von Häftlingen in einem alten Klinkerwerk. Die Fabrik würde die Hansestadt mit erstklassigen Backsteinen für Hitlers geplante monströse Prachtbauten am »Tor zur Welt« versorgen.

Isabella hatte Schulferien und war meist unterwegs, um Heilkräuter zu sammeln. Oft begleitete Laura sie, half beim Sortieren und Trocknen. Mit Jürgen hatte sie Eidechsen gefangen und Badeausflüge an die Elbe unternommen. Die Freundschaft der beiden übertrug sich auf die Eltern, und erste kleine Beziehungen bahnten sich wieder an.

In der Hochschule hatten die Semesterferien begonnen, und Conrad drängte auf den Urlaub im Riesengebirge. Isabella war nicht begeistert von dem Gedanken an Strickerhäuser. Sie fand den kleinen Ort allmählich langweilig und wäre viel lieber in Hamburg und bei Jürgen geblieben. Die Brandts würden keinen Urlaub machen können. »Drei Kinder kosten viel Geld, und mein Vater verdient nicht genug«, erklärte Jürgen ganz offen, denn Isabella wusste, dass sein Vater nur einen kleinen Posten im Gesundheitsamt bekleidete.

»Aber ich bin nicht traurig«, versicherte Jürgen, »wir

haben bei der HJ so viel vor, dass ich kaum Zeit für private Pläne habe.«

»Und was macht ihr so?«

»Wir haben drei Zeltlager nacheinander auf dem Priwall bei Lübeck, eine Fahrradtour nach Zarrentin an den Schaalsee und eine Nachtwanderung an der Elbe entlang nach Wittenbergen geplant. Und dazu die ganzen notwendigen Vorbereitungen, da komm' ich wirklich nicht auf die Idee, irgendwo Urlaub zu machen.«

»Du hast Recht. Mir würde das auch besser gefallen als die Reise ins Riesengebirge. Wie ich meine Mutter kenne, muss ich mit ihr den ganzen Tag Blaubeeren sammeln. Zugegeben, die sind dort riesig groß, und wenn man an den Abhängen sammelt, muss man sich nicht so sehr bücken, aber immer nur Blaubeeren, die hat man auch irgendwann über.«

»Wieso, die sind doch lecker.«

»Aber nicht, wenn du in Blaubeerkuchen, Blaubeerpudding, Blaubeerkompott, Blaubeersuppe und Blaubeermarmelade erstickst.«

Jürgen kicherte verständnisvoll. »Und was macht ihr sonst noch?«

»Wenn's nach meinem Vater geht, werden wir mindestens einmal auf die Schneekoppe klettern, das ist für ihn ein Ritual, und einmal müssen wir rüber ins Sudetenland, den Auftrag habe ich von der HJ.«

»Aber das hört sich doch spannend an.«

»Ach Jürgen, ich würde viel lieber im Zeltlager sein und Fahrradtouren und Nachtwanderungen machen.«

»Kann ich auch verstehen. Wie lange bleibt ihr weg?«

»Zwei Wochen, dazu die Hin- und Rückfahrt. Mitte August sind wir wieder hier.«

»Na, das wirst du schon schaffen. Wenn ich dann selbst Zeit habe, holen wir die Fahrradtour nach.«

Isabella grinste. »Zum Eidechsenfangen?«

»Nee, die vermehren sich wie verrückt, ich glaube, wir müssen eher welche zurückbringen.« Jetzt lachten beide.

Der Sommer verging wie im Fluge. Im Hafen liefen Kriegsschiffe vom Stapel, in Wohngebieten wurden Luftschutzbunker gebaut – riesige graue Betonklötze, die unförmig und bedrohlich aus den Häuserzeilen emporwuchsen, der Flughafen Fuhlsbüttel wurde von der Luftwaffe beschlagnahmt, und in den Wohnhäusern mussten Luftschutzkeller eingerichtet werden. Isabella kam aus dem Riesengebirge zurück und Jürgen von seinen Touren mit den Pimpfen.

Sie feierten das Wiedersehen mit einem Picknick am Strand von Övelgönne und beobachteten den Schiffsverkehr auf der Elbe. Jürgen erzählte von Lagerfeuern und Sternmärschen und Isabella vom Ausflug ins Sudetenland. »Weißt du, man kommt da nicht weit«, erklärte sie. »Das ganze Grenzgebiet ist menschenleer, und überall stößt man auf Verteidigungsanlagen und verlassene Bunker. Wir sind sehr früh aufgebrochen, man hat uns ungefähr gesagt, wo wir entlanggehen sollten, und haben uns an einer alten Karte orientiert. Meine Mutter ist nicht mitgekommen, aber das war auch gut so, denn es war sehr anstrengend. Gleich hinter der früheren Grenze hörten die markierten Wege auf, und wir sind ziemlich querfeldein gelaufen. Mein Vater wollte auch nichts riskieren, er meinte, es könnte durchaus sein, dass es noch Minen in der Gegend gäbe. Wir haben dann Bunker und verrottete Geschütze gesehen, und, stell dir vor, in einem Bunker fand ich einen Schuhkarton in einer Schießscharte. Mein Vater sagte, ich solle die Finger davon lassen und ist selbst sehr vorsichtig in die Nähe gegangen. Er hat dann mit der Spitze seines Wanderstockes den Deckel angehoben, und was glaubst du, was darin lag?«

»Was? Mach's nicht so spannend.«

»Wir fanden ein Paar nagelneue Kinderschuhe.«

»Was?«

»Ist wirklich wahr. Erst wussten wir gar nicht, was wir sagen sollten, dann hat mein Vater den Karton mit nach draußen genommen, und wir haben ihn noch einmal von allen Seiten angesehen. Es war ein neuwertiger Karton von der Firma ›Elefant‹.«

»Und dann?«

»Wir haben dann nach anderen Leuten gesucht, aber niemanden gesehen, und dann haben wir die Schuhe mitgenommen. Die Schwester von unserer Köchin hat kleine Kinder, der haben wir die Schuhe gegeben, als wir wieder hier waren.«

Jürgen schüttelte den Kopf. »Unglaublich, ein Kinderschuhkarton in einer Schießscharte, wo gibt's denn so was?«

Dies war der letzte Fahrradausflug, den sie zusammen unternahmen.

Die restlichen beiden Ferienwochen waren sehr turbulent. Die getrockneten Kräuter mussten in die Apotheke gebracht werden – Laura spendierte ausgemusterte Kopfkissenbezüge für den Transport –, neue Schulbücher mussten besorgt und Änderungen an der HJ-Uniform vorgenommen werden. In der Küche begann die Einmachzeit.

»Man muss immer Vorräte in Küche und Keller haben«, erklärte Laura, wenn Luise, Dorle, Fräulein Ernst und auch Isabella ob der vielen Arbeit stöhnten. »Zu Hause auf dem Gut waren zum Winteranfang alle Regale prall gefüllt. Gemüse, Obst und Marmeladen in Gläsern, Äpfel auf Gestellen, Rüben und Kartoffeln in der Miete, Würste und Schinken in der Räucherkammer und eingemachtes Fleisch in Dosen, ohne diese Schätze war der Winter unvorstellbar.«

»Aber Mutter«, protestierte Isabella, »wir sind doch hier nicht in Hinterpommern, sondern in einer Großstadt, in der es das ganze Jahr über alles zu kaufen gibt.«

»Und warum haben wir gestern Bezugsscheine für die Grundnahrungsmittel bekommen? Es ist noch gar nicht lange her, dass die Leute in dieser schönen Großstadt von Kohlrüben und verschimmeltem Brot leben mussten.« Laura sah die anderen ernst an. »Ich habe mir erzählen lassen, wie die Menschen in dieser Stadt gehungert haben, als es Krieg gab. Ich möchte das nicht erleben!«

»Ach, Mutter, glaubst du wirklich, es gibt Krieg?« Die Gespräche in der Küche waren verstummt, alle sahen Laura an.

»Wenn man die Berichte in den Zeitungen liest, gibt es ganz bestimmt einen Krieg. Warum müssen wir im Haus einen Luftschutzkeller einrichten, die Kellerfenster mit Sandsäcken abdichten, und weshalb verkaufen die Geschäfte riesige Mengen Verdunkelungspapier? Die Meldungen und Aufrufe im Radio sind ziemlich eindeutig ...«

»Mutter, du darfst nicht mehr Radio sagen, das heißt jetzt Rundfunk.«

»Wieso das denn?«

»Unsere Lehrerin hat gesagt, wenn wir nach den Ferien zurückkommen, dürfen wir keine Fremdwörter mehr gebrauchen. Wir sollten uns jetzt schon mal dran gewöhnen.«

»Das ist ja unglaublich! Was ist denn an so schönen Worten wie Radio oder Friseur oder Arrangement falsch?«

»Der Führer will, dass deutsche Menschen nur noch Deutsch sprechen«, mischte sich Dorle ein. »Ich finde das richtig. Immer diese französischen oder englischen Ausdrücke, die sowieso kein Mensch richtig aussprechen kann.«

»Aber es gibt Worte, von denen man gar nicht weiß, dass sie nicht deutsch sind«, mischte sich Luise ein.

»Das merkt man spätestens, wenn man für deren Gebrauch bestraft wird«, bekräftigte Dorle ihre Überzeugung.

Luise zuckte mit den Schultern. »Das kann ja heiter werden. Dann schmore ich also kein Ragout mehr, sondern Fleischstücke, dann gibt's in Zukunft keine Sauce, sondern Tunke, und im Theater hilft kein Souffleur, sondern ein Einsager, wenn die Schauspieler nicht mehr weiter wissen.«

»Halt«, kicherte Isabella, »Theater darf man glaube ich auch nicht mehr sagen, das heißt jetzt Musentempel.« Jetzt lachten alle, und Dorle überlegte, ob es einen Grund gab, Klaus von dem Gespräch zu unterrichten.

Nach dem Abendessen, zu dem es als Vorspeise statt Fondue Kochkäse, statt Beefsteak Rinderscheiben und statt Baisers gebackene Eiweißhaufen gab, wollte Isabella vom Vater wissen: »Was sagst du dazu, Paps. Ist das nicht alles Quatsch?«

Conrad seufzte. Es gab so vieles, was man als Unsinn bezeichnen musste, aber wie sollte man das einem zehnjährigen Mädchen erklären, das in der Schule und bei der HJ gehorchen musste und ständig kontrolliert wurde?

»Weißt du, mein Schatz, es gibt vieles, was man nicht versteht, was man aber akzeptieren muss. Das ist im ganz normalen Leben so und das passiert in Zeiten wie diesen. Da gibt es Menschen, die eine große Macht über andere Menschen besitzen und die bestimmen können, wie die anderen leben müssen und leben dürfen. Das reicht selbst in die Gedankenwelt hinein. Und das ist dann richtig gefährlich.«

»Warum?«

»Weil die Menschen manipuliert werden. Sie gehorchen dann ohne nachzudenken.«

»Das könnte mir nicht passieren. Ich weiß genau, was ich selber will, da lass' ich mir nicht reinreden.«

»Aber Schatz, es passiert dir doch schon täglich in der

Schule und im Dienst bei der HJ. Du magst den Dienst nicht, aber die Nachtwanderungen machen dir Spaß. Die werden doch nur durchgeführt, damit ihr auch beim Marschieren und beim Singen patriotischer Lieder mitmacht und bei den Aufmärschen »Heil« schreit.

Du kannst es nicht verhindern, du wirst durch verlockende Angebote sanft gezwungen. Böse wird's, wenn du nicht mitmachst, wenn du einen eigenen Kopf hast und dich weigerst zu gehorchen.«

»Geht dir das auch so, Paps?«

»Ja, natürlich. Es gibt Dinge an der Universität, die mir überhaupt nicht gefallen, aber ich mache sie mit, weil ich dadurch einen gewissen Freiraum für andere Sachen habe. Solange ich gehorche, bin ich ein angesehener, geachteter Mann, und als solcher kann ich vieles tun, was denen hilft, die nicht so angesehen sind oder in großen Schwierigkeiten stecken.«

Isabella sah ihn mit großen Augen an. »Bist du ein Mitläufer, Paps?«

»Das ist ein schlechtes Wort, mein Kind, und ich möchte nicht so bezeichnet werden. Es gibt Menschen, Männer und Frauen, die sehr mutig sind und sich weigern mitzumachen. Meist werden sie getötet oder kommen bis an ihr Lebensende in ein Gefängnis. Sie gelten dann bei den Menschen als Märtyrer und Helden und werden hoch verehrt. Aber was haben sie bewirkt? Wem konnten sie wirklich helfen? Ihre Gesinnung ist ehrenwert, aber wem können sie zur Flucht verhelfen, wem können sie Unterschlupf gewähren, Fluchtmöglichkeiten bieten – nein, weißt du, helfen können sie dann gar nicht mehr. Und es gibt Menschen, die sich ducken, was manche als Feigheit betrachten und verachten, was aber in Wirklichkeit auch eine Menge Mut bedeuten kann, da sie manchmal Menschenleben retten.«

»Ach, Paps, das ist wirklich schwierig zu verstehen.«

»Ja, mein Schatz, und ich will dich damit auch nicht belasten. Geh deinen Weg, gehorche, wo es sein muss, damit du danach tun kannst, was du für richtig hältst.«

Laura, die sich in die Diskussionen zwischen Vater und Tochter nie einmischte, stand auf und stellte sich hinter Conrad. Die Hände auf seinen Schultern, sah sie Isabella ernst an und erklärte: »Kind, dein Vater ist der mutigste Mann, den ich kenne! – Und nun kommt, es ist acht Uhr, die Radionachrichten beginnen gleich.«

Wie an allen Abenden in letzter Zeit setzten sie sich im Wohnzimmer vor den kleinen Rundfunkempfänger mit dem stoffbespannten Rundfenster in der Mitte, und Conrad drehte so lange an der Skala, bis das Rauschen und Pfeifen nachließ und man eine klare Stimme hören konnte.

Es war der Abend des 31. August 1939.

Sechstes Kapitel

Alfons Dreher fuhr, wie an jedem Mittag, nach Hause. Und wie an jedem Mittag sah er Isabella. Aber in letzter Zeit hielt er nicht mehr an, um sie mitzunehmen, denn Isabella war in Begleitung eines Hitlerjungen, der sie anscheinend von der Schule abholte und heimbrachte, denn hinten auf dem Gepäckträger seines Fahrrades waren zwei Schulmappen festgeschnallt. So winkte der Polizist nur freundlich zu den beiden hinüber und gab Gas.

Heute fuhr Alfons Dreher nicht gleich in sein Haus, sondern erst zu den Stellings. Er hatte, wie alle seine Kollegen, vom Polizeihauptmann den Auftrag bekommen, die Häuser in seiner Nachbarschaft zu überprüfen. Seit dem Kriegsausbruch in den frühen Morgenstunden herrschte erhöhte Alarmbereitschaft und die Behörden rechneten mit Fliegerangriffen. Nun musste Alfons Dreher, sozusagen von höchster Stelle aus beordert, kontrollieren, ob die Befehle zur Verdunkelung und zum Einbau eines Luftschutzkellers auch befolgt worden waren.

Er fuhr in die Einfahrt, in der wie immer das Tor weit offen stand. So konnte er bis vor die Haustür fahren und sein Motorrad dort abstellen. Ganz behaglich war ihm nicht zumute. Hier in der Gegend wohnten reiche oder zumindest einflussreiche und gebildete Leute, und als einfacher Polizist fühlte er sich in dieser Gegend deplatziert. Zum Glück kannte er durch die Gartenarbeit, die er manchmal verrichtete, wenigstens die Stellings. Er stieg ab, zog die

Uniformjacke gerade, prüfte den Sitz von Gürtel und Schulterriemen und nahm seinen Helm unter den Arm. Er klingelte und wurde gleich darauf von Dorle eingelassen.

»Heil Hitler, Herr Dreher.«

»Heil Hitler, Fräulein Dorle, sind die Herrschaften zu Hause?«

»Herr Stelling befindet sich in Hamburg, aber die gnädige Frau ist da.«

»Dann melden Sie mich doch bitte bei der gnädigen Frau an, da ich das Haus kontrollieren muss.«

»Das Haus kontrollieren? Aber Herr Dreher, bei uns gibt's doch nichts zu kontrollieren.«

»Ich muss die Verdunkelung an den Fenstern prüfen und noch vieles andere.«

»Na gut, ich sag Bescheid. Kommen Sie erst mal rein.«

Wenig später kam Laura. »Hallo, Herr Dreher, Sie wollen das Haus kontrollieren?«

»Ja, gnädige Frau, seit heute haben wir Krieg, und da gibt es Vorschriften, die ich prüfen muss. Die Verdunkelung, den Luftschutzkeller, ob Sie überall Wasserreserven zum Löschen oder Feuerlöscher haben, ob Kisten voller Sand als Splitterschutz vor den Kellerfenstern stehen und die Gasmasken griffbereit aufbewahrt sind. Solche Sachen eben.«

»Mein Gott, wie sich das alles anhört. Polen ist doch so weit weg. Glauben Sie wirklich, dass irgendwelche Flieger hier Bomben abwerfen?«

»Man muss mit allem rechnen. Das mit den Bomben hat man ja schon in Spanien erlebt.«

»Ja, ich weiß. Kommen Sie, gehen wir durchs Haus.« Sie führte ihn von der Mansarde bis in die Kellerräume. In den Wohnzimmern sorgten dicke, dunkle Vorhänge dafür, dass kein Licht nach außen drang, Wirtschaftsräume und Bodenfenster waren mit schwarzem Papier verklebt. »Mein Mann hat das alles selbst besorgt und angebracht, er war sehr sorgsam, und wir haben das in den letzten Nächten kontrolliert.«

»Oben auf dem Boden fehlen noch Löscheimer mit Wasser oder Sand.«

»Ich sage meinem Mann Bescheid. Hier sind die Gasmasken für alle«, sie öffnete im Flur einen Schrank, in dem neben eingemotteten Wintermänteln fünf Gasmasken hingen.

»Kann ich jetzt noch den Keller sehen?«

»Ja, bitte.« Laura ging voran, öffnete eine der Kellertüren und machte Licht. »Das ist unser Luftschutzraum.«

Dreher kontrollierte die Balken, die zusätzlich eingebaut waren und die Decke stützen sollten, untersuchte die Fenster, die von draußen durch Sandkisten geschützt waren, und betrachtete die Sachen, die auf dem Tisch lagen: Kerzen, Streichhölzer, Verbandsmaterial, etwas Geschirr, Bestecke, eine Broschüre über erste Hilfe und ein paar Taschenlampen. In einer Ecke standen Wassereimer, und an der Wand lehnten zwei Feuerpatschen. Der Polizist nickte: »Das sieht komplett aus.« Er zog noch einmal an seiner Uniformjacke, um den korrekten Sitz zu kontrollieren, und nickte Laura zu. »Danke, dass Sie mir alles gezeigt haben. Ich hoffe, wir werden nie Gebrauch von den Schutzmaßnahmen machen müssen.«

»Das hoffe ich auch.« Laura reichte ihm die Hand. »Danke, dass Sie so vorsorglich sind.«

»Hier wird sich demnächst ein Luftschutzwart um alles kümmern, wir Polizisten haben andere Aufgaben, aber bis dieser Mann bestellt ist, muss ich nach dem Rechten sehen. Und noch etwas, Frau Stelling, es ist ab heute verboten, ausländische Radiosender zu hören. Leute, die Feindsender hören, werden schwer bestraft, und Denunzianten warten nur darauf, jemanden anzeigen zu können. Bitte sagen Sie das auch Ihrem Mann.«

»Herr Dreher, ich glaube kaum, dass unser kleines Radio in der Lage ist, entfernte Sender einzufangen, trotzdem vielen Dank für den Hinweis. Alles ist so anders, so neu, da muss man sich erst hineinfinden.«

Dreher nickte und sagte leise: »Alles wird anders, wir werden uns umstellen müssen. Man kann gar nicht vorsichtig genug sein«, und lauter, »also hier ist alles in Ordnung, ich muss weiter, meine Mittagsstunde ist kurz, und ich habe sieben Häuser zu kontrollieren. Bis demnächst, Frau Stelling, und wenn Sie mal Fragen haben, schicken Sie Ihre Tochter vorbei, die weiß, wo wir wohnen.«

Wenige Minuten später kam Isabella ins Haus. »Luise, Luise«, rief sie ungeduldig in Richtung Küche, »kann ich schnell etwas Essen bekommen? Ich muss gleich wieder weg.«

»Was ist los?« Laura vertrat ihr den Weg in das Zimmer. »Du wirst doch wohl in Ruhe mit uns speisen können?«

»Nein Mutter, ich muss die Uniform anziehen und gleich wieder fort. Alle Mädchen treffen sich um zwei Uhr auf dem Bahnhofsplatz in Klein Flottbek. Wir müssen Blumen binden und den Soldaten, die heute an die Front fahren, Sträußchen überreichen.« Sie schlüpfte an Laura vorbei und rief von oben herunter: »Bitte, wenn ich nichts zu essen bekomme, muss ich mit leeren Magen zum Dienst. Und dabei habe ich einen riesigen Hunger.«

Schon war sie in ihrem Zimmer, schloss die Tür und zog ihre Uniform an. Als sie kurz darauf nach unten kam, stand die Mutter noch immer kopfschüttelnd im Flur. »So geht das nicht. Ich verbiete dir, das Haus zu verlassen. Ein gemeinsames Essen in der Familie muss möglich sein. Ich dulde nicht, dass diese so genannten Führerinnen unseren Lebensrhythmus total zerstören.«

»Aber, Mutter, wir haben doch eine Ausnahmesituation. Wir haben Krieg, und heute ziehen unsere Soldaten an die Front nach Polen, da dürfen wir doch nicht nur an ein gemeinsames Essen denken. Wir müssen sie doch mit Winken und Blumen verabschieden.«

»Du sprichst wie ein Propagandaredner im Radio.«

»Ich sage nur das, was alle sagen. Bekomme ich nun etwas zu essen oder muss ich hungrig los?«

Laura schüttelte verärgert den Kopf. »So ein Theater. Geh in die Küche und frage Luise, ob sie ein Butterbrot für dich macht. Aber sei zum Abendessen pünktlich, sonst werde ich deinen Vater bitten, mit dir zu reden.«

Isabella stürmte nach unten. Luise hatte die Auseinandersetzung gehört und längst ein Päckchen mit Broten gerichtet. »Hier, Kind, brauchst du sonst noch etwas?«

»Ja, wir sollen alle eine Schere und Bänder oder Bast mitbringen, um die Sträußchen zu binden. Hast du so etwas für mich?«

Luise kramte in einer Schublade und hatte schnell Bast und Schere gefunden. »Hier, aber die Reste wieder mitbringen, deine Mutter braucht die Sachen für ihre Gartenarbeit.«

Isabella stopfte alles in ihre kleine Umhängetasche und lief durch den Kücheneingang hinaus, um ihr Rad zu holen. Der Mutter wollte sie lieber nicht noch einmal begegnen.

Atemlos, aber glücklich traf sie zehn Minuten später auf dem kleinen Bahnhofsvorplatz ein. Hier herrschte emsige Betriebsamkeit. Gärtnereien aus der Haseldorfer Marsch hatten Lieferwagen voller Schnittblumen herangefahren und auf Klapptische gekippt, die einige Hitler-Jungen aufstellten. Leere Kartons standen für die Sträußchen bereit. Die Mädchen wurden in kleinen Gruppen den Tischen zugeteilt. Eine BDM-Führerin kletterte auf eine Kiste, verschaffte sich Ruhe und erklärte: »Die Sträuße sollen etwa zwanzig Zentimeter hoch sein und zehn Blüten haben. Ich sage das, damit alle gleich aussehen und sich kein Mann benachteiligt fühlt.« Sie zeigte einen kleinen Strauß. »Hier, alle herschauen, so sieht er aus. Die fertigen Sträuße kommen in die Kartons. Beeilt euch, in einer Stunde kommt ein Sonderzug der U-Bahn und holt euch und die Kartons ab. Wir fahren gemeinsam in die Mönckebergstraße. Dort marschieren die Soldaten auf dem Weg zum Bahnhof durch, und dort überreicht ihr den Männern die Blumen.« Wenn alles vorbei ist, treffen wir uns auf dem Rathausmarkt und fahren gemeinsam zurück.«

Sie sah sich um. »Haben alle das verstanden?«

Ein begeistertes »Ja« war die Antwort.

»Dann fangt an.«

Als der Sonderzug gegen zweiundzwanzig Uhr nach Klein Flottbek zurückkam, standen viele besorgte Mütter und Väter auf dem Bahnhofsplatz. Auch Conrad Stelling war gekommen, um seine Tochter abzuholen. Er nahm ihr Rad in die linke Hand und legte den rechten Arm um ihre Schulter. Schweigend gingen sie fort. Isabella wagte nicht zu reden, weil sie Schelte erwartete. Dabei hätte sie so gern von dem aufregenden Nachmittag erzählt, denn das war ein Dienst, der endlich mal Spaß machte.

Sie hatten schon den halben Heimweg hinter sich, als der Vater bedrückt sagte: »Du wirst zu Hause eine sehr aufgebrachte Mutter erleben.«

Isabella nickte. »Ich weiß, sie wollte nicht, dass ich zu diesem Dienst gehe, und ich sollte pünktlich zum Abendessen zurückkommen.«

Aber Conrad Stelling schüttelte den Kopf. »Das ist es nicht. Ich habe ihr gesagt, dass du zu jeder Art von Dienst gehen musst, wenn sie keinen Ärger mit der HJ-Führung bekommen will. Ich habe ihr gesagt, dass sehr schwere

Zeiten auf uns zukommen und dass wir unsere persönlichen Interessen zurückstellen müssen. Ich hoffe, sie hat es verstanden. Und wenn nicht, musst du dich selbst durchsetzen.«

»Und warum ist sie dann so aufgebracht?«

Conrad drückte sie einen Augenblick fest an sich. »Ich habe heute den Einberufungsbefehl bekommen. Ich muss mich bis morgen Abend in meiner früheren Kaserne in Berlin-Spandau melden. Als junger Mann musste ich dort eine Ausbildung zum Reserveoffizier machen, und jetzt brauchen sie mich.«

Isabella war entsetzt stehen geblieben. »Aber, Paps, wir brauchen dich doch auch, wissen die das denn nicht?«

»Liebling, wir haben Krieg, da gelten andere Gesetze. Schau dich um, in wenigen Tagen oder Wochen wird es in Hamburg keine Männer im wehrpflichtigen Alter mehr geben, dann sind alle im Kriegsdienst.«

»Aber wer macht denn dann ihre Arbeit. Wer unterrichtet deine Studenten, Paps, wenn du nicht da bist?«

»Frauen werden Männerarbeit machen müssen, in den Fabriken, in den Schulen, in den Büros, auf den Werften – einfach überall. Im Ersten Weltkrieg war das auch so, und die Frauen haben das sehr gut gemacht.«

»Oh Gott, die Mutter und ich allein in dem großen Haus, wer soll denn auf uns aufpassen?«

»Ach, meine Kleine, ich halte dich für ein sehr starkes Mädchen, du schaffst das schon.« – »Vielleicht besser als deine Mutter«, fügte er im Stillen hinzu.

Im Hause Stelling herrschte großes Durcheinander. Dorle sang begeistert Soldatenlieder und packte den Koffer für den Hausherrn, Laura suchte mit verweinten Augen die Wäsche aus, die ihr Mann mitnehmen sollte, Luise bemühte sich, zum verspäteten Abendessen die Lieblingsspeise des Hausherrn zu kochen, und aus dem Radio tönten die Fanfaren für die Siegesmeldungen, die pausenlos verlesen wurden.

Conrad schüttelte den Kopf und stellte den Apparat aus: »Wenn das mit dem Siegen so weitergeht, haben wir Polen erobert, bevor ich in Spandau angekommen bin«, versuchte er zu scherzen.

Am nächsten Tag brachten Mutter und Tochter den Vater zum Hauptbahnhof in Hamburg. Von hier aus bestieg er einen durchgehenden Zug nach Berlin. Auf dem Bahnsteig herrschte großes Gedränge. Junge Frauen verabschiedeten ihre Männer, Kinder die Väter, Geschwister die Brüder und alte Frauen ihre Söhne. Die Männer selbst waren in ausgelassener, siegessicherer Stimmung. Fast alle trugen bereits Soldatenuniformen und die, die in Zivil unterwegs waren, wurden ausgepfiffen.

Aber zwischen die Ausgelassenheit mischten sich Tränen der Angst und der Sorge. Eine Soldatenkapelle spielte Abschiedslieder und preußische Märsche.

Laura und Isabella winkten dem abfahrenden Zug nach, bis er nicht mehr zu sehen war. Conrad winkte nicht, er stand zwischen Männern, Tornistern und Gewehren eingeklemmt auf dem Gang. Er dachte an die letzte Nacht. Laura hatte sich beruhigt, aber ihre Besorgnis in trotzige Wut verwandelt. »Ich lass mich nicht unterkriegen, ich werde fertig mit diesem Dilemma«, hatte sie aufsässig gesagt und verbittert im Zimmer umhergeblickt. »Hier wird sich vieles ändern, das sage ich dir. Hier wird sich alles ändern, Conrad, das steht fest.« Er hatte vergeblich versucht, sie zu beruhigen, dann aber geschwiegen. Wenn ihr die Wut hilft, die Trennung zu überbrücken, dann soll mir das recht sein. Hoffentlich muss Isabella nicht zu sehr darunter leiden, dachte er. Aber dann wich die Sorge um die Tochter, er wusste, dass sie ein starkes Mädchen mit einem eigenen

Verstand und vernünftigen Ansichten war. Sie würde ihren Weg gehen, auch wenn er nicht mehr seine schützenden Hände über sie halten konnte.

Drei Tage nach dem Einmarsch in Polen erklärten Frankreich und England Deutschland den Krieg.

Hamburg arrangierte sich mit den kriegsbedingten Veränderungen: Straßenlampen, Lichtreklamen und Schaufensterbeleuchtungen erloschen, die Fahrzeughalter mussten bis auf einen schmalen Schlitz die Scheinwerfer verdunkeln, Widerständler wurden verhaftet, Juden durften abends die Häuser nicht mehr verlassen, Tanzveranstaltungen fielen aus, und ein ziviler Luftschutz, bereits 1935 gegründet, trat in Kraft. Die Hamburger Werften mussten Kriegsschiffe und vor allem U-Boote bauen. Am 4. September gab es den ersten Fliegeralarm, aber Bomben fielen nicht.

Laura machte wahr, was sie angekündigt hatte. »Isabella, hier wird sich vieles ändern, ich hoffe, du siehst das ein. Wenn ich schon gegen diese neuen Zustände ankämpfen muss, möchte ich meine Tochter auf meiner Seite wissen.«

»Was meinst du, Mutter?«

»Ich werde das Haus zum größten Teil schließen.«

»Schließen? Wie denn?«

»Die oberen Etagen werden nicht mehr benutzt. Wir bewohnen das Erdgeschoss, die vier Zimmer reichen allemal für uns.«

»Aber warum denn?«

»Wir müssen sparen. Ich weiß nicht, wie viel Sold dein Vater bekommt und ob wir davon leben können. Auf das Gehalt von der Hochschule werden wir auf jeden Fall verzichten müssen.«

»Und das heißt?«

»Sparen, mein Kind, überall und wo es geht. Dorle und

Luise werde ich entlassen, sobald wir die Zimmer umgeräumt haben.«

»Aber was wird Vater dazu sagen?«

»Vater ist weit weg. Wer weiß, wann der seinen ersten Urlaub bekommt.«

»Aber alle Leute sagen, der Krieg ist in ein paar Tagen zu Ende, dann müssen wir alles wieder zurückräumen, und dann haben wir Dorle und Luise nicht mehr.«

»Das lass nur meine Sorge sein.«

Isabella zuckte mit den Schultern. »Mir ist es egal, was du hier räumst, Hauptsache, ich habe mein eigenes Zimmer zum Schlafen, ich bin ja sowieso nur noch zum Schlafen hier.«

Bereits am nächsten Tag begann der Umzug. Laura erklärte die Notwendigkeit mit fehlendem Heizmaterial für das ganze Haus und mit großen Einschränkungen, die der Krieg mit sich bringen würde.

Dorle war begeistert. »Ich werde mich sofort um Arbeit an der Heimatfront bewerben«, erklärte sie fröhlich. »Vielleicht bekomme ich Arbeit bei den Verkehrsbetrieben, den ganzen Tag mit einer Ringbahn umherzufahren, das würde mir Spaß machen. Und wohnen kann ich bei meinem Freund, wenn das auch unziemlich ist, aber im Krieg wird alles erlaubt.«

Luise war weniger begeistert. Sie war seit zehn Jahren im Dienst der Stellings, und die Familie war eigentlich ihr Zuhause. Sie überlegte einen Augenblick, bevor sie traurig sagte: »Dann muss ich wohl eine Arbeitsvermittlung aufsuchen. Ich brauche ja nicht nur neue Arbeit, sondern auch eine neue Bleibe.«

»Du bekommst ein erstklassiges Zeugnis von mir. Damit wird dir die Suche erleichtert.«

Zwei Tage später war der Hausumzug beendet. Laura und Isabella hatten ihre Schlafzimmer im Arbeitszimmer des

Vaters und im großen Wohnraum eingerichtet, der Salon und das Esszimmer blieben wie sie waren. Luise verabschiedete sich mit Tränen und Dorle mit Begeisterung, und im Haus an der Alleestraße kehrte Ruhe ein.

Isabellas Leben veränderte sich vollkommen. Zum Entsetzen der Mutter und zur Freude der Tochter wurde die Schule zur Nebensache degradiert. Es gab zwar noch Unterrichtsstunden, aber keine Zeit mehr fürs Lernen. Die Nachmittage, die Wochenenden und die Ferien gehörten »dem Dienst an der Heimatfront«. Das Binden und Verschenken von Blumensträußchen der ersten Wochen war vorbei, andere Arbeiten warteten: Dreimal in der Woche hatten die HJ-Mädchen aus Klein Flottbek Dienst auf dem Hauptbahnhof. In der umfunktionierten Küche eines Wartesaals mussten sie für durchfahrende Soldaten Brote schmieren und bekamen genaue Anweisungen über den Verbrauch des Belags: »Ihr müsst die Margarine mit der Klinge streichen und breit ziehen, dann sieht es reichlicher aus, als wenn ihr das Fett in das Brot hineinkratzt. Und wenn ihr Wurst oder Käse drauflegt, dann muss der Belag an den Seiten herausragen, damit die Brote reich belegt ausschauen«, wurden die Mädchen belehrt. Und wenn dann ein Zug mit Soldaten den Bahnhof passierte, mussten die Mädel die Brote und Becher mit heißem Ersatzkaffee an den Fenstern verteilen.

Dieser Dienst machte Spaß, Isabella war mit Begeisterung dabei.

»Da weiß man, dass man wirklich was zum Sieg beiträgt«, erklärte sie ihrer Freundin Annemarie, mit der sie leider nicht zusammenarbeiten konnte, denn Annemarie besuchte eine andere Schule und gehörte zu einem anderen HJ-Verband. Trotzdem versuchten die Mädchen, sich hin und wieder zu treffen.

Dann standen die Herbstferien vor der Tür und mit den Zeugnissen wurden Pläne für einen Ernteeinsatz verteilt.

Verblüfft hörte Laura zu, als ihr die Tochter erklärte: »Also, Mutter, als Ferien kann man das nicht bezeichnen. Morgen früh um sieben müssen wir auf dem Schulhof sein. Da holen uns Lastwagen ab und bringen uns in die Kremper Marsch zum Kartoffelnsammeln.«

»Und wer bestimmt das ohne Rücksprache mit den Eltern?«

»Das geht von der Schule aus. Die Bauern brauchen Hilfe, weil die Männer bei der Wehrmacht sind und die Kartoffeln vor dem ersten Frost geerntet werden müssen. Wir bekommen mittags was zu essen und werden abends zurückgebracht. Und wir bekommen Gutscheine, damit die Lehrer nach den Ferien sehen, ob sich jemand vor der Arbeit gedrückt hat.«

»Dass Kartoffeln vor dem Frost rein müssen, weiß ich von zu Hause. Ich bringe dich morgen hin, damit ich sehe, wer euch fährt und ob ihr gut versorgt seid.«

Am 12. Oktober feierte Isabella ihren elften Geburtstag auf dem Kartoffelacker. Die Mutter hatte einen Streuselkuchen gebacken und als Päckchen mitgegeben. »In der Mittagspause kannst du den Kuchen verteilen.«

»Danke, das ist eine schöne Abwechslung bei all den Eintöpfen aus der Gulaschkanone, die wir täglich essen müssen. Langsam hängen mir die Rüben, Erbsen, Linsen und Bohnen zum Hals raus. Bei Luise haben Eintöpfe viel besser geschmeckt.«

Der Spaß der ersten Tage war längst vorbei. Isabella hatte Rückenschmerzen, und die Knie taten ihr weh. Oft kam sie durchnässt nach Hause, weil es den ganzen Tag geregnet hatte, und manchmal hatte sie im Gesicht einen heftigen Sonnenbrand, weil sie der kräftigen Herbstsonne ausgesetzt war.

Der Vater schrieb einmal in der Woche. Noch war er in der Spandauer Kaserne zur weiteren Ausbildung als Panzeroffizier. Die Technik hatte sich in den Jahren seit seiner Rekrutenzeit wesentlich verändert, und er musste lernen, mit den neuen Geräten umzugehen. Die ganze Familie hoffte, Weihnachten gemeinsam feiern zu können, aber Conrad Stelling bekam keinen Urlaub. Isabella erhielt zu ihrer großen Freude ein paar Ski. Auf die braunen Bretter waren bunte Olympiakreise gemalt. Ausprobieren konnte sie die Ski nicht, weil es keinen Schnee gab. So hoffte sie auf die erste Woche des neuen Jahres, die sie in jedem Winter mit den Eltern im Harz verbracht hatte. Aber am Neujahrsmorgen kam im Rundfunk der Befehl, alle Ski abzugeben. Die Wehrmachtsführung wollte die Gebirgstruppen damit ausrüsten. Und aus der Reise in den Harz wurde auch nichts. Die Mutter wollte das Haus nicht allein lassen, und die Schule schickte neue Einsatzpläne für die restlichen Ferien. Isabella musste in einer Zwiebackfabrik arbeiten. Hier wurden eiserne Rationen für die Soldaten hergestellt. Die Mädchen mussten die kleinen, steinharten Brote in Verpflegungsbeutel packen, wo sie mit Fleischkonserven und anderen haltbaren Lebensmitteln zusammen eingeschweißt wurden.

Im Mai begann wieder die Feldarbeit. Auf den Tomatenfeldern mussten die Pflanzen an Stöcke gebunden, die wilden Triebe der Pflanzen ausgegeizt und wieder etwas später erneut hochgebunden werden. Im Juni und Juli wurden die Früchte geerntet. Anschließend erhielten die Mädchen die Aufgabe, die Kartoffelfelder nach Kartoffelkäfern abzusuchen. Eine eklige, mühsame Arbeit, die so gar keinen Spaß mehr machte.

Nach den Sommerferien wurde das Lyzeum aufgrund

der großen Küche zu einem Lazarett umfunktioniert, und die Mädchen mussten ins Gymnasium ziehen. Das bedeutete wechselweise Unterricht mit den Jungen am Vormittag und am Nachmittag. Der HJ-Dienst wurde entsprechend umorganisiert.

Anfang Mai 1940 wurde Conrad Stelling mit der Panzereinheit an die französische Grenze verlegt. Die Briefe wurden seltener.

Mitte Mai fielen die ersten Bomben auf Hamburg. Im Sommer wurde die Kinderlandverschickung eingeführt. Die Kinder wurden in ländliche Gegenden gebracht und lebten dort in Heimen. Die Bombenangriffe wurden häufiger. Immer mehr Menschen standen plötzlich vor den Ruinen ihrer Häuser.

Am Abend von Isabellas 12. Geburtstag kam Jürgen Brandt, um sich zu verabschieden. Er brachte ihr einen selbst gefertigten Kalender mit, eine bunt bemalte Laubsägearbeit mit umzusteckenden Zahlenkärtchen und erklärte: »Ich wollte nicht weg, ohne Tschüss zu sagen.« Er lächelte und zeigte stolz auf seine gut sitzende HJ-Uniform. »Ich komme zu einer Sonderausbildung nach Wilhelmshaven.«

Isabella war sprachlos. »Als Soldat?« Sie war müde und schmutzig und gerade erst vom Kartoffelsammeln zurückgekommen.

»So etwas Ähnliches. Wir werden an Flakgeschützen ausgebildet, um die Bomber runterzuholen, bevor sie die deutschen Großstädte erreichen.«

»Aber du bist doch noch gar nicht so alt.«

»Ich habe mich freiwillig gemeldet, und weil ich in der HJ ein guter Führer bin, nehmen sie mich.«

»Komm doch erst mal rein.« Isabella ging voraus in ihr Zimmer.

»Hier wohnst du jetzt?«

»Ja, es war Vaters Arbeitszimmer, Mutter hat die obere Etage und die Mansarde geschlossen, um Heizung zu sparen.«

»Ist doch hübsch hier.« Jürgen sah sich um. »Und was machst du sonst so? Wir haben uns ja endlos lange nicht gesehen.«

»Seit dem Unterricht im Gymnasium. Ihr Jungs kommt, wenn wir gehen oder umgekehrt. Na ja, und sonst bin ich immer unterwegs. Feldarbeit, Fabrikeinsatz, HJ-Dienst, Bahnhofsdienst – du siehst ja, wie ich aussehe. Ich bin vor fünf Minuten vom Kartoffelbuddeln zurückgekommen.«

»Ja, ich weiß. Uns holen sie auch ständig zur Arbeit irgendwohin. Auf den Obstplantagen drüben im Alten Land Obstkörbe schleppen, auf dem Großmarkt Kisten transportieren, auf dem Bahngelände Schienen ausbessern, Schrott, Papier und Lumpen sammeln, alte Möbel für Ausgebombte besorgen, so was eben.«

»Voriges Jahr zu meinem Geburtstag hat meine Mutter mir Kuchen für die anderen Mädchen mitgegeben. Dieses Jahr, sagte sie, reichen die Lebensmittelmarken für einen Kuchen nicht.« Sie zuckte mit den Schultern. »Ich hätte dir gern ein Stück angeboten, aber ich habe keinen.«

»Macht doch nichts, meine Mutter klagt auch über die ganzen Einschränkungen. Ohne Marken gibt's überhaupt nichts mehr, nicht einmal Stoffe oder Seife oder Kohlen. Ich bin froh über meine Uniform, sonst müsste ich ständig die abgelegten Sachen meines Bruders tragen.«

»Voriges Jahr um diese Zeit haben wir alle gedacht, der Krieg ist in ein paar Tagen aus, und jetzt ist kein Ende abzusehen.«

»Na, warte mal, bis ich mitkämpfe«, er lachte, »morgen früh geht's los. Schade, uns wird man keine Sträußchen schenken. Die gab's nur in der Euphorie der ersten Tage.«

Isabella lachte auch. »Soll ich in den Garten gehen und ein paar Blumen holen?«

»Nein, bitte nicht, ich will es doch mit deiner Mutter nicht verderben. Wo ist sie überhaupt, ich würde ihr auch gern Tschüs sagen.«

»Im Lazarett, sie hilft in der Küche und in der Wäscherei.«

»Donnerwetter.«

»Alle Frauen hier in der Nachbarschaft sind aufgefordert worden, sich für den Heimatdienst einzusetzen.«

»Finde ich in Ordnung, warum sollen wir Männer allein für den Frieden schuften.«

Isabella sah den Freund kritisch an. Wie ein Mann sah der ja nun wirklich noch nicht aus. Aber sie nickte höflich, wer weiß, wann sie ihn wiedersah und wie er dann ausschaute. »Schreibst du mir mal?«

»Ja klar. Und jetzt muss ich los.«

Beide ahnten nicht, dass viele Jahre bis zu einem Wiedersehen vergehen würden.

Siebtes Kapitel

Schwere Gewitterwolken hingen über dem breiten Urstromtal der Elbe und hüllten die Ebene mit ihren Industrieanlagen, den Werften und dem dahinter liegenden Ackerland in ein schwefelig gelbes Licht. Blitze zuckten durch schwere schwarze Wolkenmassen. Ein unbekanntes Furchtgefühl durchströmte Laura Stelling, die sich für einen Augenblick auf eine Bank an der Elbchaussee gesetzt hatte und das himmlische Schauspiel jenseits des Flusses beobachtete.

Ihr heutiger Einsatz in der Lazarettwäscherei war zu Ende. Bevor sie in ihr Haus an der Alleestraße zurückkehrte, wollte sie für ein paar Minuten die frische Luft am Wasser genießen. Die Reinigungsdämpfe in der Wäscherei waren bei diesem schwülen Hochsommerwetter unerträglich. Außerdem zögerte sie es gern lange hinaus, in das leere Haus zu gehen. Sie fühlte sich einsam, verlassen, geängstigt und nichts zog sie mehr in ihr Heim. Sie fürchtete den einsamen Abend, die lange Nacht, die schlaflose Stille und dann den plötzlich aufheulenden Lärm der Luftschutzsirenen, die Menschen ständig aus dem Schlaf rissen.

Isabella, die in wenigen Wochen vierzehn Jahre alt wurde, war kaum noch zu Hause, und von Conrad bekam sie viel zu selten Feldpostbriefe. Er war zu einem Kurzurlaub nach Hause gekommen, als seine Einheit vor einem Jahr nach Russland verlegt wurde. Es war ihm nicht gut gegangen. Sie erinnerte sich an den Schrecken, den sie bei seinem Anblick erlebt hatte. Er war hager und viel älter geworden, man sah ihm die Kämpfe an, die er in Frankreich durchlebt hatte.

Sie dachte an die Gespräche, die sie geführt hatten, und wie sehr er sie gedrängt hatte, Hamburg zu verlassen und mit Isabella zu ihren Eltern zu fahren. »In Hinterpommern gibt es keine Luftangriffe und keine Lebensmittelknappheit. Ich wäre so beruhigt, wenn ihr auf dem alten Gut leben würdet«, hatte er sie gebeten, aber sie konnte sich nicht entschließen, ihr schönes Heim zu verlassen.

Mein Gott, dachte sie, fünfzehn Jahre haben wir gearbeitet und gespart und auf vieles verzichtet, um jetzt so schön und angenehm wohnen zu können. Ich kann doch das Haus nicht im Stich lassen.

Und vor allem kann ich nicht zu meinem Vater zurückkehren. Sie erinnerte sich an den herrischen alten Mann, der ihr nie verziehen hatte, dass sie nicht, wie die Schwestern, auf einem der Nachbargüter lebte und dort den Gutsbesitzer geheiratet hatte. »Bleibe im Lande und nähre dich redlich« war seine ständige Devise, wenn sie am Anfang der Ehe manchmal über ungewohnte Einschränkungen geklagt hatte. Sie war sich auch sicher, dass er nichts von den Lebensmittelpaketen wusste, die ihr die Mutter und die Schwestern im Wechsel nach Hamburg schickten. Meine Güte, überlegte sie, was täte ich ohne die Schmalztöpfchen, ohne die Wurst und ohne die Fleischdosen, die mir helfen, unser Essen etwas reichhaltiger zu gestalten, als der Führer uns gestattet. Sie dachte an Isabella, die für vier Tage in Berlin war, weil man mit Schwimmwettkämpfen beweisen wollte, wie sportbegeistert die Hitler-Jugend war. Selbst für die wenigen Tage wurde vorgeschrieben, wie viel Lebensmittelmarken die Kinder für ihre Verpflegung mitbringen mussten. Nur gut, dachte sie, dass auf ihrer Kleiderkarte das Wort »Übergröße« vermerkt ist. Isabella ist wirklich sehr gewachsen in letzter Zeit, sie käme beim Stoffkauf bestimmt nicht mit den zugeteilten Marken aus.

Laura beobachtete die Gewitterfront. Sie kommt näher. Ich gehe lieber zurück, bevor das Wetter die Barriere des Flusses überspringt. Zu Hause kontrollierte sie alle Türen und Fenster. Draußen waren jetzt deutlich die Donnerschläge zu hören. Als sie die Terrassenmöbel in den Schuppen brachte, hatte der Sturm das diesseitige Ufer erreicht, und tiefe dunkle Wolken legten sich über das Land. Laura machte Licht und zog überall die Vorhänge zu. Als könnten die mich vor dem Unwetter schützen, dachte sie lächelnd und erinnerte sich an die Vorsichtsmaßnahmen, die sie und die Schwestern bei einem Gewitter getroffen hatten. Als erstes wurden die Vorhänge zugezogen, und dann krochen wir unter den Esszimmertisch, er war der größte im Gutshaus.

An der Haustür klingelte es. Wer ist denn bei diesem Wetter noch unterwegs, überlegte sie und öffnete die kleine vergitterte Scheibe in der Tür. Draußen stand ein Mann mit Regenhaut und Kapuze und hielt ihr einen Brief entgegen. »Ich komme von der Ortsverwaltung und soll den Brief abgeben.« Er reichte ihr einen blauen Umschlag und ließ sich die Übergabe bescheinigen. Laura kontrollierte die Anschrift, bedankte sich und schloss das Fenster. Blaue Briefe, dachte sie, bedeuten nie etwas Gutes.

Sie hatte sich nicht getäuscht. Das Ortsamt teilte ihr mit, dass sie ihr Haus ab sofort für Familien, die ausgebombt waren, zur Verfügung stellen müsse. Sollte sie sich weigern, würde das Haus enteignet.

»Die ersten vier Familien treffen morgen ein, sorgen Sie dafür, dass sie angemessen untergebracht werden«, hieß es abschließend.

Laura musste sich setzen. Der Schock war zu groß. Natürlich wusste sie, dass immer mehr Menschen ihr Hab und Gut verloren hatten und in Notunterkünften versorgt wurden, aber dass man nun fremdes Eigentum beschlagnahmte und wildfremde Menschen in privaten Häusern unterbrachte, war ihr nicht bekannt. Verzweifelt starrte sie auf das Papier in ihrer Hand. Mein gepflegtes Haus, meine geliebten Möbel, wie lange hat es gedauert, bis wir alles so eingerichtet hatten, wie es unserem Geschmack entsprach. Und nun kommen ganz fremde Leute, Familien, das bedeutet Kinder, werden zwischen meinen antiken Tischchen und den zierlichen Stühlen herumtoben. Sie schüttelte den Kopf. Ändern kann ich nichts, also muss ich mich damit abfinden. Aber wie? Ich muss das ganze Haus umräumen, aber allein kann ich das nicht. Himmel, wer könnte mir denn jetzt so spät am Tage helfen?

Laura stand auf und sah sich um. Ihr Blick fiel aufs Telefon. Jetzt tat es ihr Leid, dass sie sich immer so distanziert verhalten hatte. Sie kannte niemanden in der Nachbarschaft, den sie um Hilfe bitten konnte. Dann dachte sie an den Polizisten, der manchmal im Garten arbeitete und ihr immer wieder seine Hilfe angeboten hatte. Sie suchte seine Nummer aus dem Telefonbuch und rief an. Am anderen Ende der Leitung meldete sich eine Frauenstimme.

»Marlene Dreher.«

Laura war für einen Augenblick verwirrt, sie hatte mit der kräftigen Stimme eines Mannes gerechnet. Sie stellte sich vor und erklärte dann: »Ich hätte gern Herrn Dreher gesprochen. Ich befinde mich in einer misslichen Situation und hätte gern seinen Ratschlag eingeholt.«

»Mein Mann ist noch im Dienst, vielleicht kann ich Ihnen helfen?«

»Ich weiß nicht«, klagte Laura, »aber ich habe gerade den Bescheid erhalten, dass ich morgen vier Familien als Einquartierung bekomme, Bombenopfer aus Hamburg, und nun muss ich das ganze Haus umräumen und bin allein hier. Das schaffe ich doch gar nicht.«

Marlene Dreher dachte einen Augenblick nach, dann sagte sie: »Ich komme zu Ihnen. Ich hinterlasse meinem Mann eine Nachricht und bringe meine Tochter mit. Dann sind wir schon mal zu dritt, und wenn mein Mann später kommt, schaffen wir das schon. In einer halben Stunde sind wir bei Ihnen. Und machen Sie sich keine Sorgen, ich habe gehört, dass solche Briefe heute in der ganzen Gegend verteilt wurden.«

»Danke, Frau Dreher, ich fange schon mal mit der Planung an.«

Sie überlegte. Vier Familien, die müssten mit den vier Zimmern oben und mit den Räumen in der Mansarde auskommen. Unsere Schlafzimmer hier unten wird man uns ja wohl lassen. Den Salon braucht Conrad, wenn er auf Urlaub kommt, darum werde ich kämpfen, und das Esszimmer muss ich als Speiseraum für alle zur Verfügung stellen. Und während sie hin und her ging und überlegte, liefen ihr Tränen der Enttäuschung und Angst über die Wangen. Gleichzeitig wusste sie, dass auch sie ihren Beitrag leisten musste. Da nützt es eben nichts, nur in einer Waschküche zu helfen, dachte sie enttäuscht, da wird man eben mit Haut und Haaren vereinnahmt. Einerseits tun mir die Leute, die alles verloren haben, natürlich Leid, aber müssen sie ausgerechnet in mein Heim kommen? Ich will weder den Krieg noch seinen Sieg, ich will meinen Frieden, ist das zu viel verlangt?

Mit Hilfe der Familie Dreher hatte sie kurz nach Mitternacht das Haus so umgeräumt, dass ihre wertvollsten Möbel im Keller standen und die Räume in den oberen Etagen als Schlaf- und Wohnzimmer genutzt werden konnten. »Ihre antiken Möbel und die Bilder, die Spiegel und die Teppiche, Frau Stelling, braucht man nicht zum Leben, die können wir getrost in Sicherheit bringen«, hatte Alfons Dreher bestimmt, »und die fehlenden Betten muss das Rote Kreuz liefern. Aber Sie werden sich sehr einschränken und zum Beispiel die Küche mit allen teilen müssen.«

»Ich weiß. Nur gut, dass oben und in der Mansarde Bäder und Toiletten sind.«

»Wie sieht es denn im Luftschutzkeller aus?«

Laura zuckte mit den Schultern. »Er ist für drei Personen eingerichtet.«

»Dann muss ein zweiter Kellerraum mit Vorräten, Stühlen und mit Liegen für die Kinder eingerichtet werden. Darum werde ich mich beim Luftschutzwart kümmern, wenn's Ihnen recht ist.«

Laura nickte dankbar. »Ich nehme jede Hilfe an.«

Als die Drehers sich verabschieden wollten, bat sie: »Bitte warten Sie einen Augenblick.« Sie ging hinunter in die Küche und holte aus der Speisekammer eine Wurst, einen Topf mit Schmalz und ein Glas mit Bienenhonig. »Bitte nehmen Sie das als Dank mit nach Hause. Ich habe gestern ein Paket von meinen Schwestern aus meiner Heimat bekommen. Ich möchte die Sachen gern mit Ihnen teilen.«

»Echtes Griebenschmalz«, freute sich Marlene und roch an dem kleinen Steintopf, »welch ein Duft. Und eine richtige pommersche Leberwurst, und wann haben wir den letzten echten Honig gegessen? Vielen Dank.«

Später, als Laura schlaflos im Bett lag und über die bevorstehende Einquartierung nachdachte, ahnte sie, dass sie in Zukunft viel mehr als nur ein paar Zimmer teilen musste. Wie würde das mit der Stromrechnung, mit dem Wasserverbrauch, mit den knappen Marken für Heizmaterial werden? Würde jede Familie in der Küche für sich kochen, oder würden sie eine Gemeinschaftsküche einrichten? Das Gleiche gilt für die Waschküche, überlegte sie. Und dann fasste sie einen Entschluss: Ich werde in Zukunft nicht mehr zu diesem Heimatdienst gehen. Ich werde mein Haus selbst organisieren und hier das Zepter in die Hand nehmen. Und falls die Frauen arbeiten müssen, werde ich mich um die Küche und um die Kinder kümmern.

Am nächsten Morgen um elf Uhr brachte ein Wehrmachtsbus drei Familien mit einem alten Mann, drei Frauen und sieben Kindern. Als Laura den Chauffeur fragte, wo die vierte Familie sei, zuckte er nur mit den Schultern: »Die kommen irgendwann privat nach.«

Die Kinder stürmten sofort in den Garten, die Frauen holten ihre wenigen Sachen aus dem Bus, und der Mann setzte sich auf eine Gartenbank, womit er für die Zukunft und bei gutem Wetter seinen Dauerplatz bezogen hatte. Laura machte sich mit den Frauen bekannt und stellte fest, dass eine Familie aus Hamburg-Horn, eine andere aus Barmbek und die dritte aus Veddel kam. Die drei kannten sich nicht, und die dazugehörenden Familienväter waren an der Front, zwei auf dem Balkan und einer im Osten. Gepäck besaßen die Familien kaum. Sie hatten nur das gerettet, was sie auf dem Leibe trugen und was das Rote Kreuz ihnen gegeben hatte.

Laura war noch dabei, ihnen die Zimmer zu zeigen, als sie Motorengeräusch von der Auffahrt her hörte.

»Sie können sich hier schon einmal einrichten, ich muss mich um die nächsten Leute kümmern.« Damit eilte sie nach draußen. Vor der Tür parkte ein Wehrmachtsauto mit einem Soldaten als Chauffeur, einem Offizier und zwei Frauen. Laura zögerte, dann reichte sie dem Offizier, der als Erster ausstieg, die Hand und nickte den Frauen zu. »Kommen Sie, ich habe ein Zimmer für Sie eingerichtet. Ich bin Laura Stelling.«

»Ich bin Martin Fürstenberg, guten Tag, gnädige Frau,

und vielen Dank für die freundliche Begrüßung. Ich wäre sehr froh, wenn meine Frau und meine Tochter hier eine Unterkunft fänden. Unser Haus in der Schlossstraße ist in der vorletzten Nacht von Brandbomben getroffen worden und bis auf die Grundmauern niedergebrannt, und das Haus meiner Eltern wurde vor einem Jahr von der Stadtkommandantur beschlagnahmt. Nur meine Eltern dürfen ein Zimmer dort bewohnen. Meine Familie wurde Ihnen zugeteilt. Ich selbst habe nur Kurzurlaub bekommen, um meinen Leuten beizustehen.« Er half den beiden Frauen beim Aussteigen. »Das ist meine Frau Friederike, und das ist meine Tochter Christiane. Mein Sohn Michael war beim Arbeitsdienst und ist jetzt bei der Marine.«

Die Frauen begrüßten sich höflich, und Laura bat: »Kommen Sie herein, ich zeige Ihnen das Zimmer. Kurz vor Ihnen sind drei Familien eingetroffen«, sie zeigte auf die tobenden Kinder, »es wird ziemlich lebhaft hier zugehen, aber ich hoffe, wir arrangieren uns.«

Friederike Fürstenberg nickte, sie stand sichtlich unter Schock, und auch die Tochter war nicht sehr gesprächig. Aber so ist es wohl, wenn man über Nacht alles verliert, dachte Laura und versuchte, besonders freundlich zu sein. Die Gäste gefielen ihr, vielleicht konnte man sich sogar anfreunden, dann wäre sie nicht mehr so oft allein. Sie zeigte auf die benachbarten Häuser. »Wir hatten hier zum Glück noch keine Schäden, wenn wir auch jede Nacht zittern und die Motorengeräusche der an- und abfliegenden Bomber genau verfolgen.«

»Sie versuchen natürlich die Industriegebiete und die Hafenanlagen zu treffen, aber vieles geht daneben. Ich hoffe, Sie werden verschont.«

»Das hofft wohl jeder in diesem Krieg.«

Laura zeigte den Fürstenbergs das Zimmer. »Es war das Zimmer meiner Tochter, die anderen Zimmer sind schon belegt. Wenn Sie irgendwas brauchen, sagen Sie es mir. Das übrige Haus und die Luftschutzkeller zeige ich Ihnen später. Sie werden sich jetzt erst einmal ausruhen wollen.«

Martin Fürstenberg begleitete Laura nach unten. »Ich hole die Koffer aus dem Auto.« Als sie vor der Haustür standen, erklärte er: »Meine Frau ist sehr mitgenommen. Sie ist eigentlich kein ängstlicher Mensch, überhaupt nicht, aber der Verlust unserer gesamten Habe hat sie sehr getroffen. Erst vor zwei Monaten ist die Firma ihrer verstorbenen Eltern vernichtet worden und nun das Haus. Wir haben beide den Ersten Weltkrieg mitgemacht und die schweren Jahre danach, und dann haben wir uns getroffen und gemeinsam eine neue Existenz aufgebaut. Und nun geht alles wieder von vorne los, und ich kann ihr nicht helfen. Ich habe nur drei Tage Sonderurlaub bekommen. Ich bin in Berlin stationiert.«

Laura nickte. »Ich werde mich um Ihre Frau kümmern, wir werden schon alle zusammen zurechtkommen. Auch für mich und meine Tochter ist das eine große Umstellung, wir müssen lernen, mit dem Krieg zu leben, ob uns das gefällt oder nicht.«

Er sah sie fragend an. »Die Stellings sind bekannte Leute in Hamburg, gehören Sie zu dieser Familie?«

»Ja, mein Mann gehört zu der Stelling-Familie von Rodenhagen, und irgendwann ist der enge Kontakt zwischen den Familien eingeschlafen. Doch mein Mann will die Verbindung unbedingt wieder knüpfen, er bewundert sehr den Fleiß und die Tradition, mit der die Hamburger Stellings ihre Unternehmen ausbauen, nur im Augenblick ist an eine Kontaktpflege wirklich nicht zu denken, mein Mann ist ja auch Soldat. Aber machen Sie sich keine Sorge um Ihre beiden Damen, wir schaffen das schon.«

Und sie schafften es tatsächlich – bis zu jener furchtbaren Nacht im Juli 1943.

Achtes Kapitel

Conrad Stelling kam Mitte Mai als Verwundeter nach Hause. Er hatte einen Granatsplitter im Oberschenkel, den man im Feldlazarett nicht entfernen konnte, weil er die Wand der Hauptschlagader berührte und der Arzt am Truppenverbandsplatz eine Verblutung bei einer behelfsmäßigen Operation befürchtete. Da aber gleichzeitig die Gefahr bestand, dass der Splitter wanderte und die Ader dann verletzte, sollte Hauptmann Stelling so schnell wie möglich in einem Heimatkrankenhaus operiert werden.

Laura, zunächst glücklich, ihren Mann zu Hause zu haben und bis zu einem OP-Termin pflegen zu können, erkannte bald, dass mit dem Patienten im überfüllten Haus die Probleme bis ins Äußerste wuchsen.

Sie hatte in den vergangenen Monaten vergeblich versucht, eine Hausgemeinschaft zu gründen, die vor allem auf gegenseitiger Rücksichtnahme und wechselseitigem Verständnis beruhte. Kurzum, sie hatte gehofft, die Regie im Hause führen zu können. Es war ihr nicht gelungen. Während die Fürstenbergs sich bescheiden und dankbar fügten, nahmen die drei jungen Frauen das Haus in Besitz, als sei es ihr Eigentum. In kürzester Zeit hatten sie bestimmt, was gekocht wurde, wann gegessen wurde, wer die Lebensmittelmarken verwaltete und wer die Einkäufe übernahm. Sie trauten Laura nicht zu, billig und rentabel zu wirtschaften und die Gepflogenheiten auf dem schwarzen Markt zu kennen und auszunutzen. Da Laura keinesfalls duldete, im eigenen Haus von fremden Menschen herumkommandiert zu werden, kam es sehr schnell zum Bruch. Und so kochte jeder sein eigenes Süppchen, wobei die jungen Frauen nicht versäumten, das gesamte Haus in Beschlag zu nehmen. Laura, die zunächst bereit war, ihre Vorräte mit der Einquartierung zu teilen, besorgte sich als Erstes ein Vorhängeschloss für die Speisekammer, was zu üblen Beschimpfungen führte. Und während sie in den ersten Wochen versuchte, die Kinder zu beschäftigen und auch zu erziehen, um ihren Garten und das Haus zu schützen, musste sie alle Versuche schnell einstellen. Die Mütter machten ihr klar, dass sie sich um ihre eigenen Angelegenheiten und nicht um fremde Kinder kümmern solle.

Auch der Umgang mit Friederike Fürstenberg und ihrer Tochter Christiane verlief nicht nach Wunsch. Obwohl die Frauen gleichen Alters waren, kam es zu keiner vertraulichen Beziehung. Die introvertierte Laura, der es so schwer fiel, sich anderen Menschen gegenüber zu öffnen, konnte mit Friederike, die nach dem anfänglichen Schock sehr schnell Tatkraft und einen kämpferischen Mut entwickelte, nichts anfangen. Während Friederike täglich unterwegs war, um für ihr zerstörtes Haus und die Firma der Eltern zu kämpfen, um Aufbauhilfen stritt, Regressansprüche stellte, die Ruinen fotografierte, um Belege über das Maß der Zerstörung in den Händen zu haben und mit Behörden und Versicherungen verhandelte, saß Laura in ihrem unzerstörten Haus und grübelte. Sie hatte bereitwillig von ihrer Kleidung abgegeben, ihre heimatlichen Lebensmittelvorräte mit den Fürstenbergs geteilt und deren Zimmer mit Teppichen und Kissen behaglich zu gestalten versucht. Sie spürte aber deutlich, dass Friederike eigene Wege zu gehen wünschte.

Von der Tochter Christiane sah sie wenig. Genauso wenig wie von Isabella. Die Mädchen, Isabella knapp zwei

Jahre jünger als Christiane, waren entweder in der Schule, beim BDM-Dienst oder im Heimateinsatz.

Und dann die Nächte. Kaum eine Nacht verging ohne Fliegeralarm. Die Menschen wurden aus dem Schlaf gerissen, torkelten in die Keller, versuchten, auf Stühlen hockend, weiterzuschlafen, horchten auf die Motorengeräusche der Flugzeugverbände, auf die Einschläge der Bomben und Luftminen und hielten den Atem an, wenn die Detonationen näher kamen. Ständig wimmerten und schrien die Kinder, die die Einschläge in den eigenen Häusern nicht vergessen konnten. Und später, kaum war die Entwarnung verklungen, hatte man das Haus kontrolliert und die Betten wieder aufgesucht, gab es den nächsten Alarm. Manchmal drei bis vier Mal in einer Nacht. Das Leben wurde unerträglich.

Mitten hinein in dieses Chaos kam Conrad, und er kam völlig unerwartet. Ein grün lackierter Sanitätswagen mit aufgemalten roten Kreuzen brachte den Verwundeten ins Haus an der Alleestraße. Laura, beunruhigt von dem Motorengeräusch, lief nach draußen. Der Fahrer winkte ihr aus dem Seitenfenster zu. »Ich bringe Ihren Mann. Kann mal jemand kommen und mit anfassen?«

Laura stürzte die Stufen hinunter. »Was? Wen bringen Sie? Ich komme schon. Ich helfe Ihnen.«

Der Mann sah sie zweifelnd an, stieg aus und öffnete die hintere Wagentür. »Dann woll'n wir mal. Aber Ihr Mann sollte nicht laufen.«

Hinten, neben den Pritschen an der Wand saß Conrad in einem Rollstuhl und lächelte ihr verzagt entgegen. »Hallo Laura, ich bin wieder da.«

Laura kletterte in den Wagen und umarmte ihren Mann. »Conrad, Gott sei Dank, ich bin so froh, dass du wieder hier bist.«

Gemeinsam trugen sie den Verletzten ins Haus, dann den Rollstuhl und anschließend zwei Krücken.

Mein Gott, wie leicht er geworden ist, dachte Laura und bot dem Sanitäter eine Tasse Tee an. Aber der lehnte dankend ab. »Ich muss weiter. Wir haben einen ganzen Zug voller Verwundeter, die irgendwohin gebracht werden müssen. Und bei den Umwegen in der Stadt, weil kaum eine Straße trümmerfrei ist, dauert es eine Ewigkeit, bis man das entsprechende Ziel erreicht.« Er winkte Conrad zu: »Alles Gute, Herr Hauptmann, vielleicht sieht man sich mal wieder«, und zu Laura gewandt: »Jeden Tag kommt ein Sanitäter zum Verbinden.« Dann stieg er ein und fuhr davon.

Laura, entsetzt über die Verwundung und überrascht von der unerwarteten Rückkehr, zog einen Hocker neben den Rollstuhl und setzte sich zu ihrem Mann. Behutsam strich sie über seine Hand. »Was ist denn passiert, Conrad, wo kommst du her, was fehlt dir?«, fragte sie mit tränenerstickter Stimme.

Conrad, erstaunt über die sichtbare Gefühlsregung seiner Frau, strich ihr über's Haar und erklärte leise: »Mich hat's in Weißrussland erwischt. Ein Granatsplitter im Oberschenkel, den man an der Front nicht entfernen konnte. Nun soll ich hier operiert werden, aber man hat mir schon gesagt, dass die Krankenhäuser entweder zerstört oder überbelegt seien. Deshalb muss ich hier warten. Wo ist Isabella, wie geht es euch?«

Laura schluchzte verhalten. »Isabella ist in dieser Woche nachmittags in der Schule, von ihr sehe ich kaum noch etwas, und im Haus hat sich alles verändert. Wir haben Einquartierung, Bombenopfer, die wir aufnehmen mussten.«

»Im ganzen Haus?«

»Ja. Wir bewohnen nur drei Zimmer hier unten, oben ist alles belegt. Auch das Esszimmer wird von allen benutzt. Es ist schrecklich, und die Leute sind so rücksichtslos«, klagte sie weinerlich. »Aber für dich richte ich das Wohnzimmer her, von dort kannst du mit diesem Rollstuhl direkt auf die Terrasse fahren. Musst du den jetzt immer benutzen?«

Conrad schüttelte den Kopf. »Ich hoffe nicht.« Traurig sah er sich in dem ehemaligen Salon um, er hatte sich die Rückkehr etwas anders vorgestellt: liebevolle Umarmungen statt tränenerstickter Klagen, aufmunternde Worte statt wehmütiger Verzweiflung, ein gepflegtes Heim mit den Annehmlichkeiten, die er von früher gewohnt war, und fröhliche Ermutigung statt leidvoller Depressionen. Er hatte ja selbst genug erlebt. Er riss sich zusammen, er wollte durch seine Enttäuschung die Schwierigkeiten nicht größer machen als sie schon waren.

»Ich würde mich gern hinlegen, damit ich mein Bein ausstrecken kann.«

Laura sah sich unschlüssig um. »Ja, natürlich, du kannst dich erst einmal auf meinem Bett ausruhen. Ich sorge dafür, dass das Wohnzimmer inzwischen umgeräumt wird.«

»Können wir denn nicht zusammen schlafen? Warum willst du ein anderes Zimmer für mich einrichten?«

Laura schüttelte den Kopf. Sie konnte ihrem Mann doch nicht sagen, dass sie jetzt gewohnt war, allein zu schlafen, dass ihr das Alleinsein lieber war als die unausweichlichen Intimitäten nach einer längeren Zeit der Trennung. Und überhaupt, die Verwundung, die Ruhigstellung des Beines – sie musste für die Schonung der Wunde sorgen. So sagte sie nur: »Liebling, du brauchst absolute Ruhe. Wir wollen kein Risiko eingehen, sondern dein Bein schonen. Leg dich jetzt auf mein Bett und ich rufe die Drehers an, sie helfen mir beim Umräumen.«

Enttäuscht glitt Conrad vom Rollstuhl auf das Bett, streifte die Schuhe ab und streckte sich aus. Er spürte, was seine Frau dachte, was sie fürchtete. Dabei hatte er in keiner

Weise an Intimitäten gedacht, hätte nur gern die Nähe seiner Frau gespürt. Was er, nach all den Monaten an der Front am dringlichsten brauchte, war das Gefühl der Geborgenheit.

Er schloss die Augen und dachte an die vergangenen Wochen und Monate, an den schnellen Vorstoß durch die sowjetischen Provinzen Weißrussland und der Ukraine, an die mühelose Eroberung eines Landes, das kaum Widerstand bot, um dann, mit seinem gnadenlosen Winter, jedes Leben mit grausamem Tod zu bedrohen. Mitten in den unendlichen Niederungen des Don sind sie im Schlamm stecken geblieben, bis sie der Frost förmlich festgefroren hat.

Mit Grauen dachte Conrad Stelling an den vergangenen Winter zurück. Diese entsetzliche, baumlose, weitflächige Ebene, auf der sie überwintern mussten. Ein paar verlassene Hütten, ein paar windschiefe Schuppen, von den Bauern längst verlassen, kein Strom, kein Wasser, kaum Lebensmittel und kein Treibstoff für die Panzer, es war der schlimmste Winter seines Lebens. Er dachte an seine Männer, die die Schuppen abgerissen hatten, um die Hütten zu stabilisieren und einigermaßen schnee- und sturmsicher zu machen. Wie sie sich um Brennholz für kleine, ärmliche Feuer gesorgt haben, damit sie Schnee auftauen und die jämmerliche Beute mühevoller Jägerei braten konnten. Zwei, drei Mal kam ein Militärflugzeug vorbei und warf ein paar Säcke mit eisernen Rationen ab, das war alles.

Conrad spürte, wie ihn die Kälte, durch seine Erinnerungen heraufbeschworen, schüttelte. Er zog die Daunendecke über sich. Langsam beruhigte er sich. Nur der Oberschenkel schmerzte, das tat er immer, wenn sich der Körper verkrampfte. Conrad versuchte ruhig und gleichmäßig zu atmen und an Isabella zu denken, die bald nach Hause käme. Sie würde sich über seine Rückkehr freuen, ihn liebevoll umarmen und tausend Fragen an ihn stellen. Und dann dachte er an die letzte Nacht im Lazarettzug. Zwischen Boizenburg und Schwarzenbek hatten sie auf offener Strecke gestanden, weil Hamburg bombardiert wurde. Und bei jedem Aufblitzen der Explosionen am Horizont hatte er an sein Kind gedacht. Die tiefhängenden Wolken hatten das grausame Inferno widergespiegelt, und mit jeder neuen Detonation hatte er ein Stoßgebet zum Himmel geschickt. Ja, in diesem Krieg habe ich beten gelernt, dachte er und zog in Erinnerung an die blutrot gefärbten Wolkenmassen über Hamburg das Daunenbett über sein Gesicht, um seine Tränen zu verbergen.

Nebenan hörte er Stimmen, dann wurden Möbel gerückt. Schemenhaft sah er durch die Schiebetür mit den geschliffenen Glasscheiben Menschen hin- und hergehen. Im Garten tobten Kinder. Die Sonne stand schon tief und warf nur noch schwache Strahlen durch die Bäume. Schatten breiteten sich im Zimmer aus.

Endlich hörte er eine Fahrradklingel. Isabella, dachte er glücklich, jetzt kommt Isabella nach Hause. Er hörte das Rad auf dem Kies, dann schepperte die Schuppentür, und gleich darauf hörte er schnelle Schritte auf der Treppe. Sie kommt wie immer durch die Küche, er lächelte und erinnerte sich, dass sie diesen Weg bevorzugte, um der Mutter nicht in die Arme zu laufen und bei Luise eine kleine Nascherei zu ergattern. Das macht sie also immer noch, dachte er und erinnerte sich gleichzeitig, dass es keine Luise mehr gab.

Wenig später ein leises Klopfen an der Tür. »Komm nur herein, mein Schatz, ich schlafe nicht.«

Die Tür flog auf, und lachend stürzte Isabella zum Bett. »Paps, du bist wieder da, ach, Paps, du glaubst gar nicht, wie ich mich freue.« Zaghaft beugte sie sich herunter, um ihn zu umarmen. Mein Gott, dachte er, das ist die Begrüßung, nach der ich mich gesehnt habe. Er streckte die Arme aus und zog sie an sich. »Wie groß du geworden bist, mein Liebling. Wenn ich dir auf der Straße begegnet wäre, ich hätte diese junge Dame bestimmt nicht erkannt.«

»Ach, Paps, du nimmst mich schon wieder auf den Arm. Kaum bist du zu Hause, machst du dich lustig über mich.«

Jetzt lachten sie beide. »Paps, wie geht es dir denn? Mutter sagte, du hast einen Granatsplitter im Bein.«

»So ist es, mein Schatz, aber um den kümmern wir uns jetzt nicht, einverstanden? Irgendwann kommt er raus und dann bin ich wieder komplett, wie neu.«

»Und wann wird das sein?«

»Sobald man ein freies Bett für mich findet. Aber nun erzähle, wie es dir geht.«

»Ich habe dir doch immer alles geschrieben.«

»In letzter Zeit haben wir kaum noch Post bekommen, mein Schatz, wir waren monatelang von allen Verbindungen abgeschnitten.«

»Ach, hier ist's immer dasselbe. Die Schule nimmt keiner mehr ernst. Aber ganz schrecklich ist, dass immer öfter Mädchen einfach fehlen und nie mehr wiederkommen. Vor zwei Tagen ist meine liebste Banknachbarin, die Gabriele Sternmann weggeblieben, ohne mir auch nur ein Wort davon zu sagen, und wenn man dann einen Lehrer fragt, heißt es, die Leute sind verreist. Aber das glauben wir nicht mehr. In der Schule wird heimlich erzählt, dass jüdische Familien deportiert werden, und Gabrieles Eltern sind Juden. Ihnen gehörte ein Warenhaus in Altona, aber das ist schon lange abgebrannt.«

»Wir leben in einer schwierigen Zeit, und du weißt, dass du darüber nicht reden darfst. Dennoch bist du alt genug, um die Situation zu verstehen. Wenn wir überleben wollen, müssen wir schweigen, Isabella, schweigen und heimlich helfen, wo wir können.«

»Aber was kann man schon tun? Wir müssen immer nur gehorchen. In der Schule, beim BDM, beim Hilfsdienst, alles wird angeordnet und wehe, wer nicht spurt.«

»Sei einfach nett zu Leuten, die in Not sind.«

»Ich möchte bloß mal wissen, warum es diesen Krieg gibt«, jetzt flüsterte sie. »Er hilft keinem einzigen Menschen und bringt nur Not und Elend. Warum musstest du Soldat werden und jetzt verwundet sein, warum? Was und wem hilft denn das? Im Radio gibt es kaum noch Siegesmeldungen, und wenn mal eine kommt, dann ist von einem siegreichen Rückzug die Rede. Ich versteh' das alles einfach nicht.«

»Es ist besser, nicht darüber zu reden, Isabella.«

»Aber wenn du mir das nicht erklärst, wer soll es denn dann? Ich bin bald fünfzehn, ich kann doch nicht alle Fragen herunterschlucken. Ich will Bescheid wissen, Paps, um das alles zu verstehen.«

Auch Conrad Stelling flüsterte jetzt. »Hitler will einen größeren Lebensraum und eine ausreichende Ernährung für die Deutschen.«

»Und dann nimmt er einfach anderen die Länder weg?«

»Ja. Die Tschechoslowakei und Österreich waren die ersten, dann kam 1939 Polen an die Reihe, später, 1940, Dänemark und Norwegen, anschließend Belgien, Frankreich, Holland und Luxemburg, und 1941 Jugoslawien und Griechenland. Und dann war die Sowjetunion dran. Und nun steht ganz Europa in Flammen.«

»Aber hat denn keiner den Hitler daran gehindert? Ich kapiere das nicht.«

»Er war schnell und brutal und überfiel die Länder. Er war der Ansicht, der Stärkere hat Recht, und fast alle seine Generäle waren der gleichen Meinung. Und wer nicht freiwillig mitmachte, wurde dazu gezwungen oder getötet.«

»Aber warum machen denn alle mit? Stell dir vor, er will Krieg anfangen und kein Mensch kommt.«

»Er hat die Macht, und die hat er sich jahrelang und intensiv aufgebaut.«

»Ich versteh' das trotzdem nicht.«

Conrad schüttelte den Kopf. »Ich auch nicht, mein Kind. Ich weiß nur: Hätte ich mich geweigert mitzukämpfen, wäre ich jetzt tot oder in einem Zuchthaus. Aber ich habe euch, meinen Studenten und der Zukunft gegenüber eine persönliche Verantwortung.«

»Werden wir denn eine Zukunft haben, Paps? Hast du gesehen, wie Hamburg aussieht? Wer soll denn in den Trümmern noch an eine Zukunft glauben?«

»Wir sind ein starkes Volk, Kind. Vielleicht müssen wir erst vollkommen zerstört werden, um aufzuwachen und aufzustehen. Die Feinde wollen uns für immer zerschlagen und dann einen ewigen Sieg erringen. Aber das wird nicht gelingen. Irgendwann werden wir die Trümmer beseitigen und die Städte wieder aufbauen.«

»Aber die Toten werden nicht wieder lebendig, Paps.«

»Nein, Isabella, die Toten werden nicht wieder lebendig.«

Vier Tage nach diesem Gespräch wurde Conrad Stelling in ein Lazarett bei Buchholz in der Lüneburger Heide gebracht und erfolglos operiert. Drei Wochen später als frontuntauglich eingestuft, wurde er zu einer Nachrichteneinheit in Warschau verlegt, eine sitzende Beschäftigung, da man den Splitter nicht entfernen konnte. Er war in die Venenhaut eingewachsen, und Stelling hätte bei der Entfernung sein Bein verloren. Da er die Reise von Hamburg-Harburg aus antreten musste, konnte er seine Frau und Isabella noch kurz sehen. Er nahm den beiden das Versprechen ab, Hamburg sofort zu verlassen und auf das Gut bei Stargard zu reisen. Dort sollten sie bis zum Kriegsende bleiben, er würde sie, wenn alles vorbei war, dort wieder sehen.

Laura Stelling, zutiefst verzweifelt, weil sie ihr schönes Heim aufgeben sollte, bot Friederike und auch Christiane Fürstenberg an, sie zu begleiten. »Wir sind dort absolut in Sicherheit«, versuchte sie die beiden zu überzeugen. »Keine Bomben, kein nächtlicher Alarm, genügend Lebensmittel und bestimmt keine BDM-Verpflichtungen für die Mädchen«, erklärte sie und wollte damit nicht nur die Fürstenbergs, sondern auch sich selbst überzeugen. Nach Rücksprache mit der Verwandtschaft ihres Mannes, den sie selbst nicht erreichen konnte, stimmte Friederike dem Vorschlag zu. Aber noch während sie die Koffer packten, kam es zu den verheerenden Bombenangriffen vom Juli 1943, die als »Operation Gomorrha« in die Geschichte eingingen.

Neuntes Kapitel

In Hamburg herrscht die Hölle auf Erden. Das Sirenengeheul reißt nicht mehr ab. Nach einigen, wenigen ruhigeren Wochen hat das Inferno begonnen. Fliegeralarm: Nachts, morgens, mittags und wieder nachts – das Grauen nimmt kein Ende.

Ganze Stadtteile werden ausradiert. Wohnviertel, Industrieanlagen, das Hafengebiet, viele Vororte werden dem Boden gleichgemacht. 3000 amerikanische und britische Flugzeuge entladen zehn Tage und Nächte lang ihre zerstörerischen Lasten über Hamburg. 9000 Tonnen Bomben zerstören die Stadt und fordern mehr als 30 000 Tote, von denen nur die Hälfte identifiziert werden können. Tausende von abgeworfenen Stanniolstreifen stören die Radargeräte und damit die Luftabwehr. Sprengbomben, Luftminen, Phosphor- und Flüssigkeitsbrandbomben lösen den Feuersturm aus, der mit der orkanartigen Gewalt von 270 Kilometern in der Stunde durch die Straßen rast, den Sauerstoff aufsaugt und bis zu 1000 Grad Hitze entwickelt. Häuser, Bäume, Menschen gehen explosionsartig in Flammen auf. Ein Drittel der Hamburger Wohnhäuser, 24 Krankenhäuser, 277 Schulen und 58 Kirchen werden vollkommen zerstört oder schwer beschädigt.

Die Menschen im Haus an der Alleestraße haben überlebt. Die Mansarde war ausgebrannt, aber das Feuer wurde beobachtet und konnte gelöscht werden. Körperlich haben

wusste, dass alle Pferde in den ersten Kriegswochen beschlagnahmt und der Wehrmacht überstellt worden waren. Genau wie Vaters Auto und meine Ski, dachte sie und fuhr weiter zu Annemarie. Sie wollte ihre beste Freundin noch einmal sehen. Ihre Eltern würden sich um das Haus in der Alleestraße kümmern – so weit das überhaupt möglich war.

Annemarie machte sich gerade zum Dienst im Lazarett fertig. Jetzt müssen fünfzehnjährige Mädchen schon Nachtdienst übernehmen, dachte Isabella und schämte sich ein wenig, weil sie sich nun davor drückte. Aber wer weiß, was in Hinterpommern auf mich zukommt, fragte sie sich und umarmte die Freundin.

»Hier ist meine Adresse, Annemarie, schreib mir, wie es euch geht. Ich melde mich sofort, wenn ich angekommen bin. Und denk dran, meine Eltern haben euch angeboten, zu uns zu kommen, wenn es hier zu schlimm wird.« Sie zog eine Tasche vom Gepäckhalter. »Hier sind meine Lieblingsbücher, sie werden dir gefallen, ich kann sie nicht mitnehmen.«

Annemarie freute sich, denn im Hause Dreher war für Bücher kein Geld vorhanden und sie hatte die Freundin immer beneidet, wenn sie die Regale mit den schönen Büchern in ihrem Zimmer sah. »Danke, ich werde sie lesen und dann für dich aufheben. Wann kommt ihr denn wieder?«

»Ich weiß es nicht, ich hoffe, so schnell wie möglich. Aber nicht, solange die Bomben fallen. Meine Mutter hat sehr unter diesen Angriffen gelitten.«

»Wer wohl nicht, das müssen wir alle ertragen.«

»Du musst viel aushalten, Annemarie.«

»Ich habe meine Familie, und die ist noch intakt. Es wird schon gut gehen.«

»Ein Glück, dass dein Vater nicht eingezogen wird.«

»Als Polizist ist er unabkömmlich, aber ganz sicher ist er sich seiner Sache nicht. Wenn wir allein sind, sagt er manchmal, dass bestimmt noch eine Zeit kommen wird, in der Kinder und Greise zu den Waffen greifen müssen.«

»Das mit den Kindern stimmt beinahe. Denk doch mal an die Jungen vom Gymnasium, sie müssen längst bei der HJ an Schießübungen teilnehmen, und Jürgen Brandt ist schon seit zwei Jahren bei so einer Sondereinheit von Schule und Schießen. Sehen wir uns morgen früh noch?«

»Nein, ich glaube nicht. Ich weiß nicht, wie lange ich im Einsatz bin, und wenn ich vom Lazarett komme, muss ich unbedingt ein paar Stunden schlafen. Musst du da auf dem Lande auch zum BDM?«

»Ich weiß nicht. Ich muss auf jeden Fall meine Uniform mitnehmen, hat man mir gesagt.«

Es wurde schon dunkel, als sich die beiden Mädchen umarmten und voneinander trennten.

Drehers kamen zum Abschied am frühen Morgen. »Wir achten auf Ihr Haus, Frau Stelling«, beruhigten sie die weinende Laura. »Wir passen auf, und vielleicht haben wir alle ein bisschen Glück, und unsere Häuser bleiben stehen.«

Alfons Dreher, schon in seiner Polizeiuniform mit umgehängter Gasmaske, weil er gleich zum Dienst musste, nickte. »Unser Vorort ist bis jetzt verschont geblieben, von den Brandbomben neulich Nacht abgesehen, hat's Klein Flottbek nicht so schlimm erwischt wie die anderen Stadtteile, machen Sie sich mal keine Sorgen.«

Laura schüttelte den Kopf. »Ob wir uns wohl jemals wiedersehen?«

»Natürlich«, er reichte ihr die Hand, »lange dauert das alles nicht mehr und dann stehen wir wieder hier. Ich schneide die Hecken in Ihrem Garten, meine Frau hilft beim Umräumen, und alles ist wie früher.«

Der Chauffeur zeigte auf seine Uhr. »Wir müssen fahren, wenn Sie den Zug erreichen wollen. Ich muss große Umwege einkalkulieren.«

Die Frauen stiegen ein, Friederike Fürstenberg vorn beim Chauffeur, Laura und die Mädchen hinten. Der Kies knirschte unter den Rädern, ein letztes Winken, und dann war das Auto schon auf der Straße. Laura sah nicht zurück. Von den einquartierten Bewohnern war niemand zu sehen. Sie hielten sich in den Zimmern auf, froh, die Besitzerin los zu sein und das Haus endlich allein zu bewohnen.

Über der Stadt lag eine riesige graue, stinkende Rauchwolke. Große Stadtteile waren abgesperrt. Soldaten sowie Männer von Polizei, Feuerwehr und Technischem Hilfswerk waren ständig im Einsatz und versuchten, Tote und Verletzte zu bergen, einsturzgefährdete Ruinen zu sprengen. Wie erstarrte geisterhafte Riesenhände ragten verbrannte Mauerreste in den Himmel.

Immer wieder wurde der Wagen umgeleitet. In den Außenbezirken waren Menschen unterwegs: Frauen, Kinder, Greise, das Grauen im Gesicht, irrten sie durch totenstille Straßen. Viele trugen kleine Bündel, Pappkartons oder Taschen, manche Frauen schoben mit Gepäck beladene Kinderwagen vor sich her, sie retteten die Reste der Reste. Viele weinten.

Die Menschen in ihrem Auto waren stumm geworden. Der Chauffeur suchte auf alten Straßenkarten nach dem günstigsten Weg, aber die Karten hatten jede Gültigkeit verloren. Viele Straßen waren einfach ausgelöscht, ganze Stadtteile vernichtet. Weit hinter Wandsbek erreichten sie die Straße nach Reinbek, dann die direkte Verbindung nach Schwarzenbek und schließlich den kleinen Bahnhof.

Auf einem der Gleise stand ein Personenzug, die Lokomotive bereits unter Dampf. Die sechs Waggons waren brechend voll. Einige mutige Menschen hatten sich bereits auf den Dächern niedergelassen. Friederike Fürstenberg wandte sich an einen Bahnbeamten. »Wir sind vier Personen, aber wir können unmöglich auf den Dächern reisen.«

Der Mann sah die Frauen mit ihren Koffern an. »Gehen Sie mal ans Ende vom Zug, da wird gleich noch ein Wagen angehängt. Und sobald der steht, steigen Sie so schnell wie möglich ein. Da wird um jeden Platz gekämpft.«

Die kleine Gruppe gehorchte. Der Chauffeur schleppte die Koffer von Friederike und Laura, die Mädchen kümmerten sich um das eigene Gepäck. Dann sahen sie, wie eine zweite Lokomotive einen leeren Personenwagen heranschob. Aber auch die Menschen oben auf den Waggons sahen das. Sie rannten über die Dächer, sprangen von Wagen zu Wagen und dann auf den Bahnsteig, um die Türen aufzureißen und die leeren Abteile zu stürmen. Aber der Chauffeur war schneller, sprang herein und winkte den Frauen aus einem scheibenlosen Fenster. Die Mädchen reichten ihm die Koffer, Laura und Friederike stiegen ein und besetzten mit seiner Hilfe ein Abteil. Dann zwängten sich die Mädchen hinein, und der Chauffeur, mit einem Geldschein von Friederike bedacht, sprang aus dem Fenster, während der Zug bereits rollte. »Danke, danke«, riefen sie ihm zu und winkten, bis sie ihn nicht mehr sahen.

»Wir beiden Frauen werden uns mit dem Rücken zur Fahrtrichtung setzen«, bestimmte Laura, »dann zieht es nicht so.«

Langsam und schwarze Rußwolken ausstoßend schlängelte sich der Zug durch das sommerliche Land. Wälder, Wiesen, Felder, Flüsse, Seen und kleine bunte Dörfer zogen vorbei, als läge die Welt in tiefstem Frieden. In Wittenberge mussten sie umsteigen, da die Züge Berlin weiträumig umfuhren. In Neustrelitz blieb der Zug über

Nacht auf einem Abstellgleis stehen, zahllose Güterzüge mit Soldaten und militärischem Gerät rollten auf den Hauptgleisen vorbei. An Schlaf war nicht zu denken, aber man konnte kurz aussteigen, Toiletten aufsuchen und sich die Beine ein wenig vertreten. Aber keiner wagte, sich weit vom Zug zu entfernen, denn niemand wusste, wann die Reise weiterging. Zum Glück waren diese Waggons nicht so brechend voll wie die in Schwarzenbek. Laura dachte mit Wehmut an andere Fahrten zu ihren Eltern und wie bequem sie in der ersten Klasse gereist waren.

»Wir haben in jedem zweiten Jahr Ferien an der Ostsee gemacht«, erklärte sie Friederike. »Damals waren die Fahrten ein Vergnügen, wenn ich auch den Umweg über das Gut meiner Eltern nicht sehr geschätzt habe.«

»Aber warum denn nicht?« Friederike war neugierig geworden, vielleicht erfuhr sie jetzt ein wenig über das Leben der verschlossenen Laura.

»Mein Vater und ich, wir haben uns nicht sehr gut verstanden.«

»Wie bedauerlich, mein Vater war für mich immer der Größte, auch wenn er ein paar gravierende Fehler in seinem Leben gemacht hat.«

Laura schüttelte den Kopf. »Mein Vater hat keine Fehler gemacht, er war immer der vollkommene Herr über Land und Leute, aber mit mir konnte er einfach nicht umgehen.«

»Das tut mir Leid, so etwas vergisst man natürlich nicht.«

»Er wollte immer einen Sohn und bekam stattdessen vier Mädchen, und ich war die Älteste, ich musste immer alles ausbaden.«

»Dann hatten Sie keine schöne Kindheit.«

»Nein, die hatte ich nicht. Und dann heiratete ich auch noch einen Wissenschaftler statt eines benachbarten Gutsbesitzers, da war der Bruch vollkommen.«

»Aber Sie haben weiterhin Kontakt gehalten?«

»Ja, mein Mann legte großen Wert auf den Familienzusammenhalt, schon Isabellas wegen. Sie soll wissen, wo ihre Wurzeln sind, sagte er immer, und alle zwei Jahre fuhren wir auf dem Weg zur Ostsee in Hinterpommern vorbei.«

»Werden wir denn auf dem Gut willkommen sein?«

»Aber ja, natürlich, ich habe eine liebevolle Mutter, die durchaus die Zügel in der Hand hält. Sie hat uns in jedem Brief angeboten, auf das Gut zurückzukommen und Freunde mitzubringen, wenn das Leben in Hamburg unerträglich würde.«

»Weiß sie denn, dass wir heute kommen?«

»Nein, natürlich nicht, man konnte in diesen schrecklichen letzten Tagen ja nicht mehr telefonieren und schreiben, aber wir haben alles schon vor Monaten vereinbart, und sie rechnet jetzt fest mit uns.«

»Unser Zug endet in Stettin, wie kommen wir von dort weiter?«

»Ich habe die Anschrift eines Fuhrunternehmers, er bringt seit Jahren Gäste zum Gut. Ich hoffe nur, er hat noch ein paar Pferde im Stall.«

»Und wenn nicht?«

»Dann muss ich meine Schwestern um Hilfe bitten, oder wir müssen laufen. Es ist nicht weit, höchstens zwanzig Kilometer.«

»Wir haben schwere Koffer.«

»Ein Handkarren lässt sich allemal finden. Aber keine Angst, wir kommen ohne einen Fußmarsch heim.«

Draußen wurde es hell. »Wo sind eigentlich die Mädchen?« Laura sah besorgt nach draußen. »Sie sitzen da drüben auf einem Stoß Bahnschwellen und unterhalten sich.«

»Sie sollten besser wieder einsteigen. Hier gibt es keine Schaffner und keine Signale, plötzlich fährt der Zug ab, und sie bleiben zurück.«

Friederike beugte sich aus dem Fenster und winkte. »Kommt lieber herein, es geht bestimmt bald weiter.«

Gegen fünf Uhr morgens fuhr der Zug ab. Ein strahlend schöner Sommertag kündigte sich an. Die Abteile waren wieder voll besetzt. Auch auf den Gängen standen die Menschen dicht beieinander. Kühl und angenehm wehte der erste Morgenwind durch die glaslosen Fensteröffnungen und vertrieb die stickige Luft der Nacht. Die vier Frauen saßen sich gegenüber, zwei Koffer zwischen sich, zwei Koffer in den Gepäcknetzen. Bewegungsmöglichkeiten für die Füße gab es nicht. Immer wieder einmal stand eine von ihnen auf, damit die Beine nicht einschliefen.

Der Zug hatte vor einer halben Stunde Tantow passiert, als Isabella sich von ihrem Platz erhob, um sich ein wenig zu bewegen. Sie sah die Flugzeuge als Erste. In einer breiten Formation kamen sie dicht über den Wiesen auf den Zug zugerast. »Runter, alle runter, Flieger greifen uns an«, schrie sie, packte ihren Koffer und hielt ihn vor das offene Fenster. Alle duckten sich, suchten Schutz auf dem Boden. Panik ergriff die Menschen. Viele verließen den Zug, rannten kopflos davon, schutzlos den Fliegerangriffen ausgesetzt. Und immer wieder strichen die Tiefflieger über den Zug hinweg, wendeten in einiger Entfernung, kamen zurück und griffen wieder an. Die vier Frauen kauerten in dem schmalen Abteil auf dem Boden, Isabella als Einzige etwas aufgerichtet, um den schützenden Koffer gegen das Fenster zu pressen. Menschen schrien, stöhnten, wimmerten, viele in den Abteilen und in den Gängen waren verwundet, sie hatten keine Zeit und keinen Platz gehabt, um sich zu schützen.

Auch auf den sommerlich bunten Wiesen krümmten sich Menschen vor Schmerzen, andere lagen ganz still, ihnen war keine Zeit mehr zum Schreien geblieben.

So grauenhaft schnell, wie er gekommen war, war der Angriff zu Ende.

Als Isabella sicher war, dass die Maschinen abgedreht hatten, stand sie auf und nahm den Koffer vom Fenster. Vier Einschusslöcher hatte er.

Sprachlos sahen ihr die anderen zu. Isabella holte tief Luft, sah die Mutter und die Fürstenbergs an und erklärte: »So, und jetzt müssen wir helfen. Hier verbluten Menschen, und wir alle haben in den vergangenen Jahren gelernt, wie man Verwundeten hilft. Holt aus euren Koffern alles, was sich als Verbandsmaterial eignet. Aber nicht den Zug verlassen. Denen auf den Wiesen können wir nicht mehr helfen, wir bleiben im Zug und versorgen die Menschen hier. Dann warten wir ab, ob wir weiterfahren oder nicht.«

Sie spürte deutlich, dass sie, obwohl die Jüngste, das Kommando übernehmen musste. Vor allem Laura und Friederike sahen sie immer noch erschrocken an, nur Christiane hatte sich wieder gefasst und begann ihren Koffer nach geeignetem Verbandsmaterial zu durchsuchen.

Zwei Stunden später kam eine Lokomotive von Tantow her und schob sich von hinten an den letzten Waggon. Die Menschen im Zug verharrten auf ihren Plätzen, immer in Angst vor einem neuen Angriff. Zwei Bahnbeamte kontrollierten den Zug. Von einer entfernten Straße her näherten sich ein paar Sanitätswagen. Sanitäter bestiegen den Zug und brachten die Verwundeten, meist Frauen und Kinder, in die Autos. Sie kümmerten sich auch um die Menschen, die reglos auf den Wiesen lagen. Für die meisten kam jede Hilfe zu spät. Die meisten blieben liegen. »Wir holen sie heute Nacht«, erklärte ein Offizier, als Isabella ihn fragte. »Der Zug fährt in ein paar Minuten weiter. Die Lok vorn ist beschädigt, lässt sich aber mit den Waggons zusammen von hinten schieben. Gegen Abend sind Sie in Stettin. Wenn nichts dazwischenkommt.«

»Werden die Züge hier öfter angegriffen?«

»Nein, es war das erste Mal. Und es waren Russen, auch das zum ersten Mal.«

»Und was bedeutet das?«

»Die Ostfront rückt näher.«

Der Zug erreichte kurz nach Mitternacht mit fünf Stunden Verspätung Stettin. Zur Überraschung aller stand Simon von Semisch persönlich mit einem Kaltblütergespann und einem Kremserwagen auf dem Bahnhofsplatz. »Vater, du?« Ungläubig sah Laura den mürrisch dreinblickenden Mann an.

»Seit fünf Tagen steht jeden Abend einer hier, um euch zu holen. Heute war ich an der Reihe. Nach dem Inferno in Hamburg war ja klar, dass ihr kommen würdet.« Er sah die kleine Gruppe an. »Aber dass ihr mich fünf Stunden warten lasst, ist mir nicht mehr zuzumuten.«

Isabella drängte sich zwischen die verschüchterte Mutter und den Großvater. »Du kannst froh sein, dass wir überhaupt da sind. Wir wären zwischen Tantow und Neurosow fast gestorben.« Und während die anderen ihr Gepäck auf den Kremser hoben, zeigte sie ihm ihren Koffer. »Hier, sieh es dir genau an, die vier Geschosse waren für uns bestimmt. Also freu dich, dass wir trotzdem angekommen sind. Es gibt also keinen Grund, uns so zu empfangen.«

Von diesem Augenblick an konnte Isabella Stelling den alten Mann um den Finger wickeln.

Für Isabella begannen trotz der näher rückenden Ostfront die schönsten Monate ihres Lebens. Sie liebte Gut Friedrichshain, und sie liebte ihre zierliche, zärtliche Großmutter, die ihr all die innige Liebe schenkte, die sie bei der Mutter vermisste. Sie kam mit den Verwandten auf den Nachbargütern gut zurecht, hatte jetzt einen verständnisvollen Verbündeten in ihrem Großvater und in Christiane eine tolerante, treue Freundin gefunden.

Zehntes Kapitel

Im Januar 1944 erreichte Conrad Stelling die Nachricht, dass sein Bruder bei einer Schlacht auf dem Balkan den Tod gefunden hatte. Er war, wie es in der Depesche hieß, »für Führer, Volk und Vaterland den Heldentod gestorben«. Conrad, obwohl er wenig Kontakt zu dem älteren Bruder gehabt habe, war tief betroffen. Er machte sich Vorwürfe, zu selten an dessen Leben teilgenommen zu haben.

Nur gut, dass die Eltern und der Großvater diese Tragödie nicht mehr erleben müssen, dachte er und faltete die Depesche zusammen. Ihn selbst traf der Verlust unvorbereitet hart. Er war, obwohl er mich so oft bevormundet und gehänselt hat, weil ich meine Nase immer in Lehrbücher gesteckt habe, trotz allem ein Teil meines Lebens, dachte er. Und auch mein Leben hängt an einem seidenen Faden, an einem verdammten Splitter in meinem Bein, den man trotz aller Vorsicht nicht entfernen konnte. Verletzt er die Vene, verblute ich in wenigen Minuten.

Er spürte Zorn, Enttäuschung und Trauer, als er vor seinem Funkgerät saß und die Tastatur anstarrte, ohne einen Buchstaben zu sehen. Er dachte an seine Frau und seine Tochter. Sie sind alles, was mir geblieben ist. Gott sei Dank, dass sie in Sicherheit sind, überlegte er, aber es wird höchste Zeit, dass ich sie wieder sehe und mich um sie kümmere.

Er beantragte seinen lange überfälligen Urlaub, den man ihm aufgrund des Heldentodes seines Bruders bewilligen musste. Er hatte mit seiner Einheit eine streng geheime Nachrichtenzentrale in Peenemünde einrichten und eine unliebsame Urlaubssperre ertragen müssen. Da Friedrichshain nur einen Steinwurf von seinem augenblicklichen Einsatzort entfernt war, hatte man den Antrag genehmigt. Er durfte vor seiner Rückkehr nach Berlin, wo er seit einem halben Jahr stationiert war, für vierzehn Tage das Gut auf der anderen Seite der Oder besuchen und kam völlig überraschend in Friedrichshain an. Ein Brief hätte in diesem Winter 1944 für die Reise länger gebraucht als er selbst.

Auf dem schneebedeckten Hof war es still. Mit einer schützenden Hülle hatte die weiße Winterpracht Häuser und Gärten zugedeckt. Vom Stall her war das Scharren und Schnauben von Pferden zu hören. Über dem Haupthaus stieg der Rauch aus dem Schornstein. In der windstillen Luft stand die Wolke fast bewegungslos über dem Dach.

Der Offizier öffnete die Haustür. Wohlige Wärme empfing ihn. Irgendwo lärmten Kinder, und er erinnerte sich an einen Brief von Laura, in dem sie ihm geschrieben hatte, dass auch hier zahlreiche Frauen aus bombardierten Großstädten einquartiert waren und die Mütter eine kleine Schule in einem der Zimmer eingerichtet hätten, um die Kinder selbst zu unterrichten.

Als auf sein Klopfen an verschiedenen Türen und auf sein leises Rufen niemand antwortete, stellte er die Reisetasche in die Halle, legte Mantel und Mütze ab, öffnete die Tür zum Wirtschaftstrakt und ging durch den Flur hinüber zur Küche. Er kannte sich im Haus gut aus, denn er liebte das Gut und war immer gern hierher gereist, auch wenn Laura stets auf die Weiterreise drängte und die Besuche viel zu kurz ausfielen.

Da er in der Küche Stimmen hörte, klopfte er erneut. Die Tür wurde aufgerissen, und vor ihm stand Isabella, in den letzten Monaten so groß und erwachsen geworden, dass er sie kaum wieder erkannte.

Wortlos stürzte sie in seine Arme. Dann flüsterte sie bewegt: »Paps! Wie schön, dass du hierher gekommen bist.«

Gerührt drückte er sie an sich. Dann sah er seine Frau, die bewegungslos am Tisch stand und ihn anstarrte. In den bemehlten Händen hielt sie einen Teigkloß. Klar, dachte er leicht belustigt, so kann sie mich natürlich nicht umarmen, ging auf sie zu und küsste sie auf die Wange. »Ich habe vierzehn Tage Urlaub und dachte, ich müsse hier einmal nach dem Rechten sehen«, versuchte er zu scherzen, um die Überraschung zu mildern. Dann begrüßte er die anderen Frauen, die in der Küche arbeiteten, wobei er zwischen den deutschen Frauen und den Angestellten keine Unterschiede in Fragen der Höflichkeit machte.

Laura hatte sich endlich gefasst. Sie streifte das Mehl ab und wusch sich die Hände. Dann umarmte sie ihren Mann. »Gott sei Dank, dass du da bist«, flüsterte sie. »Bringst du uns hier fort? Können wir endlich nach Hause? Hat man dich entlassen? Du bist schließlich verwundet.«

Aber Conrad schüttelte den Kopf. Wie weltfremd seine Laura immer noch war. Sie wusste doch genau, dass der Krieg nicht beendet war und das Bombardement keineswegs nachgelassen hatte.

Isabella, die die kleine Dissonanz sofort spürte, umarmte den Vater noch einmal und überschüttete ihn mit Fragen. »Wo kommst du her? Paps, wie lange kannst du bleiben? Wer hat dich hergebracht? Mit deiner Verwundung kannst du doch nicht weit laufen!«

Der Vater lächelte seine große Tochter liebevoll und beruhigend an. »Ein Sanitätstransporter, der nach Posen unterwegs ist, hat mich mitgenommen. Er hat mich kurz hinter Stettin überholt und an der Gutseinfahrt abgesetzt.«

Isabella nickte zufrieden. »Wir hätten dich auch abgeholt, wenn wir gewusst hätten, dass du kommst. Was macht dein Bein? Komm, Mutter«, drängte sie, »wir zeigen Vater unser Zimmer, dann kann er sich gleich hinlegen und ausruhen.«

Aber Conrad schüttelte den Kopf. »Zuerst möchte ich deine Großeltern begrüßen. Wie geht es ihnen?«

Laura, noch immer verblüfft und im Kreise der Frauen recht verlegen, sah zum Ausgang hinüber. »Komm, sie sind in Vaters Arbeitszimmer.« Dann hakte sie sich bei ihrem Mann ein, als wollte sie bewusst machen: »Wir gehören zusammen!«, und verließ mit ihm die Küche. Isabella beeilte sich und öffnete den Eltern die Türen. Dabei beobachtete sie den Vater. »Paps, du lahmst ja noch mächtig.«

Conrad blieb verdutzt stehen, dann lachte er laut auf. »Kind, Pferde lahmen, Menschen hinken oder humpeln.«

»Lahmen hört sich besser an. Stell dir vor, ich würde sagen: ›Paps, du humpelst ja mächtig.‹ Nein, ich bleibe beim ›Lahmen‹, das ist würdevoller.«

»Ich weiß zwar nicht, was an meinem Humpeln würdevoll sein soll, aber wenn du willst, kannst du mich gern mit einem Gaul vergleichen.«

Jetzt lachten alle drei und die Befangenheit der ersten Augenblicke war vorbei. Dann hatten sie das Arbeitszimmer erreicht. Conrad begrüßte seine Schwiegermutter liebevoll mit zwei Küssen auf die Wangen, dann reichte er Simon von Semisch die Hand. »Verzeiht den Überfall, aber ein Brief hätte euch nicht pünktlich erreicht, und gestern wusste ich noch nicht, dass ich heute hier sein würde.« Er berichtete von dem Tod seines Bruders und von dem Urlaubsantrag, der schneller genehmigt wurde, als er zu hoffen wagte. Dann berichtete er noch von seiner Arbeit in Berlin und Peenemünde, und zum Schluss war die Freude des Wiedersehens zurückgekehrt.

Abends, als sie endlich allein in ihrem Zimmer waren, fragte ihn Laura nach dem Haus in der Alleestraße. »Warst du einmal dort, hast du eine Ahnung, wie es jetzt zu Hause aussieht?«

»Ich weiß es nicht. Ich hatte keinen Urlaub und keine Gelegenheit, nach Hamburg zu fahren. Aber ich habe Kontakt zu Alfons Dreher. Er kümmert sich um unser Haus.«

»Also steht es noch?«

»Ja, und es ist nach wie vor von ausgebombten Leuten bewohnt. Aber ich habe Herrn Dreher gebeten, das Haus bis auf die notwendigsten Möbel zu räumen. Er hat die Sachen von einem Spediteur in Elmshorn abholen und in dessen Lager unterbringen lassen. Dort sind sie ziemlich sicher, und du findest deine Möbel und Wertgegenstände bei der Rückkehr unversehrt vor.«

Laura sah ihn dankbar an. Wie lieb und fürsorglich Conrad war. Er wusste, wie sehr sie an diesen Sachen hing. Immerhin hatten sie mehr als zwanzig Jahre für diese elegante Einrichtung gearbeitet und gespart. Uns ist ja nie etwas in den Schoß gefallen, dachte sie bedrückt. Seine kleine Erbschaft hat er für das Studium und den Hauskauf gebraucht, und meine Mitgift bestand aus Wäsche, Silber und Geschirr, wie es eben bei Hochzeiten auf dem Lande üblich ist. Für einen Augenblick dachte sie verärgert an ihren Vater, der den Schwestern zusätzlich wertvolles Land geschenkt, ein Geldgeschenk an sie aber konsequent abgelehnt hatte.

Später hatte Conrad von seiner Arbeit in Berlin erzählt. »Ich lebe mit meiner Einheit unter der Erde«, hatte er zufrieden berichtet. »Unsere Zentrale ist in den Kellerräumen eines Bunkers untergebracht. Von den Bomben spüren wir wenig.« Was er nicht erzählte, waren die gefährlichen Einsätze auf dem Bunkerdach, wenn seine Männer die feindlichen Bomber mit einem winzigen Flakgeschütz abwehren sollten.

Simon von Semisch nutzte jede Gelegenheit, mit seinem Schwiegersohn die militärische Lage zu diskutieren. Er lehnte zwar diesen Bücherwurm, wie er Conrad Stelling heimlich nannte, ab, verstand er doch so gar nichts vom Gutsherrenleben und den Pflichten, die damit verbunden waren, akzeptierte ihn aber als einen klugen Mann, vor allem weil er der Vater seiner couragierten und geliebten Isabella war. Er nahm Conrad mit in den Wald, zeigte ihm stolz seine geheimen Wildbestände und schilderte ihm seine raffinierte Vorgehensweise, mit der er Damwild und Rehbestände, Wildschweinrotten und Niederwild vor schießwütigen Offizieren und Politikern schützte. Dann fragte er geradeheraus: »Wie lange dauert der Krieg noch? Wie stehen unsere Chancen?«

Conrad sah ihn nicht an, als er antwortete: »Schlecht! Sie nehmen uns von allen Seiten in die Zange.«

»Das kann nicht gut gehen.«

»Nein, das geht auch nicht gut. Ein Größenwahnsinniger wollte die Welt erobern, jetzt haut ihn die Welt in Stücke.«

»Werden die Russen bis hierher kommen?«

»Stalingrad war die Wende. Jetzt hält sie nichts mehr auf.«

»Was soll ich machen?«

»Ich weiß es nicht, Simon. Richte dich auf alles ein.«

»Auch auf den Verlust von Friedrichshain?

»Auch auf den Verlust von Friedrichshain!«

»Ja, deine Antwort habe ich befürchtet. Was soll aus Laura und Isabella werden, wenn es ernst wird?«

»Behalte sie bei dir. Ich kann mir keinen besseren Schutz vorstellen.«

»Danke, Conrad. Du kannst dich auf mich verlassen. Aber sprich auch mit deiner Frau darüber, ich möchte sicher sein, dass sie nicht aus irgendeiner Laune heraus davonläuft.«

»Laura ist ein sehr ängstlicher Mensch. Sie wird auf dich hören.«

»Sie hat noch nie auf mich gehört.«

»Ich weiß.« Conrad grinste seinen Schwiegervater an. »Du nimmst ihr immer noch übel, dass sie mich geheiratet hat.«

»Sie hat einen dicken Schädel, den hat sie von mir. Was sie sich in den Kopf setzt, das gibt sie niemals auf.«

»Ich spreche mit ihr – und auch mit Isabella. Sie ist ein starkes Kind, das sich gut durchsetzen kann.«

Der alte Mann lächelte: »Isabella könnte ich fast alles verzeihen!«

Jetzt lachte auch Conrad. »Ich weiß, das Mädchen ist der Sohn, den du nie hattest.«

»Sie ist das Beste, was mir in meinem Alter noch begegnen konnte.«

»Dann schütze sie.«

Als die beiden Männer an diesem Abend nach Hause kamen, hatte sich ihre Beziehung grundlegend geändert. Sie kamen als Freunde, und das spürten alle im Hause.

Zwei Tage später musste Conrad nach Berlin zurück. Er hatte mit Laura gesprochen und am letzten Abend auch mit Isabella. Obwohl es noch sehr kalt war, machte er mit ihr einen Spaziergang in den nahen Wald. Er wollte ungestört mit ihr sprechen, was in dem überfüllten Haus nicht möglich war. Vor allem aber wollte er ohne die Anwesenheit der Mutter mit ihr reden.

»Morgen um diese Zeit sitze ich schon wieder in meinem Bunker«, überlegte er enttäuscht.

»Schade, Paps, ich hätte dich lieber hier behalten.«

»Und ich würde auch lieber bei euch bleiben. Die Luft ist viel besser hier.«

»Nur die Luft, Paps?« Isabella hakte sich vertrauensvoll bei ihm ein.

»Natürlich, nur die Luft«, er war froh, dass sie noch scherzen konnte.

»Dann nimm doch einen Sack voll mit.«

»Geht nicht, Soldaten dürfen nur mit leichtem Gepäck reisen. Und wo sollte ich einen Sack voll Luft in einem überfüllten Zug unterbringen?«

Isabella sah ihren Vater heimlich an. Sie war so stolz auf ihn. Er sah in seiner Uniform einfach fabelhaft aus. Schade, dass sie ihn nirgends zeigen konnte. Freundinnen wären vor Neid erblasst, so war es auch in Hamburg, als er sie ein paar Mal von der Schule abgeholt hatte.

»Wann kriegst du deinen nächsten Urlaub, Paps?«

»Ich weiß es nicht.«

»Ich habe immer so viele Fragen, wenn du weg bist, und wenn du da bist, fällt mir keine ein.«

»Schreib sie doch auf, Kind.«

»Hab' ich versucht, und dann hab' ich den Zettel verloren.«

Conrad sah sie nachdenklich an. »Du könntest mir öfter Briefe schreiben.«

»Das ist nicht dasselbe. Briefe muss man korrekt formulieren und dann endlos auf die Antwort warten. Da fehlt die Spontaneität. Frage und Antwort, das ist es, was ich bei dir so gern habe. Weißt du, Paps, du bist mir noch nie eine Antwort schuldig geblieben. Du hast immer alles gewusst.«

»Ach, Isabella, das wird sich ändern. Du wirst älter, und

deine Fragen werden schwieriger und komplizierter, und plötzlich kann ich dir dann keine Antwort mehr geben.«

»Das glaube ich nicht.«

»Hast du denn jetzt noch Fragen, an diesem Abend?«

»Ja, immer.«

»Dann frage.«

»Weißt du, alle Leute hier auf dem Gut und in Stargard reden von den Russen und wie grausam sie sind. Die Frauen fürchten Vergewaltigungen. Aber was ist das eigentlich, eine Vergewaltigung?«

»Hat dir deine Mutter nichts über das Zusammenleben von Mann und Frau erklärt?«

»Nein. Sie wird bei solchen Fragen immer nur rot und sagt: ›Darüber spricht man nicht.‹«

»Hm. Also es hat mit Gewalt zu tun, das hörst du doch aus dem Wort heraus.«

»Und weiter?«

»Die Männer tun den Frauen Gewalt an. Sie zwingen sie, ihnen zu gehorchen. Du lebst doch jetzt hier auf dem Gut und kannst Tiere beobachten, die sich paaren.«

»Ja. Also jetzt fang nicht mit Bienchen und Blütenstaub an, Paps, Paarungen sind ein schmutziges Thema, das man nicht in den Mund nimmt. Das kriegen wir in der Schule und beim BDM zu hören, und hier auf dem Gut ist es nicht anders.«

»Hast du Tiere beobachtet?«

»Heimlich.«

»Genauso machen es die Menschen.«

»Das ist ja eklig.«

»Nein, nicht, wenn es aus Liebe geschieht. Die Paarung ist doch die Voraussetzung für neues Leben.«

»Und was hat das nun mit den Vergewaltigungen zu tun?«

»Sie geschehen ohne Liebe, mit Gewalt. Da wollen

Menschen bewusst einander Schmerzen zufügen. Große Schmerzen.«

Isabella war still geworden. Dann sagte sie leise: »Schrecklich. Und das müssen Frauen sich gefallen lassen?«

»Männer sind meist stärker als Frauen, und oft sind es viele, die über eine einzige Frau herfallen.«

»Und dagegen kann man gar nichts tun?«

»Nein, man kann sich nur verstecken, damit man nicht gefunden wird. Wer sich wehrt, wird umgebracht.«

»Ich glaube, jetzt habe ich Angst, Paps.«

»Angst ist die natürlichste Reaktion eines Menschen auf Gefahren, die ihm drohen. Sie ist fast immer seine einzige Rettung.«

»Und ich dachte immer, Angst ist ein Zeichen von Feigheit.«

»Angst ist wie der Schmerz ein Signal, das dir sagt: ›Pass auf, sonst gehst du zugrunde‹. Sie weist auf eine Gefahr bezüglich deines Körpers oder deiner Seele hin.«

»Dann muss man sich nicht schämen, wenn man Angst hat?«

»Nein, denn jeder Mensch hat irgendwann Angst. Viele verstecken sie und halten sie für unwürdig. Dabei ist sie die natürlichste Reaktion auf eine oft lebensbedrohende Situation.«

»Das ist alles sehr schwer zu verstehen, Paps.«

»Nein, mein Liebes, hör' auf deine Angst, dann weißt du, was du tun musst.«

Conrad legte seiner Tochter den Arm um die Schulter. »Ich bin sehr stolz auf dich, Isabella, du wirst mit deinem Leben fertig, das weiß ich, aber kümmere dich um deine Mutter, sie hat es viel schwerer. Ihr fehlt der Mut, den du besitzt, auch der Mut zur Angst.«

Die Nacht hatte das letzte Licht verdrängt. Aber auf dem schneebedeckten Boden konnte man die Schlittenspuren erkennen, die Simons Wildfütterungen hinterlassen hatten. Ihnen folgten die beiden. Die Hofgebäude waren schon als dunkle Schatten zu sehen, als Isabella leise fragte: »Hast du auch manchmal Angst, Vater?«

»Aber ja, oft.«

»Wovor denn?«

»Zum Beispiel, dass ich euch verlieren könnte oder dass eine Granate unseren Panzer trifft, eine Rettung gibt es dann nicht mehr. Und ich habe oft große Angst um meine Männer, für die ich die Verantwortung trage.«

»Und was machst du dann?«

»Ich bete.«

»Und das hilft?«

»Es beruhigt.«

»Wie gut, dass du jetzt in einem Bunker bist. Ich hatte nämlich auch oft Angst um dich, und dagegen konnte ich gar nichts tun.«

»Es gibt Ängste, die zeigen einem den notwendigen Weg, und es gibt Ängste, denen man hilflos ausgeliefert ist, ich glaube, das sind die schlimmsten.«

»Ich bin froh, Vater, dass wir diesen Spaziergang gemacht haben. Ich wusste, du hast Antworten auf alle Fragen.«

»Ich bin auch froh. Ich habe viel gelernt in dieser Stunde.«

»Du, gelernt?«

»Ja, durch die Antworten ist mir selbst vieles klarer geworden, was ich vorher auch nicht wusste. Du siehst, der Spaziergang hat uns beiden gut getan.«

Zeitig am nächsten Morgen brachten Simon und Isabella Conrad nach Stargard, wo er einen Zug nach Stettin und von dort aus nach Berlin zu erreichen hoffte. Der Abschied fiel dem Hauptmann sehr schwer. Die Ungewissheit, die der Krieg mit seinen zahllosen Gefahren aufzwang, die Sorge um Frau und Tochter und die ungeliebte Arbeit in der Tiefe und in dem Mief des Bunkers erzeugten Ekel und Angst. Er wusste, dass er, eingespannt in Befehle und Verantwortung, in Berlin keine Zeit mehr für derartige Gefühle haben würde, jetzt aber machten sie ihm den Abschied unsagbar schwer.

Er beobachtete seine Tochter, die sich schutzsuchend an ihn lehnte und das Gesicht im Mantelkragen verborgen hatte. Jetzt war es der Schutz vor der Kälte, die sie seine Nähe suchen ließ, bald würde sie Schutz vor Todesangst und Verzweiflung nötig haben, doch dann war er nicht mehr da. Der Großvater war zwar ein verlässlicher und auf seine Art auch ein liebenswerter Mann, aber er würde nie die Arme schützend für sie ausbreiten. Das war ganz einfach nicht seine Art. Und die Mutter? Er verließ seine Frau tief enttäuscht. Sie war erfüllt von Sorge um ihr Haus, nicht um ihren Mann oder um ihre Tochter. In manchen Gesprächen hatte sie den Eindruck erweckt, dass sie ihn im Grunde ihres Herzens für ihr ganzes Unglück verantwortlich machte. Sie war nicht nur kühl, sondern auch abweisend gewesen, als er sehr behutsam Zärtlichkeiten forderte. Sie erfand ständig neue Gründe für den Entzug liebevoller Intimitäten, obwohl sich eh nicht viele Gelegenheiten dafür boten. So reiste er enttäuscht, verletzt und verängstigt zurück in diesen verhassten Krieg.

Elftes Kapitel

Isabella Stelling und Christiane Fürstenberg freundeten sich nach und nach an. Sie waren beide keine Menschen, die auf Anhieb Sympathien entwickelten und vorbehaltlos auf andere zugingen. Die zwei Jahre Altersunterschied hatten in Hamburg dafür gesorgt, dass sie in verschiedenen BDM-Gruppen Dienst taten und dass Christiane trotz des Umzugs nach Klein Flottbek eine andere Schule besuchte. Erst die gemeinsame Reise nach Hinterpommern, die Schrecken des Tieffliegerangriffs und das abgeschiedene, ziemlich eintönige Leben auf dem Lande brachte die Mädchen einander näher.

Isabella, die sich vom ersten Augenblick des Kennenlernens an fragte, weshalb Mitglieder der in Hamburg nicht ganz unbekannten Familie Fürstenberg im Haus an der Alleestraße einquartiert wurden und nicht bei der eigenen Familie Unterschlupf fanden, fragte eines Tages gerade heraus: »Ich hätte gern mal gewusst, warum ihr mit uns hierher gefahren seid. Ihr habt doch noch andere Verwandte in und um Hamburg. Die wären doch viel leichter zu erreichen gewesen, und ihr hättet bei ihnen wohnen können.«

Christiane kaute an einem Grashalm und sah in den wolkenlosen Himmel. Die beiden Mädchen lagen am Rand einer Heidefläche und genossen die späten Sommertage des Jahres 1944. »Hm, wie soll ich das erklären?«, überlegte Christiane. »Sagen wir mal so: Wir gehören nur am Rande zur Familie.«

»Wie soll ich das verstehen? Entweder man gehört dazu oder nicht.«

Christiane lächelte nachdenklich. »Wir sind eigentlich lieber für uns. Ich will nicht sagen, dass man uns nicht liebt oder wir abgelehnt werden, aber man duldet uns innerhalb der Familie nur, weil es sich so gehört.«

»Das verstehe ich nicht.«

»In Mutters Familie gab es ein paar jüdische Angehörige, die von den Hanseaten der Familie nicht gern gesehen wurden. Man nahm Mutter zwar freundlich auf, aber den Verwandten begegnete man mit Argwohn und Angst.«

»Angst?«

»Man befürchtete, sie würden sich in die Geschäfte der ehrbaren Familie Fürstenberg einmischen.«

»Und, war die Angst berechtigt?«

»Überhaupt nicht. Mutters Familie hielt sich bescheiden im Hintergrund. Sie hatte zwar eine gut gehende Firma, aber nie das Verlangen, bei den Hanseaten an irgendeine Tür zu klopfen. Man akzeptierte Mutter, aber richtig in die Familie aufgenommen wurde sie nie. Und meinem Vater ging es nicht besser. Nach außen hin war die Familie Fürstenberg immer intakt und zeigte sich tolerant, aber sonst lässt man uns die jüdischen Vorfahren spüren.«

»Und deine Mutter? Wie wird sie damit fertig?«

»Sie ist sehr couragiert und steht einfach über den Dingen. Die Verwandten sollen ihre Ruhe haben, sagt sie immer. Jeder hat doch irgendetwas zu verbergen, es gibt überall auch schwarze Schafe, damit muss man fertig werden. Du siehst, es gibt für die alten Hanseaten keinen Grund, uns nun mit offenen Armen zu empfangen. Mein Vater ist viel zu stolz und würde niemals bei der Familie um Unterschlupf bitten.«

»Und dein Bruder? Du hast doch einen Bruder bei der Marine.«

»Der denkt genauso. Er ist der mutigste Mensch, den ich kenne, er würde sein Leben geben, wenn er einem von ihnen helfen könnte.«

»Hattet ihr denn keine Schwierigkeiten mit den Nationalsozialisten? Ich meine, dein Bruder ist Soldat, du bist beim BDM ...?«

»Mutters Stammbaum ist seit zwei Generationen ›sauber‹, wie es so schön heißt, und wenn man Dienst für die Nazis leistet oder seinen Kopf für sie riskiert, nehmen sie einen mit Kusshand.«

»Und deine Mutter?«

»Die kämpft immer nur.«

»Mein Gott, um was denn?«

»Um das Ansehen ihrer kleinen Firma, sie kämpft auch um das Ansehen in der Hamburger Gesellschaft, die ihr sehr viel bedeutet, um meinen Vater, den sie abgöttisch liebt und um den sie ständig Angst hat, und bald beginnt der Kampf um die Zukunft.«

»Zukunft! Hast du eine Ahnung, wie die aussehen wird?«

»Nein, aber ich träume davon.« Christiane streckte sich behaglich im warmen Heidekraut aus, verschränkte die Arme unter dem Kopf und sah einem Schmetterling nach, der sich braun und goldfarben zwischen den Heideblüten tummelte.

»Und wie sehen deine Träume aus?«

»Wir sind alle wieder in Hamburg. Mein Vater, meine Mutter, mein Bruder und ich. Und wir bauen unser Haus und die Firma wieder auf und können in Frieden leben.«

»Hört sich gut an.«

»Ist auch gut.«

»Ich würde am liebsten immer hier bleiben.« Isabella setzte sich auf und sah sich um. »Mir gefällt es auf dem Lande viel besser als in der Großstadt.«

»Wäre mir zu eintönig.« Auch Christiane setzte sich und sah sich um. »Immer dieser endlos weite Himmel und nichts, woran sich die Augen festhalten können.«

»Genau das ist es, was mir gefällt«, nickte Isabella. »Diese unendliche Weite, nichts stört den Blick auf dem Weg zum Horizont. »Sie sah gedankenverloren über die Heidefläche. »Du glaubst nicht, wie schön es früher hier war.«

»Und was war damals anders?«

»Das ganze Leben eben. Die Feste auf den Gütern, irgendwo war immer etwas los, der Stall voller edler Pferde, die vielen Besucher, die hier ein- und ausgingen.«

»Aber ihr wart doch immer nur kurz hier auf der Durchreise.«

»Leider, weil meine Mutter und mein Großvater sich nicht verstanden, aber meine Cousins und Cousinen auf den Nachbargütern haben mir ständig vorgeschwärmt, wie schön es hier ist.«

Christiane lachte: »Immerhin, Pferde habt ihr ja auch heute noch.«

»Die Kaltblüter! Die kann man doch nicht mit den Vollblutpferden von damals vergleichen. Dass wir jetzt diese drei Gespanne haben, verdankt mein Großvater nur seinem Ernährungsbeitrag für das Militär. Hier ist jede einzelne Kartoffel für die Soldaten reserviert.«

»Na, jetzt übertreibst du aber.«

Isabella schmunzelte. »Also, ein bisschen fällt für uns auch noch ab, sonst hätten wir hier nichts zu beißen, aber offiziell muss mein Großvater über jeden Morgen Ackerland Buch führen. Nur deshalb hat man ihm die Gespanne und die französischen Kriegsgefangenen genehmigt.«

»Wieso arbeiten hier eigentlich Franzosen und keine Polen oder Russen?«

»Die Franzosen haben einen weiten Weg bis nach Hause. Wenn sie fliehen wollen, überlegen sie sich das drei Mal.«

»Warum sollten sie türmen? Sie haben es hier doch richtig gut. Essen, Trinken, gute Behandlung und das Barackenlager, in dem sie nachts wohnen, sieht doch auch passabel aus.«

»Gefangen ist gefangen, da will jeder weg. Habt ihr eigentlich etwas von deinem Vater oder deinem Bruder gehört?«

»Nein, nicht viel, leider. Mein Vater ist irgendwo im Norden von Belgien, und mein Bruder ist irgendwo auf See.«

»Schlimm für deine Mutter. Wie wird sie damit fertig?«

Christiane zuckte mit den Schultern. »Manchmal weint sie heimlich, aber sonst kämpft sie, wie ich schon sagte, dagegen an.«

»Wie kann man denn von hier aus kämpfen?«

»Sie schreibt Briefe nach Hamburg, stellt Anträge, rechnet und recherchiert und ist ziemlich beschäftigt.«

Isabella schwieg und dachte an ihre Mutter, die ihre Erfüllung derzeit in der Vorratswirtschaft von Gut Friedrichshain gefunden hatte. Sie bepflanzte jeden Meter des Gartens, sorgte für Obst, Gemüse und Kräuter, kümmerte sich um ein paar in der alten Waschküche versteckte Kaninchen und um eine geheime Hühnerschar. Sie sorgte bei der Ernte dafür, dass vom guten Korn ein paar Säcke voll Mehl in der Hofküche und ein paar Kartoffelzentner im Keller des Gutshauses landeten. Vor allem die Zuckerrüben hatten es ihr angetan. Sie entwickelte ein Rezept zum Sirupkochen, das das ganze Haus mit einem penetranten süßlichen Geruch durchzog und im Winter für einen herrlich braunen Brotaufstrich sorgte. Isabella schüttelte in Gedanken daran den Kopf. Für sie war eine gewaltige Arbeit damit verbunden, musste sie doch Tag und Nacht ein

Feuer unter dem kupfernen Wäschekessel unterhalten, der für das Rübenkochen zweckentfremdet worden war. Zum Glück fand diese stinkende Prozedur erst im November nach der Rübenernte statt.

Christiane, die die Freundin beobachtet hatte, lachte. »Ein Himmelreich für deine Gedanken.«

»Ich habe an den Herbst gedacht und an das Rübenkochen.«

»Wer weiß, was bis dahin los ist. Wer weiß, ob wir dann noch hier sind.«

»Wo sollen wir denn sein, wenn nicht hier?«

»Ich weiß nicht, man hört so allerlei.«

»Du meinst das Gerede über die Russen? Die kommen niemals bis hierher.«

»Ich kann ganz gut Französisch und höre heimlich zu, wenn die Gefangenen miteinander reden. Ich glaube, die hören einen Geheimsender ab.«

»Dann sollen sie sich mal nicht erwischen lassen. Worüber unterhalten sie sich?«

»Amerikaner und Briten sind in Frankreich auf dem Vormarsch, die Wehrmacht befindet sich überall auf dem Rückzug.«

»Frankreich ist weit weg, davon merken wir hier nichts.«

»Aber die Russen sind schon bis an die Weichsel vorgedrungen. Das ist nicht mehr weit.«

»Ich werde mal mit meinem Großvater sprechen, vielleicht weiß der mehr.«

»Aber verrate die Franzosen nicht.«

»Natürlich nicht. Was sagen die denn in deiner BDM-Gruppe über die ganze Entwicklung?«

»Nichts. Wir haben kaum Dienst. Es ist, als wollten die in Stargard unter sich sein. Für die sind wir Fremdlinge und stören höchstens.«

»Ist mir auch recht so. Mir reicht der lange Schulweg mit dem alten Fahrrad morgens und mittags, ich bin nicht wild auf eine zweite Tour am Nachmittag.«

»Mir geht's genauso. Wenn ich nach Aufgaben frage, heißt es, ich soll hier in der Landwirtschaft helfen, das sei wichtig genug.«

Es war das einzige ausführliche Gespräch, das die beiden Mädchen in diesen Monaten auf Gut Friedrichshain führten. Isabella hatte den Eindruck, dass Christiane bedauerte, so viele intime Details aus dem Leben ihrer Familie erzählt zu haben, und ließ sie in Ruhe. Sie wird schon mit mir reden, wenn sie es für richtig hält, dachte sie und schloss sich ganz besonders eng an ihren Großvater an.

Mit ihm konnte sie reden, diskutieren und streiten – vor allem das Streiten schien ihm zu gefallen. Der knurrige Alte brauchte jemanden, an dem er seine Ecken und Kanten abschleifen konnte. Die aufgeweckte, unerschrockene Isabella schien genau die richtige Person dafür zu sein. Während Laura die Hände rang, weil wieder einmal im Gespräch zwischen ihrer Tochter und ihrem Vater die Fetzen flogen, lächelte die Großmutter still vor sich hin. Sie wusste, dass der alte Mann seine Kontrahentin gefunden hatte und seine bissigen Bemerkungen nichts anderes als Liebeserklärungen an diese couragierte Enkelin waren.

Zwölftes Kapitel

Ende September, Anfang Oktober begann Simon von Semisch wie in jedem Jahr mit seiner Arbeit im Wald. Es fiel ihm schwer, sich daran zu gewöhnen, dass sich die Zeiten geändert hatten, dass in diesem Herbst 1944 der Krieg zu einer akuten Bedrohung wurde. Wenn er nachts auf seinem Hochsitz saß, sah er hinauf zu den Sternen und dachte: Mein Gott, wenn's dich da oben gibt, dann mach Schluss mit dieser Katastrophe hier unten.

Die Ernte auf den Feldern war eingebracht, und die Pferdegespanne hatten in tagelangen Fahrten Korn und Kohl, Kartoffeln und Rüben, Zwiebeln und Äpfel in die Versorgungslager der Wehrmacht von Stettin gefahren. Auf dem Gutshof waren nur noch die Schweine zu mästen, die im Dezember für die Versorgung von Soldaten und Zivilisten geschlachtet und geliefert werden mussten, und für die konnte sein alter Verwalter sorgen, wenn er selbst anderweitig unterwegs war.

Der Wald war nicht nur ein geliebtes und gepflegtes Refugium des alten Gutsherrn, er war auch sein großes Geheimnis. Kein Mensch wusste, dass er hier einen Wildbestand hegte, der es mit einigen Beständen in den amtlichen Revieren von Masuren und der Schorfheide durchaus aufnehmen konnte. Kamen Offiziere aus benachbarten Garnisonen oder Regierungsbeamte aus Stettin und Stargard, um sich nach jagdbarem Wild zu erkundigen, winkte er bescheiden und bedauernd ab.

»Wir haben hier kein Wild mehr, meine Herren. Der Ausbruch des Krieges mit durchmarschierenden Truppen, mit dröhnenden Panzern und heulenden Flugzeugen hat den Wildbestand ausgemerzt. Jeder Mann, der ein Gewehr hatte, durfte ungeachtet der Schonzeiten schießen, und in kürzester Zeit waren die Rudel der Hirsche und Rehe, die Rotten der Wildschweine und der gesamte Bestand an Niederwild erlegt. Wenn Sie es wünschen, meine Herren, und wenn Sie den Wald besichtigen wollen, bin ich gern bereit, Sie durch das Gelände zu führen. Wenn wir Glück haben, treffen wir im Dezember vielleicht auf ein paar Hasen, aber mit Sicherheit kann ich nicht einmal das garantieren.«

Die Herren, die von kapitalen Zehnendern träumten, verzichteten auf aussichtslose Besichtigungen und auf einen Sport, der keine Beute versprach.

Simon von Semisch strich sich zufrieden durch den weißen Bart, den er sich zur Erinnerung an den sehr verehrten Herrn von Bismarck hatte wachsen lassen, und zwinkerte seiner Frau zu, wenn die Herren abgefahren waren. Er wusste, wo sich sein Wild befand, wie großartig der Bestand dank seiner Hege war und dass seine eigene sowie die Familien seiner Töchter auf den Nachbargütern auch im kommenden Winter keinen Fleischmangel erleiden mussten.

Für ihn selbst war mit der Hege schwere Arbeit verbunden. Um sein Geheimnis zu wahren, musste er im Winter eigenhändig die Fütterungen übernehmen, tagein und tagaus mit einem Fuhrwerk in die tiefverschneiten, weit abgelegenen Waldgebiete fahren, um das Wild mit Heu, heimlich gekauften Kastanien und Eicheln sowie mit Rüben und Fallobst aus dem Garten zu versorgen. Er hatte, wenn die Fuhren nach der Ernte und die Feldarbeit im Herbst erledigt waren, einen genauen Plan entwickelt, der es ihm ermöglichte, immer ein Gespann seiner Kaltblüter zur Verfügung zu haben. Er behauptete seinen Nachbarn und dem deutschen Wachpersonal des Gefangenenlagers gegenüber, die Pferde bekämen nun die wohlverdiente Winterruhe. Immer zwei Gespanne würden für die anfallenden Arbeiten gebraucht, während das dritte Gespann vierundzwanzig Stunden Ruhe und nur leichte Bewegung bekäme. Auf diese Art hatte er jeden Abend Pferde zur Verfügung, mit denen er in die entfernteren Wälder fahren konnte.

Aber noch war es nicht so weit. Der Winter war noch fern, jetzt war die Zeit, in der er die Früchte seiner Wildpflege genießen und die Bestände kontrollieren konnte. In den späten Nachmittagsstunden, wann immer es seine Zeit zuließ, machte er sich auf den Weg, suchte die Hochsitze in den einzelnen Gebieten auf, zählte den Bestand, suchte nach krankem Wild, notierte sich die geschwächten Tiere, die den Winter nicht überleben würden, und kehrte meist erst gegen Morgen zurück. Nur Bertil, der alte Verwalter, der seit Jahrzehnten bei ihm auf dem Gut war, und seine Frau wussten Bescheid. Und seit einem halben Jahr wusste auch Isabella um sein Geheimnis.

Isabella! Eines Nachts war sie ihm nachgeschlichen, so leise, dass nicht einmal Wurstl, sein saufarbener Rauhaardackel Laut gegeben hatte. Erst als er das Pferd festband – wenn er kein Futter transportieren musste, nahm er nur eines der Pferde und benutzte den Dogcart –, war sie aus dem Dickicht getreten und hatte erklärt: »Großvater, wenn du willst, bleibe ich hier unten und passe auf das Pferd auf, während du dort oben auf dem Hochsitz hockst.«

Als er sie verblüfft anstarrte und wütend zur Rede stellen wollte, legte sie einfach einen Finger auf seine Lippen und erklärte: »Weißt du, ich denke, wir sind Freunde, und vor Freunden hat man keine Geheimnisse. Also, Großvater, von jetzt an bin ich deine Verbündete und begleite dich. Ich mag nämlich den Wald, außerdem solltest du nicht allein nachts unterwegs sein. In diesen Zeiten sind auch deine geliebten Wälder nicht vor Wilderern und anderen Herumstreunern sicher.«

Ihm hatte es glatt die Sprache verschlagen, weil er ihren Mut, ihre Dreistigkeit bewunderte und weil er ihrem mädchenhaften Charme unterlegen war.

»Na, komm schon«, hatte er geknurrt, »das Pferd passt auf sich selber auf, und Wurstl ist ja auch noch da.« So hatten die gemeinsamen nächtlichen Exkursionen begonnen. Zwar konnte er nun nicht mehr bis zum Morgengrauen bleiben, das Mädel musste ja irgendwann auch schlafen, bevor die Schule anfing, aber die Gespräche, die sie beide leise führten, versöhnten ihn mit der kürzeren Zeit. Und ganz allmählich wurde diese Zweisamkeit zu einem Vergnügen, das er nicht mehr missen mochte. Keine seiner Töchter und keines seiner Enkelkinder auf den benachbarten Gütern hatte dieses Interesse an seinem Leben, an seiner Herkunft, an seinen Plänen gezeigt, wie Isabella aus dem fernen Hamburg, die ihm immer so fremd gewesen war.

Der alte Mann erinnerte sich noch genau an das erste Gespräch, das sie vor einigen Monaten geführt hatten. Damals war der Schnee gerade erst getaut, und er hatte die letzte Fuhre Heu in eine versteckte Tannenschonung gebracht. Er hatte sich Wurstl wie einen Pelzkragen um die Schultern gelegt, um auf diese eingeübte Art den kleinen Hund mit auf den Ansitz zu transportieren, als sie neben ihm stand und dann wie selbstverständlich mit ihm über die vereisten Sprossen der selbst gebauten Leiter nach oben kletterte. Auf der kleinen Bank blieb ihm nichts anderes übrig, als die Pelzdecke mit ihr zu teilen. Wahrscheinlich war es diese Nähe, die jene Intimität schuf, die persönliche

Gespräche erlaubte. Unbekümmert hatte sie gefragt: »Ich will schon lange mal wissen, Großvater, seit wann und von wem du Friedrichshain bekommen hast.«

Er hatte eine Weile gezögert, aber dann offen und ehrlich geantwortet: »Wahrscheinlich ist es ein erbeutetes Land. Irgendjemand hat es irgendeinem vor Jahrhunderten weggenommen und an die Familie weitervererbt.«

»Du meinst einfach geraubt?«

»Ja. Aber das geht niemanden etwas an, jeder sollte sich um seine eigenen Angelegenheiten kümmern.«

»Meine Angelegenheiten sind auch deine Angelegenheiten, und deine sind meine. Wir gehören zusammen, wenn auch auf Umwegen.«

»Was heißt hier Umwege?«, hatte er aufgebracht gefragt. »Ich bin der Vater deiner Mutter, geradere Wege gibt es nicht.«

»Dann zeig mir die geraden Wege. Woher haben wir Friedrichshain, und woher hat es seinen Namen?«

»Ist 'ne lange Geschichte.«

»Wir haben eine Nacht lang Zeit.«

»Aus alten Urkunden geht hervor, dass die Deutschen Ordensritter im fünfzehnten Jahrhundert das Land erobert und christianisiert haben.«

»Damals, als sie an der Ostsee entlang bis nach Russland gezogen sind?«

»Mein Vorfahre, ein Friedrich von Semisch, ist als Ordensritter von Brandenburg in die Neumark gekommen und hat mit seinem Gefolge das Gebiet nördlich der Warthemündung besetzt. Für besondere Verdienste bekam er einen Teil des Landes geschenkt.«

»Man hat es also den Polen weggenommen?«

»Die Neumark gehörte mal zu Brandenburg und mal zu Polen, sie wurde zwischen den jeweiligen Landesherren hin- und herverkauft oder verschenkt. Weißt du, die Polen wurden ständig von anderen europäischen Ländern gegängelt. Ihr Land wurde immer wieder geteilt, zusammengefügt und wieder aufgeteilt und anderen zugeordnet. Das dauert bis heute an. Aber wir kamen meist gut miteinander aus, wir Preußen und die Polen.«

Isabella schwieg einen Augenblick, dann sagte sie leise: »Also eigentlich gehört es uns nicht.«

»Doch, mein Kind, wir haben es in mehr als fünfhundert Jahren zu dem gemacht, was es heute ist. Wir haben aus einer urwaldähnlichen Moränenlandschaft ein blühendes Land gemacht, auf dem wir mit den Polen zusammen in Frieden leben.«

»Hm, hört sich gut an. Sehen die Polen das auch so?«

»Bis jetzt, ja.«

»Was heißt ›bis jetzt‹?“

»Wir haben Krieg, und der kommt näher.«

Simon von Semisch schüttelte den Kopf. Vor einem halben Jahr, als er dieses Gespräch mit seiner Enkelin führte, war diese Kriegsfurcht noch eine vage Vermutung, inzwischen war sie beinahe Realität. Auch er hörte in aller Heimlichkeit ausländische Sender. Er wusste, wie es in diesem Herbst um Deutschland bestellt war. Er hatte keine Angst, aber er hatte vorgesorgt. Als er an diesem Abend in den Wald fuhr, allein, denn die Mädchen wurden seit einer Woche zum heimatlichen Kriegsdienst in Stargard herangezogen und mussten von der Schule aus ihren Tageseinsatz in Lazaretten direkt antreten, beschloss er, mit seinen Töchtern auf den Nachbargütern ein ernstes Wort zu reden.

Friedas Mann wurde in Russland vermisst, sie musste seit zwei Jahren das Gut allein führen, Selmas Mann kämpfte auf dem Balkan, niemand wusste, wo er sich befand, dennoch hatte sie wenigstens ihren kränkelnden Schwiegervater zur Seite, und Ännchens Mann lag in einem Lazarett bei Leipzig, während sie sich mit einem unehrlichen Verwalter abplagte.

Ich muss meine Töchter warnen und auf eine Flucht vorbereiten, nahm er sich vor, immerhin liegen die russischen Divisionen an der Weichsel, und wer die Landkarte kennt, weiß, dass das nicht mehr weit ist. Ich bin nicht so dumm, immer noch an den deutschen Endsieg zu glauben, wie viele Nachbarn und Freunde. Seit ein paar Tagen werden alle Männer zwischen sechzehn und sechzig Jahren, die noch nicht in der Wehrmacht sind, zum Volkssturm eingezogen. Das ist doch ein allerhöchstes Alarmzeichen. Bevor man mich holt, obwohl ich über siebzig bin, will ich mein Haus und das meiner Kinder bestellt haben.

Als Erstes sprach er am nächsten Morgen mit Anna. Seine zierliche, bescheidene Frau litt seit ein paar Jahren unter einer zunehmenden Schüttellähmung, und immer, wenn er den kleinen Kopf mit dem schneeweißen Haar betrachtete und sah, wie er und die Hände unter den unkontrollierten Zuckungen litten, versuchte er, alle unangenehmen Ereignisse von Anna fern zu halten. Er hatte sich angewöhnt, beim Frühstück seine Frau zu bedienen, was ihm gar nicht leicht fiel, denn eigentlich sollte es umgekehrt sein, und er half ihr sogar beim Ankleiden, wenn sie mit Schnüren und Ösen nicht allein zurechtkam. Als sie heute den Morgenkaffee beendet hatten, bat er sie in sein Büro, den einzigen Raum im Haus, in dem sie trotz der vielen einquartierten Menschen wirklich ungestört sprechen konnten.

»Anna, es gibt Probleme, über die wir reden müssen und mit denen ich dich eigentlich nicht belasten wollte.«

»Ich weiß, Simon, ich bin weder blind noch taub, ich weiß, was auf uns zukommt. Wie viel Zeit haben wir noch?«

»Ein halbes Jahr, vielleicht weniger.«

»Was schlägst du vor?«

»Wir werden Friedrichshain verlassen! Wir alle, auch die Töchter mit ihren Familien, ich werde nachher mit ihnen sprechen.«

»Sag mir offen und ehrlich, um was es geht. Ich kann damit fertig werden.«

»Ich weiß. Du bist eine zurückhaltende, aber überaus couragierte Frau, das wusste ich schon vor fünfzig Jahren, sonst hätte ich dich nicht geheiratet«, versuchte er zu scherzen.

»Ich glaube, ich hatte noch einige andere Tugenden, die dich reizten, aber jetzt sag mir, wie ernst die Lage ist?«

»Sehr ernst, wir werden vielleicht alles verlieren. Haus und Hof, Anna.«

»Du sagtest, dass du vorgesorgt hast.«

»Vom ersten Tag des Krieges an habe ich befürchtet, dass es dazu kommen würde. Man überfällt nicht ungestraft fremde Länder.«

»Und wir tragen die Lasten, die man in Berlin angehäuft hat. Was planst du?«

»Ich habe weit entfernte Ackerflächen, Waldgebiete, fischreiche Teiche und Weideland verkauft, Ländereien, deren Bearbeitung mir von Jahr zu Jahr schwerer fiel.«

Fassungslos sah die kleine Frau jetzt ihren Mann an. »Du meinst Land, das uns seit Generationen gehört? Aber wer, wem ...?«

»Als der Krieg begann und so erfolgreich aussah, gab es viele Wohlhabende im Reich, die ihr Geld in Grund und Boden anlegen wollten. Industrielle aus dem Rheinland, die plötzlich Krautjunker im Osten werden wollten. Minister, Generäle, Diplomaten, die ihr Geld sicher anlegen mussten. Und was ist schon sicherer als Land? Ich habe das Land sehr profitreich verkauft.«

»Und keiner hat davon gewusst.«

»Ich habe das Geld gut angelegt. Am Wert von Grund und Boden ist nicht zu zweifeln, es muss nur sicheres Land sein, weit weg von Grenzen und von Kriegshandlungen.«

»Aber gibt es denn das überhaupt noch?«

»Ja, aber man muss gut suchen. Ein Agrarmakler hat sich für mich umgesehen, und als er an der Westküste von Schleswig-Holstein einen Bauern fand, der keinen Erben hatte, aber dringend Geld brauchte, hat er für mich den Hof gekauft. Ein kleines, aber übersichtliches Anwesen auf der Insel Sylt. Also gar nicht einmal weit entfernt von hier.«

Anna hörte ihm sprachlos zu, aber am Zucken ihres Kopfes merkte er, wie aufgeregt sie war. »Und das alles hinter meinem Rücken!«, stellte sie flüsternd fest. »Wann warst du dort, wann hast du den Kauf getätigt, wann hast du das Land gesehen? Ich verstehe das alles nicht. Wir hatten nie Geheimnisse, und nun planst du die ganze Zukunft ohne mich?«

»Anna, kein Mensch durfte von meinen Geschäften etwas wissen. Wäre mir etwas passiert, hätte man dich gefragt und mit wer weiß welchen Methoden zum Reden gezwungen. So war es besser, du wusstest von nichts. Man hätte geglaubt, ich zweifle an dem Endsieg, und ich hätte mich in einem dieser berüchtigten Lager, die es jetzt überall gibt, wiedergefunden.«

»Und wie geht es nun weiter?«

»Wir ziehen um, die ganze Familie. Im Durcheinander der näher rückenden Front verlassen wir das Gut und fahren davon.«

Jetzt weinte Anna. »Und das auf unsere alten Tage. Du hast den Verstand verloren, Simon. Im Tohuwabohu eines Kriegsendes gibt es keine leeren Straßen oder Eisenbahnen mehr.«

»Nicht weinen«, ungeschickt strich er seiner Frau über das Haar. »Es wird alles gut.« Er stand auf und ging zu seinem kleinen Wandtresor. »Hier sind alle Papiere, Anna, ich möchte, dass du weißt, wo alles zu finden ist, falls man mich auch noch zum Volkssturm holt. Morgen kommt ein Schreiner aus Stargard und liefert Kisten. Ich möchte, dass du mit dem Packen fertig bist, wenn die ersten Flüchtlinge hier vorbeikommen.«

»Mein Gott, Simon, und wann ist das?«

»Heute, morgen, übermorgen? Vielleicht erst zu Weihnachten oder noch später, ich weiß es nicht. Wir müssen die Frontbewegungen beobachten.« Er strich ihr noch einmal über das Haar. »Ich fahre jetzt zu den Mädchen auf die anderen Güter. Sie müssen vorbereitet werden.«

»Vielleicht weigern sie sich, deine Pläne zu akzeptieren.«

»Ich kann sie nicht zwingen, ich kann sie nur warnen. Nach dem, was man über das Verhalten zahlreicher deutscher Truppen in Russland gehört hat, können wir hier keine Gnade erwarten.«

»Wir werden alle sterben, Simon, ich fühle das.«

»Wir werden nicht sterben, Anna«, der große Mann kniete vor seiner zierlichen Frau nieder, »wir werden leben, Anna, wir alle, denn wir sind stark, wir haben die Kraft und den Willen zu kämpfen«, er nahm ihre Hände und legte für einen Augenblick sein Gesicht hinein, »und wenn wir selbst es nicht schaffen, müssen wir wenigstens für unsere Kinder stark sein. Sie haben ihr Leben doch noch vor sich.«

Und keiner der beiden Alten ahnte, was wenige Wochen später wirklich geschehen würde.

Dreizehntes Kapitel

Es war kurz vor Mitternacht, und es regnete in Strömen. Isabella und Christiane waren auf dem Heimweg. Die Mützen der Regencapes tief ins Gesicht gezogen, führten sie ihre Fahrräder durch Schlamm und Pfützen. Es war unmöglich, in der Dunkelheit und bei dem schlechten Wetter zu fahren, und so brauchten sie mehr als eine Stunde für den Weg von Stargard bis Friedrichshain.

»Meinen Geburtstag habe ich mir weiß Gott anders vorgestellt«, sagte Isabella müde. »Von meinem siebzehnten Lebensjahr habe ich so oft geträumt, und jetzt beginnt es mit einem verschlammten Weg, nassen Füßen und einem Hunger, den ich kaum beschreiben kann.«

Christiane konnte die Freundin kaum sehen. Nur ein dunkler Schatten bewegte sich neben ihr, und sie hörte dann und wann die leise Stimme von Isabella: »Was erwartest du denn, warum sollte das Jahr anders sein als das, was du gerade hinter dir hast?« Christiane war zum Umfallen müde, sie hatte keine Lust, sentimentale Reden und vor allem Diskussionen zu führen. »Du wirst ein Jahr älter, das war's dann. Bei mir gab's keinen Unterschied zwischen dem sechzehnten und dem siebzehnten Jahr. Also finde dich damit ab.«

Isabella schüttelte energisch den Kopf, was die Freundin natürlich nicht sehen konnte. »Oh nein, das siebzehnte ist etwas ganz Besonderes, ich finde, da wird ein Mädchen so richtig erwachsen. Jedenfalls war es vor dem Krieg so.«

»Und was war damals anders? Mir ist jedenfalls nichts Besonderes aufgefallen.«

»Da fragst du noch? Man ging mit sechzehn, siebzehn tanzen und machte sich schön. Aber jetzt ist das Tanzen und jede Art von Spaß verboten, kein Lippenstift und kein Rouge. Wir tragen Gummistiefel statt Stöckelschuhe und Wollsocken anstelle von Seidenstrümpfen.«

»Na und? Diese Zeiten gehen auch vorbei.« Christiane stolperte, und ihre Tasche rutschte vom Gepäckträger. »Warte mal, ich muss meine Tasche suchen.« Die Mädchen tasteten in der Dunkelheit den schlammigen Boden ab. Dann hatten sie die Tasche wieder. »Ein Wetter ist das. Seit drei Tagen gießt es. Der Weg ist die reinste Schlammpiste. Ich bin nass bis auf die Haut.«

»Wenn es morgen immer noch regnet, bleibe ich zu Hause. Die Schule bringt sowieso nichts mehr, und wenn man uns im Lazarett braucht, soll man uns holen.« Aus der Ferne war ein tiefes, dunkles Grollen zu hören. »Ein Gewitter mitten im Oktober, auch das Wetter spielt verrückt.«

»Aber ich habe keinen Blitz gesehen.«

»Die Wolken hängen zu tief und dann der Regen, da sieht man nicht mal Blitze.« Der Donner wiederholte sich, dann noch einmal, etwas leiser diesmal, dann noch einmal. »Hast du schon mal Donner in so genauem Abstand gehört?« Christiane blieb stehen.

»Nein, noch nie.«

»Es könnten Kanonen sein.«

»Unsinn. Die Front ist viel zu weit entfernt.«

»Vielleicht ist sie näher gerückt, und wir wissen es nur nicht.«

»Mein Großvater wüsste das. Der passt auf.«

In der Ferne war es wieder still. »Dein Großvater will, dass wir alle unsere Sachen packen. Er rechnet mit einer näher kommenden Front.«

»Ich weiß, aber jetzt noch nicht. Zwischen uns und den Russen leben Tausende von Menschen. Wenn die flüchten, müssen wir uns auch fertig machen, hat er gesagt.«

»Und wohin sollen wir flüchten? Hinter uns die Russen, vor uns die Amerikaner, wenn sich diese Zange schließt, bleibt von uns nichts mehr übrig.«

»Na ja, alle vernichten können sie nicht. Irgendwie wird es weitergehen müssen.«

»Fragt sich nur wie.« Isabellas Rad stieß gegen einen Baumstumpf. »Wir müssen mehr nach links, ich bin zu weit an den Rand gekommen. Geh mal etwas rüber.«

»Ob wir überhaupt noch mal nach Hause kommen? So weit kam mir der Weg noch nie vor.«

»Kein Wunder bei dem Wetter. Und das in meiner Geburtstagsnacht.«

»Ein unvergessliches Erlebnis auf jeden Fall«, kicherte Christiane.

»Ich könnte mir schönere Erlebnisse vorstellen.«

»Die kommen auch wieder.«

»Aber wann? Man wird nur einmal siebzehn, und dieses Jahr wäre so voll gewesen mit Festen und Ereignissen, seit Jahren habe ich mich auf 1945 gefreut.«

»Was für Feste und Ereignisse?«

»Na, erst mal mein sechzehnter Geburtstag, den ich im Lazarett verbracht habe, ohne dass ein Mensch etwas davon wusste. Im Januar wäre mein Vater fünfundzwanzig Jahre Professor gewesen, Mutter hatte ein großes Fest geplant. Im Juni haben meine Eltern silberne Hochzeit, ich möchte nicht wissen, wie diese Feier jetzt ausfällt, und im selben Monat wird mein Vater fünfzig, das wäre auch ein Grund für ein tolles Fest gewesen.«

»Mein Gott, denkst du denn bloß an Feste und Feiern?«

»Wir sind noch so jung, Christiane, was hatten wir bis jetzt eigentlich von unserer schönsten Zeit?«

»Wir leben! Außerdem können wir helfen. Der Krieg dauert doch nicht ewig! Später lachen wir über diese Probleme – aua!«

»Was ist?« Isabella blieb stehen und sah sich um.

»Ich bin umgeknickt, ich habe mir den Knöchel verstaucht.«

»Kannst du auftreten?« Christiane hockte auf dem Boden und rieb sich den Fuß. Das Rad lag im Schlamm. »Dieser schreckliche Weg.«

Isabella versuchte der Freundin beim Aufstehen zu helfen. »Komm, gib mir mal die Hand.«

»Himmel, tut das weh. Ich kann nicht auftreten. Was machen wir jetzt?«

Isabella sah sich um. »Hast du in deiner Tasche eine Bandage?«

»Nee, wie sollte ich auch.«

»Ich hab' auch nichts dabei. Am besten verstecken wir dein Rad hier im Straßengraben, du setzt dich auf meins, und ich führe das Rad bis nach Hause. Weit kann es ja wirklich nicht mehr sein. Bleib mal hier im Schlamm sitzen, bis ich dein Rad weggeräumt und deine Tasche auf meinem befestigt habe.«

»Wenn's nicht so weh täte, müsste ich laut lachen. Was für eine verrückte Geburtstagsnacht«, kicherte Christiane.

»Sag' ich doch die ganze Zeit. Komm, versuch auf den Sattel zu steigen und halte dich an meiner Schulter fest.«

Mühsam erkletterte Christiane das Rad, klammerte sich an Isabella fest, die langsam ihr Rad durch den Schlamm führte.

Es war ein mühsamer Weg, und Christiane hatte das Gefühl, die Freundin, die jetzt ziemlich verzagt wirkte, unterhalten zu müssen.

»Was machen wir, wenn die Russen wirklich herkommen?«

»Ich denke mal, bis dahin sind wir weg«, überlegte Christiane.

»Und wo sind wir dann?«

»Ich weiß nicht, aber wenn die Russen kommen, hält mich hier nichts mehr. Und wenn ich zu Fuß flüchten muss«, sagte Christiane sehr entschieden.

»Dann besorg dir mal schnell einen gesunden Knöchel«, versuchte Isabella zu scherzen, fuhr dann aber ernsthaft fort: »Mein Vater hat geschrieben, wir sollen auf jeden Fall hier bei den Großeltern bleiben, er kommt auch her, sobald er in Berlin entlassen wird.«

»Was macht er denn als Verwundeter in Berlin?«

»Genau weiß ich's nicht, er darf das ja nicht schreiben, auf jeden Fall hat er etwas mit Telefon und Funknachrichten zu tun. Da muss er nicht herumlaufen.« Isabella blieb stehen, um Luft zu schöpfen. Das Rad mit der Last war in dem Schlamm verdammt schwer zu schieben.

»Ihr habt wenigstens Nachricht, wir hören überhaupt nichts von meinem Vater oder Michael.«

»Das muss schrecklich sein.«

»Ist es auch. Jeden Abend, wenn ich so wie heute zurückkomme, habe ich Angst, dass eine schlechte Nachricht eingetroffen ist.«

»Erzähl mir was von deinem Bruder.«

»Von Michael? Ach, weißt du, den kenne ich selbst kaum. Er ist nicht nur ein paar Jahre älter als ich, er war mir auch sonst immer um Jahre voraus.«

»Wie meinst du das?«

»Er ist von seiner Art viel älter als ich. Er ist ernst und verschlossen, sehr zielstrebig.«

»Zielstrebig?«

»Er weiß immer genau, was er will.«

»Aber das ist doch sehr gut. Ein Mann muss konkrete Pläne und Ziele haben.«

»Klar, es wäre nur schön, wenn die Familie auch einmal wüsste, was in ihrem Sohn so vor sich geht.«

»Wenn er weiß, was er will, müsstet ihr das doch merken.«

»Er will irgendwas Großartiges, Einmaliges schaffen, das war schon immer so. Als Junge buddelte er im Sand die tiefsten Höhlen, baute die größten Burgen. Ich glaube, wenn er überlebt, wird er der größte Baumeister aller Zeiten. Aber jetzt muss er erst einmal mit dem Krieg fertig werden.«

»Mit dem Krieg auf dem Wasser.«

»Ja, mit dem Krieg auf dem Wasser.«

Vor den beiden Mädchen wurde es lebendig. Zwar gab es kein Licht wegen der Verdunkelungsverordnung, aber sie hörten Pferde wiehern, einen Hund bellen, Stalltüren wurden auf- und zugeschoben, und von der Haustür herüber klang die ängstliche Stimme von Laura: »Isabella, seid ihr das?«

»Ja, Mutter, wir mussten laufen, darum hat es so lange gedauert.«

»Kommt schnell herein, wir haben heißen Tee für euch.« Die Tür wurde einen Spalt breit geöffnet, und in dem schmalen Lichtschein sah man Lauras Silhouette. Im gleichen Augenblick fiel ein Schuss. Holz splitterte, der Dackel kläffte vor Aufregung, Schritte verloren sich in der Nacht, die Tür knallte zu, es war wieder dunkel.

»Oh Gott, was war das?« Isabella hatte alle Mühe, das Rad mit der Freundin im Gleichgewicht zu halten. Christiane klammerte sich an ihre Schultern. »Komm, schnell, hilf mir herunter. Das war ein Schuss.«

»Meine Mutter«, flüsterte Isabella, »sie stand direkt im Licht.« Sie half der Freundin vom Sattel, stützte sie und brachte sie zum Geländer der kleinen Außentreppe.

»Halt dich fest, ich muss nach meiner Mutter sehen.« Mit einem Satz sprang sie die drei Stufen hinauf und wollte die Tür aufstoßen. Aber die Tür ließ sich nicht öffnen. Isabella presste sich dagegen, dann hörte sie drinnen Stimmen. Der Großvater befahl irgendwas, Friederike Fürstenberg schluchzte. Dann hörte sie ihre Großmutter weinen. Endlich wurde die Tür etwas geöffnet. Sie zwängte sich hindurch. Und dann sah sie ihre Mutter am Boden liegen. Eine Blutlache breitete sich aus. Die beiden Frauen knieten neben Laura, versuchten sie auf den Rücken zu drehen. »Nicht bewegen!«, rief der Großvater vom Telefon herüber, dann versuchte er, den Hausarzt in Stargard zu erreichen. Als sich niemand meldete, rief er die Polizei in Stettin um Hilfe.

Die polnische Mamsell brachte Handtücher, Friederike bettete den Kopf auf ein Kissen, und Isabella stürzte nieder, versuchte die Blutung mit den Handtüchern zu stoppen und schlang die Arme um den leblosen Körper der Mutter. Neben ihr kniete die Großmutter, legte ihr die Arme um die Schultern und weinte. Im gleichen Augenblick wusste Isabella, dass die Mutter tot war. Jahrelange Lazaretthilfe hatte sie geschult. Entsetzt richtete sie sich auf und sah den Großvater an: »Wir brauchen keinen Arzt mehr.«

Bertil war hinzugekommen. Isabella breitete eine Decke neben der Mutter aus, die Männer legten den Körper darauf, und dann trugen sie die Tote in den Salon und legten sie auf das Sofa. »Die Polizei brauchen wir trotzdem«, flüsterte der Verwalter, »der Mörder läuft noch frei herum.«

Simon von Semisch stand auf, ging in die Halle zu seinem Waffenschrank, ergriff das einzige Gewehr, das die Wehrmacht ihm noch erlaubte, stellte es neben die Eingangstür, zog seine Lodenjoppe an und stülpte sich den alten Jägerhut auf den Kopf. Mit einem Satz war Isabella in der Halle und verstellte ihm den Weg.

»Wo willst du hin?«

»Platz da, Mädel, mach Platz.«

»Kommt nicht in Frage, du bleibst hier. Wir brauchen dich, und der Mörder ist längst über alle Berge. Ich habe seine Schritte gehört, als er weglief.«

Mit weit ausgebreiteten Armen stand sie vor der großen Tür und starrte den Großvater an. »Du kannst gar nichts mehr machen«, sagte sie leise, als sie das Entsetzen in seinen Augen sah, aus denen der Zorn gewichen war.

»Großvater, bleib hier und hilf uns«, flüsterte sie, dann legte sie ihm die Arme um die Schultern und weinte bitterlich. Im Salon war es ruhiger geworden. Die Großmutter und Friederike weinten leise neben der Toten.

Christiane hockte auf dem Boden und bat die Mamsell um kaltes Wasser und Tücher, um den Knöchel zu kühlen. Der Verwalter telefonierte noch einmal mit der Polizei, die alle Einzelheiten wissen wollte.

Als der Polizeihauptmann zusammen mit einem Unfallarzt gegen Morgen eintraf, hatten alle Trauerkleidung angelegt, Kerzen angezündet und alle Spiegel mit schwarzen Tüchern verhängt. Nur die Tote hatte man nicht berührt. Sie musste untersucht und ihr Tod amtlich festgestellt werden. Außerdem mussten der Tathergang rekonstruiert und sämtliche Aussagen zu Protokoll genommen werden.

Am Mittag des gleichen Tages kam die Nachricht, dass während einer Revolte im Kriegsgefangenenlager bei Schneidemühl zehn Männer ausgebrochen waren, Gewehre und Munition geraubt hatten und auf dem Weg nach Westen seien. Aus Mangel an Wachpersonal könne keine Suchmannschaft aufgestellt werden.

Lauras Beerdigung fand zwei Tage später auf dem Friedhof von Stargard statt. Von nah und fern waren Freunde und Verwandte gekommen, um ihr Beileid auszusprechen. Obwohl die stille Frau nicht viele Menschen kannte, fand sich eine große Menge ein, die vor allem den Eltern Beistand bekunden wollte.

Isabella fühlte sich einsam und trotz der vielen Menschen allein gelassen. Zum ersten Mal spürte sie, wie stark der Rückhalt gewesen war, den sie stets durch die Mutter erfahren hatte. Sie hatten keine enge Beziehung zueinander gehabt, und doch spürte Isabella einen ungeahnt großen Verlust. Eine ganze Nacht lang hatte sie neben der Toten gesessen, gewacht und versucht, eine stumme Zwiesprache mit ihr zu halten. Aber auf ihre Fragen gab es keine Antwort mehr und auf ihre Bitte um Verzeihung keine Hilfe. Die Endgültigkeit des Todes wurde ihr zum ersten Mal bewusst und ängstigte sie. Sie hatte niemanden, mit dem sie diese Angst teilen konnte.

Simon von Semisch verbot den beiden Mädchen, weiterhin die Schule in Stargard zu besuchen und auf dem weiten, einsamen Weg unterwegs zu sein. Er fuhr persönlich in die Stadt, um Isabella und Christiane in der Schule und beim BDM-Dienst abzumelden. Auf mürrische Antworten und unzufriedene Bemerkungen antwortete er konsequent und so nachdrücklich, dass weder die Schulleiterin noch die BDM-Führerinnen längere Einwände erhoben. Er teilte seinem Schwiegersohn Conrad Stelling den Tod seiner Frau mit und bat ihn um Anweisungen.

»Lieber Conrad, der Tod von Laura macht es notwendig, dass du mir mitteilst, wie ich mich im Falle der näher kommenden Front verhalten soll«, schrieb er und fuhr fort: »Isabella und ihre Freundin Christiane besuchen zurzeit weder die Schule noch den BDM-Dienst. Ich behalte sie hier auf dem Gut und so weit wie möglich unter meiner Aufsicht. Aber die Front rückt näher und damit die Gefahr, von russischem Militär überrollt zu werden. Und was das bedeutet, brauche ich dir nicht zu schreiben.« Und abschließend teilte er seinem Schwiegersohn traurig mit:

»Ich hatte geplant, mit allen meinen Töchtern und ihren Familien in den Westen zu trecken und dort eine neue Heimat zu finden. Aber seit dem Tod von Laura weigert sich meine Frau Anna, das Land zu verlassen, und ohne ihre Mutter wollen auch die anderen drei nicht fort von hier. So habe ich für mich und meine Familie beschlossen, das Kriegsende hier abzuwarten. Was aber soll mit Isabella geschehen?« Ende November bekam er die kurze Antwort: »Ich hole Isabella ab, sobald ich kann. Sie muss so lange bei euch bleiben. Bitte beschütze sie, bis ich komme.«

Im Dezember trafen die ersten Flüchtlingstrecks auf Friedrichshain ein. Die Ströme mit Fliehenden waren seit Wochen unterwegs, aber die meisten wählten nördlichere Strecken, um in der Nähe der Ostsee nach Westen zu gelangen. Jetzt aber trafen auch die ein, die zwischen Weichsel und Warthe unterwegs waren, den direkten Weg »heim ins Reich« wählten und den Versprechungen der Marine nicht trauten, sie mit Schiffen auf dem Seeweg zu evakuieren.

Simon von Semisch studierte täglich seine Landkarten, maß Entfernungen, berechnete Streckenabschnitte, denn er wusste, dass sie kommen würden, die Menschenmassen aus dem Osten.

»Reinigt die Ställe und füllt die Boxen und die Ständer mit frischem Stroh«, befahl er den Kriegsgefangenen, die im Winter kaum Arbeit bei ihm hatten. Dann ließ er die leer stehenden Gesindehäuser reinigen und mit frischem Bettzeug ausstatten. »Im Haus haben wir beim besten Willen keinen Platz mehr«, bedauerte er, »aber für Flüchtlinge, die seit wer weiß wie vielen Nächten im Freien oder auf ihren Planwagen nächtigen mussten, wird es reichen.«

Dann begann er mit seinen Jagden im Wald.

»Komm mit, Isabella, ich brauche dich jetzt«, forderte er seine Enkelin auf. »Wir müssen Wild erlegen, damit die Vorratskammern gefüllt sind, wenn die Flüchtlinge eintreffen.«

Isabella folgte der Bitte nur zu gern. Sie war traurig, ängstlich und allein. Nie vergaß sie die Schritte in der Dunkelheit, nie den Knall des nächtlichen Schusses und die Tränen der Großmutter, die noch immer schweigend trauerte und kaum ansprechbar war.

Und plötzlich herrschte auf dem Gutshof reges Leben. Die Treckführer, meist Gutsbesitzer aus den weiter entfernten Ostgebieten, baten um Unterkunft für ein paar Stunden oder Tage. Den Pferden vor den schwer beladenen Wagen oder Schlitten sah man die Strapazen der langen Reise im tiefen Schnee an, und Simon gönnte Menschen und Tieren eine wohlverdiente Rast. Seine Scheunen waren mit Heu und Hafer gefüllt, denn, obwohl er kaum noch Pferde und Vieh besaß, mussten die Wiesen gemäht und die Felder beackert werden.

Zum Dank und auch aus der Not heraus ließen einige Treckbesitzer wertvolle Reitpferde auf Friedrichshain zurück. Die edlen Tiere, meist berühmte Trakehner, die während der Flucht hinten an die Wagen gebunden waren und mitlaufen mussten, wurden ihren Besitzern zur Last. »Sie fressen das Futter, das ich für die Zugpferde brauche, und zwei mussten schon getötet werden, weil sie lahmten«, erklärte Baron von Nienhagen. »Da verschenke ich die Tiere lieber. Hier haben sie Futter, Unterkunft und Pflege und die Chance, den Krieg zu überleben.«

Das war die Zeit, in der Isabella endlich wieder lachte. Sie war begeistert von den edlen Pferden und hatte einen Hengst besonders in ihr Herz geschlossen. Der Goldfuchs hörte auf den Namen Ziethen, war wunderbar trainiert und gehorchte auf die kleinsten Hilfen. Endlich hatte sie wieder ein Reitpferd, und von Stund an durfte sie den Großvater auf Ziethen in den Wald begleiten.

Vierzehntes Kapitel

Isabella stand auf dem Hof und putzte ihr Pferd. Sie hatte Ziethen unter dem Vordach einer Scheune angebunden, wo sie beide vor dem eisigen Ostwind geschützt waren. Seit zwei Stunden war der Hof wieder leer. Der nächste Treck würde erst gegen Abend eintreffen, der letzte war schon vor sieben Uhr aufgebrochen. Es war eine Dorfgemeinde, die sich zusammengeschlossen hatte und gemeinsam gen Westen zog. Da die einzelnen Bauern meist nur ein Pferd behalten durften und die anderen bei Kriegsbeginn an die Wehrmacht abgeben mussten, hatten sich die Männer entschlossen, die Tiere immer zu zweit vor einen Wagen zu spannen, den sich dann zwei Familien teilen mussten. So kam es, dass die Fuhrwerke bis zum Äußersten beladen waren und dass oft noch Kinder und alte Leute zwischen dem Hausrat saßen.

Die Dorfgemeinschaft war erst, und das verlangte Simon von Semisch, abgefahren, nachdem die Männer die Ställe gesäubert, für die nächsten Pferde vorbereitet, die Frauen die Gesindehäuser gereinigt und die Betten für neue Flüchtlinge bezogen hatten. »Sie dürfen hier kostenlos essen und trinken und ihre Pferde füttern, aber sie sollen die Unterkünfte in einwandfreiem Zustand hinterlassen, damit die nächsten Menschen eine fertige Unterkunft vorfinden«, hatte er am Anfang der Flüchtlingsbetreuung angeordnet, was jeder gern und dankbar einhielt. Die Gruppe an diesem Morgen hatte bereits in der Dunkelheit mit dem

Füttern angefangen und den Hof bereits verlassen, als die winterliche Sonne ihre ersten schwachen Strahlen über die Baumwipfel am Waldrand schickte. Die Bauern hatten es eilig, denn es hatte sich herumgesprochen, dass an den Oderfähren großes Gedränge herrschte und man mit stunden-, wenn nicht gar tagelangen Wartezeiten rechnen müsse. Zudem wurde das Donnergrollen der näher rückenden Front immer lauter.

Isabella putzte mit Liebe und Schweiß ihr Pferd. Sie hatte die dicke Winterjacke des Großvaters an, eine warme Mütze über die Ohren gezogen und mit den von der Mutter gestrickten Fausthandschuhen alle Mühe, Bürste und Striegel zu halten. »Fellpflege muss sein«, erklärte sie dem Hengst, der sich unter den harten Borstenstrichen dehnte und streckte, da er die Prozedur sichtlich genoss.

Plötzlich hob er den Kopf und spitzte die Ohren. Dann hörte auch Isabella das Geräusch eines näher kommenden sehr klapprigen Fahrrades. Wenig später erschien am Hofrand ein seltsamer Radfahrer. Auf dem Kopf trug er eine dunkelblaue Pudelmütze mit einem großen Bommel, am Körper einen grauen gefütterten Ledermantel, der fast bis auf die Erde reichte, die dunkelblauen Hosenbeine hatte er mit Wäscheklammern zusammengeheftet, um sie vor der Radkette zu schützen. An einem umgeschnallten Koppel war ein Holster mit einem Revolver zu sehen. Als er die junge Frau und das Pferd entdeckte, lenkte er sein Rad unter das Scheunendach und stieg ab. Sein Bart und seine Augenbrauen waren mit weißem Raureif überzogen, die dünnen Wollhandschuhe schützten kaum seine Hände.

Es fiel ihm schwer zu sprechen, seine Lippen waren blau vor Kälte. »Verzeihen Sie meinen Überfall«, brachte er mühsam hervor. »Ich suche meine Mutter und meine Schwester, ich bin Michael Fürstenberg.«

Im ersten Augenblick war Isabella sprachlos. Sie hatte sich unter Christianes Bruder einen attraktiven, kultivierten Mann vorgestellt. Doch was sie jetzt vor sich hatte, war alles andere als das. Isabella nahm sich zusammen, streckte ihm stattdessen die Hand entgegen. »Ich bin Isabella Stelling. Ich bringe Sie ins Haus. Man erwartet seit Wochen, nein, seit Monaten ein Lebenszeichen von Ihnen.«

»Ich weiß, aber die Postverbindungen lassen nun einmal sehr zu wünschen übrig«, versuchte er zu scherzen und stellte sein Rad an die Wand. Isabella brachte den Hengst in den Stall. »Wir reiten später«, tröstete sie Ziethen. Michael folgte den beiden. »Ein wunderschönes Pferd haben Sie da. Ein Trakehner, wie ich an der Elchschaufel sehe.«

»Ein Gutsbesitzer musste ihn zurücklassen, jetzt kümmere ich mich um ihn. Kennen Sie sich mit Pferden aus?« Sie nahm Ziethen das Halfter ab, klopfte ihm liebevoll auf die Hinterhand und verschloss die Boxentür.

»Ich war vor dem Krieg in Hamburg ein begeisterter Reiter und habe sogar bei Turnieren ein paar Pokale gewonnen.«

Isabella sah ihn interessiert an. »Wir wohnten in der Nähe vom Derby-Platz in Klein Flottbek, sind Sie auch beim Derby geritten?«

Er lächelte. »Ja, aber ohne Erfolg, mein Pferd war noch zu jung und ich zu unerfahren.«

Sie nickte. »Ein schwerer Parcours, der schwerste der Welt, heißt es.« Das Lächeln macht ihn sympathischer, dachte sie und forderte ihn auf: »Kommen Sie, lassen wir Ihre Mutter und Christiane nicht unnötig warten.«

Sie führte ihn über den Hof. Im Haus war es still, nur im Wirtschaftstrakt waren Stimmen zu hören. Dort reinigten die Frauen unter der Regie von Friederike das Frühstücksgeschirr und bereiteten im Speisezimmer die großen Tische für die nächsten Flüchtlinge vor. Da man nie wusste, wie viele von ihnen kommen würden, wurden alle Plätze eingedeckt. Friederike hatte nach dem Tod von Laura ganz selbstverständlich deren Position eingenommen und entlastete die gebrechlich gewordene Anna von Semisch, wo sie nur konnte.

»Warten Sie dort im Salon und legen Sie die nassen Sachen ab. Ich hole Ihre Mutter und Christiane.«

Michael sah sich um. Im Kamin brannten Buchenscheite. Dann sah er in den Spiegel darüber und erschrak. Er riss sich die Mütze vom Kopf und versuchte mit dem Wollknäuel in der Hand das Gesicht und den Bart abzutrocknen. Schließlich legte er den Gürtel mit dem Holster ab und zog den Mantel aus. Mutter wird sich zu Tode erschrecken, wenn sie mich mit dem Bart sieht, dachte er, aber unter den Seeleuten auf dem Zerstörer war ein Bart Tradition, und er wollte keine Ausnahme machen. Mit den Händen versuchte er sein feuchtes Haar zu ordnen, aber die dichten Locken standen widerborstig nach allen Seiten.

Isabella ging durch die Diele und dann durch den kleinen Flur, der den Wirtschaftstrakt mit dem Haupthaus verband. In der Küche rührte die Köchin in einem großen Kessel Fleisch und Knochenteile. Simon von Semisch hatte vor einer Woche zwei Wildschweine geschossen. Jetzt war das Fleisch genügend abgehangen und für den heutigen Tag bereits zu einem großen Eintopf vorbereitet. In Friedrichshain hatte man sich angewöhnt, in großen Dimensionen zu denken und in großen Portionen zu kochen. Man wusste morgens nie, wie viel hungrige Gäste abends an den Tischen saßen. »Heiß muss es sein, nahrhaft und schmecken soll es auch«, lachte die Köchin, als sie die hungrigen Augen von Isabella sah, die mit Genuss den Duft von Fleisch und Kräutern einatmete. »Der Herr hat gesagt, ich soll nicht mit dem Fleisch sparen, es gibt genug Wildschweine in diesem Winter.«

Friederike stand im Türrahmen und gab den Helferinnen, die nur kamen, wenn sie gebraucht wurden, einige Anweisungen. Die polnischen Frauen lebten im benachbarten Dorf. Sie machten die Arbeiten gern, da es warm im Haus war, gutes Essen gab und die Reichsmark gern gesehen wurde.

Isabella schaute einen Augenblick zu Friederike hinüber, suchte dann Christiane. Es ist besser, wenn sie die Mutter begleitet, dachte sie und fand die Freundin beim Gemüseputzen.

»Kannst du mal zu mir kommen?«

»Was gibt's?« Sie stand auf, streifte die Schürze ab und legte das Schälmesser zur Seite. »Was ist los?«

»Ich möchte, dass du mit deiner Mutter in den Salon gehst. Dein Bruder ist angekommen, und sie braucht vielleicht deine Hilfe.«

»Michael? Michael ist gekommen? Wie sieht er aus? Wie geht es ihm? Geht es ihm gut?«

»Ja, es geht ihm gut, aber für deine Mutter ist die plötzliche Begegnung vielleicht ein Schock, darum solltest du bei ihr sein.«

Christiane hakte sich bei der Mutter unter. »Kommst du mal mit? Isabella hat eine Überraschung für uns.«

Friederike wurde hellhörig. »Eine gute oder eine schlechte?«

»Eine gute, Mutter, komm mit.«

Plötzlich hatte es Friederike sehr eilig. Sie ging mit großen Schritten durch den kleinen Flur und über die Diele. Christiane lief hinter ihr her und nahm ihre Hand. »Langsam, Mutter, die Überraschung gehört auch mir.« So gelang es ihr, die Mutter zu beruhigen, während Isabella die Salontür öffnete, die beiden Frauen eintreten ließ und hinter ihnen leise die Tür schloss. Sie sollten allein dieses Wiedersehen feiern.

Langsam ging Isabella die Treppe hinauf in ihr Zimmer, das Zimmer, das sie bis Oktober mit der Mutter geteilt hatte. Jetzt gehörte es ihr allein. Sie setzte sich ans Fenster und sah hinaus in die Unendlichkeit der Schneelandschaft, die auf dieser Seite des Gutes nicht von Wäldern unterbrochen wurde. Sie fühlte sich einsam, verlassen und verletzt. Voller Neid dachte sie an die drei Menschen unten im Haus, die zusammengehörten und glücklich sein durften, die sich umarmten, liebten und miteinander zärtlich sein konnten.

Und wer gehört zu mir, dachte sie traurig, wer liebt mich? Wer ist für mich da, wenn ich mich einsam und verlassen fühle? Die Großmutter ist seit dem Tod von Mutter so zerbrechlich und traurig geworden, dass ich kaum noch wage, sie anzusprechen, und Großvater verschließt sich immer mehr. Er ist dickköpfiger denn je und unendlich enttäuscht, dass er seine Pläne mit der Umsiedlung und einem Neuanfang im Westen nicht durchführen kann. Er besteht nur noch aus Trotz, und wenn er mit mir spricht, ist nur noch von Zorn, Ungerechtigkeit und Enttäuschung die Rede. Von ihm kann ich wirklich kein Verständnis, keinen Trost erwarten. Und Vater? Er ist so weit weg, dass auch seine Briefe mir nicht über die Einsamkeit hinweghelfen können.

Isabella stand auf und holte eine alte, leicht vergilbte Fotografie aus der Nachttischschublade. Das Bild zeigte die Mutter bei ihrem letzten Urlaub im Riesengebirge. Sie hielt eine große Dose mit Blaubeeren stolz in die Kamera. Obwohl es kaum Zeit für Zärtlichkeiten gab, fehlt sie mir so sehr, dachte Isabella, als es plötzlich an ihrer Tür klopfte. »Herein?«

»Ich bin es, wir würden gern etwas mit dir besprechen.«

Christiane hielt die Tür auf. »Kommst du mit nach unten?«

Isabella stand auf, legte das Bild fort und folgte der Freundin. »Das war mal eine gelungene Überraschung, nicht wahr?«

»Ja, und sie ist noch nicht zu Ende.« Die Mädchen betraten den Salon und Isabella stellte überrascht fest, dass aus dem verfrorenen, bärtigen Wesen ein recht ansehnlicher Mann geworden war. Friederike trat zu ihr und legte ihr den Arm um die Schultern. »Ich möchte dir meinen Sohn Michael vorstellen. Er ist gekommen, um uns abzuholen.«

»Und wir möchten, dass du mitkommst«, fügte Christiane hinzu.

Isabella sah erschrocken von einem zum anderen. »Ihr wollt fort? Ich dachte, wir bleiben zusammen hier.« Dann schüttelte sie den Kopf. »Ich kann nicht mitkommen, es geht leider nicht.«

»Aber weshalb nicht? Du musst dich in Sicherheit bringen, du weißt, was passiert, wenn die Russen hier auftauchen.«

Isabella schüttelte erneut den Kopf. »Ich kann meine Großeltern jetzt nicht allein lassen, und auch mein Vater wünscht, dass ich hier auf ihn warte. Trotzdem, vielen Dank, es ist lieb, dass ihr an mich gedacht habt.«

Friederike winkte ab. »Das lass ich nicht gelten. Wir bieten dir eine sichere Flucht an, eine Chance, die dein Großvater nicht ablehnen kann.«

»Wie wollt ihr denn überhaupt hier wegkommen?« Isabella sah von einem zum anderen. Schließlich blieb ihr Blick an Michael hängen. Ja, das musste es sein. Er wollte sie holen und in Sicherheit bringen.

Michael sah ihr die Gedanken an. »Unser Schiff liegt vor Stettin auf Reede. Wir haben den Befehl, beim Auslaufen so viele Flüchtlinge wie möglich mitzunehmen. Dass ich da zuerst an euch dachte, liegt doch auf der Hand.«

»Und wohin bringt ihr die Leute?« Das Du war plötzlich ganz selbstverständlich unter den jungen Leuten.

»Wir müssen nach Kiel, von dort aus muss sich jeder selbst um das Weiterkommen kümmern. Ich habe einen Kameraden, der dort ein Haus besitzt. Er hat Platz für euch.«

Friederike nahm Isabella in die Arme. »Überleg es dir gut, Kind. Ihr habt uns sehr geholfen, nun sind wir an der Reihe, das wieder gutzumachen. Komm mit uns, dein Großvater wird nichts dagegen haben.«

»Mein Platz ist hier an ihrer Seite. Ich möchte nicht, dass ihr meinen Großeltern erzählt, dass ihr mich mitnehmen möchtet. Sie würden wollen, dass ich gehe, doch ich will bleiben. Ich muss auf meinen Vater warten.«

Die Fürstenbergs sahen sich ratlos an, wussten aber gleichzeitig, dass sie Isabella nicht umstimmen konnten.

»Also gut«, erklärte Michael, »wir müssen das akzeptieren«, und an seine Mutter gewandt: »Dann bitte ich euch, packt so schnell und so wenig wie möglich. Wir müssen abends auf dem Schiff sein.«

Friederike nickte. »Wir sind in zehn Minuten fertig und nehmen nur zwei Taschen mit. Viel mehr hatten wir auch nicht, als wir herkamen.«

Als die beiden Frauen gegangen waren, nickte ihm Isabella zu. »Du hast bestimmt Hunger. Ich hole dir ein Frühstück und heiße Fleischbrühe, die ist gerade fertig geworden.«

»Mach dir keine Umstände. Wichtiger ist, dass wir so schnell wie möglich nach Stettin kommen.«

Aber Isabella hatte den Salon bereits verlassen. Sie bat die Mamsell, den Gast zu versorgen und etwas Proviant für die Fürstenbergs einzupacken. Dann lief sie in den Stall, um den Großvater zu suchen, vielleicht konnte er die drei nach Stettin fahren. Aber sie fand nur den alten Bertil. Als sie ihm erklärt hatte, was sie wollte, nickte er sofort. »Kein Problem, Isabella. Dein Großvater ist beim Standortkommandanten in Stargard, ich bringe deine Freunde nach Stettin. Die Pferde brauchen Bewegung, und ich mache das gern. Wir nehmen den alten Lastschlitten, da passen alle drauf, und das alte Fahrrad bringen wir auch zurück. Wer weiß, von wem es der junge Mann geliehen hat.«

Während Bertil die Pferde anspannte, ging Isabella zurück ins Haus. Sie würde die Freunde bis nach Stettin begleiten. Sie bedauerte sehr, Friederike und Christiane zu verlieren, da sie inzwischen sehr vertraut miteinander umgingen und sie sich ohne die beiden sehr verlassen fühlen würde. Noch verlassener als ohnehin, dachte sie und holte sich den Wintermantel und einen Schal, den sie um den Kopf binden konnte, wenn der Wind zu stark blies. Michael saß im Esszimmer und hatte einen Teller mit dampfendem Eintopf und einen Korb mit frischen, warmen Brotscheiben vor sich. Als er sie sah, nickte er lächelnd. »Das schmeckt wunderbar. Von unserem Smutje werden wir nicht gerade verwöhnt, wenn wir wochenlang auf See sind.«

Isabella setzte sich zu ihm. »Wie lange wird der Krieg noch dauern?«

Michael sah sie an. »Nicht mehr lange, jetzt kommt es nur darauf an, den Rest zu überleben.«

»Werden wir das schaffen?«

»Ich weiß es nicht. Aber ich habe noch so viel vor mit meinem Leben ...«

Er sah sie nachdenklich an. »Du bist sehr mutig, ich bewundere dich.«

»Ich kann nicht anders, auch wenn ich Angst habe, das

sage ich ganz offen. Hoffentlich kommt mein Vater vor den Russen hier an.«

»Er tut bestimmt alles, um dich vorher hier herauszuholen. Werdet ihr nach Hamburg zurückgehen?«

»Natürlich, wohin sollten wir sonst?«

»Vielleicht sehen wir uns dann einmal wieder. Ich will auch auf jeden Fall zurück, um beim Aufbau zu helfen – und wenn ich es mit den eigenen Händen tun muss.«

Sie betrachtete seine gepflegten Hände, die gar nicht nach rauer Seemannsarbeit aussahen. »Was machst du auf eurem Schiff?«

»Es gibt ein neues Ortungssystem, Radar genannt, für das ich zuständig bin, aber es ist streng geheim.«

»Und dann erzählst du mir das?« Isabella lächelte ihn an.

»Du siehst, ich habe großes Vertrauen zu dir«, erwiderte er das Lächeln. Wie hübsch sie ist, dachte er, hoffentlich geschieht ihr nichts, wenn sie hier zurückbleibt.

»Könnten wir uns einmal in Hamburg treffen?«, fragte er hoffnungsvoll.

»Vielleicht, wenn alles vorüber ist. Aber wo? Die alten Adressen werden kaum noch gültig sein.«

»Ich weiß einen Ort, den niemand zerstören kann.«

»Glaubst du das wirklich?«

»Ja. Wir treffen uns am ersten Oktober mittags im Hirschpark.«

Isabella lachte fröhlich. Alle traurigen Gedanken waren plötzlich wie weggeblasen, und die Einsamkeit spürte sie auch nicht mehr. »Also dann: Auf Wiedersehen am Hirschpark.«

Fünfzehntes Kapitel

Als Simon von Semisch in der Nacht zum 14. Februar nach Hause kam, brachte er schlechte Nachrichten mit. Isabella, die, wie immer wenn er unterwegs war, auf ihn wartete, sah ihm an, dass er nicht nur zornig, sondern auch tief enttäuscht war. Er hatte mit anderen Nachbarn zusammen die Kommandantur in Stargard konsultiert, um über die jüngsten Entwicklungen an der Front informiert zu werden, und er war, wie alle anderen auch, zunächst mit nichts sagenden Floskeln abgespeist und mit dem Befehl, am nächsten Tag auch die letzten Pferde abzuliefern, entlassen worden. Erst auf ihr Drängen hin hatten sie die niederschmetternde Nachricht vom Zusammenbruch der Front an der Weichsel erfahren.

Bertil wartete im Stall auf ihn, um ihm das Gespann abzunehmen. Die Pferde hatten sich durch fünfzig Zentimeter hohen, hart gefrorenen Schnee kämpfen müssen und waren schweißnass.

Die Kälte hatte Simon sehr zugesetzt, ihm taten alle Knochen weh. Das Thermometer zeigte mindestens fünfzehn Grad minus, und die Kutscherbank des Schlittens bestand nur aus einem ungepolsterten Brett.

Bertil, der ihm ansah, dass er bis aufs Äußerste gereizt und verärgert war, wagte nicht zu fragen, wie die Gespräche mit den Offizieren ausgegangen waren. Wortlos führte er die Tiere in den Stall, legte ihnen Decken auf und füllte frisches Heu in die Raufen.

Aber Simon kam ihm nach, strich den Pferden über die Flanken und sagte seinem bestürzten Verwalter: »Morgen müssen sie in Stargard abgeliefert werden. Alle.«

»Alle? In sechs Wochen beginnt die erste Frühjahrsbestellung.«

»Alle! Wir müssen sie alle abliefern, und damit ist die letzte Chance für eine Flucht vorbei.«

Bertil nickte wortlos. Ihm waren die Pferde ans Herz gewachsen. Nun mussten sie Kanonen ziehen und würden in der ersten Schlacht umkommen. Oder war es gleich ihre letzte?

Der Gutsherr legte ihm die Hand auf die Schulter und sagte leise: »Ziethen behalten wir. Du musst ihn verstecken. Ich brauche ihn. Er kann den Dogcart oder den kleinen Schlitten ziehen, wenn ich irgendwohin muss, ich kann die weiten Wege nach Stargard oder zu meinen Töchtern nicht mehr zu Fuß gehen.«

»Wir könnten Schwierigkeiten bekommen.«

»Das Pferd ist ein Geschenk und nirgendwo registriert.«

»Ich werde ihn bei den Traktoren unterbringen. In dem alten Schuppen wird ihn keiner vermuten.«

»Er wird durchdrehen, wenn er plötzlich allein ist.«

»Meine Frau hat unsere Ziege im Schuppen versteckt. Er ist nicht allein.«

»Gut, vielleicht klappt es.«

Simon verließ den Stall und stapfte durch den Schnee hinüber zum Gutshaus. Einsam stand es in der Dunkelheit, aber Isabella würde auf ihn warten. Er sah zu seinem Haus hinüber und ein unbekanntes Gefühl von Sehnsucht und Abschied durchströmte ihn. Er würde alles verlieren, die Menschen, die er liebte, seine Heimat, sein Heim und seine ganze Zukunft. Und das mit siebzig Jahren. Abschied, dachte er erschrocken, ein paar Tage noch oder Wochen, und nichts ist mehr wie heute Nacht. Kein Licht in der

Finsternis, keine Wärme im Haus, kein Mensch, der da wartet. Auf der Kommandantur hatten die Gutsbesitzer endlich erfahren, wie aussichtslos die Situation war. Der russische General Schukow hatte im Weichselbogen die deutsche Verteidigungsfront durchbrochen, und von ein paar Hitlerjungen mit Panzerfäusten und einigen Volkssturmgruppen abgesehen, gab es kaum noch Widerstand auf deutscher Seite. Schukows Truppenmassen werden das Land bis zur Oder überrollen und im Zuge der Zerstörung wird auch Friedrichshain untergehen. Schluchzend unterdrückte er die Verzweiflung, dann öffnete er die Haustür.

Wohlige Wärme umfing ihn. Gott sei Dank mussten sie mit Brennholz nicht sparen. Isabella kam aus dem Salon, half ihm den schweren, fellgefütterten Mantel abzulegen und stellte ihm den Stiefelknecht zurecht, damit er, auf sie gestützt, die nassen Stiefel ausziehen konnte. Sie sah dem Großvater an, wie verzweifelt er war, auch wenn er versuchte, das zu vertuschen.

Seit dem Besuch von Michael Fürstenberg und dem Abschied der Freunde ließ sie der Gedanke an die Zukunft nicht mehr los. Was würde sein, wenn –? Dieser Frage war einfach nicht mehr auszuweichen. Sie wusste, dass die vergangenen Stunden vielleicht entscheidend für ihr Schicksal waren, und sie zögerte nicht, den mürrischen alten Mann zu fragen: »Was ist los, Großvater, was hat man euch gesagt?«

»Geh schlafen, Kind, wir reden morgen darüber.«

»Nein, Großvater, ich will wissen, wie es weitergeht. Denkst du, ich kann schlafen, solange mich diese Fragen quälen?«

»Nichts geht weiter, Kind. Wir warten ab. Morgen müssen wir alle Pferde abliefern, und damit verlieren wir die letzte Möglichkeit für eine Flucht.«

»An eine Flucht denkst du doch schon lange nicht mehr. Großmutter will nicht fort, und du akzeptierst das.«

»Ja, wir werden bleiben und warten.«

»Einfach nur warten?«

»Was könnten wir sonst tun? Dieses Gut hier verteidigen? Mit einem Gewehr und einem Rauhaardackel? Ich hoffe, dein Vater kommt nicht zu spät.«

»Und dann?«

»Ihr geht, wenn es noch möglich ist, in den Westen.«

»In das zerstörte Hamburg?«

»Ihr werdet die Stadt wieder aufbauen. Sie wird schöner werden als je zuvor«, fügte er sehnsüchtig hinzu.

»Warum kommt ihr nicht mit?«

»Ich verlasse Friedrichshain nicht mehr, ich habe mich mit dem Gedanken an den Verlust abgefunden.«

»Ihr werdet sterben, wenn ihr bleibt, Großvater.«

»Ja.« Es klang so absolut und entschieden, dass Isabella ein Frösteln überfiel. Dann fügte er hinzu: »Aber vorher muss ich noch einiges regeln.« Er ging zu einem Bild und nahm es von der Wand. Erstaunt sah Isabella auf den dahinter verborgenen Safe.

»Komm her und merke dir den Code. Ich habe das Schloss auf die Initialen deines Namens und auf dein Geburtsdatum eingestellt.«

Dann öffnete er den kleinen Tresor. »Solltest du Friedrichshain verlassen und ich nicht hier sein, musst du diese Papiere mitnehmen, hörst du. Sie sind sehr wichtig und könnten dir dein weiteres Leben etwas leichter machen.«

»Was für Papiere, Großvater?«, flüsterte Isabella, erregt und ergriffen von der Ernsthaftigkeit des alten Mannes. »Und wo solltest du schon sein, wenn nicht hier?«

»Man weiß nie, was passiert, ich möchte nur vorbeugen und mein Vermächtnis geregelt wissen. Schau her, es ist alles, was wir besitzen – es gehört dir.«

Er nahm das Bündel und setzte sich an den Tisch vor den Kamin. »Komm her, damit ich dir alles erklären kann.«

Er breitete die Papiere aus. »Das sind die Besitzurkunden von Friedrichshain. Du liebst dieses Land, darum soll es eines Tages dir gehören. Selbst wenn Haus und Hof vernichtet werden, das Land kann dir keiner nehmen. Es ist gutes Land, seit mehr als fünfhundert Jahren in unserem Besitz.«

»Und deine Töchter? Tante Frieda, Tante Selma und Tante Ännchen? Sie werden nicht einverstanden sein.«

»Sie haben ihr eigenes Land bekommen, als sie heirateten, nur deine Mutter konnte mit Land nichts anfangen, ist deshalb leer ausgegangen. So, hier sind auch noch die Papiere über den Hof, den ich auf Sylt gekauft habe, auch er gehört dir. Er wird zurzeit von einem Pächter bewirtschaftet. Und hier sind die Bankunterlagen der Schweizerischen Kreditanstalt in der Züricher Bahnhofstraße, der ich seit Jahrzehnten meine Ersparnisse anvertraut habe.«

»Aber Großvater, ich –?«

»Unterbrich mich nicht! Das hier«, er nahm einen versiegelten Umschlag in die Hand, »das hier ist unser Testament, in dem alles festgelegt und beglaubigt ist. Du wirst ohne Schwierigkeiten unser Erbe antreten können. Vielleicht dauert es ein paar Jahre, bis die Welt sich wieder beruhigt hat, bis Recht und Ordnung regieren, aber irgendwann ist es so weit, und dann sollst du wissen, dass dein Leben gesichert ist. Das ist der sehnlichste Wunsch deiner Großeltern, denn wir haben dich achten und lieben gelernt. Du bist ein mutiger Mensch und hast uns nicht verlassen, als du die Gelegenheit hattest. Bei deinem weiteren Weg wollen wir dich ein wenig unterstützen.«

Isabella weinte, sie war zutiefst erschüttert, aber auch gerührt. Hatte sie diese Liebe übersehen? Hatte sie sie gewürdigt oder als selbstverständlich angesehen? Hatte sie sich jemals für so viel Zuneigung bedankt, hatte sie sie überhaupt verdient und erwidert?

Der Großvater zog ein Taschentuch aus der Jacke und reichte es ihr. »Kein Grund zum Weinen, Isabella, die Zeiten ändern sich, wir müssen damit fertig werden.«

Er versuchte seine eigenen Gefühle zu verbergen und auf seine herrische Art die Wehmut zu vertreiben, die ihn ergriffen hatte. »Wir werden mit diesem verrückten Dilemma fertig, Kindchen, fragt sich nur wann.«

Isabella wischte die Tränen weg. Nicht die Worte des Großvaters oder seine bekannt mürrische Art beruhigten sie, sondern der Duft des großen, karierten Schnupftuches, mit dem sie ihre Tränen trocknete. Wie vertraut der Stoff nach Leder, Tabak und Rasierseife roch. Wie kann die Welt untergehen, wenn dieser kleine Duft so beständig und vertraut ist, dachte sie und blinzelte den Großvater an. »Schon gut, ich hab's verstanden.« Dann steckte sie das Taschentuch heimlich in die eigene Tasche. Zur Not konnte sie es immer wieder hervorholen, wenn es ganz schlimm wurde.

In der Stille der Nacht wurde der ferne Kanonendonner wieder hörbar. »Er wird lauter, nicht wahr?«

»Ja, aber sie werden jetzt nicht angreifen, sie werden auf die Schneeschmelze warten.«

»Also haben wir noch eine Galgenfrist. Aber wenn du die Pferde abliefern musst, sollten wir unseren Bombenflüchtlingen sagen, dass sie morgen die letzte Möglichkeit haben, mit Gepäck nach Stargard und zur Bahnstation zu kommen.«

»Du hast Recht. Wie viele wohnen noch hier?«

»Da sind sie beiden Frauen aus Duisburg mit ihren drei Kindern, die Familie aus Essen, die Frau aus Bremen, und im rechten Seitenflügel wohnen drei Familien aus Berlin. Alles in allem vierundzwanzig Personen, alles Frauen und Kinder.«

Simon von Semisch sah auf die Uhr. »Gleich vier. Wir sollten sie wecken und ihnen sagen, dass sie packen müssen, wenn sie mitfahren wollen. Ich spanne die Pferde vor die drei Lastschlitten, einen fährt Bertil, einen lenkst du, und ich nehme den letzten. Die Reitpferde binden wir hinten dran, dann können wir alle auf einmal mitnehmen. Die Leute sollten wenig Gepäck haben, wer weiß, wie lange die Bahn noch fährt, und vielleicht müssen sie weite Strecken zu Fuß gehen.«

»Was wird aus den Schlitten, wenn die Pferde abgeliefert sind?«

»Die Schlitten stelle ich bei einem Freund auf den Hof und wir fahren mit Ziethen zurück. Den gebe ich nämlich nicht ab, den verstecken wir im Treckerschuppen.«

Isabella weckte die Mamsell und mit ihr zusammen die Flüchtlinge. Es gab ein heilloses Durcheinander mit weinenden Frauen, schreienden Kindern und endlosen Fragen. Man hatte zwar mit erneuter Flucht gerechnet, allerdings nicht so plötzlich. Dennoch waren alle bereit, Friedrichshain, angesichts der drohenden Gefahr, sofort zu verlassen. Die Köchin bereitete allen ein letztes Frühstück und Proviant für die Reise, Bertil fütterte und putzte die Pferde, damit sie den allerbesten Eindruck machten, und Simon besprach mit seiner Frau die notwendigen Maßnahmen, da das Haus bis auf wenige Zimmer nun geschlossen werden sollte.

Anne ließ es sich nicht nehmen, die Flüchtlinge, die zum Teil seit Jahren hier lebten und zu denen sie eine tiefe Freundschaft entwickelt hatte, persönlich zu verabschieden. Man versuchte Adressen auszutauschen, was sehr schwer wurde, weil keiner wusste, ob die eigene Anschrift überhaupt noch stimmte, und Simon wies auf die Beschwerlichkeit der Fahrt mit den Lastschlitten hin und bat um absolute Disziplin vor allem bei den Kindern.

Es war sechs Uhr morgens und noch dunkel, als sich die Schlitten in Bewegung setzten – bis zum Rand beladen mit Menschen und Gepäck. Anna stand im Kreis der polnischen Hausmädchen vor der Tür, man winkte, rief sich letzte Grüße zu, die Pferde setzten sich in Bewegung und der Zug verlor sich in der Dunkelheit. An jedem Schlitten waren zwei Reitpferde früherer Flüchtlingstrecks angebunden, den Schluss bildete Ziethen mit dem kleinen Schlitten für die Rückfahrt.

Als die Kolonne Stunden später die Bahnstation erreichte und Simon sich nach Zügen erkundigte, zuckte der Stationsvorsteher, ein Kriegsversehrter mit Armprothese, die Schultern. »Kann sein, das ein Zug nach Stettin kommt, kann aber auch sein, dass keiner mehr kommt. Einen Fahrplan gibt es seit Wochen nicht mehr.«

Simon beriet sich mit den Frauen. Sie waren bereit, in einem nahe gelegenen Auffanglager für Flüchtlinge zu warten. Dort würden sie erfahren, wie es weitergeht.

Während Simon und Bertil die Schlitten fortbrachten und die Pferde zur Sammelstelle führten, wartete Isabella mit Ziethen in einer versteckten Gasse am Stadtrand. Sie dachte an die beschwerliche Schlittenfahrt, an die Kälte, die kaum erträglich war, und an die ungewisse Zukunft, vor der sie Angst hatte. Hätte ich mitfahren sollen, überlegte sie, ist es vernünftig, noch länger in Friedrichshain zu warten? Kommt Vater überhaupt noch, um mich zu holen? Was mache ich bloß, wenn die Russen auftauchen? Überall reden die Leute von der Brutalität, von Vergewaltigungen und Grausamkeiten. Christiane ist längst in Sicherheit, warum bin ich nicht mitgegangen?

Sie erinnerte sich an den Brief, den der Großvater von der Post in Stargard mitgebracht hatte. Darin schrieb die Freundin: »Wir sind gut in Kiel gelandet und wohnen nun bei Freunden von Michael. In Stettin hat uns ein Beiboot abgeholt und zum Zerstörer gebracht. Das Schiff war bis auf den letzten Platz mit Flüchtlingen überfüllt. Es war ein schreckliches Gedränge, aber Michael gab uns seine kleine Kabine, und wir waren gut untergebracht. Er schlief bei seinem Freund, einem wirklich feschen Offizier, nach dem sich alle Mädchen den Hals verrenken. Hoffentlich ist der Krieg bald zu Ende und er kommt hierher zurück. Ich sage dir, er wird mir nicht aus dem Kopf gehen.

Die Überfahrt war schrecklich, die See stürmisch und drei Mal gab es U-Boot-Alarm. Wir sollten alle an Deck kommen, wenn die Sirenen heulen, aber es war unmöglich, einen Fuß vor die Kabinentür zu setzen, so voll war das Schiff. Die Menschen saßen und lagen einfach überall. Mutter und ich hockten zusammen auf Michaels Koje, und uns klapperten die Zähne vor Angst. Stell dir vor, du bist viele Meter tief im Wasser eingesperrt und jeden Augenblick kann ein Torpedo dich und das Schiff zerreißen. Ein schreckliches Gefühl, und ich zittere immer noch, wenn ich daran denke.

Außer Fliegeralarm ist hier wenig vom Krieg zu spüren. Ich muss wieder zum BDM-Dienst und in einem Lazarett arbeiten. Aber das mache ich gern. Wenn man die Verwundeten sieht, weiß man, dass es einem eigentlich sehr gut geht. Von meinem Vater haben wir immer noch keine Nachricht. Michael ist wieder unterwegs, ich glaube, die ganze Marine versucht jetzt, die Flüchtlinge aus dem Osten hierher in den Westen zu holen. Bevor er wieder aufs Schiff ging, hat er mich nach dir ausgefragt. Was der alles wissen wollte.

Ich glaube, du hast ihn mächtig beeindruckt, vor allem, weil du nicht weggelaufen bist. Aber ich rate dir, komm bald nach, man hört Schreckliches von der Ostfront.«

Isabella wischte sich ein paar Tränen ab. Eine richtige Heulsuse bin ich geworden! Selbstmitleid – das könnte mir gerade noch fehlen, schalt sie sich und sah sich in der kleinen Gasse um. Es dämmerte bereits, doch nicht das kleinste Licht fiel auf das Pflaster. Sie stieg aus, stellte sich neben Ziethen. Sie hatte ihm eine Decke übergelegt und kraulte ihn hinter den Ohren. »Die alten Männer lassen uns ganz schön warten«, flüsterte sie und schob ihm eine Möhre zwischen die Zähne. »Hoffentlich wissen die beiden noch, wo wir warten, sonst stehen wir morgen früh noch hier.«

Endlich hörte sie leise Männerstimmen. Dann sah sie die beiden dunklen Gestalten näher kommen. »Ich dachte schon, ihr habt den Treffpunkt vergessen. Hat das Abladen so lange gedauert?«

»Nein«, der Großvater ergriff die Zügel, »los, einsteigen. Wir haben nach Post gesucht. Die Zustellungen sind eingestellt, und jeder muss sich seine Post selbst suchen und abholen. Es gibt auch keine Telefonverbindungen mehr. Die Leitungen werden für das Militär gebraucht.«

»Dann sind wir ja ganz abgeschnitten.«

»Ja, bis auf das Radio. Aber wenn es keinen Strom mehr gibt, verstummt der Kasten auch.«

Kurz vor Mitternacht erreichten sie Friedrichshain. Dunkel und einsam lag das behäbige Gutshaus am Ende des Hofes. Nur im Verwalterhaus quoll Rauch aus dem Schornstein. Ein Zeichen dafür, dass es hinter den verdunkelten Fenstern Licht und Wärme gab. Die drei gingen hinüber, vorbei an den Gesindehäusern, in denen vor dem Krieg zwölf Landarbeiter mit ihren Familien gelebt hatten. Jetzt, nachdem auch der Flüchtlingsstrom aus dem Osten verebbt war, lagen die reetgedeckten Häuser völlig verlassen in einer langen Reihe am Hofrand.

Paula hörte die Schritte auf dem knirschenden Schnee und öffnete die Tür. Sie hatte Anna mittags aus dem leeren, ungeheizten Herrenhaus zu sich in die warme Stube geholt. Die polnischen Arbeiterinnen, allen voran die Köchin und die Mamsell, hatten Haus und Hof verlassen. Sie wollten heim zu ihren Familien, denn auch sie hatten Angst vor den Russen, vor allem, wenn diese erfahren sollten, dass sie für Deutsche arbeiteten. So hatten sie, als die Schlitten abgefahren waren, die Fensterläden geschlossen, die Möbel mit Tüchern abgedeckt, die Küche geputzt und Anna von Semisch erklärt: »Wir müssen jetzt heimgehen, wir fürchten uns ohne unsere Familien, wir haben Angst.« Sie hatten sich mit einem höflichen Knicks verabschiedet und waren gegangen.

Simon beschloss, im Verwalterhaus zu bleiben. Es war groß genug, um ihn, Anna und Isabella aufzunehmen, und es war wirtschaftlicher, ein Haus zu heizen und in einer Küche für alle zu kochen. Die Männer holten Möbel, Kleidung, Vorräte und ein paar Wertsachen aus dem Herrenhaus, und Familie von Semisch richtete sich bei ihrem Verwalter ein. Dann erkannte Simon erschüttert, dass Anna nicht mehr allein bleiben konnte. Sie war depressiv, leicht verwirrt und die Schüttellähmung war stärker geworden. Sie brauchte eine zuverlässige Betreuung, und Paula war bereit, sich um die Herrin zu kümmern.

Er selbst war sehr verzweifelt. Der Gedanke, alles zu verlieren, wurde unerträglich. So suchte er mehr denn je Zuflucht in seinen Wäldern. Mit Ziethen war er stundenlang unterwegs, versuchte mit dem kleinen Schlitten Futter in die Wälder zu bringen und erlegte Tiere, die der Winter zu sehr geschwächt hatte.

Das Wildbret brachte er zu den ehemaligen Angestellten im polnischen Dorf und zu seinen Töchtern, die sich längst entschlossen hatten, auszuharren und auf ihre Männer zu warten. Sie wollten den Besitz erhalten und sahen es als ihre Pflicht an, Haus und Hof zu hüten. Ihre Kinder allerdings hatten sie im letzten Herbst in ein Internat nach Rosenheim in Bayern gebracht.

Isabella beobachtete ihren Großvater sehr genau und war zutiefst besorgt. Jeden Morgen machte er einen Kontrollgang durch das Herrenhaus, bevor er zu Bertil in den Stall ging und Ziethen holte. Zuerst hatte sie versucht, ihn auf seinen einsamen Fahrten zu begleiten, hatte aber sehr bald gespürt, dass der alte Mann allein sein wollte. Er nimmt Abschied, dachte sie, dabei darf ich ihn nicht stören. Und auf den Touren zu den Nachbargütern wollte sie ihn nicht begleiten. Sie hatte kaum Kontakt zu den Verwandten und immer das Gefühl gehabt, dass sie sie nicht akzeptierten.

Sie sind eifersüchtig, dachte Isabella, sie haben Angst um ihren Erbteil. Sie lächelte, denn damit hatten sie ja nicht ganz Unrecht.

Die Front rückte näher. Nach der Totenstille der letzten Wochen dröhnten die Geschütze nun laut und bedrohlich, die Einschläge kamen näher. Isabella wusste, dass der Vater Friedrichshain nicht mehr vor den Russen erreichen konnte. Alle Verbindungen nach Westen waren abgebrochen, es gab schon lange keinen Urlaub mehr für Soldaten und Offiziere. Das Stromnetz brach zusammen, es gab keine Nachrichten mehr, und alle wussten, dass das Ende bevorstand. Aber wie würde dieses Ende aussehen?

Und dann, ganz plötzlich, bebte das alte Verwalterhaus. Der Großvater war drüben auf seinem Kontrollgang. Isabella stürzte ans Fenster. Hatte ein Geschoss das Gut getroffen? Aber das Beben hielt an. Im Schrank klirrte das Geschirr, die Lampen schaukelten hin und her, die Fensterscheiben schepperten. Und dann sah sie zwei Panzer mit russischem Hoheitszeichen auf den Hof rollen, die Geschützrohre auf das Herrenhaus gerichtet. Den Panzern folgte ein Kübelwagen. Zwei Soldaten in dreckverkrusteten Uniformen sprangen heraus und liefen mit gezogenen Pistolen auf die Haustür zu. Isabella hielt sich beide Hände vor den Mund, um nicht zu schreien. Dann sah sie, wie sich die Haustür öffnete und der Großvater nach draußen trat. Mit ausgebreiteten Armen blieb er vor der Tür stehen, als wolle er jeden Eindringling fern halten. Er hatte die Hände nicht erhoben, er wollte sich nicht ergeben, er wollte nur sein Haus schützen. Einer der Soldaten sprang auf ihn zu, stieß ihm den Pistolenknauf in den Leib und packte ihn an der Joppe. Dann zerrte er ihn die Stufen hinunter und hinter sich her.

Lastwagen bogen auf den Hof ein und verbargen die beiden Männer.

Es war das letzte Mal, dass Isabella ihren Großvater sah. Niemand erfuhr, was mit ihm geschah.

Bertil stürzte ins Zimmer, riss Isabella vom Fenster fort und trieb sie die Treppe hinauf. Oben warteten Paula und die Großmutter. Sie hatten eine Luke zum Dachboden geöffnet und eine Leiter daran gelehnt. Bertil drängte die Frauen hinauf, folgte ihnen, zog die Leiter nach oben und schloss die Luke. Unten stürmten die ersten Soldaten ins Haus.

Sechzehntes Kapitel

Etwa zwei Stunden später verließen die Panzer das Gut. Dabei walzten sie in voller Breite über das von Anna geliebte und gepflegte Rondell in der Mitte des Hofes. Die vielen gepflanzten Narzissen, Tulpen und Schneeglöckchen würden die wärmende Frühlingssonne dieses Jahres nicht mehr erleben.

Zum Glück konnte Anna die Zerstörung nicht sehen. Sie kauerte, in sich zusammengesunken, auf einer Matratze und wimmerte leise: »Wo ist mein Mann? Wo bleibt er denn?« und später: »Simon, wann kommst du endlich? Hier bei uns bist du in Sicherheit.«

Isabella kniete neben ihr und hielt sie eng umschlungen. Sie erzählte nicht, was sie gesehen hatte. Aber sie versuchte zu trösten, indem sie die Großmutter streichelte und beruhigend sagte: »Sei ganz ruhig, Omi, alles wird wieder gut. Es dauert nicht mehr lange. Genauso schnell, wie sie gekommen sind, sind sie wieder fort.«

Aber sie irrte sich. Bertil beobachtete aus der Dachluke, was draußen vor sich ging. Er musste sehr vorsichtig sein, denn die kleinste Bewegung des schrägen Fensters hätte die Aufmerksamkeit der Soldaten auf ihr Versteck gelenkt. Statt der Panzer fuhren nun dicht an dicht Mannschaftswagen auf den Hof. Zahllose Soldaten besetzten die Gesindehäuser, schlugen im Heu der Scheunen ihre Lager auf und polterten unten durch das Verwalterhaus. Zum Glück fanden sie die Luke zum Dachboden nicht. Die war zwischen den Deckenbalken so eingebaut, dass keiner, der nicht genau von ihr Kenntnis hatte, sie sehen konnte.

Isabella, die sich langsam von dem Schock erholte, sah sich in dem kleinen Raum um. Dankbar erkannte sie, dass Laura dieses Versteck vorbereitet und den gesamten Boden mit Matratzen aus den Gesindehäusern ausgelegt hatte. In einer Ecke lag ein Stapel mit Decken und Kissen, in einer anderen Kleidungsstücke, und in der Schräge stapelten sich Einweggläser mit Fleisch, Gemüse und Obst sowie Geschirr, ein kleiner Kocher, wie ihn Soldaten an der Front benutzten, und ein paar von Paulas harten Dauerbroten. Daneben standen Kannen mit Wasser. Etwas versteckt in einer entfernteren Ecke hatte Bertil mehrere Wassereimer aufgestellt. Als Isabella etwas verwundert hinübersah, erklärte er: »Das ist unser Abort. Wir hängen eine Decke davor, wenn er gebraucht wird, und nachts bringe ich den benutzten Eimer nach draußen.«

Das Dach über ihr war so niedrig, dass Isabella nur in der Mitte aufrecht stehen konnte. Sollte unten im Haus ein Brand ausbrechen, sind wir hier oben hilflos in einer Feuerfalle gefangen, überlegte sie erschrocken. Aber noch beziehen die Soldaten unten die Räume. Sie werden schon auf die Öfen aufpassen. Gefährlich wird es erst, wenn sie abziehen oder wenn es hier zu Kampfhandlungen kommt, dachte sie.

Sie beobachtete, wie auch die Stallungen und zum Schluss sogar entfernte Schuppen mit Soldaten belegt wurden. Im Herrenhaus gingen Offiziere ein und aus. Über der Eingangstür, dort, wo bei feierlichen Anlässen der Großvater die alte Fahne der Ordensritter mit dem Familienwappen derer von Semisch hisste, flatterte jetzt die sowjetische Fahne mit Hammer und Sichel.

Draußen wurde es dunkel. Bertil, der neben ihr stand, flüsterte: »Heute Nacht gehe ich und suche ihn.«

Isabella schüttelte den Kopf. »Es ist viel zu gefährlich. Sie haben Scheinwerfer aufgestellt. Sie würden dich sofort erschießen. Bitte bleib hier, wir brauchen dich doch.«

Aber der alte Mann schüttelte den Kopf. »Keine Sorge, Kind, ich habe meine Schleichwege und ich kenne meine Pflicht.«

»Ob er noch lebt?«

»Wir haben keinen Schuss gehört.«

Es war weit nach Mitternacht, als er den Dachboden verließ. Isabella zog die Leiter wieder nach oben und wartete dann bis zur ersten Dämmerung. Als sie sein Signal hörte, schob sie die Leiter wieder hinunter.

Müde und verzweifelt schüttelte er den Kopf. »Ich habe ihn nicht gefunden, weder tot noch lebendig«, flüsterte er und setzte sich neben Isabella auf eine Matratze. Die beiden Frauen schliefen. »Wurstl habe ich auf dem Waldweg hinter dem Haus gefunden. Er ist wohl hinter dem Herrn hergelaufen und überfahren worden, ich erkannte ihn nur noch an dem grauen Fell.« Er schüttelte den Kopf und schnäuzte sich in ein großes, kariertes Taschentuch. »Ziethen haben sie auch entdeckt. Er ist fort.« Aber er erzählte nicht, dass er gesehen hatte, wie sie das getötete Pferd gehäutet, ausgenommen, zerteilt und über verschiedenen Feuern an Spießen gebraten hatten.

Nach sechs Tagen und sechs Nächten zogen die Russen weiter in Richtung Oder. Mannschaftswagen rollten am frühen Morgen auf den Hof, die Soldaten stiegen auf und nahmen alles mit, was sie tragen konnten. Etwas später folgten die Offiziere. Außer den Kübelwagen, mit denen sie fahren wollten, fuhren zwei Lastwagen vor das Herrenhaus, die beladen wurden: Bilder, Teppiche, Kisten mit Geschirr, wertvolle Gobelins, das Silber mit dem Familienwappen, Kronleuchter, Weinfässer und alle Lebensmittelvorräte verschwanden auf der Ladefläche. »Gut, dass Großvater das nicht mit ansehen muss«, flüsterte Isabella, »seine gepflegten Württemberger Weinvorräte waren sein ganzer Stolz.«

»Beutegut«, murmelte Bertil, der neben Isabella an der Dachluke stand und die Abfahrt beobachtete. Aus dem zerschlagenen Fenster der Bibliothek quoll eine graue Rauchfahne. »Wir müssen so schnell wie möglich hinüber, bevor das Feuer um sich greift«, flüsterte Isabella. Aber Bertil wollte warten. »Wir müssen sicher sein, dass keiner mehr da ist. Das Leben ist wichtiger als das Haus.«

Die Rauchfahne wurde dichter und dunkler. »Ich gehe jetzt«, erklärte Isabella und öffnete die Luke. Bertil flüsterte Paula zu: »Pass auf, dass die Herrin nicht ans Fenster geht.« Dann half er Isabella die Leiter hinabzulassen und folgte ihr nach unten. Im Schutz der Scheunen und Ställe liefen die beiden zum Haus. Die breite Eingangstür stand weit offen. Fassungslos starrte Isabella auf das Chaos in der Diele. Alles, was die Männer nicht mitnehmen konnten, war zerstört: Möbel zerhackt, Glas zertrümmert, Polster aufgeschlitzt. Es stank nach Rauch, Alkohol und Fäkalien. Isabella stürzte zur Bibliothek. In der Mitte des Raumes brannte ein Berg von Büchern. Bertil riss die Vorhänge von den Fenstern, und gemeinsam schlugen sie die Flammen aus. Dann sah Isabella, dass auch das Bild vor dem Tresor verschwunden und der Safe mit Schüssen geöffnet worden war. »Den Schmuck von Großmutter haben sie mitgenommen, die Papiere liegen auf dem Boden.«

»Mit Papieren können sie nichts anfangen«, nickte Bertil und versuchte immer noch, kleine Feuerzungen auszutreten. Isabella bückte sich und sammelte die zerknüllten, zertretenen, beschmutzten und zum Teil zerrissenen Dokumente ein. »Was sind das bloß für Menschen?« Sie sah sich in dem Chaos um.

»Es ist der Krieg, der aus Menschen Ungeheuer macht«, brummte Bertil und half, die Papiere aufzuheben.

»Aber was haben wir mit dem Krieg und mit Ungeheuern zu tun? Du, die Großeltern, Paula, meine Mutter, ich, was haben wir damit zu tun?«

»Das siehst du doch. Die, die damit angefangen haben, sitzen in ihren Schlössern und Bunkern und delegieren die Massen, und wir hier müssen die Köpfe hinhalten, wenn zurückgeschlagen wird. Wir haben keinen Menschen getötet oder beraubt, aber wir Deutschen haben mit diesem verdammten Krieg angefangen.«

Er wischte sich eine Träne ab, die ihm über die Wange lief. »Was glaubst du denn, wie's da aussieht, wo die Deutschen Land erobert haben? Ich sag's dir, der Krieg macht Ungeheuer aus den Menschen, ihr Verstand setzt aus, und sie haben kein Ehrgefühl mehr.«

Isabella nahm den alten Mann in die Arme. »Aber doch nicht alle, Bertil, sie sind doch nicht alle so.«

»Nein, nicht alle.« Er richtete sich gerade auf. »Wir auf jeden Fall sind nicht so. Und jetzt sollten wir das Haus kontrollieren und wieder ins Versteck gehen. Wer weiß, wann die nächsten Russen hier auftauchen.«

Sie gingen von Zimmer zu Zimmer. Das Chaos war unbeschreiblich. Es gab kein Wasser, keinen Strom, Abflüsse waren verstopft, Leitungen aus der Wand gerissen und Möbel als Toiletten benutzt worden.

Als sie keine direkten Gefahren für das Haus fanden, erklärte Bertil: »Wir bleiben in unserem Versteck, da sind alle gut aufgehoben. Da findet uns so schnell keiner. Wir werden noch frisches Wasser aus dem Brunnen holen, und dann mach ich mich auf den Weg zu deinen Verwandten. Wer weiß, wie's denen ergangen ist.«

»Du willst uns hier allein lassen? Bertil, wir brauchen dich.«

»Ich bin es den Herrschaften schuldig, ich muss mich um die Töchter deiner Großeltern kümmern. Und vielleicht finde ich dort den Herrn von Semisch. Es ist ganz einfach meine Pflicht.«

Isabella wusste, dass sie ihn nicht umstimmen konnte. »Na gut, aber bitte komm so schnell wie möglich zurück.«

Während Bertil sich auf den langen, beschwerlichen Weg nach Gut Birkenwall machte, das Anwesen der Frieda von Semisch war das nächstgelegene, zog sich Isabella wieder in das Versteck auf dem Dachboden zurück. Behutsam, um sie nicht aufzuregen, beantwortete sie die Fragen der Großmutter nach dem Zustand des Herrenhauses und nach dem Verbleib ihres Mannes. »Großvater ist sicher unterwegs, um nach euren Töchtern zu sehen, das musst du doch verstehen.«

»Aber er ist schon seit Tagen fort, er soll sich auch um uns kümmern. Wie kann er uns so lange allein lassen.«

Isabella, die spürte, dass sich der Zustand ihrer Verwirrung verschlimmert hatte, tröstete die Großmutter so gut sie es vermochte. »Er weiß doch, dass wir hier sicher sind, dass Bertil auf uns aufpasst und kein Mensch unser Versteck finden wird.«

»Und was ist mit dem Haus? Er wollte nur nach dem Haus sehen, als er fortging.«

»Das Haus ist in Ordnung, Großmutter, die Russen sind weg, und wir haben es wieder abgeschlossen. Jetzt ist alles vorbei, und sehr bald wird es Frieden geben.«

»Daran glaube ich erst, wenn Simon mir das sagt. Ich höre noch immer Flugzeuge und Kanonendonner, der Krieg ist noch ganz in der Nähe. Warum können wir keine Radionachrichten mehr hören?«

»Wir haben keinen Strom, Frau von Semisch«, half Paula die alte Frau zu beruhigen. »In ein paar Tagen wird alles wieder wie früher sein. Dann kehren wir ins Haus zurück, Babuschka und Janina werden aus ihrem Dorf zurückkommen und für Ordnung sorgen, und Juschinka wird wieder die Küche übernehmen. Wir brauchen nur noch ein wenig Geduld, dann haben wir den Krieg hinter uns.«

»Hoffentlich, ich sehne mich so sehr nach einem Bad und nach unserer gefliesten Toilette. Diese Eimer hier sind eine Katastrophe.«

Während Paula und Anna die Annehmlichkeiten des Herrenhauses aufzählten, sortierte Isabella die Papiere, reinigte, glättete und ordnete sie. Sie schienen vollständig zu sein, und sie überlegte, wo sie diese wichtigen Dokumente sicher verstecken könnte. Anna, die ihre Enkelin beobachtete und sich daran erinnerte, wie wichtig diese Papiere, die sie vor gar nicht langer Zeit mitunterschrieben hatte, für Isabella waren, fragte: »Warum lässt du sie nicht im Safe, dort sind sie doch am besten aufgehoben?«

Aber Isabella schüttelte den Kopf. »Den Safe gibt es leider nicht mehr, Großmutter, die Russen haben ihn gefunden und aufgebrochen.«

»Sie haben unseren Safe gefunden?«

»Sie haben das Bild betrachtet und dabei den Tresor gefunden.«

»Dann haben sie auch meinen Schmuck genommen?«

»Ja, Großmutter.«

Und mit erstaunlicher Klarheit sagte die alte Dame: »Den brauche ich nicht mehr, ich werde keine Festlichkeiten mehr besuchen.«

Bertil Brunereit hoffte, bis zum Einbruch der Dunkelheit Birkenwall zu erreichen. Der Weg war sehr weit, vor allem weil er die offenen Feldwege vermeiden wollte und Umwege durch den schützenden Wald machte. Immer wieder flogen Tiefflieger in breiten Formationen über ihn hinweg nach Westen und er hatte Angst, plötzlich zum Ziel dieser

Jäger zu werden. Während er durch die stillen Wälder marschierte, dachte er an seine Geschwister in Ostpreußen. Die Männer der Familie waren seit Generationen Waldarbeiter. Ob sie noch leben?, überlegte er. Die Russen sind längst in Ostpreußen, aber ich glaube nicht, dass meine Brüder davongelaufen sind. Vielleicht mussten sie Soldaten werden, aber freiwillig verlassen die ihren Wald nicht. Sie werden geblieben sein oder dorthin zurückkehren, Waldarbeiter braucht man immer.

Auch er musste sich damals in den Wäldern plagen. Und dann, o Wunder, durfte er eines Tages den Forstmeister Wuttkow auf seiner Fahrt nach Königsberg begleiten, wo sich der begeisterte Reiter ein Pferd aus der Trakehner Zucht kaufen wollte. Und dort traf der Forstmeister seinen Freund Simon von Semisch. Die Herren unterhielten sich über Gott und die Welt, über Familien und Nachkommen, über Ernten und Ehen und vor allem über die Schönheit der Pferde, während Bertil daneben stand und die Ohren spitzte. Als dann der Herr von Semisch den Herrn Forstmeister fragte, ob er den Bertil Brunereit entbehren könne, da er eine ganze Wagenladung voller Pferde gekauft habe und einen Aufseher gut gebrauchen könne, der mit den Pferden im Waggon die Reise nach Stargard antreten würde, war es für ihn wie ein zweites Wunder. Er solle danach auf dem Gut bleiben und sich um Vieh und Pferde kümmern, wenn es ihm Spaß mache. Bertil nickte eifrig, und die Herren wurden sich einig.

Das ist jetzt fast fünfzig Jahre her, überlegte Bertil und duckte sich unter eine große Buche, weil wieder Tiefflieger über die Baumkronen hinwegbrausten. Damals war ich gerade volljährig und brauchte niemanden um Erlaubnis zu fragen, alles passte zusammen. Ich habe dem Herrn die Pferde wohlbehalten nach Stargard gebracht und von dort aus nach Friedrichshain getrieben.

Und jetzt? Wie soll es jetzt weitergehen? Er dachte an Paula, die Mamsell vom Gut Birkenwall, in die er sich sofort verliebt hatte, als sie einmal zur Aushilfe nach Friedrichshain gekommen war. Die fröhliche, etwas rundliche Paula war das größte Geschenk in dieser Zeit. Sie hatten zwar keine Kinder bekommen können, aber das war nicht schlimm, denn Friedrichshain war immer voller Kinder gewesen. Erst die vier Mädchen der Herrschaften, dann die Kinder der Töchter und zum Schluss die vielen Flüchtlingskinder aus den Bombenstädten. Nein, eigene Nachkommen hatten er und seine Paula nie vermisst. Und heute, überlegte er, da muss man richtig froh sein, dass man keine Söhne hat, wer weiß, ob die noch leben würden.

Die Dämmerung brach herein. Er näherte sich dem Gut. Dann fiel ihm der Gestank auf, der den Wald durchzog. Es roch nach Rauch, verbranntem Fleisch und Fell. Fast wie beim Schmied, dachte er, aber welcher Schmied ist denn in diesen Tagen unterwegs?

Er hatte den Waldrand erreicht, und dann stand er vor den rauchenden Trümmern von Birkenwall. In den abgebrannten Scheunen qualmten letzte Heu- und Strohballen, die Ställe waren bis auf ein paar Eisenträger abgebrannt, und vom Herrenhaus ragten nur noch Mauerreste in den düsteren Himmel. Bertil ging vorsichtig über den Hof. Kein Mensch war zu sehen. Hier kann man nichts mehr retten, dachte er, selbst der letzte Schuppen ist in Flammen aufgegangen. Langsam ging er weiter. Er berührte einen verkohlten Balken. Kalt, überlegte er, hier hat es vor vielen Tagen gebrannt, Heu und Stroh werden noch eine Weile vor sich hin glimmen, aber offene Feuer gibt es nicht mehr. Er kam zum Herrenhaus. Die Mauerreste standen wie stumme, trauernde Zeugen einer Wahnsinnstat mitten zwischen den Gartenrabatten, in denen der Winter ersten Schneeglöckchen Platz machte. Langsam ging er näher. Dort, wo einst die dicke geschnitzte Eichenholztür ins Haus führte, lag ein verkohlter Balken auf dem Boden. Und auf dem Balken, mit Steinen befestigt, fand Bertil einen Bogen Packpapier und die Nachricht: »Wir leben noch und sind bei Selma auf dem Hamberg.«

Gott sei Dank, dachte der alte Mann und setzte sich neben den braunen Bogen auf den schwarzen Balken. Gott sei Dank, sie leben noch. Aber zum Landsitz auf dem Hamberg kann ich nicht mehr laufen. Es ist einfach zu weit. Ich suche mir eine windgeschützte Ecke zum Schlafen, und morgen gehe ich zurück. Dann suchte er nach einem Bleistiftstummel in seiner Tasche und kritzelte unten auf den Packpapierbogen: »Wir leben auch noch auf Friedrichshain, aber den Herrn von Semisch suchen wir seit Tagen.« Wie gut, wenn man immer einen Bleistift dabei hat, dachte er, legte sich hinter einen Mauerrest und schlief ein.

Es regnete heftig in dieser kalten Nacht, und Bertil Brunereit wurde nass bis auf die Haut. Aber er spürte es nicht. Er war viel zu müde, denn er war achtzehn Kilometer weit durch den Wald gelaufen, und das als alter Mann.

Siebzehntes Kapitel

Hauptmann Stelling aus Hamburg und Feldwebel Baiermickel aus Rosenheim kauerten hinter der Mauer eines Lüftungsschachtes auf dem Dach des Bunkers in der Berliner Marquardstraße. Ihr eigentlicher Einsatzort, die Fernsprech- und Funkzentrale, lag zwölf Etagen tiefer im Keller. Aber nachts mussten sie, nachdem auch die letzten kriegstauglichen Männer an die Ostfront abkommandiert worden waren, die Flugabwehrkanone auf dem Dach bedienen. Hubert Baiermickel mit seiner zerschossenen linken Hand war frontuntauglich, und Conrad Stelling hatte noch immer den Splitter im Oberschenkel.

Es ist verdammt ungemütlich, dachte Conrad und zog die Füße bis unter den Mantelsaum. Er sah auf die Uhr mit den Leuchtziffern, die ihm Laura zum fünfundvierzigsten Geburtstag geschenkt hatte. Noch zwei Stunden bis zur Ablösung, dachte Conrad, hoffentlich bleibt die Nacht ruhig. Zwischen ihm und Hubert lag das tragbare Funkgerät auf dem Betonboden. Atmosphärisches Rauschen und die Suchsignale anderer Funkstationen unterbrachen die Stille. Es war sternenklar und windstill in dieser Nacht.

»Ein Wetter wie gemacht für einen Angriff«, flüsterte Hubert. Die beiden Männer sahen sich um. Trotz der nächtlichen Stunde waren Häuser und Straßenzüge deutlich zu erkennen. Rechts von ihnen schlängelte sich die Spree durch das Gewirr von Häusern und Ruinen, und weit im Westen blinkten die Havel und der Wannsee auf. In verschiedenen Stadtteilen flammten noch Feuer der letzten Angriffe. Obwohl Feuerwehren aus der ganzen Provinz zur Bekämpfung herangezogen wurden, brachten sie die zahllosen Brände schon lange nicht mehr unter ihre Kontrolle.

»Die Feuer sind die reinsten Wegweiser«, rief Conrad wütend, »da nützt die ganze Verdunkelung nichts.«

Das Rauschen im Funkgerät wurde lauter, dann kam die krächzende Stimme mit der Ankündigung der Bomberverbände. Die Männer beugten sich über den Apparat, um die Ansage genau zu hören. Kamen die Verbände über Stendal herein, waren es die Amerikaner und die Briten, kamen sie über Eberswalde oder Guben, waren es die Russen.

In diesem Augenblick heulte die erste Sirene auf, die beiden konnten nichts mehr verstehen. Andere Sirenen folgten. Im Südwesten, in Richtung Potsdam und gleich darauf auch im Südosten über Königs-Wusterhausen kreuzten sich die langen Finger der Suchscheinwerfer am wolkenlosen Himmel. »Heute kommen sie wieder von allen Seiten«, flüsterte Hubert und legte die Munition zurecht. Conrad war aufgestanden und suchte mit dem Nachtglas den Horizont ab. Das Dröhnen der Bomber wurde lauter. Dann erkannte Conrad die Masse der Flugzeuge, weil sie den Blick zu den Sternen verhinderten. Wie eine unheilvolle schwarze Wand schoben sich die Maschinen über den Himmel. Dann wurden sie von den stummen steilen Streifen der Scheinwerfer erfasst.

»Verdammt niedrig heute«, brummte Hubert und richtete sein kleines Geschütz den Flugzeugen entgegen. Conrad kauerte wieder neben ihm, verantwortlich für den reibungslosen Nachschub der Munition. Und dann brach die Hölle über die beiden Männer auf dem Bunkerdach herein. Druckwellen, Bombensplitter, Betonbrocken, Brandbomben – Himmel und Erde waren in gleißendes Weiß getaucht, die Begleitmaschinen beleuchteten das Inferno mit grellen Leuchtkugeln. Die beiden Männer auf dem Bunkerdach verschossen die gesamte Munition. Dann zogen sie sich zum Abstiegsschacht zurück, öffneten die schwere Stahlluke und sprangen hinunter in die dunkle Sicherheit der meterdicken Betonwände.

Die schweren Bombenangriffe dauerten noch eine Woche, dann wurde es ruhiger am Himmel über der Reichshauptstadt. Die Amerikaner rückten von Westen und von Süden auf Berlin zu, die Russen überquerten die Oder und die Neiße und hatten am 25. April die Hauptstadt eingeschlossen. Am gleichen Tag reichten sich Russen und Amerikaner bei Torgau an der Elbe siegessicher und freundschaftlich die Hände.

Conrad, seine Kameraden und die Menschen im Bunker merkten wenig von den Veränderungen, die draußen vor sich gingen. Männer vom Volkssturm oder Hitlerjungen versorgten sie mit spärlichen Lebensmitteln, Wasser und Medikamenten. Auf Handkarren zogen sie die Zuteilungen, die immer kleiner wurden, durch die Trümmer, und viele von ihnen wären am liebsten mit hinein in die schützende Betonhülle des Bunkers gekrochen. Aber langsam wurde das Leben in dieser Katakombe unerträglich. Stromaggregate fielen aus und damit das Licht und die Frischluftpumpen, oft blieb der Nachschub mit der Verpflegung aus und am schlimmsten war die fehlende Versorgung mit frischem Wasser. Conrad, als ältester Offizier, übernahm die Verteilung der mangelhaften Versorgung und half vor allem Frauen mit Kindern. Die Zivilisten wagten nicht, den schützenden Bunker zu verlassen, und die Soldaten hatten den Befehl, die kaum noch funktionierenden Funkkontakte aufrechtzuerhalten. Und dann waren plötzlich alle Verbindungen tot.

Hauptmann Stelling und Hubert Baiermickel entschlossen sich, nachdem sie drei Tage lang auf neue Befehle gewartet hatten, den Bunker zu verlassen und draußen Hilfe zu suchen. Krankheiten brachen aus, immer mehr Menschen litten unter geistiger Verwirrung, viele bekamen Angstzustände, andere wurden gewalttätig, und vor allem die Kinder drohten zu verdursten. Die Zustände in dem Betonkoloss waren unerträglich geworden.

Vorsichtig, um die Menschen nicht zu stören, die auf den Liegen und auf Decken kauerten und vor sich hindösten, stiegen Conrad und Hubert die Steinstufen zum Ausgang hinauf. Kurz vor der Tür hockte eine Frau und stillte ihr Baby. Ein kleiner Junge kauerte neben ihr und saugte an seinem Schnuller. Aus müden, verzweifelten Augen sah die junge Mutter die beiden Männer an. Conrad hakte seine Feldflasche vom Koppel und reichte sie der Frau. »Hier, trinken Sie, ein paar Schlucke sind noch drin.«

Draußen erwartete sie das Chaos: Ruinen, nichts als Ruinen, so weit das Auge reichte. Vereinzelt und weit entfernt waren Schüsse zu hören, hin und wieder zogen Rauchschwaden durch die Trümmer.

»Es ist warm geworden. Wer schießt jetzt auf wen?«, flüsterte Hubert. Die beiden Männer kauerten in einem Bombentrichter direkt neben dem Bunkereingang. Über eine Trümmerfläche hinweg sahen sie eine Frau, die einen mit Brettern beladenen Kinderwagen schob. »Ich werde sie fragen, was los ist.«

»Gut«, nickte Hubert, »ich gebe Ihnen Feuerschutz.«

Gebückt, jede Deckung ausnützend und mit gezogener Pistole lief Conrad über das Trümmerfeld. Dann hatte er die Frau erreicht. Müde und grau im Gesicht schob sie ihren Wagen über Steine und durch Löcher. »Hallo«, gab sich Conrad zu erkennen. »Was ist los hier? Wo sind die deutschen Truppen? Warum ist es so still? Wird denn nicht mehr gekämpft?«

Die Frau sah ihn erstaunt an, dann lächelte sie, und Conrad sah, dass sie keineswegs so alt war, wie es den Anschein hatte. »Wir haben einen Waffenstillstand. Seit zwei Tagen ist der Krieg zu Ende.«

»Und man kann einfach so durch die Straßen laufen?«

Die Frau schüttelte den Kopf. »Das würde ich nicht raten. Ich habe mich mit den ältesten Sachen, die ich finden konnte, verkleidet, wie Sie sehen, und Ihnen würde ich raten, so schnell wie möglich die Uniform auszuziehen.«

»Wer hat denn nun Berlin eingenommen?«

»Eigentlich die Russen, aber die Amerikaner sind gleich danach eingerückt. Wir sind hier, glaube ich jedenfalls, bei den Amerikanern.«

Conrad zögerte einen Augenblick. »Ich habe da drüben einen ganzen Bunker voller Menschen. Halb verhungert und halb verdurstet. Ich muss mich zuerst um diese Leute kümmern.«

»Schicken Sie sie raus. Die Amis fahren überall herum, die finden sie dann und kümmern sich drum. Es gibt Auffanglager, da werden die Leute mit dem Nötigsten versorgt.«

»Einfach so losschicken?«

»Ja, aber wenn da auch Soldaten sind, die dürfen nicht bei den Zivilisten gesehen werden. Die sollten sich lieber verstecken und Zivilkleidung anziehen.«

»Das ist leichter gesagt als getan. Woher soll ich für meine Männer Zivilkleidung nehmen?«

»Die werden sich schon zu helfen wissen.« Sie sah ihn aufmerksam an, »Ihnen würden Sachen von meinem Mann passen. Ich wohne da hinten in dem Keller, dort bei der roten Hauswand, die war einmal ein Teil meines Wohnzimmers.«

Conrad folgte ihrem Blick. »Sie machen sich strafbar, wenn Sie mir helfen.«

»Wer sollte mich schon strafen, hier ist doch keiner.«

»Na gut, ich komme, aber es wird eine Weile dauern.«

Verwirrt und unschlüssig ging Conrad zurück und berichtete Hubert von dem Gespräch. »Was sollen wir machen? Können wir die Leute einfach so auf die Straße schicken?«

»Alles ist besser als das Leben da drinnen. Wir lassen sie selbst entscheiden.«

»Gut, und sobald der Bunker leer ist, vernichten wir die Funkanlagen und die Telefonzentrale und verschwinden auch.«

Es dauerte vierundzwanzig Stunden, bis der Bunker geräumt war. Hunderte von Menschen diskutierten. Die einen wollten so schnell wie möglich nach draußen, wussten aber nicht wohin, andere hatten Angst, mit den Zerstörungen konfrontiert zu werden, und blieben einfach auf ihren Liegen. Viele waren krank oder zu schwach, um irgendwohin zu gehen. Conrad wusste, dass er hart durchgreifen musste, um den Bunker zu räumen, wusste aber nicht, wie er das bewerkstelligen sollte.

Dann hatte Hubert die rettende Idee. »Unsere zehn Soldaten im Keller müssen Zivilkleidung anziehen und dann die Leute in Gruppen herausführen. Wenn erst einmal der Anfang gemacht ist, folgen die anderen von selbst.«

»Und woher nehmen wir Zivilkleidung?«

»Die requirieren wir. Fast jeder hier hat etwas Gepäck dabei, ein paar Sachen gerettet. Die Männerkleidung wird beschlagnahmt, wenn sie nicht freiwillig abgegeben wird.«

Der Tausch ging leichter vonstatten, als Conrad befürchtet hatte. Es gab ein paar Tränen bei Frauen, die sich nur ungern von den letzten Erinnerungsstücken an ihre Männer trennten, aber die meisten gaben freiwillig, was sie im Gepäck hatten und was sich zum Verkleiden der Soldaten eignete. Am Mittag des folgenden Tages war der Bunker geräumt. In kleinen Gruppen folgten die Frauen, Kinder und die vielen alten Menschen den Soldaten, ließen sich in die Nähe von Straßen bringen, wo sie von amerikanischen Truppen aufgegriffen und in Lager gebracht wurden.

Als die letzte Gruppe den Bunker verlassen hatte, sahen sich Conrad und Hubert an. »Und nun?«

»Wir haben den Befehl, die Anlagen im Keller zu zerstören«, erklärte Conrad.

»Wer erteilt denn jetzt noch Befehle?« Hubert schüttelte den Kopf. »Keiner mehr da.«

»Aber wir müssen etwas unternehmen.«

»Wenn wir die Anlagen in die Luft sprengen, hört man uns meilenweit und wird auf uns aufmerksam. Dann sind die Amis schneller hier, als wir den Ausgang erreichen. Krach machen geht nicht.«

»Ich schlage vor, wir verbrennen alle Akten, die Geheimpapiere, die Chiffrelisten, alle Namen und die Gebrauchsanweisungen.«

»Gut. Dann verbrennen wir die herumliegenden Uniformen gleich mit, zerstören die Aggregate und verschwinden.«

»Wir sollten uns auch umziehen.«

Hubert sah an sich herunter. »Ich hab da drüben eine Hose und ein kariertes Hemd. Das muss genügen. Von meinen Offiziersstiefeln trenne ich mich nicht.«

»Das ist riskant.«

»Ach was, in dem Durcheinander eines Kriegsendes fallen die Stiefel nicht auf. Und was ziehen Sie an?«

»Die Frau, mit der ich gestern sprach, wohnt hundert Meter von hier entfernt. Sie hat Sachen von ihrem Mann, die sie mir geben will.«

»Na, das nenne ich Glück. Aber hundert Meter in Uniform können verdammt weit werden.«

»Ich gehe in Unterwäsche und hänge mir eine Decke um. Bis wir hier alles erledigt haben, ist es dunkel.«

Sie erreichten die Ruine mit der roten Zimmerwand kurz vor Mitternacht. Hubert Baiermickel mit den Stiefeln unter der zu kurzen Hose und Conrad Stelling in Unterwäsche mit der umgehängten Decke. Auch er hatte schließlich die Stiefel anbehalten, denn Glas- und Eisensplitter bedeckten den Pfad durch die Trümmer. Sie suchten den Eingang zum Keller und fanden hinter einer aufgehängten Decke einen kleinen Raum, den eine Kerze mühsam beleuchtete.

»Ich dachte schon, Sie kommen nicht mehr.« Die junge Frau kauerte hinter einem kleinen Spirituskocher und rührte in einem Topf. Es roch nach Brot und Brühe. Sie zeigte lächelnd auf den provisorischen Herd mit dem Topf: »Alles, was ich auftreiben konnte, ist da drin. Aber vielleicht mögen Sie ja Brotsuppe?« Dann holte sie eine Kanne sowie zwei Becher aus einer Kiste: »Hier, trinken Sie erst mal, es ist echter Kaffee, aber inzwischen schon kalt.«

»Echter Kaffee?« fragte Hubert und roch an seinem Becher. »Wirklich, wo haben Sie denn echten Kaffee her?«

Die Frau lächelte: »Es gibt einen schwarzen Markt. Wenn man ein bisschen geschickt beim Tauschen ist, bekommt man schon mal ein Tütchen Kaffee oder eine Dose Bouillon.« Sie hob ihren Becher den Männern entgegen. »Ich heiße Ingrid.«

Auch die Männer stellten sich vor und plötzlich war das Du selbstverständlich. Dann stand Ingrid auf und holte einen kleinen Stapel sauber gefalteter Kleidungsstücke und ein Paar Halbschuhe. »Bitte, ich habe alles zusammengesucht, was ich finden konnte. Du kannst dich da hinten umziehen, aber wecke meine Jungs nicht.«

Jetzt erst sah Conrad zwei kleine Kinder auf einem Matratzenlager an der hinteren Kellerwand liegen. »Ich werde ganz leise sein«, und zu Hubert gewandt, »kannst du mir aus den Stiefeln helfen? Ich fürchte, die sind inzwischen angewachsen.«

Ans Schlafen dachte in dieser Nacht keiner. Man unterhielt sich lange, denn die Männer wollten alles über die letzten Kriegstage wissen. Aber viel konnte ihnen Ingrid Lehmbruck auch nicht sagen. »Ich habe mich mit meinen Kindern in die hintersten Ecken der Ruinen verkrochen, wir hofften immer nur, dass uns keine Bombe trifft und kein Russe findet. Erst als ich englische Worte auf der Straße hörte, sind wir herausgekommen. Die Amerikaner waren nett, haben den Kindern Schokolade und Kaugummi gegeben.«

»Und was ist mit Hitler und den anderen?«

»Keine Ahnung, das Durcheinander ist noch viel zu groß. Was habt ihr vor?«

Conrad sah sich unschlüssig um. »Ich werde wohl nach Hinterpommern gehen müssen, da lebt meine Tochter bei Verwandten meiner Frau. Und dann geht's zurück nach Hamburg.«

Hubert nickte. »Ich mache mich auf in Richtung Süden, meine Familie lebt in Bayern, die werden schon lange auf mich warten.«

Ingrid schüttelte den Kopf. »Ich würde mit dem Reisen noch warten. Das Chaos ist viel zu groß. Niemand weiß, wo er hingehört, und die fremden Soldaten sind sehr nervös. Nachts haben wir Ausgangssperre, und tagsüber schießen sie auf jeden, der verdächtig erscheint.«

»Aber wo sollen wir bleiben?« Conrad sah sich in dem kleinen Raum um.

»Der Keller ist groß genug, ich habe ja nur den vordersten Teil für mich abgetrennt. Man kann weitere Räume ausbauen. Ein paar Bretter, ein paar Decken, zur Not kriegen wir eine Unterkunft für euch fertig.«

Und so wurde es gemacht. Die Männer bauten sich einen Behelfsraum und ließen sich draußen nicht sehen, Ingrid zog mit dem Kinderwagen und ihren Söhnen durch den Stadtteil, sammelte, was sich brauchen ließ, und tauschte auf dem Schwarzmarkt Conrads Leuchtzifferuhr gegen Mehl und Zucker ein, seine Stiefel gegen zwei Matratzen und schwarzen Tee. Huberts Uhr ging für etwas fetten Speck und ein paar Kartoffeln über den unsichtbaren Ladentisch.

Es gab aber auch Tage, an denen Ingrid Lehmbruck allein loszog. Dann bat sie die Männer, ein Auge auf die Jungen zu werfen, die mit Begeisterung in den Trümmern spielten, und machte sich selbst so fein, wie es irgend möglich war. Ein bisschen Lippenstift, ein wenig Rouge, ein leichtes Sommerkleid, und sie war kaum wiederzuerkennen.

Hubert flüsterte: »Donnerwetter, so sehen die Frauen von heute also aus, ich hatte das ganz vergessen«, doch Conrad machte sich Sorgen.

Dabei profitierten sie alle, wenn Ingrid nach diesen Ausflügen mit Zigaretten, Kaffee, Kakao, Tee, Schokolade und amerikanischen Konservendosen wiederkam.

Conrad wagte nicht, sie nach diesen Ausflügen zu fragen, doch Ingrid, die seine Gedanken zu erraten schien, sagte beruhigend: »Ist nicht so schlimm, wie es aussieht. Ich verkaufe alles, was ich besitze, und im Augenblick habe ich eben nur mich. Ich muss meine Kinder durchbringen und kann diese Geschenke gegen Brot und Milch eintauschen, da muss man schon mal die Moral mit Füßen treten.«

Ende Mai entschlossen sich die Männer, Berlin zu verlassen. Es gab erste Züge, die wieder irgendwohin unterwegs waren, und wenn man Glück hatte, fuhren sie in die richtige Richtung und man fand einen Platz auf dem Dach oder einem Trittbrett.

Zwischen den fünf Menschen des »Souterrain-Appartements«, wie Ingrid die kleine Kellerwohnung nannte, hatte sich eine tiefe Freundschaft entwickelt. Während Hubert gerne mehr als ein guter Freund gewesen wäre, sich aber zurückhielt, als er sah, dass Ingrid nur Augen für Conrad hatte, übersah dieser ihre Blicke beflissentlich. Sie versprachen sich wiederzusehen, tauschten Adressen aus und trennten sich.

Achtzehntes Kapitel

Als Bertil nach zwei Tagen immer noch nicht zurückgekommen war, wurden die Frauen unruhig. Vor allem Paula hatte inzwischen große Angst um ihren Mann. Seit der Morgendämmerung wälzte sie sich unruhig auf ihrer Matratze hin und her, richtete sich schließlich auf und flüsterte: »Ich muss ihn suchen, ich halte dieses Warten nicht mehr aus.«

Isabella setzte sich erschrocken auf. »Er wird schon kommen«, flüsterte sie, »vielleicht ist er weiter gegangen zum Gut von Tante Selma.« Zwischen ihnen auf dem schmalen Lager schlief die Großmutter, die wollten sie nicht wecken und beunruhigen.

Paula schüttelte den Kopf. »Es ist zu weit entfernt, das schafft er zu Fuß nicht. Und er würde uns nicht in dieser Ungewissheit lassen. Er weiß, dass wir hier auf ihn warten, dass wir ihn brauchen.«

Das taten sie wirklich. Auf dem Dachboden war es noch immer sehr kalt, und sie hatten kein Brennmaterial mehr. Das wenige Holz, das Isabella in Scheunen und Schuppen zusammengesucht hatte, mussten sie fürs Kochen aufheben, doch der Vorrat reichte nicht mehr lange. Isabella zog sich ihre Decke enger um die Schultern und schüttelte sich. Ich müsste die Schuppenwände aufbrechen und die Bretter zerkleinern, aber mir fehlt ein Beil. Mit einem Küchenmesser schaffe ich das nie, dachte sie und legte sich wieder hin. Ich könnte im Wald nach Holz suchen, obwohl es sehr feucht sein wird und kaum brennt, aber wenn die Kälte noch lange andauert, erfrieren wir hier.

Paula war aufgestanden und hatte sich angezogen. Dann versuchte sie mit wenigen Scheiten ein kleines Feuer im Ofen zu entzünden. »Ich mache uns Tee, und dann gehe ich.«

Auch Isabella kleidete sich an. Was sollte sie ohne Paula machen? Einer von ihnen musste bei der Großmutter bleiben, und außerdem traute sie sich nicht in den Wald. Zu groß war der Schock, den sie erlitten hatte, als die Russen plötzlich auf dem Hof standen. Dabei hatte sie der Vater bei seinem letzten Besuch eindringlich gewarnt: »Wenn sie kommen, musst du dich verstecken. Nur so kannst du dein Leben retten, denn sie sind stark und in der Überzahl, dagegen kann man sich nicht wehren. Verstecken ist dann deine einzige Chance.«

Paula setzte einen Wasserkessel auf die Ofenringe, schüttete eine Hand voll Lindenblüten in den Teetopf und goss schließlich das kochende Wasser darüber. Ein wunderbares Aroma durchzog den Raum und erinnerte an hochsommerliche Tage mit Bienensummen und Hitze, Blütendüften und angstfreien Tagen.

Jetzt wurde auch Anna wach. »Welch ein Duft«, lächelte sie, »ihr seid aber früh auf den Beinen.«

»Paula macht sich Sorgen um Bertil«, erklärte Isabella, »sie will ihn suchen. Ich hoffe, ich kann's ihr ausreden.«

Paula reichte beiden ihre Teebecher, und während sich das Mädchen und die Großmutter die klammen Finger daran wärmten, zog Paula bereits ihre Stiefel an. Doch dann hörten sie plötzlich Frauenstimmen auf dem Hof. Irgendjemand rief Paulas Namen. Isabella sprang auf und öffnete die Dachluke. Unten standen zwei Polinnen, die früher auf dem Gut gearbeitet hatten. Isabella winkte die alte Frau herbei. »Sie wollen etwas von dir.«

Paula sah aus dem kleinen Fenster und rief: »Ich komme herunter.«

Sie öffneten die Bodenluke, ließen die Leiter herunter und stiegen hinab. Isabella wollte ebenfalls hören, was die beiden Frauen zu sagen hatten, die Paula in den Arm nahmen und leise auf sie einsprachen. Dann begann Paula zu weinen. »Was ist los, warum weinst du?«, drängte Isabella sich dazwischen. Paula wischte sich die Tränen ab. »Sie haben Bertil gefunden.«

»Und wo ist er, wie geht es ihm?«

»Sie waren auf Birkenwall und wollten sehen, ob sie etwas finden, was sie gebrauchen könnten und was die Russen nicht gestohlen hatten. Aber das Gutshaus war abgebrannt, und dann haben sie Bertil hinter einer Ruine gefunden. Er war bewusstlos und hatte hohes Fieber. Da haben sie ihn in den Karren gelegt und mit nach Hause genommen.«

»Und wo ist er jetzt?«

»Drüben im Schuppen. Sie haben Angst, ihn im Dorf zu behalten.«

»Ja, worauf wartet ihr denn noch, wir müssen ihn zusammen holen.«

Mit großer Mühe brachten die vier Frauen den bewusstlosen Mann nach oben und betteten ihn auf Paulas Matratze. Isabella suchte in der Kleiderkiste des Großvaters ein paar dicke Pullover und Strickjacken heraus und schenkte sie den Frauen als Dankeschön für Bertils Rettung. So heimlich und leise, wie die Frauen gekommen waren, gingen sie wieder, versprachen aber, jederzeit bei der Pflege behilflich zu sein.

Eine ganze Woche lang kämpften Paula, Anna und Isabella um das Leben des alten Mannes. Außer den Heilkräutern, die Paula im Sommer sammelte und trocknete, und außer dem Holundersaft, den sie in jedem Herbst einkochte, hatten sie keine Medikamente. Als er langsam wieder klar denken konnte, fragte Isabella ihn: »Bertil, ich brauche unbedingt ein Beil. Hast du irgendwo ein Beil versteckt? Wir haben kein Holz mehr, auch nicht zum Kochen, und wir müssen dir doch deinen Tee bereiten.«

Bertil nickte. »Im Stall unter der Futterkiste ist ein Werkzeugkasten vergraben, da ist auch ein Beil.« Dann schloss er wieder die Augen und dämmerte in den Schlaf der Genesung.

Anfang Mai war das Schlimmste überwunden. Bertil erholte sich, der harte Winter war ganz plötzlich einer fast sommerlichen Hitze gewichen, und manchmal kamen die polnischen Frauen und brachten etwas Ziegenmilch, einen kleinen Klumpen Rindertalg, Trockenbrot, das sie aus Kartoffelschalen gebacken hatten, und, als die Wiesen grün wurden, Löwenzahn und Brennnesseltriebe für einen Salat, der aber ohne Öl und Essig kaum genießbar war.

Isabella war jetzt viel unterwegs. Russen waren seit langer Zeit nicht mehr aufgetaucht, und sie wagte sich wieder in den Wald. Bertil, noch immer zu schwach für weite Wege, bastelte kleine Fallen und zeigte ihr, wie sie die aufstellen musste, um Wildkaninchen zu fangen. Und tatsächlich, manchmal brachte Isabella so ein zappelndes Tierchen mit. Es tat ihr weh, das Tier zu fangen, aber sie hatten Hunger, und der rechtfertigte das Töten. Das Schlachten musste allerdings Bertil übernehmen.

Von den Polinnen erfuhren die Frauen, dass die Russen Berlin erobert hatten und Deutschland kapitulieren würde. Sie verließen nach langem Zögern das Versteck auf dem Dachboden und richteten sich im Verwalterhaus wieder ein. Die Leiter aber blieb vor der Luke stehen und auch die Matratzen, den kleinen Ofen und die Wassereimer ließen sie oben.

Die vier Menschen sehnten sich nach einem normalen Leben, rechneten aber noch immer mit Überfällen und wollten gerüstet sein. Für die Russen lag das Gut zu weit vom Durchzugsweg entfernt. Kamen einmal Soldaten auf den Hof, waren es meist Einheiten, die sich verfahren hatten und weiterzogen, wenn sie nichts zum Mitnehmen fanden. Da ihr Kommen meist mit Motorenlärm oder lauten Stimmen verbunden war, konnten sich die Frauen jedes Mal in ihr Versteck auf dem Boden zurückziehen.

Und dann stand plötzlich Conrad Stelling mitten auf dem Hof. Anna sah ihn zuerst. Sie saß auf der Bank vor dem Verwalterhaus und musste Haus und Hof bewachen, während die anderen in Scheunen und Schuppen, im Herrenhaus und in der Küche arbeiteten. Jeder versuchte schließlich, das Gut zu erhalten, wo immer das möglich war. Drohte Gefahr, sollte Anna mit einem Stock auf einen Eimer schlagen und sich selbst in Sicherheit bringen. So schlug sie gegen den Eimer und erkannte erst danach den verwahrlosten, abgemagerten Mann, der ihr zuwinkte und so vertrauensvoll lächelte. Langsam kam er näher, und als er die Furcht in den Augen der alten Frau sah, rief er ihr zu: »Du brauchst keine Angst zu haben, Mutter, ich bin es, der Conrad, dein Schwiegersohn.«

Anna stand langsam auf. Ungläubig betrachtete sie den Mann, der einem Landstreicher mehr ähnelte als einem Professor. »Conrad? Conrad, bist du das wirklich? Wo kommst du her, wie geht es dir? Ist der Krieg zu Ende? Bist du entlassen?«

Bertil kam aus der Scheune, Paula aus der Küche, und endlich kam auch Isabella aus dem Herrenhaus herübergelaufen. Sie alle hatten das Eimerschlagen gehört und sich nach dem nächsten Versteck umgesehen. Als sie dann Stimmen auf dem Hof hörten, schauten sie nach und sahen die Großmutter im Gespräch mit einem heruntergekommenen Fremden. »Vater«, rief plötzlich Isabella, rannte los und flog in seine ausgebreiteten Arme. »Paps, da bist du ja.« Weinend und lachend umarmte sie ihn, überglücklich, aber erschrocken zugleich, weil er so krank aussah und so heruntergekommen.

Dann zog sie ihn in das Verwalterhaus. »Komm herein, Paula kocht alte Kartoffeln, die wir noch gefunden haben. Dazu gibt es Ziegenkäse aus dem Dorf. Du siehst so abgemagert aus.«

Aber Conrad schüttelte den Kopf. »Danke, Kind, aber ich habe eine schreckliche Diarrhö. Ich kann nichts bei mit behalten.«

Paula hatte sofort verstanden. »Ich koche einen Wermuttee mit Baldrian, ein altes Hausmittel, und Bertil kann aus der Kleiderkiste vom Herrn Simon frische Sachen für Sie suchen, dann wird es Ihnen bald besser gehen.« Und zu Isabella gewandt: »Sei so gut und hol uns Beifuß für den Tee, hinterm Schuppen wächst genug.«

»Sagtest du nicht Wermuttee?«

»Wermut ist eine Art vom Beifuß.«

»Ist in Ordnung, ich hole alles, was ich finden kann.« Und während Isabella zum Schuppen lief und Bertil auf dem Boden in der Kleiderkiste des Hausherrn wühlte, holten Paula und Conrad Wasser aus dem Brunnen für das erste Bad nach einem Fußmarsch von vierzehn Tagen.

Conrad erholte sich sehr langsam. Der Weg von Berlin nach Friedrichshain war mühsam und anstrengend gewesen. Die ersten wenigen Zugverbindungen aus der zerstörten Hauptstadt gingen nur über kurze Strecken, den größten Teil des Weges musste er zu Fuß zurücklegen. Die beiden größten Probleme waren dabei die Oderüberquerung, die von sowjetischen Soldaten an Brücken und Fährverbindungen strengstens überwacht wurde, und das Umgehen von Militärstreifen, die in jedem Zivilisten einen Soldaten vermuteten und jeden arbeitsfähigen Mann nach Sibirien schicken wollten.

»Statt nach Norden bin ich letztlich nach Süden gewandert«, berichtete Conrad. »Ich habe dann in Guben auf einem Brettersteg, der, von einer kleinen Theaterinsel unterbrochen, auf das Ostufer führte, die Neiße überwunden und schließlich weiter nördlich an der Oder einen Fischer gefunden, der mich bei Nacht auf die andere Seite ruderte. Hier, ziemlich entfernt von Berlin, gab es diese strenge Überwachung nicht mehr. Aber der Weg wurde dadurch unendlich lang.«

In Friedrichshain kehrte langsam die Normalität zurück. Nichts war mehr so wie früher, aber die fünf Menschen versuchten das Beste aus den Gegebenheiten zu machen. Das Herrenhaus blieb verschlossen, sie hatten sich bei Bertil und Paula eingerichtet.

Als Conrad sich kräftig genug fühlte, wanderten er und Isabella nach Stargard, um das Grab von Laura aufzusuchen. Wäre nicht die ständige Angst gewesen, von Russen überrascht zu werden, hätte es ein schöner, friedvoller Gang werden können. Heute aber waren sie sehr wachsam, achteten auf die kleinsten Geräusche und waren stets auf dem Sprung, sich im Wald zu verstecken.

Es war heiß, die Sonne brannte, und zwischen den Bäumen wehte kein Lüftchen. Es roch nach Moos, trockenen Kiefernnadeln und nach Tannenzapfen; ein Duft, den Isabella ein Leben lang lieben und mit Friedrichshain verbinden würde.

Vater und Tochter sprachen leise miteinander. Conrad wollte noch einmal genau wissen, wie Laura gestorben war.

»Ich weiß es nicht, Vater, es ging alles viel zu schnell. Aber ich glaube, sie hat nicht gelitten.«

»Wie war sie vorher? Wie hat sie ihr verändertes Leben aufgenommen? War sie traurig oder verbittert, vielleicht sogar manchmal zufrieden?«

»Sie hat oft von Hamburg gesprochen, war aber auf dem Weg, sich hier einzuleben. Es war doch ihr Zuhause, dieses Friedrichshain.«

»Sie war nie glücklich hier, verstand sich mit dem Vater nicht.« »Ich weiß, aber das wurde allmählich besser. Und sie hatte hier sehr nette Leute um sich. Großmutter war lieb und rücksichtsvoll zu ihr, und mit den Fürstenbergs hat sie sich ebenfalls gut verstanden. Und außerdem haben die vielen Aufgaben die Tage ausgefüllt.«

»Es tut mir so Leid, dass ich nicht hier sein konnte. Wir haben uns in diesen Kriegsjahren richtig aus den Augen verloren. Hat sie manchmal von mir gesprochen?«

»Selten, Vater, du weißt, wie verschlossen sie war.«

»Ja, es war immer schwer, ihr nahe zu kommen. Heute tut es mir weh, dass ich mir nicht mehr Mühe damit gegeben habe. Und jetzt ist es zu spät, um etwas gutzumachen.«

Isabella nickte nur. »Die Endgültigkeit ist das Schlimmste«, flüstert sie.

Wenig später hatten sie die kleine Stadt erreicht. Isabella, die den Ort durch ihren Schulbesuch sehr gut kannte, führte den Vater auf Schleichwegen zum Friedhof. Das Grab war schwer zu finden, zahlreiche neue Grabstellen waren in den letzten Kriegsmonaten hinzugekommen. Aber dann hatten sie den ungepflegten Erdhügel erreicht. Ein Holzkreuz, von Bertil damals in aller Eile geschnitzt, nannte Namen, Geburtsdatum und Todestag. Unkraut bedeckte die kleine Erhebung. Isabella begann, es auszureißen, und musste plötzlich lachen. »Wenn Mutter das sehen könnte! Hier wachsen lauter Heilkräuter auf ihrem Grab, die sie alle kannte: Kamille, Beifuß, Breitwegerich, Spitzwegerich, Hirtentäschelkraut Löwenzahn und Wegwarte …«, und während sie dem Vater das grüne Bündel zeigte, liefen ihr die Tränen über das Gesicht. Conrad, tief gerührt, nahm sie in die Arme. »Nicht weinen, mein Liebling, Mutter hat jetzt ihre Ruhe gefunden. Gott hat sie zu sich genommen, denn sie war eine herzensgute Frau, auch wenn sie nicht zeigen konnte, wie sehr sie uns liebte.«

Zweimal kamen Frieda und Selma, um nach ihrer Mutter und nach dem Gut zu sehen. Sie betrauerten das Verschwinden ihres Vaters und wollten die Mutter mit nach Niedertann nehmen. Aber Anna weigerte sich. »Hier ist mein Zuhause, hier gehöre ich hin, und hier warte ich auf meinen Mann. Irgendwann kommt er wieder, und dann will ich hier sein.« Niemand glaubte mehr an seine Rückkehr, aber keiner wollte ihr die Hoffnung nehmen. Erst nach langen Gesprächen gelang es Frieda, sie zu überreden: »Mutter, wenn du hier nicht mehr wohnst, kommt er zu uns. Er weiß doch, dass du bei uns gut aufgehoben bist. Niedertann ist zwar zerstört und geplündert worden, aber wir haben es einigermaßen wieder hergerichtet.«

Auch Conrad sprach mit den beiden Schwägerinnen. »Ich halte es ebenfalls für das Beste, wenn eure Mutter bei euch wohnt. Sobald ich kräftig genug bin, werde ich mit Isabella Friedrichshain verlassen. Ich muss in Hamburg nach dem Rechten sehen. Und ich möchte, ehrlich gesagt, nicht unter der Militärhoheit der Russen leben.«

»Kann ich verstehen«, nickte Frieda, »mir ist auch nicht wohl bei dem Gedanken, aber was sollen wir machen? Unsere Wurzeln sind nun einmal hier, da kann man nicht so einfach die Koffer packen und gen Westen reisen.«

»Eure Kinder sind noch in Bayern?«

»Ja, Bekannte waren dort und haben sie gesehen. Es geht ihnen einigermaßen gut. Das Internat und die

Schule wurden nicht beschädigt, der Unterricht geht weiter, und so lange wie möglich sollen sie dort auch bleiben.«

»Wir müssen die Zukunft abwarten«, unterbrach Selma die Schwester. »Noch haben wir Geld, um die Unterkunft zu bezahlen, aber wie gesagt, man muss die Zukunft abwarten.«

»Hoffentlich funktioniert die Post bald wieder, wir sind so schrecklich abgeschieden hier draußen.«

»Das wünsche ich euch auch, ich weiß, was es heißt, seine Liebsten nicht mehr erreichen zu können. Habt ihr Nachricht von euren Männern?«

»Nein, wir wissen nur, dass sie bei Kriegsende noch lebten.«

Conrad sah die beiden hübschen Frauen an, die nun schon so lange allein in Angst um ihre Männer lebten. Tiefe Sorgenfalten hatten sich in die Gesichter gegraben. »Ich wünsche euch, dass sie gesund sind und bald heimkommen, dass sie euch die Last der Verantwortung abnehmen.«

Später ließen sich Frieda und Selma den Hausschlüssel geben. »Wir wollen mal nachsehen, wie es drinnen aussieht, vielleicht kann man das eine oder andere Stück noch retten.«

»Es ist alles zerstört und unbrauchbar gemacht. Was zu holen war, haben wir hier hergebracht und repariert, aber es war nicht der Rede wert.«

»Trotzdem würden wir es gern ansehen«, erklärte Selma, wir wurden schließlich dort geboren, sind da aufgewachsen. Wir wollen wissen, wie es jetzt aussieht.«

»Wenn Vater nicht zurückkommt, geht das Gut sowieso in unseren Besitz über.«

Conrad und Anna sahen Isabella an, sie kannten schließlich das Testament, aber Isabella schwieg und holte den Schlüssel. »Bitte, wenn ihr wollt, komme ich mit, aber ihr kennt euch dort sicher besser aus als ich.«

Als die beiden Frauen über den Hof gingen, fragte Conrad. »Habt ihr denn die Papiere retten können?«

Isabella nickte. »Sie lagen auf dem Boden vor dem aufgebrochenen Safe und waren schmutzig und zum Teil zerrissen. Aber ich habe sie gesäubert, und Bertil hat sie in Paulas alte Keksdose gesteckt, die er am Waldrand vergrub, wir wagten nicht, sie hier im Haus zu behalten.«

»Du weißt, dass deine Tanten jetzt in deinem Haus herumsuchen?«

»Es ist Großmutters Haus, Vater.«

Er sah seine Tochter liebevoll an: »Du hast Recht, Isabella, und daran soll sich auch nichts ändern.«

Als Frieda und Selma sich auf den Heimweg machten, versprach Bertil: »Ich gehe morgen ins Dorf. Ich habe Freunde unter den Polen, und ich weiß, dass die Russen ihnen Pferde für die Feldarbeit zur Verfügung stellen. Vielleicht kann mir einer der Bauern sein Fuhrwerk leihen, dann bringe ich die Herrin nach Niedertann.«

Conrad sah ihn zweifelnd an. »Wir haben den Krieg verloren und haben den Polen viel Leid angetan, meinst du, sie helfen uns jetzt? Sie würden Ärger mit den Russen bekommen, wenn es herauskommt.«

»Wir hier auf Friedrichshain hatten immer ein gutes Verhältnis zu den Polen. Wir haben gemeinsam unter dem Krieg gelitten, und der Herr von Semisch hat ihnen immer geholfen. Er hat Wildbret, Kartoffeln und Mehl mit ihnen geteilt und den Arzt bestellt, wenn jemand krank wurde. Das haben die Leute nicht vergessen. Mich haben sie ja auch gerettet.«

Und so kam es, dass Bertil und Paula wenige Tage später nach einem tränenreichen Abschied Anna von Semisch nach Niedertann bringen konnten.

»Und was wird nun aus uns, Vater?«

»Bertil bringt den Wagen zurück und dann wird er sich

mit seiner Paula auf den Weg nach Ostpreußen in seine Heimat machen. Er sieht hier keine Zukunft mehr für sich und hat Heimweh nach seinen Brüdern. Wir bauen zwei Handkarren aus alten Wagenrädern, einen für Bertil und einen für uns, und dann verlassen wir Friedrichshain.«

Neunzehntes Kapitel

Conrad und Bertil bauten zweirädrige Karren aus Teilen alter Leiterwagen, mit denen früher das Heu eingefahren wurde. Isabella, die ihnen manchmal zuschaute, fragte erstaunt: »Warum nehmt ihr diese großen Räder, sie sind doch so unhandlich und so schwer.«

Conrad richtete sich auf und rieb sich das Kreuz, die körperlichen Arbeiten machten seinem untrainierten Rücken erheblich zu schaffen. »Je größer ein Rad ist, umso größer ist die Umdrehung und umso leichter ist die Karre zu ziehen. Jedenfalls sagt Bertil das.«

Isabella lachte: »Hauptsache, Bertil behält Recht, schließlich müssen wir den Karren eines Tages ziehen.«

Im Gegensatz zu Bertil, der sein Gefährt mit nur einer Deichsel baute, damit er und Paula nebeneinander gehen und ziehen konnten, baute Conrad seinen Wagen mit zwei Lenkstangen, sodass derjenige, der zog, in der Mitte lief und der andere schieben konnte. »Ich kann die Karre besser lenken, wenn ich rechts und links eine Stange zum Anfassen habe«, erklärte er und probierte das Gleichgewicht aus. »Ein zweirädriger Wagen muss sehr gut ausbalanciert sein, dann hat man selbst kein Gewicht zu tragen«, versicherte er.

Isabella ging zurück ins Haus und half Paula die Sachen zu sortieren, die sie mitnehmen wollten. Es war nicht viel, was die Russen ihnen gelassen hatten, aber das wollten sie wenigstens retten. Sie wussten beide nicht, was sie am Ziel vorfinden würden: Paula bei den Waldbauern in Ostpreußen und Isabella in Hamburg, sie wusste ja nicht einmal, ob es das Haus in der Alleestraße noch gab. So teilten sie alles, was sie noch hatten: Bettwäsche und Wolldecken, Töpfe und Teller, Bestecke und Erinnerungsstücke – Kleinigkeiten eben, an denen ihre Herzen hingen. So sollte ein Schuhkarton voller Fotografien die Reise nach Hamburg antreten und ein Beutel voller Nähzeug, der einmal Anna gehörte, mit in die masurischen Wälder ziehen.

Conrad, der den beiden mit Skepsis zusah und dem eigentlich jedes Stück zu viel Ballast war, warnte immer wieder. »Denkt dran, es muss alles von uns selbst bewegt werden. Wir haben kein Pferd zum Ziehen und keinen Esel zum Tragen.« Und zu Isabella gewandt: »Du musst für jeden von uns einen kleinen Notfallkoffer packen, ein Köfferchen oder eine Tasche mit den wichtigsten Sachen, damit wir nicht immer den Wagen entladen müssen, wenn wir ein sauberes Wäschestück oder den Seifenbeutel brauchen.«

Isabella hielt sich genau an die Anweisungen. Sie war froh, dass sie noch die kleinen Koffer, mit denen sie und die Mutter nach Friedrichshain gefahren waren, besaß, die großen waren längst abhanden gekommen.

Als die Vorbereitungen für die Reise beendet, die Karren fertig und das Gepäck verstaut waren, setzten sich die vier zu einem letzten gemeinsamen Frühstück an den alten Gartentisch vor dem Haus. Paula hatte Kamillentee gekocht und aus alten Kartoffeln Reibekuchen gebraten, und Conrad zog sein kleines, zerfleddertes Notizbuch aus der Tasche und blätterte in den Seiten. Dann sah er, blass geworden, die anderen an. »Es ist der 8. Juni«, erklärte er traurig. »Heute wollten Laura und ich unsere Silberhochzeit feiern. Es sollte ein großes Fest mit vielen Freunden und allen Verwandten werden – und nun?« Er legte den Arm um die Schultern seiner Tochter. »Laura lebt nicht mehr, viele unserer Freunde und Verwandten sind tot, und die, die es noch gibt, sind in alle Winde zerstreut. Ob wir sie jemals wieder finden?«

Isabella sah den Vater an, Tränen liefen ihr über die Wangen. Er sah so verzweifelt aus. Dann wischte sie entschlossen die Tränen weg und sagte trotzig: »Eines Tages werden wir feiern und alles nachholen. Die Toten können wir nicht wieder lebendig machen, aber wir werden einst das Schicksal, das uns jetzt fest im Griff hat, überwunden haben. Und dann –«

Vom Wald herüber hörten sie Stimmen. Jeder ergriff sein Geschirr, alle liefen ins Haus. Man wusste nie, wer da kam und was er wollte. Zum Glück waren die gepackten Karren noch im Schuppen eingeschlossen. Sie hatten gelernt, mit einer ständigen Gefahr umzugehen, mit der Angst zu leben.

Durch das Küchenfenster beobachteten sie den Hof. Dann sagte Paula. »Da kommen Janina und Babuschka mit ihren Männern.« Sie öffnete die Tür und ging nach draußen. Langsam folgten ihr die anderen. Die Polen redeten aufgeregt und gestenreich, und Bertil übersetzte: »Sie sagen, dass große Gruppen von Polen im Dorf eingetroffen seien und heute noch hierher kämen. Sie hätten vom Beamten der Wojwodschaft die Anweisung, sich auf Friedrichshain anzusiedeln. Für immer, sagen sie.«

Conrad sah verständnislos zu der Gruppe hinüber. »Was hat das zu bedeuten? Für immer?«

Bertil hörte eine Weile zu, stellte ein paar Fragen und erklärte: »Die Russen haben polnisches Land im Osten besetzt und die Polen vertrieben. Sie sollen nun hier siedeln. Es gibt eine neue Grenze zwischen Polen und Deutschland. Polen reicht nun bis an die Oder und bis an die Neiße, und alle Deutschen müssen hier weg.«

Und nach einer Weile sagte er: »Janina und Babuschka sind gekommen, um uns zu warnen. Wir sollen so schnell wie möglich weg, und sie wollen uns helfen. Wenn diese Umsiedler erst einmal hier sind, können wir nichts mehr mitnehmen, sie würden uns wie Hunde davonjagen und unsere Sachen als ihr Eigentum betrachten. Sie hassen uns Deutsche, weil wir schuld an ihrer Vertreibung sind. Also, beeilen wir uns.«

Während Bertil, Conrad und die beiden Polen zum Schuppen liefen und die Karren herausholten, ging Paula ins Haus, um das letzte Gepäck zu holen, während Isabella zum Waldrand lief und mit bloßen Händen die Keksdose samt ihrer Papiere ausgrub. Eigentlich wollte sie die Dokumente in ihrer Kleidung am Körper verstecken, aber dazu blieb keine Zeit mehr. So stopfte sie sie in ihren kleinen Notfallkoffer und lief damit zu den anderen.

Paula sah noch einmal zum Haus hinüber. »Ich werde die Tür nicht verschließen, sondern weit offen lassen. Diese Fremden sollen spüren, dass sie hier willkommen sind. Sie sind genauso geschlagen wie wir. Also kommt.«

Die vier Polen aus dem Dorf halfen ihnen, auf einsamen Waldwegen zu entkommen. Als sie kurz vor Stargard schließlich die Straße erreichten, blieben sie zurück. Die Männer und Frauen trennten sich in dem Bewusstsein, trotz aller Katastrophen, trotz Angst und Verzweiflung immer Freunde zu sein.

Die Straße war überfüllt mit Flüchtlingen. Die meisten waren von polnischem Militär aus ihren Häusern und Dörfern vertrieben worden. Kaum einer hatte gewusst, dass die Politiker das polnische Land ganz einfach von Osten nach Westen verschoben. Es gab keinen Rundfunk, keine Zeitung, keine Post. In Potsdam und auf Jalta wurde Europa neu gestaltet. Russland bekam den polnischen Osten, und Polen bekam die deutschen Ostgebiete. Nur die Menschen, die dort lebten, hatten von all dem keine Ahnung.

Conrad und Isabella sowie Bertil und Paula reihten sich ein in den Strom der Wanderer von Ost nach West. Als sie Stargard erreichten, trennten sich ihre Wege. Bertil wollte unbedingt nach Norden, nach Ostpreußen. »Waldarbeiter werden überall gebraucht«, erklärte er zuversichtlich. »Ich weiß, dass meine Brüder in Masuren bleiben, die werden niemals ihre Wälder verlassen. Also werde ich sie suchen und hoffentlich auch finden.«

Der Abschied fiel ihnen schwer, aber er ging unter im Gewühl der Menschenmassen, die sich hin- und herbewegten und eigentlich nicht wussten, was oder wohin sie wollten.

Conrad und Isabella wandten sich nach Süden, sie würden versuchen, bei Frankfurt die Oder zu überqueren. So suchten sie kleine Straßen, um den Flüchtlingsmassen wenigstens streckenweise zu entgehen, denn letztlich mussten sie der großen Menge folgen, da es kaum Brücken über den Strom gab, die Fähren ihren Betrieb eingestellt hatten, nachdem die Oder zur Grenze erklärt worden war. An den wenigen unzerstörten Brücken wurden die Vertriebenen strengsten Kontrollen unterzogen, und dort wurde ihnen ihr letztes Hab und Gut abgenommen. Jeder dürfe nur mitnehmen, was er in einer Hand tragen kann, hieß es auf großen Plakaten. Diese Nachricht verbreitete sich wie ein Lauffeuer, und alle fingen an, ihr Gepäck zu durchsuchen, neu zu sortieren, umzupacken – das Chaos war einfach unbeschreiblich.

Isabella und Conrad fuhren mit ihrem Karren so weit wie möglich an die Brücke heran, die Hoffnung auf ein Wunder im Herzen, aber als sie diese schließlich sahen, wussten sie, dass es vergeblich war. Der Zugang war gesperrt. Vom Ufer bis zur Brücke war ein Steg aus ganz schmalen Brettern gelegt. »Man kann nur einzeln hinübergehen und selbst unter dem Gewicht nur eines Menschen biegen sich die Bretter bedrohlich«, erklärte Conrad, der das Treiben am Ufer beobachtete. »Jeder kann nur ein Gepäckstück tragen, weil er die zweite Hand braucht, um sich an einem Seil festzuhalten.« Isabella sah entsetzt zu, wie die Menschen sich hinübertasteten. Kam jemand ins Straucheln, stürzte er metertief in den Fluss. Kinder allerdings wurden von Soldaten über den Steg getragen.

Conrad lenkte den Karren etwas zur Seite. »Hast du alles Notwendige in den kleinen Koffern?«

»Ja, aber auch meine Dokumente. Wenn sie uns die Koffer abnehmen, sind meine Papiere weg.«

»Wir werden so viele Sachen, wie wir können, übereinander ziehen, dann retten wir wenigstens etwas Kleidung. Und deine Papiere tragen wir auf dem Körper, von Leibesvisitationen hat hier niemand etwas bemerkt.«

Vater und Tochter halfen sich gegenseitig beim Umziehen. Eine Decke musste als Umkleidekabine reichen. »Und das bei der Hitze«, stöhnte Isabella, zog die Lodenjoppe des Großvaters über ihre drei Sommerkleider und seine schweren Schnürstiefel über die Söckchen, während sie ihre Sandalen an den Bändern zusammenband und um den Hals hing. Conrad reichte ihr ein Bündel Reichsmarkscheine. »Versuche, die um deine Knöchel zu wickeln und mit in die Stiefel zu stopfen. Ich mache es genauso. Es ist alles, was wir noch haben.«

»Meine Güte, diese dicken Bündel, ich wusste gar nicht, dass wir so viel Geld besitzen.«

»Einen Teil habe ich kurz vor Kriegsende von der Bank geholt, den anderen hat mir Anna gegeben, sie wollte, dass du es bekommst, wenn du mit dem Studium anfängst.«

»Mein Gott, Vater, wer denkt denn jetzt an ein Studium.«

»Deine Großmutter, sie wollte dich versorgt wissen.«

»Und wenn wir nun durch Wasser waten müssen?«

»Dann müssen wir die Schuhe mit dem Geld zusammen ausziehen und tragen. Möglichst so, dass keiner den Inhalt der Stiefel erkennt.«

Schließlich stellten sie sich in die Schlange der Menschen, die vor dem Übergang warteten. »Der schöne Karren und all die Arbeit, die du damit hattest«, Isabella sah, dass fremde Menschen bereits dabei waren, den Inhalt zu durchwühlen und mit dem Wagen davonzufahren.

Als sie kurz vor dem Brettersteg standen, bestimmte Conrad: »Du gehst zuerst und wartest drüben.«

»Und wenn sie dich festhalten?«

»Ich werde so stark humpeln, dass sie froh sind, mich los zu sein.«

»Und wenn nicht?«

»Wir treffen uns in Hamburg, was immer auch geschieht, das Haus in der Alleestraße wartet auf uns, das weiß ich ganz bestimmt.«

Dann war Isabella an der Reihe. Zögernd betrat sie die leicht schwankenden Bretter. Sie biss die Zähne zusammen, starrte auf den festen Brückenteil, den sie erreichen wollte, und ging ohne zu zögern hinüber. Der Vater folgte ihr wenige Minuten später.

Sie hatten dieses neue Polen verlassen.

Aber das Fortkommen wurde dadurch nicht leichter.

»Wir sollten den Bahnhof suchen, vielleicht gibt es Züge nach Berlin.« Isabella machte sich große Sorgen um den Vater. Das Laufen fiel ihm schwer, denn er hatte, obwohl er nicht darüber sprach, Schmerzen bei jedem Schritt.

»Ich glaube nicht, dass es Züge gibt, und wenn, sind sie so voll, dass wir nicht reingelassen werden. Ich habe schon auf dem Hinweg nach Friedrichshain versucht, einen Platz zu bekommen, aber es herrscht so eine Gewalt, der sind wir nicht gewachsen.«

»Und andere Fahrgelegenheiten?«

»Ich fürchte, die Suche ist aussichtslos. Es ist besser, wir machen uns einfach auf den Weg. Ich möchte von dem Gewühle und Durcheinander dieser Brücke wegkommen und auf Nebenstraßen Berlin erreichen.«

»Müssen wir denn unbedingt nach Berlin?«

»Wenn es überhaupt irgendwo Bahnverbindungen gibt, dann von dort aus.«

Sie brauchten zehn Tage für die Strecke von Frankfurt über Fürstenwalde bis Berlin. Isabella, die den Vater beobachtete, legte immer wieder Pausen ein und behauptete, selbst erschöpft zu sein, damit er sich ausruhen konnte. Die meiste Zeit trug sie beide Koffer, und in Fürstenwalde suchte sie das Krankenhaus auf und bettelte so lange um eine Krücke, bis man ihr eine Gehhilfe überließ.

In Berlin angekommen, erklärte sich Conrad endlich bereit, eine längere Pause einzulegen. Der Weg durch die zerstörte Stadt war besonders anstrengend. Es gab keine Schatten spendenden Bäume, unter denen man eine Rast einlegen konnte, keine Bäche, in denen man sich Gesicht und Füße erfrischen konnte, keine Schuppen oder Scheunen, in denen man übernachten konnte. So weit das Auge reichte, ragten Ruinen in den Sommerhimmel, Schuttberge säumten die Straßenränder, der kleinste Windstoß erzeugte Wolken von Staub und Sand. Aber viele Straßen waren immerhin wieder passierbar, Schutt und Steine waren zur Seite geräumt, und Conrad konnte sich allmählich orientieren.

»Es gibt da einen Bunker, in dem ich stationiert war, den müssen wir finden, dann weiß ich wieder Bescheid«, erklärte er und sah sich in der Trümmerlandschaft um. »Ganz in der Nähe wohnt eine Frau mit ihren Kindern in einem Keller, die mich und einen Freund in den ersten

Tagen nach der Kapitulation aufgenommen hat. Bei ihr können wir vielleicht ein paar Tage bleiben.«

»Es ist erstaunlich. Die meisten Leute wohnen hier in Kellern, haben sich dort eingerichtet«, sagte Isabella. Hin und wieder erhaschten sie einen Blick in eine Kelleröffnung und erkannten Decken, die Wände ersetzten, primitive Kochstellen in der Nähe der Ausgänge, aufgehängte Wäschestücke und Kisten, die als Tisch und Sitzgelegenheiten dienten. Während viele Frauen in den Trümmerbergen Steine klopften und sorgfältig am Straßenrand aufschichteten, spielten ihre Kinder lachend in den Ruinen.

»Wenigstens die Kinder sind glücklich«, sagte Isabella. »Ist es noch weit bis zu dieser Frau?«

»Vielleicht noch eine halbe Stunde. Sie heißt übrigens Ingrid Lehmbruck. Hoffentlich ist ihr Mann inzwischen zurück. Er wird einen Teil seiner Kleidung vermissen, die hat sie nämlich meinem Freund und mir geschenkt, weil wir nicht in Uniform durch Berlin flüchten konnten.«

Sie kreuzten den Kurfürstendamm. Eine Elektrische bimmelte um eine Ecke. »Also ein paar Straßenbahnen gibt es schon wieder«, staunte Conrad. »Der Kuh'damm war früher die Prachtstraße von Berlin, viel ist davon aber auch nicht übrig geblieben. Komm, wir machen noch eine kleine Pause, danach haben wir es gleich geschafft.« Sie setzten sich auf Mauerbrocken und sahen dem Treiben auf den Bürgersteigen zu. Menschen gingen hin und her, die einen gut gekleidet, Aktentaschen und Einkaufstüten in der Hand, die anderen in verstaubter Arbeitskleidung, mit Werkzeug, Spaten und Schippen.

Und dann war es doch fast Abend, als sie den Bunker und gleich darauf die Kellerwohnung von Ingrid Lehmbruck erreichten. Conrad erkannte als Erstes die beiden Jungen. Den Kellereingang hätte er wohl übersehen, denn die Decken, die damals die Tür ersetzten, fehlten, an ihre Stelle war ein Stück Mauer mit einer richtigen, braun lackierten Tür getreten. Conrad lehnte sich erschöpft gegen das Holz, dann klopfte er. Isabella stellte die Koffer ab. Auch sie war zum Umfallen müde. Endlich wurde die Tür geöffnet. Eine fremde Frau blickte ihnen entgegen. »Ja, bitte?«

Conrad stellte sich vor und fragte dann: »Wir wollten zu Frau Lehmbruck, ist sie nicht hier? Ich sah draußen ihre Jungen spielen.«

»Meine Schwester arbeitet um diese Zeit, aber kommen Sie erst einmal herein.« Sie öffnete die Tür weit und half Isabella bei den Koffern. »Sind Sie der Offizier aus dem Bunker? Ingrid hat mir von Ihnen erzählt.«

»Ja, mein Name ist Conrad Stelling und das ist meine Tochter Isabella. Wir wollen nach Hamburg, aus Pommern haben uns die Polen vertrieben.«

»Ich bin Marga, meine Wohnung in Lichtenberg haben die Russen requiriert, und draußen spielen meine Mädchen.« Sie sah sich um und rückte ein Paar Stühle zurecht. »Setzen Sie sich erst mal, Sie sehen alle beide ganz schön müde aus.«

»Hätten Sie wohl ein Glas Wasser für meinen Vater?«

»Ja, natürlich.« Marga holte einen Becher und goss Wasser aus einem Kessel hinein. Lächelnd erklärte sie: »Es ist besser, alles zu kochen, bevor man etwas zu sich nimmt. Die Leitungen funktionieren wieder, aber oft kommt plötzlich eine unappetitliche braune Brühe heraus.« Sie sah sich um: »Möchten Sie etwas essen? Ich habe noch Bohneneintopf. Wissen Sie, tagsüber arbeite ich in einer Villa in Karlshorst, da ist heute die Wäscherin ausgeblieben und die Hausherrin hat mir deren Bohneneintopf mitgegeben. Da habe ich natürlich nicht Nein gesagt.«

»Aber wir wollen Ihnen doch nicht Ihre Mahlzeit wegessen.« Conrad fühlte sich unbehaglich und aufdringlich.

Schließlich kannten sie die Frau doch gar nicht. »Wann kommt Frau Lehmbruck eigentlich zurück?«

»Ingrid arbeitet bis Mitternacht in einer amerikanischen Offiziersmesse. Ein fabelhafter Job. Sie bekommt alles, was man so braucht und auf dem Schwarzmarkt verkaufen kann. Also in der Beziehung geht es uns nicht schlecht.«

»Das freut mich für Sie.«

Marga reichte ihnen die Teller mit dem Gemüse. »Es schmeckt wunderbar«, erklärte Isabella, »dass es so etwas noch gibt: warmen Eintopf, eine Villa in Karlshorst, eine Wäscherin, für die extra gekocht wird – davon kann man doch nur träumen.«

»Ach, wissen Sie, politischen Funktionären geht es ganz gut. Die versteckten Kommunisten sind wieder aufgetaucht, sie sind jetzt die großen Gewinner bei den Sowjets. Man sagt sogar, sie werden eine neue Regierung in Berlin bilden.«

»Aber lassen sich die Amerikaner das gefallen?« Conrad horchte auf. Von den Russen wollte er sich hier keinesfalls überraschen lassen. »Wissen Sie, wir haben überhaupt keine Ahnung, was sich jetzt in Deutschland abspielt.«

»Na ja«, Marga dachte kurz nach, »es ist alles schwer zu verstehen, und man weiß überhaupt nicht, wem man glauben soll. Irgendwie haben die Sieger Deutschland in vier Teile geteilt. Die Amerikaner sind im Süden, die Franzosen im Westen, die Briten im Norden und die Russen im Osten – und so ungefähr ist es auch hier in Berlin.«

»Und wie weit reicht der Osten mit den Russen?«

»Also im Norden ungefähr bis an die Elbe und südlich auch noch ein ganzes Stück weiter. Aber genaue Grenzen gibt's noch nicht. Sie verhandeln, denn die Russen wollen so viel wie möglich, und die westlichen Truppen wollen nichts mehr abgeben.«

»Also ein großes Durcheinander.«

»Und es ändert sich fast täglich, nur man erfährt nichts davon.

Ingrid schnappt manchmal etwas auf, wenn sich die Offiziere unterhalten, aber so perfekt ist ihr Englisch auch nicht, und die Amerikaner sprechen ziemlich undeutlich, sagt sie.«

Draußen war es dunkel geworden. Die Kinder kamen herein, und Marga brachte sie in den hinteren Teil des Kellers, wo sie ihre Matratzenlager hatten. »Ich werde Ihnen auch ein Lager richten. Heute Abend können Sie nicht mehr weiter. Wir haben nachts strenge Kontrollen, und Ingrid wird Sie sicher wiedersehen wollen.«

»Ja«, nickte Conrad, »ich hätte Ihre Schwester gern gesprochen und ihr gedankt, sie hat uns damals sehr geholfen.«

Marga bot ihnen an, sich in einem separaten Kellerraum zu waschen, und richtete ihnen ein Lager aus Decken und Kissen her. »Matratzen haben wir leider keine übrig, aber vielleicht geht es auch so.«

Isabella nickte und bedankte sich. »Wir schlafen seit Wochen auf dem Boden, das macht uns nichts aus. Ich finde, Sie haben es hier richtig gemütlich.«

Langsam kehrte Ruhe ein. Die Kinder schliefen, Conrad hatte sich auf den Decken ausgestreckt, um sein Bein zu entlasten, und Marga kochte einen richtig guten Bohnenkaffee aus amerikanischen Beständen. Kurz nach Mitternacht kam Ingrid. Ein Soldat in einem Jeep brachte sie und half ihr beim Ausladen ihrer voll gepackten Taschen. Es gab ein fröhliches, unbeschwertes Wiedersehen, und als Ingrid den Kaffee roch, holte sie amerikanisches Gebäck und ungewohnte Kartoffelchips aus ihren Taschen. Erst als es draußen dämmerte, legte man sich zur Ruhe, schließlich musste Marga um sechs Uhr schon wieder aufstehen, um ihren Hausmädchendienst in Karlshorst anzutreten.

Conrad und Isabella wurden später von frischem Kaffeeduft geweckt. Die Kinder saßen bereits am Tisch und tranken Milch zu Rührei mit Speck und weißem Brot. Ingrid, die die ungläubigen Blicke Isabellas sah, erklärte: »Kommt alles aus der Kantine. Die Milch in Pulverform, die Eier getrocknet, das Brot von gestern und der Speck aus Dosen, die Amerikaner wissen zu leben. Was sie nicht frisch bekommen, bringen sie in Dosen und als Pulver mit.«

Conrad und Isabella ließen es sich schmecken. Und Conrad versprach: »Eines Tages werden wir uns revanchieren.«

Ingrid erzählte, dass sie und Marga sich die Aufgaben teilten. Während Marga tagsüber arbeitete, passte Ingrid auf die Kinder auf, und wenn sie gegen Abend zum Dienst musste, war Marga da, um die Kinder zu betreuen. »So teilen wir uns die Hausarbeit, und die Kinder sind nie allein. Und sollten unsere Männer eines Tages vor der Tür stehen, finden sie einen wohlgeordneten Haushalt vor«, lachte sie und winkte fröhlich ab, als Conrad ihr sein Bedauern über die Abwesenheit der Ehemänner aussprechen wollte. »Wir kommen ganz gut allein zurecht. Man hört so vieles über die Probleme mit zurückkehrenden Männern, die plötzlich wieder die Hauptperson spielen wollen, dass wir mit unserem jetzigen Leben ganz zufrieden sind.«

Conrad schüttelte den Kopf. »Aber irgendwann wird wieder Normalität einziehen müssen.«

»Was heißt das, Normalität? Der Herr im Haus ist der Mann?« Sie schüttelte den Kopf: »Die Zeiten sind für immer vorbei. Wir haben genauso gekämpft wie unsere Männer, wir haben gelitten und gesiegt, wir haben getrauert und gelacht, und wir haben bewiesen, dass wir stark sind. Frauen werden sich nie wieder unterordnen, o nein, die Zeiten sind vorbei.«

Conrad antwortete nicht. Er wusste, dass Ingrid Recht

hatte, war aber damit nicht einverstanden. Er dachte und empfand wie ein Mann, wollte nicht, dass Isabella die Ansichten der Ingrid Lehmbruck hörte, er wünschte sich eher eine Tochter, die sich eines Tages einem Mann unterordnen würde und nicht auf Stärke und Selbstständigkeit pochte. So gedachte er, bald weiterzuwandern und die Gastfreundschaft nicht zu lange in Anspruch zu nehmen. Kurz bevor Ingrid sich zur Arbeit fertig machte, fragte er: »Wüsstest du einen Weg, wie man in den Westen kommt?«

»Wollt ihr schon fort? Du solltest dich wirklich noch ein bisschen ausruhen.«

Isabella nickte zustimmend. »Wirklich, Vater, deinem Bein tut die Ruhe gut, gib ihm noch ein paar Tage.«

»Ich möchte nach Hause, ich möchte wissen, wo ich hingehöre, die Ungewissheit ist strapaziöser als die Schmerzen im Bein.«

Ingrid nickte. »Ich kann das verstehen. Ihr seid hier sehr gern gesehene Gäste, aber ich begreife, dass ihr nach Hause wollt. Ich werde mich erkundigen, wie ihr in den Westen kommt. Heute Abend weiß ich mehr.«

Als sie nachts nach Hause kam, hatte sie eine Zeichnung bei sich und erklärte: »Also, von Potsdam aus fahren Züge bis in die Nähe von Magdeburg. Von dort müsst ihr laufen. In Aschersleben gibt es eine große Kiesgrube oder einen Tagebau, ich weiß es nicht genau, da müsst ihr durch. Wenn ihr auf der anderen Seite oben den Kamm erreicht habt, seid ihr an der Grenze in Form eines Gleisstranges der Kleinbahn. Dann seid ihr auf britischem Gebiet.« Sie reichte Conrad einen Zettel. »Hier sind Namen und Anschrift von einem Mann in Aschersleben, der euch rüberbringt. Ein Freund vom Freund, na, ihr wisst schon, wie das geht. Ihm müsst ihr Geld geben, und dann braucht er Schmuck zum Bestechen der russischen Posten. Habt ihr Schmuck?«

»Nein, den haben die Russen schon.« Isabella sah den Vater ratlos an. »Der lag im Tresor, als sie kamen.«

»Also keinen Schmuck.« Ingrid sah die beiden an. »Ohne geht es nicht, das wurde ausdrücklich betont. Aber ich habe etwas, was ich euch mitgeben kann.« Sie holte einen Schuhkarton aus einem anderen Raum. »Hier ist noch ein bisschen Zeug von meiner Konfirmation. Silberne Ohrringe, die ich sowieso nie tragen werde, ein Armband, es sieht nach Gold aus, ob es echt ist, weiß ich nicht. Hier ist eine Taschenuhr von meinem Großvater, wenn man sie aufzieht, tickt sie ein paar Minuten lang, und hier sind auch noch ein paar silberne Eierbecher, keine Ahnung, woher die kommen. Die Sachen könnt ihr mitnehmen und ich denke, das reicht.«

Fassungslos sahen Isabella und Conrad auf die Stücke, die Ingrid vor ihnen ausbreitete. »Das geht nicht, das kommt überhaupt nicht in Frage«, stotterte Conrad. Auch Isabella schüttelte den Kopf. »Das können wir nicht annehmen. Das sind doch Erinnerungen, die kann man nie mehr ersetzen.«

Aber Ingrid raffte die Sachen zusammen und legte sie Isabella in den Schoß. »Sind wir Freunde oder nicht?«

Conrad nahm seiner Tochter die Antwort ab. »Ja, wir sind Freunde und nur darum nehmen wir dein Angebot an. Aber wir werden es nie vergessen, und eines Tages können wir uns revanchieren, als Freunde revanchieren, und dann darfst auch du kein Geschenk mehr ablehnen. Und glaube mir, ich werde nie vergessen, was du heute für uns tust.«

Ingrid lachte: »Also gut, eines Tages werde ich kommen und die Revanche kassieren. Glaub nur nicht, dass ich das vergessen werde.« Nun lachten alle drei, und keiner ahnte, auf welche wundersame Weise es zu dieser Revanche kommen sollte. Am nächsten Morgen machten sich Conrad und Isabella auf den Weg nach Potsdam.

Zwanzigstes Kapitel

In Potsdam gelang es Conrad und Isabella, zwei Plätze in einem Güterzug-Waggon zu ergattern. Sie konnten in der offenen Schiebetür sitzen, ließen die Beine herunterhängen und genossen die ruhige Fahrt, die immer wieder unterbrochen wurde, weil der Zug auf einem Nebengleis stehen blieb, um schnellere Züge durchzulassen.

»Das kommt von der eingleisigen Fahrt«, murrte ein mitreisender Mann. »Die Russen klauen uns alle zweiten Gleisstränge und transportieren sie nach Russland, kein Wunder, dass hier alles ins Stocken gerät.«

Isabella sah den Mann ungläubig an. »Sie klauen uns die Eisenbahnschienen?«

»Na klar, sieht man doch. Sie klauen alles, was nicht niet- und nagelfest ist. Fabriken, Werften, Bahnhöfe, alles eben, was sie brauchen können.«

»Aber warum denn?«, fragte eine Frau im Wageninneren.

»Na, weil wir schuld am Krieg waren und nun dafür bezahlen müssen. Wiedergutmachung nennen sie das oder Reparationszahlungen.«

Isabella sah nach draußen und tatsächlich, die Schienen neben ihrer Strecke fehlten. Da war nur der kleine Wall aus grauen Schottersteinen. Sogar die hölzernen Bahnschwellen waren verschwunden.

»Möchte mal wissen, wo das noch hinführen soll«, knurrte der Mann erneut. »Unsere ganze Ernte wird nach Osten verladen, unser Vieh und die ganzen Erntemaschinen, die plündern uns aus bis auf die nackte Haut.«

»Vergiss die Soldaten nicht, die in Sibirien und in den Kohlegruben vom Donezbecken für sie schuften müssen«, rief ihm ein anderer zu.

»Und die Frauen, die sie verschleppt haben«, mischte sich eine Frau ein.

»Wir haben's mit deren Frauen nicht anders gemacht, oder habt ihr vergessen, wie die in unseren Munitionsfabriken schuften mussten?«, mischte sich ein anderer ein.

»Aber jetzt ist Frieden, und das muss respektiert werden, jetzt gelten andere Gesetze.«

»Quatsch, andere Gesetze, seit wann gibt's für Sieger Gesetze?«

Die Diskussion ging hin und her, mal lauter, mal leiser. Isabella wurde müde. Sie legte den Kopf auf die Schulter des Vaters und döste vor sich hin. Es gab so viele Fragen, die nicht beantwortet wurden, so vieles, was sie nicht verstand, so vieles, was sie nicht wusste. Gegen Abend erreichten sie Madgeburg. Der Zug wurde geräumt. In der Nähe des Bahnhofs gab es ein Zeltlager vom Roten Kreuz, über dem eine schwedische Fahne wehte. Conrad und Isabella hatten Glück. Sie durften in einem Zelt mit anderen zusammen übernachten, weil Conrad mit seiner Krücke als Verwundeter eingestuft wurde. Es gab eine warme Suppe und später Wasser zum Waschen. Als gegen Mitternacht Ruhe einkehrte, schliefen auch Vater und Tochter auf ihren schmalen Pritschen ein.

Sehr früh am nächsten Morgen wurde zum Frühstück gerufen, dann mussten alle das Lager verlassen, um Platz für die nächsten zu schaffen. Conrad erkundigte sich bei der Lagerleitung nach dem kürzesten Weg nach Aschersleben.

»Sie haben Glück«, versicherte eine schwedische Schwester in gebrochenem Deutsch. »Wir haben zwei Sanitätswagen, die gleich nach Aschersleben fahren, ich werde dafür sorgen, dass man sie mitnimmt.«

Zwei Stunden später, sie wurden immer wieder durch russische Kontrollen aufgehalten – »Hier in der Grenznähe sind die besonders gründlich«, erklärte der Fahrer –, erreichten sie Aschersleben. Conrad bedankte sich, dann machte er sich mit Isabella auf die Suche nach dem Mann, der ihnen über die Grenze helfen sollte. Sie fanden ihn auch bald, aber der Mann schüttelte abwehrend den Kopf. »Erstens ist die Grube gar nicht hier, zweitens sind die Wachen verstärkt worden, und drittens schaffen Sie das mit Ihrem kaputten Bein sowieso nicht.«

»Ich zahle Ihnen jeden Preis«, versicherte Conrad.

Nach einigem Hin und Her gab der Mann nach. »Also gut. Wir fahren morgen früh mit einem Lastauto bis in die Nähe – der Chauffeur muss natürlich auch bezahlt werden –, dann bringe ich sie gegen Abend rüber.«

»Warum erst abends?«

»Die Männer, die abends Wache schieben, kenne ich noch, die anderen sind fremd. Ruhen Sie sich bis dahin aus, damit Sie die Kletterei schaffen.«

»Was verstehen Sie unter Kletterei?«, fragte Isabella besorgt.

»Wir kommen an den Rand einer riesigen Kiesgrube, da müssen Sie einen steilen Abhang runterrutschen, dann laufen wir so schnell wie möglich durch die Sohle und müssen auf der anderen Seite wieder rauf. Oben ist ein Feldbahngleis, das ist die Grenze. Auf der anderen Seite müssen Sie wieder runter, da sind Sie dann in Sicherheit. Haben Sie Schmuck dabei?«

»Ja, alles, was wir besitzen.«

»Gut, den geben Sie mir morgen. Wenn wir in der Nähe

der Grube sind, suche ich den Posten auf und gebe ihm das Zeug, dann geht's los.«

»Und wie kommen Sie zurück?« Isabella war skeptisch, viel skeptischer als der Vater, der unbedingt in den Westen wollte.

»Ich laufe auf Umwegen zurück.«

Conrad und Isabella schliefen in dieser Nacht in der Gartenlaube des fremden Mannes. »Traust du ihm, Vater?«, wollte sie wissen.

»Wir müssen ihm vertrauen, eine andere Möglichkeit sehe ich nicht.«

Es wurde eine sehr unruhige Nacht. Mäuse huschten durch die Laube, in der ersten Dämmerung fingen Tauben mit ihrem dumpfen Gurren an, irgendwo wurde Müll verbrannt, der beißende Geruch zog durch die offenen Fenster, und die Strohsäcke, auf denen sie lagen, raschelten bei jeder Bewegung. Endlich ging die Sonne auf. Isabella und Conrad wuschen sich unter der Gartenpumpe, und die Frau ihres Begleiters brachte ihnen Gerstenkaffee und Brotscheiben mit Erdbeermarmelade. »Selbst gemacht!«, versicherte sie stolz und zeigte auf ein Beet im Garten.

Später im Haus bezahlte Conrad die ausgehandelte Summe im Voraus. »Ich lass das Geld lieber bei meiner Frau«, versicherte ihnen der Mann, dessen richtigen Namen sie immer noch nicht kannten. »Es ist besser, Sie kennen mich nicht, sagen Sie einfach Paul«, hatte er erklärt, als Conrad sich vorstellte und auf seinen Namen wartete.

Dann fuhr ein alter, klappriger Lastwagen draußen vor. Er war bis unter das Verdeck mit Kisten voller lebender Hühner beladen. »Sie müssen bis hinten durchkriechen«, wurden Conrad und Isabella angewiesen. Die Russen kontrollieren nur die vorderen Käfige, hinten stinkt es ihnen zu sehr.«

Und das war tatsächlich so. Der beißende Gestank nach Hühnerkot war unerträglich. Isabella kämpfte gegen das Erbrechen, und Conrad hielt sich ein Tuch vor die tränenden Augen und die Nase. Dazu kam die schaukelnde Fahrt auf schlechten Wegen und in großer Hitze. Aber der Mann hatte Recht, die Patrouillen öffneten immer nur die Plane und kontrollierten naserümpfend die vorderen Käfige. Dann durfte die Plane wieder geschlossen werden, und der Wagen fuhr weiter.

Gegen Mittag erreichten sie ein kleines Dorf. Die Fahrt war beendet. Sie stiegen neben einem Weiher aus und versteckten sich hinter Büschen, die das Ufer säumten. Als der Lastwagen abgefahren und Paul sich zur Grube begeben hatte, um die Soldaten zu suchen, die er kannte, wuschen sie sich, so gut es ging, in dem grünen, von Entengrütze bedeckten Wasser. »Ich glaube, den Gestank werden wir niemals wieder los, Vater, und ein Hühnchen werde ich mein Leben lang nicht mehr essen.«

Nach einer Stunde kam Paul zurück. Er nickte ihnen zu. »Ich habe den Posten getroffen und ihm den Schmuck gegeben. Es wird klappen. Sind sie so weit?« Beide nickten. Paul führte sie in großem Bogen um das Dorf herum. Man merkte, dass er sich hier auskannte. Als Isabella sich erstaunt umsah, weil sie nirgends eine Kiesgrube erkennen konnte, lächelte Paul. »Sie ist tief unter uns, eine Grube eben. Wir sind gleich an ihrem Rand. Geben Sie mir Ihre Koffer, Sie brauchen die Hände zum Abstützen.«

Das Gelände wurde hügelig und war von Strauchgruppen überwuchert. Einmal hielt Paul an und zeigte nach Westen. »Sehen Sie die Elektromasten da hinten?« Conrad nickte. »Da müssen Sie nachher hin. Die Masten stehen jenseits der Grenze, gleich neben den Masten befindet sich eine Straße. Wenn Sie der folgen, kommen Sie nach Helmstedt, das ist dann aber noch ein ganzes Stück.«

»Wie weit?«, fragte Isabella besorgt.

»Eine Tagestour zu Fuß, aber da drüben nimmt Sie sicher einer mit. Da haben Privatleute schon wieder Autos und Benzin.«

Plötzlich standen sie inmitten von Sträuchern direkt am Rand der Kiesgrube. Isabella sah erschreckt in die Tiefe. »Und da sollen wir runter?«

»Ja, und da drüben wieder rauf. Bleiben Sie genau hinter mir, ich führe Sie um die Baubuden da unten herum, in einigen machen Russen eine Pause, sie spielen und trinken und werden uns nicht bemerken. Und kein Wort reden, verstanden?«

Conrad und Isabella nickten. »So, und nun los.« Paul nahm die Koffer unter die Arme, setzte sich an den Rand und ließ sich lautlos hinuntergleiten. Conrad nickte Isabella zu, und gemeinsam rutschten sie ebenfalls in die Tiefe, begleitet von Sand und Staub und kleinen Steinen. Paul, der unten gewartet hatte, marschierte nun zügig los. Conrad hatte Mühe, mit ihm Schritt zu halten, Isabella folgte. Manchmal hörten sie Stimmen in einer Bude. Aber sie durchschritten die Grube schnell und unbemerkt. Dann begann der Anstieg. Es war sehr schwer, immer wieder gab der Sand nach, und man rutschte ein Stück zurück. Isabella dachte an das Spiel ihrer Kindheit, in dem es hieß, »zwei Schritt vor und einen zurück« – oder waren es »drei Schritte vor und zwei zurück«? An den Reim konnte sie sich nicht mehr erinnern, nur an den Spaß, den sie als Kinder auf dem Schulhof hatten. Sie sah hinüber zum Vater, der sich mit seiner Krücke abmühte, sie steckte bei jeder Bewegung viel zu tief im Sand. Sie rutschte hinüber und flüsterte: »Ich nehme die Krücke, dann kannst du dich mit beiden Händen abstützen.« Conrad nickte erschöpft. Isabella sah zu Paul hinauf, er hatte den Kamm bereits erreicht und winkte energisch. Plötzlich hörten sie aus der Tiefe aufgeregte Männerstimmen. Paul winkte wieder. »Schneller! So kommen Sie doch! Da sind Russen, die ich nicht kenne, um Gottes willen, beeilen Sie sich.«

Aber sie schafften es nicht. Die Russen fuchtelten schreiend mit den Gewehren, dann schossen sie, zuerst in die Luft, dann scharf. Isabella sah den Sand neben dem Vater aufspritzen und ließ sich in die Tiefe gleiten. »Komm, Vater, wir schaffen es nicht.« Conrad folgte ihr, Paul warf ihnen die Koffer zu und verschwand hinter der Kuppe.

Unten angekommen, umringten sie vier Soldaten. Einer schlug mehrmals mit dem Gewehrkolben auf Conrad ein. »Warum nicht stehen bleiben? Wir rufen ›Halt‹, warum nicht warten? Wir rufen ›Zurück‹, warum nicht kommen?« Sie schubsten die beiden in eine Bude, kontrollierten die Koffer und danach die Personen. »Keine Waffen«, bestätigten sie einander. »Mitkommen.«

Dann führten sie die beiden zu einem Lastwagen und zeigten auf die Ladefläche: »Aufsteigen.« Und damit begann eine lange nächtliche Fahrt. Schließlich erreichten sie ein Dorf und gleich danach ein Gebäude, von dem die russische Fahne wehte. Ein müder, gähnender Wachposten nahm Conrad und Isabella in Empfang und führte sie in eine Halle. Dort mussten sie bis zum Morgengrauen warten. Als Nächstes folgte ein Verhör mit einem Offizier in fehlerfreiem Deutsch. »Woher kommen Sie? Wohin wollen Sie? Warum wollen Sie fort? Was gefällt Ihnen nicht bei uns?« Die Fragen prasselten nur so auf sie herab, Conrad beantwortete sie wahrheitsgemäß. »Wir haben nichts zu verbergen, wir wollen nur nach Hause«, sagte er abschließend.

Endlich nickte der Offizier. »Sie bleiben hier. Wir sammeln alle Flüchtigen, und wenn genug zusammen sind, schicken wir Sie mit einem Transport ganz offiziell über die Grenze. So lange bleiben Sie und arbeiten für uns. Und jeden Morgen melden Sie sich hier.« Er sah Conrad und die Gehhilfe an. »Sie arbeiten bei einem Bauern im Dorf«, und zu Isabella gewandt: »Sie helfen in einer Gruppe von Frauen beim Gleisabbau.« Dann nickte er einem Posten zu. »Er gibt Ihnen die Adresse, wo sie wohnen werden, solange Sie hier sind.«

Draußen auf dem Dorfplatz fragten sie einen Zivilisten nach der Adresse und gaben ihm den Zettel. Er zeigte ein Stück die Straße entlang und erklärte: »Hundert Meter ungefähr, dann kommen Sie zu einer weißen Villa in einem Garten. Bei dem alten Renkendorff haben Sie's gut getroffen. Der kriegt zwar immer wieder Zwangseinquartierung, aber er ist nett zu den Leuten.«

Conrad sah sich um. »Wie weit ist es denn von hier bis zur Grenze?«

»Nur zwei Kilometer, aber versuchen Sie nicht, allein rüberzugelangen, die haben überall Posten, da kommt keiner durch.«

»Da drin wurde uns gesagt, wir würden mit einem Sammeltransport über die Grenze gebracht.«

»Kann schon sein, aber ganz geheuer ist die Sache nicht. Erstmal müssen Sie hier kräftig arbeiten.«

Conrad und Isabella bedankten sich für die Auskunft, nahmen die Koffer und machten sich auf den Weg. Kurz vor dem Ende der Straße, dort, wo das Kopfsteinpflaster in einen Sandweg überging, fanden sie die Villa. Erstaunt blieben sie stehen. So einen Prachtbau hatten sie hier am Rande eines unscheinbaren Dorfes nicht erwartet. An dem schmiedeeisernen Gartentor warnte ein Schild »Vorsicht Hunde«. Isabella klingelte. Als der Summer ertönte, öffneten sie vorsichtig das Tor, und als keine Hunde kamen, gingen sie bis zur Haustür, die im gleichen Augenblick von innen geöffnet wurde. »Kommen Sie ruhig näher, die

Hunde gibt es nicht mehr, das Schild ist alt, erfüllt aber seine Pflicht.« Vor ihnen stand ein junger Mann, Conrad schätzte ihn auf dreißig, und nahm ihnen die Koffer ab. »Sie sind also die nächste Einquartierung, herzlich willkommen.« Er ging vor ihnen her durch eine große Halle und führte sie eine breite, geschwungene Treppe hinauf in den ersten Stock. »Man hat uns schon von der Kommandantur aus angerufen und die nächsten Gäste angekündigt. Hier ist Ihr Zimmer, und da drüben ist ein Bad.« Er stellte die Koffer ab, gab erst Isabella, dann Conrad die Hand und sagte: »Ich bin Fritz Renkendorff, meinen alten Herren lernen Sie dann beim Essen kennen.« Auch Conrad stellte sich und Isabella, vor, dann waren sie allein. »Dass es so etwas noch gibt?« Conrad sah sich um. Das Zimmer war gepflegt, enthielt neben den zwei Betten eine gemütliche Sitzecke und ein Regal voller Bücher, hatte einen geräumigen Kleiderschrank und vor den beiden Fenstern duftige Tüllgardinen.

Isabella sah hinaus. Unten im Garten arbeitete eine Frau und jätete Unkraut. Der Garten war in einzelne Gemüsebeete aufgeteilt, die wie mit einem Zentimetermaß ausgerichtet aussahen. An der Mauer, die den Garten zu den Feldern hin abschloss, wuchs Spalierobst. Äpfel, Aprikosen, Birnen, Pflaumen und Pfirsiche konnte Isabella erkennen, aber bis auf die Aprikosen waren die Früchte noch grün und ungenießbar. »Hier sieht es aus, als hätte es nie einen Krieg gegeben«, flüsterte sie ungläubig. Dann sah sie, dass sie allein war. Der Vater hatte das Bad aufgesucht. Ja, dachte sie, höchste Zeit, dass wir die stinkenden Sachen ausziehen. Aber was ziehe ich an? Alles ist verschmutzt, verschwitzt, riecht nach diesem grässlichen Hühnerkot. Als Erstes zog sie die Stiefel aus und kontrollierte die Geldscheine. Sie hatten sehr gelitten. Noch ein paar Tage Staub, Schweiß und Fußmarsch und wir hätten das Geld in kleinen Schnipseln herausgekippt, dachte sie und zog sich aus, um auch den durchgeschwitzten Beutel mit ihren Papieren ablegen zu können. Nur selten und nur wenn sie sicher waren, dass keine Kontrollen kamen, hatten sie sich von Geld und Dokumenten getrennt und beides im Koffer gelassen. Aber hier in Grenznähe und bei dem gefährlichen Vorhaben in der Kiesgrube trugen sie ihre wenigen Schätze wieder am Körper. Nur gut, dass die Russen mit meinen deutschsprachigen Dokumenten nichts anfangen konnten und nie unsere Schnürstiefel kontrolliert haben, sonst wären wir jetzt arm dran.

Isabella sah noch einmal in den Garten. Neben der Frau stand jetzt der Mann, der sie eingelassen hatte, und sprach gestenreich auf sie ein. Sie nickte mehrmals. Dann drehte er sich um und ging wieder ins Haus. Mein Typ ist er nicht, lächelte Isabella, ich mag keine hellblonden Männer mit schütterem Haar. Sie dachte an den dunkelhaarigen, braunäugigen Jürgen Brandt, mit dem sie früher die Eidechsen gefangen hatte, und für einen winzigen Augenblick sah sie auch diesen dunkelhaarigen Marineoffizier Michael Fürstenberg vor sich, aber das Bild verschwand, bevor sie es sich richtig ausmalen konnte. Was aus ihm wohl geworden ist, überlegte sie und zog sich weiter aus. Dann wickelte sie sich in das großes Handtuch, das auf ihrem Bett lag, und wartete, bis das Badezimmer frei wurde. Endlich kam der Vater. Mit einem Bündel schmutziger Wäsche in der Hand sah er sich ratlos um.

Isabella nickte ihm zu: »Ich wasche mich erstmal, danach suche ich die Waschküche und frage, ob ich unsere Sachen waschen darf. Du könntest inzwischen überlegen, wo wir unser Geld und die Papiere verstecken.«

Dann ging sie hinüber ins Bad. Fensterscheiben und Spiegel waren beschlagen, ein Duft nach Heu und wilden Blumen hing in der feuchten Luft. Auf dem Badewannenrand stand ein Fläschchen mit Badesalz, daher also dieser herrliche Duft! Sie ließ Wasser in die Wanne laufen und streute von dem köstlichen Salz hinein. Dann wischte sie mit dem Handtuch den Spiegel ab. Zum ersten Mal seit vielen, vielen Monaten betrachtete sie sich in einem großen Spiegel, sah, dass sie erwachsen geworden war, und dachte zufrieden, dass sie sich so gut gefiel. Ich bin groß geworden und nicht mehr so dürr wie früher. Sie drehte sich hin und her und lachte leise, ich kriege einen Busen, und eine Taille habe ich auch schon. Na ja, wird auch Zeit, in ein paar Wochen werde ich siebzehn, da ist man schließlich erwachsen. Und dann fiel ihr mit Schrecken ein: Mein Gott, wir haben Vaters fünfzigsten Geburtstag vergessen, wir haben ihn ganz einfach vergessen. Auf dem Weg nach Berlin muss das gewesen sein, irgendwo, irgendwann zwischen Frankfurt an der Oder und Fürstenwalde ist er fünfzig geworden.

Einundzwanzigstes Kapitel

Für Isabella begann eine schöne, unbeschwerte Zeit. Obwohl sie hart arbeiten musste, obwohl die Zukunft ungewiss und die Gegenwart belastend war, erlebte sie Wochen ohne Angst.

Im Haus der Renkendorffs fühlte sie sich geborgen, und die Menschen, mit denen sie dort zu tun hatte, mochten sie, das spürte sie. Trotz der Tatsache, dass sie Fremde waren, Zwangseinquartierung sozusagen, wurden sie und der Vater freundlich, ja, wie Gäste aufgenommen. Zum ersten Mal seit der Katastrophe von Friedrichshain, als die Mutter erschossen, der Großvater entführt, der Besitz zerstört und die Menschen in Todesangst versetzt wurden, erlebte Isabella die gepflegte Atmosphäre ihrer neuen Umgebung.

Gleich am ersten Tag rief ein Gong sie zum Mittagessen, und mit Dank registrierten die Stellings, dass sie wie lang erwartete Freunde an den hübsch gedeckten Tisch gebeten wurden.

»Ich bin Karl Renkendorff«, begrüßte sie der alte Herr mit dem schlohweißen Haar und bat: »Als Hausherr ist es mein Recht, mir meine Tischpartner selbst auszuwählen. So möchte ich, dass die junge Dame rechts und der Herr Professor links von mir Platz nehmen. Wir sind zwar nur eine kleine Runde, mein Sohn, unsere Haushälterin Fräulein Else und ich, aber wir versuchen auch in dieser abstrusen Zeit etwas Normalität in unserem Leben zu erhalten.«

Das Essen war einfach, aber schmackhaft, und Isabella hatte den Eindruck, dass Gemüse, Kräuter und Obst aus dem eigenen Garten stammten. Fräulein Else, eine große, schlanke Frau mit leicht ergrautem Haar und selbstsicherem Auftreten, reichte die Terrine mit dem Möhreneintopf immer wieder herum, und obwohl es nicht viele Hühnerfleischstückchen gab, war das Essen ausgezeichnet. Karl Renkendorff, der mit Freude sah, wie gut es seinen Gästen schmeckte, lobte die Köchin. »Fräulein Else ist eine Zauberin, sie macht aus den einfachsten Zutaten ein Festessen.«

Isabella nickte und beobachtete die beiden Renkendorffs. Der alte Herr mochte siebzig sein. Er wirkte behäbig und zufrieden, ein Mann, der sein Lebenswerk abgeschlossen hatte und gelassen darauf zurückblickte. Der Sohn dagegen wirkte unruhig, unsicher, fast gehemmt. Im Gespräch suchte er immer wieder eine Bestätigung durch den alten Herrn, und seine Antworten klangen eher nach Fragen anstelle von sicheren Meinungen.

Nach dem Essen bat Karl Renkendorff seine Gäste in sein Herrenzimmer, wie er den pompös im englischen Landhausstil eingerichteten Raum nannte. Wuchtige Ledersessel, schwere geschnitzte Eichenmöbel, ein Eisbärenfell mit Kopf und aufgerissenem Maul vor dem Kamin, der Couchtisch mit dem Glasschränkchen für Zigarren unter der rot gemaserten Marmorplatte und eine offene Kredenz zeugten von Reichtum und einer gewissen, bevorzugten Art des Hausherren, Wohlhabenheit auszudrücken. Conrad und Isabella waren beeindruckt, aber auch erschrocken. Wie war ein solcher Reichtum möglich, nachdem ein Krieg Land und Leute ins Verderben gebracht hatte?

Karl Renkendorff, der die Betroffenheit seiner Gäste spürte, erklärte: »Ich habe in Magdeburg alles verloren, meine Frau, meine Tochter, die Firma, das Haus, meine ganze Existenz. Geblieben sind mir mein Sohn, dieses Sommerhaus, mein guter Ruf als Bauunternehmer und mein Ehrgeiz, mich nicht unterkriegen zu lassen. Ich habe das Beste aus den Resten gemacht, ist das verwerflich?« Er sah Conrad an.

Conrad lächelte. »Auf keinen Fall. Wir sind nur erstaunt, dass es ein Haus wie dieses überhaupt noch gibt. Es ist wunderschön und wir werden den Aufenthalt genießen, wenn Sie gestatten, denn wir wissen nicht, was uns selbst in Hamburg erwartet.«

Fräulein Else kam und servierte Kaffee. Der Duft füllte den Raum, und Isabella erinnerte sich voller Wehmut an die ersten Wochen in Friedrichshain, wo die Großmutter mit Freude ihre heimlichen Schätze geplündert hatte und auch die Enkelin am Genuss teilhaben ließ. Früher, in Hamburg, hieß es immer, »Kinder brauchen keinen Kaffee, der erregt sie nur«, aber in Friedrichshain wurde sie wie eine erwachsene Frau behandelt und dafür war sie der Großmutter unendlich dankbar. Sie sah die zierliche Frau vor sich, wie sie lächelnd in die Vorratskammer ging und dann mit der wundervoll bemalten Eduscho-Dose wiederkam. Die ganze ferne Tropenwelt spiegelte sich in diesen bunten Bildern.

Isabella wurde trotz des Kaffees schläfrig. Die Aufregung und die körperlichen Anstrengungen der letzten Tage und Wochen machten sich jetzt bemerkbar. Während sich die Männer über Krieg und Frieden unterhielten, wurde ihr Kopf schwerer und schwerer, und dankbar sah sie auf, als Fritz Renkendorff flüsterte: »Wenn Sie möchten, bringe ich Sie in Ihr Zimmer, ich kann verstehen, dass Sie todmüde sind.« Zuerst war es ihr peinlich, dass er sie beobachtet hatte, dann nickte sie dankbar. »Das wäre nett, ich muss mich wirklich für ein Weilchen hinlegen. Dann geht es wieder.«

Isabella verschlief den Nachmittag, den Abend und die folgende Nacht. Sie wurde erst wach, als der Vater sie am nächsten Morgen behutsam weckte und ihr sagte: »Aufstehen, mein Mädchen, wir müssen uns auf der Kommandantur melden.«

Conrad Stelling und Karl Renkendorff dagegen saßen beinahe die ganze Nacht zusammen und diskutierten über die deutsche Vergangenheit und die ungewisse Zukunft.

»Ich habe überhaupt keine Ahnung, was sich in unserem Land zurzeit abspielt«, entschuldigte sich Conrad. »Wir sind jetzt seit Wochen unterwegs und auch vorher, auf dem Gut meiner Verwandten, gab es kein Radio, keine Zeitung, keine Post und keine Menschen, die Bescheid wussten. Man hörte Vermutungen, erfuhr von ›Konferenzen‹, von ›Vereinbarungen‹, von ›Bedingungen‹, aber immer nur brockenweise. Was ist aus Hitler und seinen Komplizen geworden?«

»Hitler hat sich umgebracht. Ein paar andere sind auch tot, einige sollen nach Südamerika geflüchtet sein, der Rest befindet sich im Gewahrsam der Amerikaner.«

»Und wie geht es nun weiter? Warum erfährt man nichts?«

Karl nickte. »Ich denke, man lässt uns absichtlich im Ungewissen. Wenn ich es richtig verstehe, wird Deutschland in vier Besatzungszonen aufgeteilt. Hier bei uns sind die Russen, bei Ihnen in Hamburg die Briten, im Süden die Amerikaner und im Westen die Franzosen. Jeder will sein Stück vom Kuchen.«

»Und Berlin?«

»Das Gleiche, wobei die Russen den größten Teil kriegen. Sie haben die Stadt schließlich erobert.«

»Und was bedeutet die Aufteilung in der Praxis?«

»Die Besatzer haben das Sagen. Sie bestimmen, was mit

den alten Nazis geschieht, wer die Städte und Länder regieren darf und was wir bezahlen müssen, weil wir den Krieg angefangen haben.«

Weit nach Mitternacht beendeten die beiden Männer das Gespräch.

Fritz Renkendorff hatte sich nicht daran beteiligt. Zu oft schon hatte er mit dem Vater die derzeitige Situation besprochen. Er war es leid, über Unklarheiten zu diskutieren. Er wollte endlich raus aus der Vergangenheit und mit der Zukunft beginnen. Er wollte das Geschäft wieder aufbauen. Magdeburg lag in Trümmern, dort war sein Platz. Er wollte die Ärmel aufkrempeln und neue Häuser errichten. Es wurde doch höchste Zeit! Stattdessen saß er hier fest. Warum zögerte der Vater mit dem Neuanfang? Die Zeit der Trauer um die Mutter und die Schwester war vorbei. Neues Leben musste aus den Ruinen erwachsen, auch sein Leben sollte endlich beginnen. Immer hatte er im Schatten des Vaters gestanden, von ihm gelernt, unter ihm gearbeitet, mit ihm gelitten und gestritten, das war gut so, damals. Jetzt wurde es Zeit, die Last des Übervaters abzuschütteln, wenn er doch nur wüsste wie!

Im Geheimen hatte er Isabella Stelling beobachtet. Dieses Mädchen würde sich nicht unterordnen, sie würde wissen, wie und wo sie ihren Weg fand. Sie kam hier in schmutziger Kleidung an, aber sie kam mit erhobenem Kopf und siegessicherem Blick, dachte er und sah sie vor sich, wie selbstsicher sie sich bewegte, wie klug sie auf Fragen reagierte und wie zielstrebig sie ihren Willen durchsetzte. Sie hatten kaum Zeit, miteinander zu sprechen, aber Fritz hatte verstanden, dass er, wollte er mit diesem jungen Mädchen Schritt halten, endlich seine Hemmungen hinter sich lassen musste. Er wusste, dass er nicht besonders gut aussah, die schütteren blonden Haare, der rötliche Teint –

aber er konnte zupacken, davon zeugten seine starken Hände und seine kräftigen Arme. Robust, dachte er, ich bin robust, und das muss man sein in der Branche, mit der ich es zu tun habe. Ich werde nie etwas von meinen Männern verlangen, was ich nicht selbst jederzeit machen könnte, und das honorieren sie. Fragt sich nur, wer von ihnen noch übrig ist, wenn es wieder losgeht mit der Arbeit. Er dachte an die letzten beiden Jahre. Immer mehr Bauarbeiter wurden eingezogen. Zum Schluss hatten sie nur noch ein Viertel ihrer Belegschaft zur Verfügung und das auch nur, weil sie Regierungsaufträge bekamen. Diesen Aufträgen verdanke ich auch, dass ich nicht zur Wehrmacht musste, dachte er zufrieden, und dann, zum Ende hin, als nicht nur die Stadt, sondern auch die Firma zerstört waren, blieb nichts mehr übrig außer dem Haus hier am Rande des Dorfes in der Nähe einer Grenze, die Fremde willkürlich quer durchs Land gezogen haben.

Genug gegrübelt, dachte Fritz, sprang von der Mauer, die Garten und Felder trennte und auf der er abends gern saß und über das Land hinweg den Sonnenuntergang im Westen beobachtete.

Diese neue Grenze behagte ihm gar nicht. Sie trennte ihn von Freunden, die nur wenige Kilometer entfernt wohnten und die er seit seiner Kindheit kannte. Plötzlich riskierte man sein Leben, wenn man sie wiedersehen wollte, plötzlich wurde man zum Staatsfeind, wenn man sich seinen Freunden näherte, plötzlich konnte man nach Sibirien verschickt werden, wenn man dieser unscheinbaren Grenze zu nahe kam. Ein kleiner, im Sommer meist ausgetrockneter Bach trennte plötzlich Menschen, die ein Leben lang zusammengehört hatten. So ein Irrsinn.

Fritz schlenderte durch die Reihen der Gemüsebeete, die Else so korrekt, wie es ihr entsprach, angelegt hatte. Isabella, dachte er, wie hübsch und wie müde sie ausgesehen hat, als er sich an ihrer Zimmertür verabschiedete. Hoffentlich behandelt Janosch Wandrokow sie anständig und schickt sie nicht mit anderen Frauen zusammen zum Putzen in die Unterkünfte seiner Soldaten. Es soll dort immer wieder zu Übergriffen kommen, und die Frauen beschweren sich bitterlich, wenn sie abends entlassen werden, überlegte er. Gleich morgen früh werde ich zur Kommandantur gehen und mit Janosch reden.

Den Kommandanten kannte er seit seiner Studienzeit in Berlin. Er quälte sich mit Architektur ab, und Janosch hatte ein Stipendium für Germanistik. Zwei Jahre lang hatten sie in benachbarten Gebäuden gelernt, in der gleichen Kantine gegessen. Dann kam der Krieg mit Polen, und Janosch reiste ab, bevor die Grenzen geschlossen wurden. Und hier nun hatten sie sich plötzlich wieder gegenübergestanden.

Fritz war dem Russen sehr dankbar, der nicht den Sieger herauskehrte, sondern an die gemeinsame Zeit erinnerte. Ihm hatten sie es zu verdanken, dass sie das Haus behalten durften und dass sie annehmbare Einquartierungen bekamen. Ja, überlegte er, mit ihm werde ich sprechen und um eine ungefährliche Arbeit für Isabella bitten. Ich werde ihm zu verstehen geben, dass sie mir nicht gleichgültig ist, dann wird er darauf achten, dass ihr nichts passiert.

Fritz Renkendorff meldete sich auf der Kommandantur, bevor mit der Arbeitseinteilung der Deutschen angefangen wurde. Seine Freundschaft mit dem Kommandanten war den Posten bekannt, und sie ließen ihn ohne Probleme passieren.

Wie an jedem Morgen saß Janosch Wandrokow an seinem Schreibtisch hinter einem Berg von Papieren, vor sich eine Kanne Tee, neben sich einen Stuhl, auf dem sich die abgenommenen Pässe der Deutschen häuften, und hinter sich eine Landkarte, die einfach an die Wand genagelt worden war. Der Kommandant sah auf, als Fritz nach einem kurzen Klopfen eintrat. Er grinste ihn an. »Ich weiß natürlich, warum mein Freund so früh hier vor mir steht. Hübsch, die Kleine, ja?«

»Dir gefällt sie also auch?« Fritz ließ sich nicht in Verlegenheit bringen, im Gegenteil, er bewunderte den Freund, der eine so gute Menschenkenntnis besaß.

»War ja nicht zu übersehen«, seufzte der Kommandant und suchte einen Ausweis aus dem Berg von Papieren. Er blätterte flüchtig darin herum: »Sechzehn Jahre«, nickte er, »in der Sowjetunion das beste Alter für eine Hochzeit.«

Fritz schüttelte den Kopf. »Bei euch vielleicht, bei uns nicht. Aber man kann ja schon mal vorsichtig anfangen, ihr den Hof zu machen.«

»Wie altmodisch ihr seid. Was willst du eigentlich so früh am Morgen hier.«

»Bitte gib ihr eine ungefährliche Arbeit.«

»Ich kann keine Ausnahme machen, ich werde auch beobachtet und kann nicht tun, was ich will.«

»Schütze sie vor deinen Soldaten, mehr will ich nicht.«

»Meine Männer sind anständige Soldaten. Es kam schon lange nicht mehr zu Übergriffen. Die Zeit der Kampftruppen, die sich alles nahmen, was sie wollten, und das mit Recht, ist vorbei.«

»Im Dorf wird aber etwas anderes erzählt.«

»Im Dorf wird zu viel geredet, getratscht, da muss ich wohl mal eingreifen.«

»Komm, Janosch, tu mir den Gefallen.«

»Sie kann beim Gleisabbau arbeiten. Die Aufsichtsposten kenne ich, aber die Arbeit ist hart.«

»Danke, ich mache es wieder gut, wenn das irgendwann einmal möglich ist.«

Der Russe lachte laut. »Ein Deutscher wird sich bei mir revanchieren, Mann, wenn das in hundert Jahren einmal nötig ist, werde ich das nicht mehr erleben.«

Fritz kannte seinen Freund, er wusste, wie der das meinte, und reichte ihm über den Schreibtisch hinweg die Hand. »Wir bleiben Freunde.«

»Wir bleiben Freunde!« Dann befahl er dem Posten, die ersten Deutschen hereinzuholen, damit er sie einteilen konnte.

Fritz vermied es, durch die Vordertür und an der langen Schlange der Wartenden vorbeizugehen. Er wollte nicht gesehen werden und benutzte den Hinterausgang, der zwar über einen verdreckten Hinterhof voller Schweinekot und Hühnermist führte, aber den Dorfbewohnern keinen Anlass zum Getuschel über seine Freundschaft mit dem Kommandanten gab.

Isabella wurde zum Gleisabbau eingeteilt, und Conrad Stelling sollte auf einem Bauernhof beim Einbringen der Ernte helfen. Da er mit seinem verletzten Bein und dem Krückstock keine körperliche Arbeit verrichten konnte, setzte ihn der Bauer auf eine alte Dreschmaschine in der Tenne. Während andere Männer und Frauen die Getreidegarben von den einfahrenden, voll beladenen Leiterwagen hoben und in die Maschine schoben, die dann Korn und Spreu voneinander trennte, saß Conrad oben auf dem ratternden Ungeheuer und bediente die Hebel, wie der Bauer es ihm gezeigt hatte. Mittags gab es für alle eine Suppe und Schmalzbrote mit Leitungswasser und abends einen Brotleib zum Mitnehmen.

Isabella hatte es nicht so gut getroffen. Sie wurde morgens mit einem Militärlaster und vielen anderen Frauen über das weite flache Land gekarrt und an einer Bahnstrecke abgeladen. Dann wurden T-förmige Schraubenschlüssel von etwa einem halben Meter Länge ausgeteilt, die immer zwei Frauen gemeinsam drehen mussten, um verrostete Schraubenmuttern aus den Holzbohlen der Bahnschienen zu lösen. Eine schweißtreibende Knochenarbeit, vor allem, wenn die Partnerin, wie es bei Isabella der Fall war, nicht mithalf. Die tat zwar so, als schufte sie hart, wenn der Posten sie beobachtete, schonte sich aber in der übrigen Zeit und ließ Isabella allein arbeiten. Das war besonders schwer, weil das Gleichgewicht an dem Schlüssel fehlte, und nach kürzester Zeit waren sie die Letzten auf der Strecke, was den Posten zu wütenden Beschimpfungen veranlasste. Schließlich beschwerte sich Isabella bei der Frau: »Sie können mich doch hier nicht allein schuften lassen, das ist nicht gerecht.«

»Was heißt hier nicht gerecht, ist es vielleicht gerecht, dass die Russen uns ausplündern und wir ihnen dabei auch noch helfen müssen? Ich denke nicht daran, dabei mitzuhelfen.«

»Dann sagen Sie das dem Posten klipp und klar, und ich lass mir eine andere Partnerin zuteilen.«

»Wollen Sie mich verpfeifen?«

»Nein, ich will nur keine Schwierigkeiten mit den Russen, und wenn wir weiterhin die Letzten sind, werden sie uns mit der Peitsche zur Arbeit antreiben. Oder was glauben Sie, warum die Posten alle eine Peitsche im Gürtel stecken haben?«

»Pah, die sollen mir mal mit der Peitsche kommen. Ich kenn' den Kommandanten, und dem werde ich dann meine Meinung sagen.«

Isabella war der Frau nicht gewachsen und schuftete weiter. Mittags hatte sie dicke Blasen an den Händen und einen Sonnenbrand im Gesicht. Sie zog ihre Söckchen aus und wickelte sie um die Hände. Gegen zwei Uhr kam eine Draisine auf den noch vorhandenen Gleisen und brachte Kohlgemüse und Fladenbrot. Einige Frauen, die schon mehrmals an den Gleisen gearbeitet hatten und die Gepflogenheiten kannten, hatten sich Wasserflaschen mitgebracht. Zum Glück für Isabella teilte eine Frau das Wasser mit ihr. »Ich heiße Lotte, du kannst ›du‹ zu mir sagen. Wie ich sehe, hast du die faule Bertha als Partnerin erwischt, keine von uns will mit der arbeiten, sieh zu, dass du sie loswirst, mit der hast du nur Ärger.«

»Aber wie soll ich sie loswerden? Ich habe sie gebeten, mehr anzupacken, aber sie hat mich ausgelacht.«

»Ich hab's bemerkt. Morgen werden wir zwei zusammen schuften, heute kann ich nicht mehr wechseln. Aber pass auf, dass der Posten dich nicht schlägt. Sie dürfen das eigentlich nicht, aber sie tun's immer wieder, weil sie auch ihre Befehle haben und ganz bestimmte Streckenabschnitte an einem Tag abgebaut werden müssen.«

Isabella sah sich ratlos um. »Kannst du mir mal sagen, wie man's mit der nicht vorhandenen Toilette machen soll?«

»Ist ein Problem. Sieh zu, dass du mit der Arbeit in die Nähe von einem Gebüsch kommst, dann musst du da verschwinden.«

»Ich habe gesehen, wie andere zwischen Sträuchern verschwanden, aber dann lief immer ein Soldat hinterher.«

»Ja, sie versuchen's halt immer wieder. Und manchmal gelingt's ihnen auch. Dann bleiben die beiden ziemlich lange im Gebüsch.« »Ist ja eklig.«

»Da hast du Recht, aber manche Frauen mögen's halt. Wenn du musst, gib mir ein Zeichen, ich lenke den Posten ab, der für dich zuständig ist.«

»Ich müsste eigentlich sofort.«

Lotte lachte. »Gut, dann beißt mich jetzt eine Schlange, und du rennst ins Gebüsch.«

Plötzlich schrie Lotte laut, sprang auf, rieb sich das

Bein, wimmerte erbärmlich und presste ein paar Tränen hervor. »Eine Schlange, eine verdammte Schlange«, wimmerte sie und versuchte das viel zu enge Hosenbein in die Höhe zu schieben. Die Posten eilten herbei, wollten das Bein sehen. »Einer rief in gebrochenem Deutsch: »Nix Schlangen, nix in Germania Schlangen. Hör auf, dumme Frau.«

Aber Lotte wimmerte weiter, rieb sich das Bein, schüttete ihr kostbares Wasser über die Hose, um den angeblichen Biss zu kühlen, und trocknete ihre Tränen erst, als Isabella zwischen den Sträuchern wieder auftauchte.

»Wird besser«, schluchzte sie, »wird schon besser«, krempelte das Hosenbein wieder herunter und stand auf. »Ist wieder gut«, erklärte sie lächelnd dem Posten, bückte sich und griff nach ihrem Schraubenschlüssel. »Weiter geht's«, versicherte sie und nickte den Frauen zu, die mit Schrecken, Angst und auch mit Vergnügen das Theater verfolgt hatten.

Die Stellings erlebten trotz harter Arbeit drei friedliche Wochen. Conrad hatte sich auf seinem Mähdrescher, der von Bauernhof zu Bauernhof weitertransportiert wurde, so gut eingearbeitet, dass die Bauern ihn mit den anderen Hilfskräften allein ließen und selbst ihrer Feldarbeit nachgehen konnten. Isabella hatte sich ihren Platz unter den Gleisarbeiterinnen erobert und mit Hilfe von Lotte und von Fräulein Else, die sie mit alten Lederhandschuhen von Fritz und einem leicht zerfledderten Strohhut von Karl Renkendorff versorgte, an die Schufterei gewöhnt, denn mit dem Abschrauben der Schienen war die Arbeit keinesfalls getan. War eine bestimmte Strecke der Gleise gelöst, mussten die zentnerschweren Schienen an das Ende der noch intakten Bahnstrecke getragen werden, wo nachts ein Zug mit Männern vorfuhr und die Schienen abholte. Das Tragen geschah mit Hilfe der eisernern Schraubenschlüssel. Jeweils zwei Frauen mussten ihren Schlüssel unter dem gelockerten Gleis hindurchschieben, und wenn alle Frauen hintereinander rechts und links vom Gleis standen, wurde die Schiene auf Kommando angehoben und nach vorn zum Ende der intakten Strecke getragen. Erst wenn alle Schienen zum Abtransport bereitlagen, fuhren die Lastwagen vor, um die Frauen zurück ins Dorf zu bringen.

Die drei Männer im Hause Renkendorff machten sich große Sorgen um Isabella, aber sie schüttelte den Kopf. »Ist gar nicht so schlimm, wie es sich anhört. Wir sind ein gutes Team geworden, wir helfen uns gegenseitig, in so einer Gemeinschaft lässt sich auch die Schufterei ertragen.«

Trotzdem versuchten alle, Isabella abends zu verwöhnen. Der Vater bereitete das Bad vor, Fräulein Else holte sie in die Küche, wo sie Rezepte ihrer Lieblingsspeisen diktieren durfte, Fritz spazierte abends mit ihr durch den Garten und erzählte von seiner Kindheit hier auf dem Lande, und sogar der alte Renkendorff bemühte sich und lud sie zum Kartenspielen ein, nachdem er erfahren hatte, dass sie Rommé mochte.

Es war eine schwere, aber friedliche Zeit voller Harmonie, bis eines Abends Janosch Wandrokow in der Tür stand.

Zweiundzwanzigstes Kapitel

Christiane Fürstenberg war seit Mitte Mai wieder in Hamburg. Sie hatte die Mutter überredet, nicht länger die Gastfreundschaft fremder Menschen in Anspruch zu nehmen, sondern zu Hause nach dem Rechten zu sehen. Sie hatte viel Überredungskunst anwenden müssen, um die Mutter davon zu überzeugen, dass ihre Aufgaben nun in Hamburg lagen. Die Mutter fühlte sich bei den Freunden des Sohnes geborgen und hatte Angst vor der Ungewissheit in der Großstadt, vor der Arbeit, die dort wartete, und vor der Verantwortung, die sie übernehmen musste. Aber Christiane ließ nicht locker, sie wollte heim, auch wenn sie sich noch gar nicht vorstellen konnte, wie dieses Zuhause eigentlich aussehen mochte.

Sie nutzte einen Spaziergang, um mit der Mutter in Ruhe, und ohne durch andere gestört zu werden, reden zu können. Sie liebten beide den Weg am Wasser mit dem Blick auf die Kieler Förde. Die Bäume und Sträucher hatten sich mit saftigem Frühlingsgrün geschmückt, im Gras der Wiesen wagten Gänseblümchen einen Ausflug in die frühe Maisonne, und im Wasser waren die ersten Enten mit ihrem Nachwuchs in Ufernähe unterwegs.

Christiane wusste, dass die Mutter diese kleinen Ausflüge liebte. Sie hatten sich beide warm angezogen, da vom Meer her ein kräftiger Wind wehte, der die Kälte des Wassers mitbrachte. Sie hätten sich gern irgendwo in die Sonne gesetzt, aber die Bänke waren der Kälte zum Opfer gefallen und hatten im letzten Winter so manchen Haushalt mit Wärme versorgt. Friederike blinzelte in die Sonne und öffnete den Mantel ein wenig. »Wie schön es hier ist und wie friedlich. So könnte es immer bleiben.«

Aber Christiane schüttelte den Kopf. »Es nützt alles nichts, Mutter, wir müssen zurück, wir müssen sehen, wie wir unser Haus wieder aufbauen können, müssen uns um Unterstützung und um unsere Rechte kümmern. Wenn wir es nicht tun, tut es niemand.« Friederike Fürstenberg hob abwehrend die Hände: »Was erwartest du? Kind, in Hamburg herrscht das Chaos, was sollen wir da? Wir haben ja nicht einmal ein Dach über dem Kopf.«

»Aber, Mutter«, protestierte Christiane, »von Friedrichshain aus hast du gekämpft, geschrieben, Ansprüche angemeldet und dein Recht gefordert, und jetzt sitzt du zufrieden und wohlgeborgen hier in der Fremde und tust gar nichts. Du bist es Vater schuldig, dass du dich um unseren Besitz kümmerst.«

Friederike fing an zu weinen. »Vater! Kannst du mir sagen, wo er ist, wann er wiederkommt? Ob er überhaupt noch lebt?«

Christiane protestierte: »Wir haben doch die Vermisstenmeldung von seiner Einheit bekommen. Russland ist groß, sie haben ihn irgendwohin verschleppt, dort muss er arbeiten, und irgendwann lassen sie alle Vermissten frei. Vermisst heißt doch nicht tot, Mutter.«

Sie schüttelte empört den Kopf. Wenn die Mutter in diese Stimmung verfiel, ärgerte sie sich ungemein. Es war so schwer, sie da herauszuholen. Christiane brauchte für ihre Überzeugungsarbeit eine fröhliche, aufgeschlossene, mutige Mutter und keine wehleidige Frau, die sich selbst bemitleidete.

Aber die Mutter ließ sich nicht unterbrechen, sie tupfte die Tränen ab und erklärte energisch: »Vermisst in Russland ist so gut wie tot. Ich fühle das, wir dürfen uns nicht an eine Hoffnung klammern, die es nicht mehr gibt.«

»Doch, wenn die Hoffnung nicht wäre, könnten wir uns gleich aufgeben. Hoffnung gibt es immer, Mutter, solange man lebt.«

»Vielleicht hast du Recht, aber man wird müde von all dem Hoffen, Christiane. Vergiss nicht, ich habe jetzt den zweiten Krieg hinter mir und auch der erste hat mir nur Kummer gebracht.«

»Ich weiß, Mutter, aber trotzdem hast du dein Leben gemeistert. Du hast nie locker gelassen, du bist aus all dem als Gewinnerin hervorgegangen. Damals hast du die Hoffnung nie aufgegeben.«

»Damals war ich so alt wie du, Christiane, voller Lebensdrang und Selbstbewusstsein. Damals blieb mir gar nichts anderes übrig.« Sie überlegte einen Augenblick, dann fuhr sie fort: »Sieh mal, mein Vater war ein liebenswerter Mann und seine Kunden verehrten ihn, aber er war ein Versager. Um einer Freundschaft willen hat er unsere ganze Existenz in Frage gestellt, die alte Firma in den Bankrott getrieben und letztlich, als er alles verloren hatte, ist er an gebrochenem Herzen gestorben. Dann hat mich meine Mutter verlassen. Sie ist einfach zu einer Kur gefahren und nicht zurückgekommen. Hätte ich deinen Vater nicht kennen gelernt, wäre ich verzweifelt. Er hat mich aus der Misere meines Lebens herausgeholt. Kind, als ungelernte Hilfe in einer drittklassigen Pension, hat er mich zur Weiterbildung und zum neuen Aufbau der Firma überredet. Ohne ihn hätte ich das nie geschafft. Sein Glaube an mich hat mir geholfen. Nun fehlt mir dieser Glaube und damit auch die Hoffnung.«

Christiane sah die Mutter traurig an. Sie tat ihr Leid. Sie war jetzt beinahe fünfzig, eine schwierige Lebensphase für eine Frau, wie sie wusste. Jetzt hätte sie einen starken Mann an ihrer Seite gebraucht, eine Zeit voll schöner Erlebnisse und harmonischer Stunden. Und was bescherte ihr das Leben stattdessen? Angst und Ungewissheit! Wie sollte sie als Tochter mit dieser Situation umgehen? Sie legte der Mutter den Arm um die Schulter. »Mutter, jetzt sind wir da, Michael und ich, wir glauben an dich, weil wir dich brauchen, du kannst dich nicht einfach zurückziehen, das würden wir nicht zulassen.«

»Michael? Wo mag der sein? Seit der letzten Karte aus dem britischen Gefangenenlager haben wir nichts mehr gehört. Ist er in Deutschland? In England? In Dänemark? Die Zensur hatte alle Ortsangaben ausgestrichen, wir wissen gar nichts. Warum machen die das? Warum sind Menschen so grausam?«

»Wir haben einen Krieg angezettelt und verloren, das verzeiht man uns nicht so schnell.«

»Wie mag es ihm gehen? Wie wird er mit dem Gefangensein fertig? Er war immer ein Junge, der keinen Zwang ertragen konnte. Stubenarrest war das Schlimmste, was man ihm antun konnte. Und doch mussten wir Eltern immer wieder hart durchgreifen, weil er so unbändig und so leichtsinnig war. Immer wollte er seine Freiheit, und nun lebt er hinter Stacheldraht.«

»Mutter, er ist kein Junge mehr. Er ist jetzt dreiundzwanzig, er hat auf einem Kriegsschiff gedient. Vom Wasser umgeben zu sein ist schlimmer als auf festem Boden hinterm Stacheldraht zu stehen und die Freiheit in greifbarer Nähe zu haben.«

»Ich habe nie verstanden, warum er zur Marine ging.«

Christiane überlegte einen Augenblick. »Ich glaube, das hängt mit seinem Wunsch, die Welt kennen zu lernen, zusammen. Ich erinnere mich, dass er immer Atlanten studiert hat. Er wollte einfach wissen, wie die Menschen woanders leben und denken und arbeiten. Vater interessierte das nie, dem liegen nur die Geschäfte am Herzen, aber Michael hat Mut und Visionen, will mit beiden Händen zupacken – da war die Arbeit auf dem Schiff genau die richtige. Zudem waren die deutschen Kriegsschiffe mit den modernsten Geräten ausgestattet, in dieser Sparte konnte er viel für seine Zukunft lernen.«

»Vielleicht hast du Recht, aber er wird sehr viel Mut und noch mehr Visionen brauchen, um aus Trümmern eine neue Welt zu schaffen.«

»Michael kann das, du wirst sehen.«

Sie blickten über das graue Wasser der Förde. Links dümpelten in Ufernähe vier deutsche Kanonenbote, an Ketten gelegt, in den kleinen ruppigen Wellen, die der Wind vor sich hertrieb. Rechts, stadteinwärts, lagen im Hafen breit und behäbig zwei britische Kreuzer vor Anker, und weit draußen auf der Förde durchkreuzte ein englisches Kanonenboot im Zickzackkurs das Wasser, als sei es noch immer Feinden auf der Spur und traue dem Frieden nicht. Friederike versuchte das Thema zu wechseln. Sie wollte nicht mehr an das eigene Leid und all die Verluste erinnert werden. »Wie es wohl den Stellings geht? Erst der Überfall durch die Russen, und jetzt herrschen die Polen in Friedrichshain. Ob sie vorher das Gut verlassen haben? Ob Isabellas Vater früh genug gekommen ist, um sie da herauszuholen?«

Christiane zuckte die Schultern. »Ich würde ihr so gern schreiben, aber ich weiß nicht wohin. Ich weiß ja nicht einmal, ob mein erster Brief bei ihr angekommen ist. Aber wenn sie im Osten geflüchtet sind, dann sind sie nach Hamburg zurückgekehrt, das weiß ich. Isabella wird mit Sicherheit ihr Haus, falls es zerstört ist, wieder aufbauen und einrichten wollen. Sie ist ein mutiges Mädchen, und sie weiß, was sie will.«

»Ein schönes Haus, vielleicht steht es ja noch. Schade, dass Laura nun nicht mehr dorthin zurückkehren kann, sie hat ihr Heim so geliebt.«

»Sie hätte uns bestimmt wieder aufgenommen.« Christiane überlegte einen Augenblick. »Weißt du was, wir versuchen einfach, dort noch einmal unterzukommen. Wenn die Stellings schon zurück sind, nehmen sie uns bestimmt gern auf und wenn nicht, versuchen wir es über das Bezirksamt oder wer immer für Notquartiere jetzt zuständig ist. Wir haben ja sozusagen alte Rechte.«

Friederike schwieg, und Christiane spürte, dass die Mutter über diesen Vorschlag nachdachte. Hatte sie die Mutter endlich überzeugt?

Eine Woche später reisten Mutter und Tochter zurück nach Hamburg. Die Reise war alles andere als bequem, sie begann mit einer zwölfstündigen Wartezeit an einem provisorischen Gleisanschluss weit außerhalb der Stadt. Die Freunde der beiden Frauen hatten erfahren, dass von diesem Anschluss aus Güterzüge zwischen Kiel und Hamburg-Altona verkehrten und dass Passagiere, wenn sie schnell und wendig genug waren, auf die beladenen Waggons klettern und die Fahrt mitmachen durften.

In Altona angekommen, wurden sie von schwedischen Rot-Kreuz-Schwestern in Empfang genommen und in eine Baracke geführt. Hier mussten sie die Nacht verbringen, weil die Ausgangssperre das Betreten der Straßen verbot. Am nächsten Morgen machten sie sich auf den Weg von Altona in die Innenstadt. Die längste Strecke mussten sie zu Fuß und auf großen Umwegen zurücklegen, weil die meisten Straßen zerstört und gesperrt waren. Sie liefen durch Trümmerfelder und über Straßen, die nur notdürftig von Schutt und Asche, von Mauerresten und Stromkabeln befreit waren. Überall suchten Männer und Frauen in den Ruinen nach brauchbarem Hausrat und türmten ihre kümmerlichen Fundstücke am Straßenrand auf. Auf Grünanlagen und freien Plätzen hatten die britischen Besatzer Nissenhütten als Behelfsunterkünfte für die zurückkehrenden Bombenopfer aufgestellt.

Friederike und Christiane hatten Mühe, sich zu orientieren. Straßenschilder gab es nicht mehr, und dort, wo noch welche standen, waren sie verdreht und so beschädigt, dass man die Richtung nicht mehr erkennen konnte.

»Wir müssen zur Elbe hinunter und uns dort informieren. Wenn wir im Hafen sind, haben wir eine bessere Übersicht«, schlug Christiane vor.

Aber das gesamte Hafengebiet war für Zivilisten gesperrt und somit den beiden nicht möglich, festzustellen, ob Reste der Firmengebäude die Bombardements überstanden hatten. Unschlüssig sahen sie sich an. »Und was nun?« Friederike rieb sich Staub und Schweiß aus dem Gesicht und schaute die Tochter fragend an. »Bis zur Schlossstraße kann ich heute nicht mehr laufen«, klagte sie, »außerdem wissen wir, wie unser ausgebranntes Haus aussieht.«

»Aber bis zum Hopfenmarkt ist es nicht so weit. Wir könnten nach dem Bürohaus sehen.«

»Es wurde zerstört, als man die Nikolaikirche bombardierte, das weißt du doch.«

»Aber das ist zwei Jahre her, Mutter.«

»Glaubst du, an dem schrecklichen Bild von damals hat sich inzwischen irgendetwas geändert?«

»Nein, trotzdem sollten wir uns das Haus ansehen. Wenn du Anträge stellen und Ansprüche erheben willst, musst du wissen, wovon du sprichst.«

»Na gut, gehen wir, aber danach will ich zurück in die Baracke und mich etwas hinlegen.«

Der Hopfenmarkt war nicht wiederzuerkennen. Man konnte ungehindert bis zur Speicherstadt sehen und auf der anderen Seite bis zur Börse und zum Rathaus. Bis auf ein paar Mauerreste und den schwer beschädigten Turm war auch die Nikolaikirche nur noch ein Berg von Steinen. Hätten sie nicht gewusst, wo das Bürohaus der Fürstenbergs gestanden hatte, sie hätten nicht einmal die Fundamente wiedergefunden.

Christiane sah zum Rathausmarkt hinüber. »Ich glaube, da drüben gibt es eine Haltestelle, mal sehen, was dort hält. Was immer es auch ist, da stehen Leute und warten.«

Es dauerte tatsächlich nicht lange, und ein mit Holzgas betriebener alter Omnibus kam zum Stehen. Als Christiane erfuhr, dass er auf der Elbchaussee nach Blankenese unterwegs sein würde, half sie der Mutter in den überfüllten Wagen, klammerte sich selbst auf dem Trittbrett stehend am Türgriff fest und rief der Mutter zu: »In Klein Flottbek steigen wir aus.«

Nach zahlreichen Umwegen und vielen Haltestellen kamen sie an der wunderschönen, unzerstörten Villa der Brennickes vorbei. Auf der Wiese neben der Einfahrt wehte von einem Mast die britische Fahne, und vor dem Einfahrtstor standen zwei Wachsoldaten. Wie sich das Leben verändert hat, dachte Christiane. Ist eigentlich verständlich, dass sich die Sieger jetzt bedienen.

Als der Omnibus am Nienstedtener Friedhof hielt, half sie der Mutter aus dem Gedränge. »Komm, von hier aus sind es nur ein paar Schritte bis in die Alleestraße, und dann sehen wir, ob die Stellings zurück sind.« Die Gegend wirkte friedlich. In den Straßen, die sie benutzten, gab es keine zerstörten Häuser, keine verbrannten Bäume, keine aschebedeckten Grünanlagen. Auch das Haus der Stellings stand unbeschädigt inmitten des Gartens. Der allerdings war kaum wiederzuerkennen. Der Rasen war Gemüsebeeten gewichen, die Bäume waren verheizt worden, und an den Zaunpfählen hingen Leinen mit Wäsche.

»Das sieht nicht so aus, als wären die Stellings schon zurück«, überlegte Christiane, »aber vielleicht kann man eine Nachricht für sie hinterlassen.«

»Und was willst du schreiben? Wir haben ja nicht mal eine eigene Adresse.«

Christiane sah sich unschlüssig um. »Da hast du Recht, Mutter.« Dann hörte sie auf einmal das Knattern eines näher kommenden Motorrades und trat zurück auf die Straße. Irgendwie kam ihr dieses Knattern bekannt vor. Und tatsächlich, wenige Sekunden später fuhr Alfons Dreher, wie immer in Uniform, auf seinem alten Motorrad durch die Alleestraße.

Christiane winkte, als sie ihn erkannte, und mit einem Grinsen im Gesicht hielt der Polizist am Straßenrand. »Die Fürstenbergs sind wieder da«, rief er erfreut und reichte beiden die Hand. »Wie schön, Sie wieder zu sehen, dann kommen die Stellings sicherlich auch bald.«

Aber Friederike schüttelte den Kopf. »Wir hofften, von Ihnen etwas zu erfahren. Haben Sie irgendwelche Nachrichten bekommen?«

»Es ist Wochen, wenn nicht gar Monate her, dass Isabella uns geschrieben hat. Es muss kurz vor dem Durchbruch der Russen gewesen sein, später gab es bestimmt keine Postverbindungen mehr.«

Christiane sah traurig zum Haus hinüber. »Wir hatten so sehr gehofft, sie hier bereits anzutreffen. Aber im Haus wohnen anscheinend noch immer Bombenflüchtlinge.«

»Ja, die Villa ist voll bis unters Dach und daran wird sich auch so schnell nichts ändern. Die Briten bauen zwar auf allen freien Plätzen Nissenhütten für die Flüchtlinge, aber wenn man überlegt, dass fast siebzig Prozent der Hamburger Bürger ihre Wohnung verloren haben, kann man sich ausrechnen, dass Jahrzehnte vergehen werden, bis alle wieder eine eigene Behausung haben.«

»Wem sagen Sie das«, nickte Friederike, »wir gehören ja auch dazu.«

»Ja, richtig, wo wohnen Sie denn jetzt?«

»Wir sind gestern erst angekommen. Im Augenblick wohnen wir auf zwei Pritschen in einer schwedischen Baracke in Altona.« Christiane zuckte mit den Schultern. »Wir sind auf der Suche nach einer Bleibe, bis jetzt leider erfolglos.«

»Mein Gott, das ist ja schrecklich.« Alfons Dreher sah die beiden Frauen erschrocken an. »Dann kommen Sie erst mal mit zu uns. Meine Frau weiß sicher Rat.«

Er stieg von seinem Motorrad ab und schob es die Straße entlang. Friederike und Christiane folgten ihm. »Hier sieht es sehr friedlich aus, ist hier nichts passiert?«

»Wir hatten Glück, ein paar Bomben gab es, aber die wurden eher aus Versehen als auf Befehl hier abgeworfen, und als die Engländer kamen, hat Hamburg sich ganz schnell ergeben. Man wollte weiteres Blutvergießen vermeiden.«

»Die Villa von Stellings Verwandten an der Elbchaussee ist anscheinend von den Briten besetzt, ich sah im Vorbeifahren die englische Fahne vor dem Haus und Wachposten.«

»Die Kommandanten haben sich natürlich die besten Unterkünfte ausgesucht.«

Friederike betrachtete den Mann in Uniform. »Und Sie machen noch immer Dienst bei der Polizei?«

»Die Besatzer sind auf unsere Hilfe angewiesen, und wer nachweisen konnte, dass er kein Nazi war, durfte im Dienst bleiben.«

»Welch ein Glück für Sie.«

»Na ja, wie man's nimmt, es gibt viele Neider unter den Deutschen, die einem nachträglich etwas in die Schuhe schieben wollen. Vor allem Leute, die man früher einmal zurechtweisen musste, verstehen nicht, dass man weiter im Dienst ist, und versuchen uns alten Polizisten allerlei anzuhängen.«

Sie hatten das Haus der Drehers erreicht. Alfons drückte einmal auf die alte, heisere Hupe, und gleich darauf stand seine Frau Marlene in der Haustür. Überrascht und erfreut lief sie auf die Fürstenbergs zu, umarmte sie herzlich und zog sie in den Flur. »Wo kommen Sie her, seit wann sind Sie hier, wo sind die Stellings?«

Bevor Isabella oder Friederike antworten konnten, erklärte Alfons: »Ich habe sie in der Alleestraße getroffen, sie wissen nicht wohin und stehen buchstäblich auf der Straße. Du musst dir jetzt was einfallen lassen, Marlene.«

»Nun kommt erst einmal alle rein, dann sehen wir weiter.« Couragiert wie immer nahm Marlene Dreher die Probleme in die Hand. »Wir haben zwar auch das Haus voller Flüchtlinge, aber wir finden eine Ecke für Sie, das steht fest. Haben Sie kein Gepäck?«

»Wir haben zwei Reisetaschen in Altona und zwei Koffer in Kiel, das ist alles.«

»In Kiel?«

»Ja, mein Sohn hat uns aus Friedrichshain geholt und auf einem Schiff mit Hunderten von anderen Flüchtlingen nach Kiel gebracht.«

»Und die Stellings?«

»Da waren nur noch Isabella und die Großeltern, und die wollten nicht mit. Wir haben so gedrängt, aber da war nichts zu machen. Herr von Semisch wollte sein Gut nicht verlassen, und Isabella hatte versprochen, auf den Vater zu warten. Laura war damals ja schon tot.«

»Ja, vom Tod der Mutter hat sie uns berichtet. Wie entsetzlich, die armen Leute. Es war ihr letzter Brief. Und nun weiß keiner, was aus ihnen geworden ist. Aber jetzt kümmern wir uns erst einmal um Sie. Alfons, könntest du die Taschen in Altona abholen? Und anschließend müsstest du noch zwei Notbetten beim Roten Kreuz besorgen. Ich verschiebe inzwischen ein paar Möbel, damit wir Platz für die Betten bekommen.«

Als es Abend wurde, hatten Friederike und Christiane eine Bleibe. Sie teilten das Zimmer mit Isabellas Freundin Annemarie, die noch immer als Hilfsschwester arbeitete und freiwillig Nachtdienst übernahm, damit die Gäste das Zimmer in der Nacht allein bewohnen konnten, während sie am Tage das Zimmer für sich hatte.

»Man muss sich arrangieren«, damit sprach sie aus, was Tausende in den folgenden Wochen und Monaten sagten und taten.

Motiviert und unterstützt von Marlene Dreher begannen Friederike und Christiane bereits am nächsten Tag um ihr Eigentum in der Schlossstraße, am Hopfenmarkt und am Hafen zu kämpfen.

Dreiundzwanzigstes Kapitel

Fräulein Else sah in Isabella Stelling die ideale Frau für den geliebten Sohn des Hauses. Sie beobachtete seit Jahren und mit wachsender Besorgnis den Schwerenöter, der so gar nicht klarkam, wenn es um das weibliche Geschlecht ging. Sie wusste, dass man dem Fritz auf die Sprünge helfen musste, sollte er sich jemals für eine Frau entscheiden, sie wusste aber auch, dass die sechzehnjährige Isabella ein behütetes, vermutlich unaufgeklärtes Mädchen war, die kaum die Fähigkeit besaß, einen Mann zu verführen. Also beschloss Fräulein Else, die Sache selbst in die Hand zu nehmen.

Indem sie Isabella nach ihren Lieblingsspeisen fragte, versuchte sie ihr das Kochen beizubringen, indem sie ihr anbot, die armselige Kleidung der Fürstenbergs bei ihr in der Küche zu bügeln, zeigte sie ihr, wie man Herrenhemden und perfekte Bügelfalten in Herrenhosen plättete. Beim gemeinsamen Putzen im Haus führte sie ihr vor, dass man beim Abwaschen der Türen unten anfangen musste wegen der herunterlaufenden Lauge und dass es beim Fensterputzen vor allem auf die Ecken ankam.

Isabella, die zwar sehr müde war, wenn sie abends von der Schienendemontage nach Hause kam, fühlte genau, dass es Fräulein Else gut mit ihr meinte. Sie war eine fürsorgliche Frau, die es verstand, das junge Mädchen in Gespräche zu verwickeln, auf die Nöte und Fragen einer Sechzehnjährigen einzugehen und die bereit war, sogar delikate Fragen zu beantworten. Von ihr lernte Isabella die Eigenheiten und Vorlieben der Männer kennen, die ehelichen Pflichten einer Frau und die Gegebenheiten, die zu einer Schwangerschaft führten. Dass diese Gespräche während der Bodenpflege oder beim Schneeschaumschlagen geschahen, störte sie nicht. Sie war jung und neugierig und musste mit körperlichen Veränderungen fertig werden, die ihr nie jemand erklärt hatte. Dass das Fräulein Else bei diesem heimlichen Unterricht ganz bestimmte Pläne verfolgte, ahnte sie nicht. Und Fräulein Else ging sogar noch weiter, in Gesprächen mit dem alten Herrn Renkendorff erwähnte sie immer wieder und immer öfter die Vorzüge der jungen Dame aus Hamburg und überzeugte ihn schließlich davon, dass Isabella Stelling eine ausgezeichnete Frau für den Fritz abgeben würde. Karl Renkendorff ließ sich gern überzeugen, auch er wusste, dass es Zeit wurde, an den Fortbestand der Familie zu denken. So kam es, dass er sich langsam an den Gedanken gewöhnte, die Stellings als Teil der Familie zu betrachten.

Allein Fritz und Isabella ahnten nichts von den Heimlichkeiten. Der rotgesichtige junge Mann mit dem schütteren Haar war ihr mehr als gleichgültig. Er war zwar liebenswürdig und hilfsbereit, aber er war so gar nicht ihr Typ. Da dachte sie schon eher an jenen Mann mit dem vereisten Vollbart in Friedrichshain, der sich dann als der Bruder ihrer Freundin offenbart hatte. Und sie dachte an das Treffen im Hirschpark. »Am ersten Oktober«, hatte er gesagt – es wurde Zeit, dass sie nach Hamburg zurückkehrte!

Und dann stand plötzlich Janosch Wandrokow, der russische Kommandant, im Esszimmer. Sie hatten gerade gebackene Eierkuchen mit Brombeermarmelade als Abendessen genossen, und Isabella hatte sich geärgert, dass Fritz schon seit zwei Tagen nicht zu Hause war, obwohl sie die

Speisen eigenhändig zubereitet und großes Lob der anderen bekommen hatte.

Ohne eine höfliche Begrüßung und ohne Erklärung für sein plötzliches Auftreten rief der Russe wütend in fast perfektem Deutsch: »Wo ist Fritz Renkendorff?«

Bestürzt sahen sich die vier an. »Vielleicht in Magdeburg?«, versuchte Karl Renkendorff den aufgebrachten Offizier zu beruhigen.

»Er ist nicht in Magdeburg, nicht in Aschersleben und auch nicht hier, wo ist er?«

»Ich weiß es nicht. Mein Sohn sagte etwas von Geschäften, um die er sich kümmern müsste, aber er sagte nicht, welche Geschäfte und wo er sie tätigen wollte.«

»Ich will wissen, welche Geschäfte, ich will wissen, wo er ist. Er ist unter meiner Aufsicht wie alle Deutschen. Ich muss wissen, wer wann wo ist.«

Fräulein Else versuchte, den aufgebrachten Mann zu beruhigen. »Darf ich Ihnen etwas anbieten? Wir haben noch wunderbare Omeletts in der Küche, Fräulein Isabella hat sie gebacken, und ich könnte einen guten Wein aus dem Keller holen.«

»Omeletts von Isabella? Was ist das?«, beruhigte er sich tatsächlich.

Isabella lächelte ihn höflich an. »Omeletts sind kleine Kuchen aus Eiern, Mehl und Zucker. Man bestreicht sie mit Brombeerkonfitüre, und auch die Beeren habe ich selbst im Garten gepflückt.« Sie zeigte ihm ihre Hand. »Da, all die Kratzer habe ich davon bekommen.«

Der Mann nahm ihre Hand, drehte sie hin und her und versicherte: »Kratzer wie von Katzen, kenne ich, habe ich auch, wenn ich zu Hause bin. Ich liebe Katzen.«

Damit war der Bann gebrochen. Fräulein Else holte frische Eierkuchen aus der Küche, Karl Renkendorff holte Wein aus dem Keller, und Isabella bestrich die Omeletts mit Marmelade, bevor sie den Teller dem Russen reichte. Er hatte einen guten Appetit – um nicht zu sagen: Er hatte einen Riesenhunger. Dann sah er sich in der Runde um. »Morgen fahrt ihr in den Westen.« Er nickte Conrad Stelling zu. »Morgen Abend. Tagsüber wird noch gearbeitet, abends bringen wir alle Deutschen, die über die Grenze wollen, mit Lastwagen bis an die Demarkationslinie. Pünktlich morgen Abend. Oder will jemand hier bleiben?«

Conrad war es peinlich, einfach mit »Nein« zu antworten, schließlich war man ihnen hier höflich begegnet. So sagte er: »Hamburg ist unsere Heimat, wir müssen nachsehen, ob wir dort leben können.«

Der Russe schüttelte den Kopf. »Hamburg ist kaputt, alles liegt in Trümmern – nicht von Russen zerstört, sondern von Amerikanern und Briten. Das ist keine gute Heimat, glauben Sie mir. Hier ist es besser.« Er sah sich um: »Sie haben ein feines Haus, gutes Essen«, er sah Isabella an und nickte ihr zu, »wirklich, es ist viel besser hier und so nette Menschen.« Dann sprang er unvermutet auf. »Aber kein Fritz Renkendorff – doch ich finde ihn«, und es klang wie eine Drohung. Wütend drehte er sich um und verließ das Haus.

Es war spät geworden. Isabella und Fräulein Else verabschiedeten sich und gingen schlafen. Karl Renkendorff ging noch einmal in den Keller und holte eine zweite Flasche Wein. »Morgen also«, murmelte er und öffnete die Flasche.

»Gott sei Dank«, antwortete Conrad, aber der Alte schüttelte den Kopf. »Kommt viel zu früh, ich dachte, wir hätten mehr Zeit miteinander.«

Conrad wollte ihn nicht beleidigen mit der Eile und mit der Weiterreise. »Wir haben die Zeit bei Ihnen sehr genossen. Trotz der Angst vor der Zukunft und der Ungewissheit, ob man uns wirklich gehen lässt, waren es schöne Wochen, und wir sind Ihnen sehr dankbar. Vielleicht können wir uns einmal revanchieren, wir würden uns über Ihren Besuch in Hamburg sehr freuen, das gilt natürlich auch für Ihren Sohn. Hoffentlich können wir uns noch von ihm verabschieden.«

Aber Karl Renkendorff schüttelte den Kopf. »Das wird nicht möglich sein. Er kommt so bald nicht zurück.«

»Aber was ist passiert, wo ist er denn?«

»Tut mir Leid, dass ich das sagen muss, aber er sitzt in Helmstedt in einem Gefängnis. Ein Freund brachte mir gestern die Nachricht.«

»Was? Um Gottes willen, was ist denn passiert?«

»Na ja, es ist etwas peinlich, aber er hat versucht, eine tragende Sau von drüben hierher ins Dorf zu schmuggeln, und ist von den Engländern an der Grenze erwischt worden.«

»Aber wie kann er denn so etwas machen? Das ist doch Wahnsinn.«

»Natürlich ist das Wahnsinn. Aber er wollte den Bauern hier helfen. Die Russen haben alles, was essbar war, abgeschlachtet, und die Leute haben kein Zuchtvieh mehr, um neue Bestände aufzubauen. Er holt seit Wochen heimlich Schafe, Ziegen, Schweine und Hühner. Bis jetzt ist immer alles gut gegangen. Er hat da im Westen seine Verbindungen und bekommt genug Geld von den Bauern, um das Vieh drüben gut zu bezahlen.«

»Und warum gehen die Bauern nicht selbst?«

»Die sind verheiratet, haben Kinder und Höfe, um die sie sich kümmern müssen, Fritz ist der Meinung, wenn es ihn erwischt, ist es nicht so schlimm, als wenn ein Familienvater und Hofbesitzer in den Knast muss. Und nun ist es passiert.«

»Meine Güte, das ist ja schrecklich. Und wie geht es weiter? Was sagen die Russen?«

»Die dürfen das nie erfahren, sie sind noch immer hinter jedem Stück Vieh her. So gut wie hier haben die noch nie gelebt. Russland ist ein verdammt armes Land.« Er räusperte sich und schenkte noch einmal Wein nach. »Aber eigentlich wollte ich über etwas ganz anderes mit Ihnen sprechen.«

»Ja?«

»Mein Sohn bat mich, sollte er selbst verhindert sein, Sie um die Hand Ihrer Tochter Isabella zu bitten.«

Conrad wich alle Farbe aus dem Gesicht. »Isabella? Aber sie ist doch noch ein Kind.«

»Sie ist ein liebenswertes Mädchen und auf dem besten Weg, eine wunderbare Frau zu werden. Herr Stelling, lehnen Sie meine Bitte nicht gleich ab, überlegen Sie in Ruhe – ich hatte gehofft, Sie sind noch eine Weile hier und wir hätten Zeit genug, in aller Gründlichkeit alles zu besprechen, aber nun ist Eile geboten.«

Conrad trank einen Schluck Wein, bevor er antwortete. »Sie werden verstehen, dass ich sehr überrascht bin. Ich bin gar nicht fähig, heute eine so schwer wiegende Entscheidung zu treffen. Isabella ist mir in mehr als vier Kriegsjahren, die wir fast immer getrennt waren, fremd geworden. Ich kenne weder ihre Wünsche noch ihre Gedanken. Ich kann doch nicht über ihren Kopf hinweg etwas entscheiden, was sie nachher nicht akzeptiert.«

Auch Renkendorff nahm einen Schluck aus seinem Glas. »Früher war es selbstverständlich, dass Eltern, besorgt um das Wohl ihrer Kinder, Hochzeiten arrangierten. Aber ich weiß natürlich, dass das heute nicht mehr üblich ist. Andererseits leben wir in einem Chaos, und es wäre gut, ein paar Reglements wieder aufleben zu lassen, um Ruhe und Ordnung in unser Leben zurückzubringen.«

Conrad fühlte sich sehr unwohl. Er wollte seinen Gastgeber nicht vor den Kopf stoßen, er wollte aber auch Isabella keinesfalls hier zurücklassen. Bedrückt schüttelte er den Kopf. »Ich danke Ihnen sehr für Ihr Angebot und für die Ehre, die Sie uns erweisen, aber Isabella soll nicht unter der Herrschaft der Russen leben. Das will und kann ich nicht zulassen.«

Renkendorff nickte. »Das kann ich verstehen. Aber die Russen werden nicht bleiben. Sie werden uns ausplündern, bis nichts mehr da ist, und dann ziehen sie sich zurück. Das war doch schon immer so, das ist historisch belegt. Wie oft sind sie in die westlichen Länder eingefallen und immer wieder zurückgegangen. Und dann werden wir unser Land und unseren Besitz aufbauen. Isabella wird eine wohlhabende Frau sein, der es an nichts fehlt. Wir haben eine große, renommierte Baufirma in Magdeburg, und die Stadt liegt in Trümmern, wir werden uns vor Aufträgen nicht retten können.«

Conrad schüttelte den Kopf. »Es geht nicht um Wohlstand. Ich möchte Sicherheit für meine Tochter, Ruhe, in der sie sich entwickeln kann, eine Zukunft, über die sie selbst entscheiden soll. Ich werde mit ihr sprechen, aber Sie müssen uns Zeit lassen.«

»Aber Zeit haben wir nicht.«

»Doch, die müssen wir uns nehmen. Ich bin gern bereit, mit Isabella hierher zurückzukommen, wenn die Russen abgezogen sind und Ruhe in unser aller Leben eingekehrt ist. Aber so lange müssen Sie uns Zeit lassen. Und dann wird auch Ihr Sohn wieder hier sein. Ich finde, seine Gegenwart bei einem solchen Gespräch ist unbedingt nötig.«

Karl Renkendorff nickte. »Ich habe befürchtet, dass Sie das sagen, Sie haben ja Recht. Aber der Aufbruch, Ihre Abreise, das kommt alles so plötzlich, dass ich mich zu diesem Gespräch berechtigt fühlte. Glauben Sie mir, ich habe in seinem Sinne gesprochen. Wir haben uns oft über Ihre reizende Tochter unterhalten.«

»Ich weiß das zu schätzen und danke Ihnen für Ihr Vertrauen. Wir werden uns morgen mit dem Versprechen verabschieden wiederzukommen, wenn sich die Umstände geändert haben, darauf gebe ich Ihnen mein Wort.«

Isabella packte bereits morgens die Reisetaschen. Man weiß nie, wie plötzlich und überraschend die Russen reagieren, und dann geht alles so schnell, dass wir womöglich die Hälfte unserer absolut letzten Besitztümer vergessen, lächelte sie und überlegte, wie und wo sie ihre Dokumente und das Papiergeld verstecken könnte. Sie hatte von anderen Frauen erfahren, dass die Grenze ein sumpfiges Auengebiet sei, und sie nahm an, dass diese Aue nach den Gewittern der letzten Nächte Wasser führen würde. Da können wir nicht mit Papieren in den Schuhen hindurch, dachte sie und sah sich ratlos um.

Fräulein Else, die sie zum Frühstück rufen wollte und von der Tür aus Isabella beobachtete, fragte: »Gibt es Probleme?«

»Ja, ich weiß nicht, wo ich Geld und Papiere verstecken soll. Den Reisetaschen trau' ich nicht, vielleicht nimmt man sie uns weg, und wenn wir durch Wasser laufen müssen, kann ich sie nicht in die Stiefel stecken.«

»Lass nur, ich kümmere mich darum«, versprach Fräulein Else. »Ich nähe dir einen breiten Stoffgürtel mit Taschen, den bindest du dir um den Bauch, da sind eure Papiere gut aufgehoben. Wenn du heut Abend zurückkommst, ist er fertig.«

»Ich danke Ihnen.«

»Schade, dass ihr geht. Wir haben uns so gut verstanden.«

»Sie müssen das verstehen, wir wollen doch nach Hause, wir wissen nicht einmal, wie es dort aussieht.«

»Hat es euch bei uns denn nicht gefallen?«

»Doch, und ich weiß das alles zu schätzen, was Sie für uns getan haben. Vielen Dank dafür.«

Fräulein Else nickte nur. Ihre Augen waren voller Tränen, die sie nicht zeigen mochte. Karl Renkendorff hatte ihr erzählt, wie sein Gespräch mit Conrad Stelling verlaufen war, und Else spürte, dass sie Isabella nie mehr wieder sehen würde. Die Stellings würden nach Hamburg kommen, ihr Heim wieder aufbauen und keine Gedanken an die Renkendorffs und ihren Aufenthalt hier verschwenden. Sie würden ihre Arbeit haben, ihre alten Freunde wieder treffen und eine Freiheit genießen, die eben nicht von Russen kontrolliert wurde.

Wie an jedem Morgen der letzten vier Wochen meldeten sich Vater und Tochter auf der Kommandantur und wurden zum gewohnten Dienst eingeteilt. Doch die Stimmung unter den Deutschen hatte sich geändert. Man war freundlicher, gesprächiger, zu Scherzen aufgelegt, und viele schmiedeten laut und ohne Angst, von den Soldaten gehört zu werden, Zukunftspläne. Von den zwanzig Frauen, mit denen Isabella jeden Morgen auf einem Laster zur Arbeit gefahren wurde, wollten sieben im Dorf bleiben. Sie wussten nicht wohin, sie hatten keine Angehörigen im Westen und keine Bleibe im Osten und fühlten sich hier im Dorf sicher.

Als sie am frühen Abend die letzten Gleise vor der Station abgebaut hatten und den Laster endlich wieder besteigen konnten, herrschte eine ausgelassene Stimmung unter den Frauen. Aber die Soldaten, verärgert, dass ein Amüsement fortfiel, das sie reichlich und verbotenerweise auf sehr verschiedene Art ausgenutzt hatten, versuchten, den Frauen den Spaß zu verderben. Sie blieben auf halber Strecke stehen und täuschten einen Motorschaden vor, wenig später hatte eines der Räder einen Platten, und ein neues Rad musste im nächsten Dorf erst organisiert werden, dann fühlte sich der Fahrer schlecht und musste eine Pause machen, und schließlich war es dunkel, als sie mit drei Stunden Verspätung im Dorf ankamen.

Der Kommandant tobte, die Soldaten zuckten nur mit den Schultern, Conrad Stelling war außer sich vor Sorge, Fräulein Else weinte, und Karl Renkendorff war nicht mitgekommen zur Kommandantur, von ihm konnte Isabella sich nicht verabschieden. Schmutzig, verschwitzt, müde und traurig stand sie vor Fräulein Else und ließ sich in aller Hast und heimlich den Gürtel mit den Papieren und dem Geld auf die nackte Haut binden, zog schnell und verschämt den Rock wieder herunter und umarmte die Freundin. »Danke für alles, ich melde mich, sobald die Post funktioniert.« Und als sie Tränen in ihren Augen sah, versicherte sie: »Ich komme einmal wieder, ich will dann sehen, wie es Ihnen geht. Glauben Sie mir, ich vergesse Sie nie. Grüßen Sie die Renkendorffs von mir und tausend Dank für alles.«

Nach einer kurzen, liebevollen Umarmung musste sie auf den Lastwagen steigen, auf dem der Vater schon wartete. Ein letztes Winken in die Dunkelheit, dann setzten sich sieben Fahrzeuge, voll beladen mit deutschen Flüchtlingen, in Richtung Westen in Bewegung.

Die Fahrt ging über eine Landstraße, Feldwege und abgeerntetes Ackerland. So viel wie Isabella in der Dunkelheit erkennen konnte, gab es hier weder Straßen noch Grenzbarrieren, noch irgendeinen Ort. Ängstlich umarmten sich Vater und Tochter, so hatten sie sich den Grenzübergang nicht vorgestellt. Was hatten die Russen vor?

Dann mussten alle absteigen, ein paar Befehle hier und da, ein unsanfter Stoß, ab und zu ein Tritt, die Menschen hatten kaum Zeit, ihr spärliches Gepäck zu ergreifen und herunterzuspringen. Ängstlich drängten sich alle zusammen. »Ein abgeerntetes Erbsenfeld«, flüsterte Conrad seiner Tochter ins Ohr. Dann hörten sie die Russen rufen, niemand verstand, was sie wollten, aber dann spürten sie es alle: Sie wurden noch einmal vollkommen ausgeplündert. »Uhre, Uhre«, hallte es durch die Nacht. Wer nicht schnell genug reagierte oder keine Uhr mehr besaß, wurde gestoßen und geschlagen; ein paar Frauen wurden in die Dunkelheit geführt, man hörte ihre Hilferufe, dann brüllten ein paar Männer, die zur Hilfe eilen wollten, ein paar Schüsse fielen. Conrad stieß Isabella auf den Boden. »Kauere dich zusammen, ich versuche dich zu verstecken, was auch passiert.« Conrad breitete den alten grauen Lodenmantel des Simon von Semisch über ihr aus, setzte sich daneben und löste die Armbanduhr, die Karl Renkendorff ihm zur Erinnerung an ihr letztes Gespräch geschenkt hatte, vom Arm. Als sich ein Russe näherte, reichte er ihm wortlos die beiden Reisetaschen und die Uhr. Der Soldat nahm alles und befestigte die Uhr an seinem Arm. Und dann, ganz plötzlich, war alles vorbei. Die Soldaten sprangen auf ihre Lastwagen, die Motoren heulten auf, und im Osten kündigte der Himmel mit seiner sanften Morgenröte einen neuen Tag an.

Die Flüchtlinge machten sich auf den Weg in die Zukunft. Die Morgenröte im Rücken zeigte ihnen den Weg in den Westen. Ein paar Männer, Frauen und Kinder blieben weinend zurück, sie suchten im dichten Gestrüpp des abgeernteten Erbsenfeldes nach ihren Toten.

Vierundzwanzigstes Kapitel

Conrad und Isabella Stelling hatten sich die Rückkehr in ihr geliebtes Heim anders vorgestellt. Nach zweitägigen Bahnfahrten, zahllosem Umsteigen und wiederholten Fußmärschen hatten sie Hamburg und schließlich Klein Flottbek erreicht und standen endlich in der Alleestraße vor dem eigenen Gartentor. Die kleine Villa auf dem Hügel hatte sich fast bis zur Unkenntlichkeit verändert. Die weißen Wänden hatten Kinder mit Farbe bemalt, aus den Fenstern hingen Wäschestücke, die Terrasse diente als Mülldeponie für zerschlagene Möbel, der verwilderte Garten barg einige Gemüsebeete – zum Teil abgeerntet, zum Teil verkommen, und an der Haustür klebte ein großes Pappschild mit der Aufschrift: »Vollbesetzt, Besucher unerwünscht!« Das Gartentor war mit Kette und Vorhängeschloss gesichert. Irgendwo in der Nachbarschaft schrie ein Kind, das gerade Schläge bekam, und ein Hund kläffte im Takt dazu.

Fassungslos sahen sich Vater und Tochter an. »Das gibt es doch gar nicht, das kann doch nur ein schlechter Traum sein.« Conrad rüttelte an dem Vorhängeschloss. »Das werden wir aber ganz schnell ändern.«

Isabella war ruhiger als ihr Vater, sie hatte etwas Ähnliches bereits erwartet. »Es sind Bombenflüchtlinge, die jetzt hier wohnen, du weißt doch, sie wurden einquartiert, als du vor zwei Jahren hier warst. Du wirst nichts ändern können, Vater. Sie haben alle Rechte auf ihrer Seite, und wenn es, wie damals, Mütter mit Kindern sind, geht das Wohl der Kinder allem anderen vor.«

»Aber müssen sie denn hier hausen wie die Vandalen? Ich liebe Kinder, aber müssen sie Hauswände beschmieren und Möbel zerschlagen? Es ist mein Haus, unser Heim, unser Eigentum. Man kann einem Soldaten, der fast fünf Jahre lang sein Leben für diese Menschen eingesetzt hat, doch nicht einfach das Eigentum wegnehmen.«

»Doch, Vater, vieles hat sich in den Kriegsjahren geändert, auch der Glaube an Recht und Ordnung. Du hast das nicht erlebt, aber wir haben es zu spüren bekommen. Mutter hatte plötzlich in ihrem eigenen Hause gar nichts mehr zu sagen. Wir mussten froh sein, dass man uns nicht vor die Tür gesetzt hat.«

»Aber das muss man doch jetzt ändern können. Der Krieg ist vorbei, überall kehrt Normalität ein, im Frieden müssen doch die alten Zustände wieder hergestellt werden können.«

Isabella schüttelte den Kopf. »Sag das mal den Frauen da drinnen, die haben ihre eigenen Gesetze, die fragen nicht nach Krieg und Frieden, die haben Todesängste ausgestanden und alles verloren, und sie nehmen sich jetzt, was sie kriegen können. Sie haben zum Wohl ihrer Kinder das Recht auf ihrer Seite, und wenn es um Kinder geht, Vater, bekommen sie alles, was sie wollen. Daran kannst du nichts ändern, gar nichts.«

»Und woher weißt du das so genau?«

»Mutter und ich haben das alles schon einmal durchgemacht.«

»Und was machen wir jetzt?« Conrad sah sich um: »Ich bleibe doch nicht wie ein Fremder vor meinem eigenen Gartentor stehen.«

Isabella zuckte mit den Schultern. »Ich weiß es nicht.«

»Aber ich weiß es. Wir werden kämpfen. Hast du eine Ahnung, wie wir ins Haus kommen? Hier können wir ohne Brecheisen nicht hindurch.«

Isabella sah sich um. »Wir könnten von hinten durch die Hecke und dann durch den Schuppen in die Küche kommen. Irgendwo wird schon eine Türe offen stehen. Ich bin ja früher meist auf diesem Wege ins Haus gekommen.«

»Gut, versuchen wir's. Es ist zwar ungewöhnlich, dass man sich in sein eigenes Haus schleichen muss, aber der Erfolg zählt letzten Endes.«

Sie benutzten den Nachbargarten, der ein ähnlich verwahrlostes Bild bot, krochen an der Rückseite ihres Grundstücks durch die Hecke und sahen, dass der Fahrradschuppen nicht mehr existierte. Anscheinend hatte man das Holz der Wände verfeuert. Aber hinter allerlei Gerümpel fand Isabella den Eingang. Die Tür war nicht verschlossen.

Die Küche bot ein makabres Bild: Verdorbene Lebensmittel, verschmutztes Geschirr, rostige Töpfe, stinkende Putzlappen, angetrocknete Speisereste und verfaulte Gartenabfälle häuften sich auf Tischen, Stühlen und in den Ecken. Angeekelt sahen sich die beiden an. »Und hier kochen deutsche Frauen für ihre kleinen Kinder? Das ist ja unglaublich.« Conrad sah sich angewidert um. »Das möchte ich fotografieren können, das glaubt mir sonst kein Mensch.«

Aber Isabella schüttelte den Kopf. »Ich glaube, die Küche wird schon lange nicht mehr benutzt. Wer weiß, woher die Leute ihre Verpflegung kriegen. Komm, lass uns weitergehen. Ich fürchte, im Haus sieht es ähnlich aus.« Sie gingen an den leeren Vorratskellern vorbei, an der Waschküche und am Luftschutzraum und stiegen die Treppe zum Erdgeschoss hinauf. Im Haus war es still.

»Anscheinend ist keiner zu Hause.« Sie gingen weiter.

Die Zimmer waren kaum wiederzuerkennen, das Durcheinander war zu groß. Auch in der oberen Etage herrschte das Chaos. Wie konnten hier Menschen existieren? Aber dass die Zimmer bewohnt wurden, sahen sie an den ungemachten Betten, an schmutziger Wäsche, an Lebensmittelresten und herumliegendem Spielzeug.

»Und wo sind sie nun alle?« Conrad sah sich suchend um.

»Sie arbeiten, Vater. Das war vor zwei Jahren auch schon so. Die Kinder werden irgendwo betreut, und die Frauen arbeiten. Wir haben doch unterwegs überall Frauengruppen gesehen, die Trümmer wegräumten, Steine klopften und Schutt beseitigten. Wer nicht arbeitet, bekommt kein Geld, und nur wer Geld hat, kann auf dem Schwarzmarkt Schnaps und Zigaretten kaufen. Du glaubst gar nicht, welche Bedeutung Alkohol und Zigaretten in dieser Zeit haben.«

»Oh doch, das weiß ich, Isabella. Schnaps vertreibt die Sorgen und Ängste, wenigstens für eine kurze Zeit. Das habe ich als Soldat erlebt, wenn die Lage fast aussichtslos war. Und mit den Zigaretten ist das ebenso. Sie vermitteln, wenigstens für ein paar Minuten, Wohlgefühl und Euphorie.«

Vater und Tochter erreichten die Mansarde. Eine Brandbombe hatte mit ihrem Feuer die Bodenräume verwüstet, aber das Feuer war von Nachbarn gesehen und schnell gelöscht worden, und das Dach hatte man notdürftig abgedichtet. »Hier könnten wir uns zwei Zimmer ausbauen«, Conrad lief durch die verkohlten Reste, »wenn wir einen Tischler und einen Dachdecker finden, ist das in ein paar Tagen zu schaffen. Und wenn wir erst einmal wieder hier wohnen, lässt sich vieles im Hause ändern.«

Isabella lächelte, sie freute sich, dass der Vater wieder Mut fasste, hatte aber ihre heimlichen Bedenken. »Du bist ein Optimist. Woher sollen wir die Handwerker nehmen?«

Conrad zuckte mit den Schultern. »Mal sehen, ob es den Alfons Dreher noch gibt, der weiß doch immer Rat.«

Sie verließen das Haus – diesmal durch den Vordereingang. »Kommt nicht in Frage, dass wir uns verstecken. Und sobald ich eine Eisenzange habe, wird das Tor geöffnet.« Conrad riss das Pappschild von der Tür und zerknüllte es wütend. »So eine Unverschämtheit, hier wird sich vieles ändern, und Gäste werden uns jederzeit willkommen sein.«

Im Garten mussten sie dann doch ein paar Umwege machen, um das Grundstück zu verlassen, dann standen sie wieder auf der Straße und blickten zurück. »In vier Wochen sieht das alles anders aus, verlass dich drauf, Isabella«, erklärte Conrad selbstbewusst und zuversichtlich, und beide machten sich auf den Weg zu Alfons Dreher.

Langsam gingen sie die Straße entlang. Sie hatten Zeit, sie hatten kein Gepäck und waren müde. Zu lange schon hatte dieser Rückweg gedauert. Sie waren am Ziel und waren es doch nicht. Sie sprachen nicht, aber sie hatten die gleichen Gedanken, die von den Fragen nach der Zukunft beherrscht wurden. Die Gegend hatte sich verändert. Nicht äußerlich, da waren die bekannten Häuser, die Wege und Straßen, die man immer gegangen war, die Bäume, die zwar herbstliche Farben angelegt hatten, aber unverändert an ihren Plätzen standen. Auch Bombardierungen gab es hier nicht, aber unübersehbare Zerstörungen durch Lieblosigkeit, Gleichgültigkeit, auch durch Wut und Neid mutwillig verursacht.

»Alles ist so heruntergekommen, verwahrlost, verfallen, verwildert«, flüsterte Isabella angesichts der Schäden, die sich rechts und links des Weges zeigten.

Conrad legte den Arm um die Schulter seiner Tochter. »Lass nur, irgendwann blühen auch die Blumen wieder. Dann tragen die Bäume wieder Früchte, und Vögel nisten in den Ästen.« Er sah nach oben. »Wenigstens der Himmel ist noch der Alte, die Sonne scheint wie immer, und selbst wenn es regnet, wird es sein wie früher. Kriegsjahre hinterlassen immer und überall ihre Spuren, wir schaffen das schon. Wir werden sie beseitigen, diese Spuren, Menschen sind so anpassungsfähig und so willensstark, in ein paar Jahren werden wir da, wo jetzt noch Ruinen sind, Häuser bauen und die Zukunft wieder fest im Griff haben.«

Sie hatten das kleine Einfamilienhaus der Drehers erreicht. »Welch ein Glück, es steht noch«, freute sich Isabella und lief durch den Vorgarten. Im Vorbeigehen streifte sie ein paar Rosenblüten und die Blätter üppig blühender Dahlien. »Wenigstens Frau Dreher hat ihre Blumen behalten«, lächelte sie und wartete auf den Vater, der langsam und auf seinen Stock gestützt folgte.

Erst nach mehrmaligem Klingeln wurde die Haustür geöffnet. Annemarie stand da, müde an die Wand gelehnt, und empfing die Besucher. Auf ihr »Ja, bitte?« folgte ein lang gezogenes Gähnen. Dann ging ein Ruck durch den Körper, sie traute ihren Augen nicht: »Isabella, bist du das?«, rief sie freudig. Und dann lagen sich die beiden Freundinnen in den Armen. »Mein Gott, wo kommt ihr denn her? Wo habt ihr gesteckt? Herr Professor, kommen Sie doch erst einmal herein. Entschuldigt meine Müdigkeit, ich hatte Nachtdienst, und dann bin ich tagsüber nicht zu gebrauchen. Aber das kennst du ja.« Sie öffnete weit die Haustür. »Kommt nur, kommt, ich bin ganz allein hier. Die Leute von der Einquartierung klopfen Steine, Vater ist im Dienst, Mutter arbeitet in einer Gärtnerei, da bekommen wir statt Geld Lebensmittel, und ich werde mich jetzt gründlich um euch kümmern. Isabella, du weißt, wo das Badezimmer ist, Handtücher liegen im Schrank neben der Tür. Ihr macht euch jetzt frisch, und ich mach was zu essen. Ihr seht aus, als hättet ihr seit Tagen nichts bekommen und kein Dach über dem Kopf gehabt. Na ja, wie euer Haus aussieht, weiß ich, aber es steht wenigstens noch. Bis vor vier Wochen wohnten die Fürstenbergs hier, Mutter und Tochter, du weißt schon, die sind nun ausgezogen.«

»Dann sind sie also gut zurückgekommen?«

»Ja, sie haben zuerst bei Bekannten in Kiel gewohnt, wollten sich dann aber in Hamburg um ihr Grundstück und um die Firma am Hopfenmarkt kümmern, das ging von Kiel aus nicht. Und weil die Häuser der Verwandten mehr oder weniger zerstört oder beschlagnahmt waren, sind sie bei uns gelandet. Dann ist Herr Fürstenberg zurückgekommen – für alle drei hatten wir keinen Platz. Er hat dann zwei Zimmer in einem Hotel im Mittelweg organisiert. Er meint, er müsste näher am Geschehen dran sein, wenn er sich um seine Firma kümmern will. Er will so schnell wie möglich mit dem Wiederaufbau beginnen. Er sagt, jetzt müsse man jede Chance nützen. Aber die beiden Frauen haben täglich auf euch gewartet.«

»Dann ist diese Familie ja wieder zusammen.«

»Bis auf den Sohn. Der war ja bei der Marine und ist jetzt in britischer Gefangenschaft. Sie wissen aber nicht wo.«

Isabella umarmte die Freundin, um den Redefluss zu stoppen. »Ach, Annemarie, wie schön, dass es dich gibt. Danke erst mal für alles, und wenn's dir Recht ist, verschwinde ich jetzt im Badezimmer, mein Vater wird fertig sein.«

»Beeile dich, ich bin so schrecklich neugierig. Du musst mir alles erzählen, und dann planen wir, wie es mit euch weitergeht. Euer Haus ist ja bis auf unbestimmte Zeit besetzt. Also, mach schnell.«

Und während Conrad und Isabella den größten Schmutz von Händen, Gesicht und Kleidung entfernten, kochte Annemarie Hagebuttentee, röstete Knäckebrot, das aus Pellkartoffelschalen hergestellt wurde, und bestrich die

Scheiben mit einer rötlichen Paste, die nur durch die Farbe mit echter Marmelade zu vergleichen war.

Die drei saßen und erzählten, bis die Dämmerung hereinbrach und Annemarie sich für den Dienst im Krankenhaus fertig machen musste. Später kamen Alfons Dreher und seine Frau hinzu, und gemeinsam wurde die Unterkunft der Stellings geplant.

»Wir haben nicht gemeldet, dass die Fürstenbergs ausgezogen sind, sonst hätten wir gleich eine neue Einquartierung bekommen, jetzt können wir das Zimmer für Sie herrichten, und dann sehen wir weiter«, erklärte Alfons, und während Annemarie sich zum Dienst abmeldete, half Isabella, Betten zu beziehen.

»Und Sie haben gar kein Gepäck dabei?«, fragte Marlene Dreher, während sie ein paar Fächer im Kleiderschrank nach passenden Sachen durchsuchte.

»Die Russen haben uns die letzten beiden Taschen weggenommen, als sie uns bei Nacht und Nebel über die Grenze jagten. Vater hat sie ihnen freiwillig gegeben, damit sie nicht suchten, sonst hätten sie mich gefunden. Ich lag im Erbsengestrüpp auf dem Ackerboden und Vater hatte den Mantel über mich gelegt, da konnten wir nichts riskieren. Und bitte, Frau Dreher, ich bin nach wie vor die Isabella und keine ›Sie‹.«

»Du hast schlimme Dinge erlebt.«

»Ja, aber mir ist nichts passiert, ich hatte großes Glück.«

»Gott hat dich behütet, mein liebes Kind.«

Und Isabella fiel ein, dass Marlene Dreher eine gläubige Frau und eine eifrige Kirchgängerin ist, was in der Hitlerzeit nicht immer ganz leicht zu praktizieren war. Sie umarmte die hilfsbereite, bescheidene Frau, die ihr schon früher, als sie noch klein war, so oft die Mutterliebe ersetzt hatte.

Fünfundzwanzigstes Kapitel

Es dauerte nur zehn Tage, bis Conrad Stelling sein verwahrlostes Haus in ein benutzbares Gebäude verwandelt hatte. Noch nie hatte Isabella den Vater so wütend, so energisch und so konsequent erlebt. Während Alfons Dreher mit Hilfe guter Beziehungen und zweier Kollegen das Dach reparierte und die Mansardenzimmer ausbaute, nahm Conrad sich die einquartierten Bewohnerinnen vor. Bereits am zweiten Abend stand er in der Diele und erwartete die Rückkehr der Frauen von der Arbeit. Sie waren müde und mürrisch, die Kinder quengelig und hungrig und alle miteinander äußerst schlecht gelaunt.

Conrad nahm keine Rücksicht auf Müdigkeit und schlechte Laune, zornig und gereizt erklärte er: »Dieses Haus ist ein Schweinestall. Aber es ist mein Haus, und ich verlange, dass es innerhalb von zehn Tagen in einen bewohnbaren Zustand gebracht wird. Sie, meine Damen, werden dieses Haus vom Keller bis zum Boden in ein einwandfreies Wohnhaus verwandeln.« Als die Frauen wütend, frech und beleidigt eine solche Putzerei ablehnten und auf ihre Arbeit als Trümmerfrauen hinwiesen, erklärte Conrad: »Es ist mir vollkommen egal, wann Sie das Haus in Ordnung bringen. Wenn Sie tagsüber keine Zeit haben, dann nehmen Sie die Nächte zu Hilfe. Sie hatten Zeit, das Haus verkommen zu lassen, jetzt werden Sie Zeit finden, den alten geordneten Zustand wieder herzustellen. Zehn Tage habe ich gesagt, und zehn Tage meine ich.«

»Sie haben uns gar nichts zu sagen.«

»Sie können uns mal den Buckel runterrutschen mit Ihrem Gerede.«

»Machen Sie Ihren Kram doch allein.«

»Wir sind Trümmerfrauen, wir haben unsere Rechte. Wir lassen uns diesen Ton nicht gefallen.«

»Jawohl, wir werden uns beschweren.«

»Wir schuften für die Ordnung in dieser Stadt. Wo waren Sie denn, als alles hier zu Bruch ging?«

»Was wollen Sie eigentlich, Sie haben doch Ihr Haus noch, alle vier Wände stehen, wir haben gar nichts mehr. Nicht mal ein eigenes Hemd. Nee, mit uns sollten Sie sich nicht anlegen. Haben Sie mal gesehen, wie's auf der Veddel aussieht, wo wir gewohnt haben, oder in Rothenburgsort oder in Borgfelde?«

»Das war mal unsere Heimat, da hatten wir unsere Familien und unsere Freunde und unser Zuhause.«

»Und nu? Nu kommen Sie daher und markieren den feinen Mann. Nee, mein Lieber, nicht mit uns.«

Das Durcheinander, das Gekreische, die Lautstärke und das Geschrei der müden Kinder waren unbeschreiblich. Aber Conrad Stelling stand unbeirrt inmitten der aufgebrachten Frauen und wartete, bis sie mit ihrem Gezeter am Ende waren. Dann sagte er fest und entschlossen. »Ich gebe Ihnen zehn Tage und keine Stunde länger. Ich habe dieses Haus und alle Räume kontrolliert, fotografiert und dokumentiert, und ich werde das Fürsorgeamt, das Jugendgericht und die Einwohnermeldestelle über die hier herrschenden Zustände informieren, und ich kann Ihnen versprechen, dass man sehr sorgfältig Ihr Sorgerecht für Ihre Kinder überprüfen wird.«

»Was? Wollen Sie uns etwa die Kinder wegnehmen?«

»Ich nicht, ich möchte nur, dass Ihre Kinder in einer sauberen Umgebung leben. Und zurzeit ist dieser Schweinestall keine angemessene Unterkunft für kleine Kinder. Zehn Tage!«, Conrad sah auf die Uhr an der Wand, die erstaunlicherweise immer noch ging, »zehn Tage von jetzt an.«

Alfons Dreher und seine beiden Kollegen, von dem Gezeter im Haus angelockt, standen auf den Treppenstufen und verfolgten die lautstarke Auseinandersetzung. Und während Isabella Handgreiflichkeiten mit den aufgebrachten Frauen befürchtete, klatschten die drei Männer in die Hände und riefen: »Das wurde aber auch Zeit, dass hier mal ein Machtwort gesprochen wird.«

Und tatsächlich, als Conrad und Isabella zehn Tage später in die Mansardenräume zogen, war das Haus bewohnbar. Es war nicht unbedingt und überall sauber, aber es war bewohnbar. Mit einem gemieteten, dreirädrigen Kleinlastwagen fuhren die beiden zur Spedition nach Elmshorn, bei der die Drehers die Möbel aus der Alleestraße eingelagert hatten, und holten sich Betten, Schränke, einen Tisch und Stühle für ihre Notunterkunft in der Mansarde. In einer Truhe fanden sie Kleidung, und da Isabella aus ihren alten Sachen herausgewachsen war, zog sie kurz entschlossen die Kleider ihrer Mutter an. Verblüfft betrachtete Conrad seine Tochter. »Kind, du bist ja erwachsen geworden. Wo ist mein Fröschchen geblieben?«

»Ach, Vater, ich habe dir doch schon vor Jahren gesagt, dass diese Zeit endgültig vorbei ist. Erinnerst du dich nicht mehr? Wir saßen auf der Terrasse, es gab noch keinen Krieg, aber ich hatte diese BDM-Uniform an und als du wieder ›Frosch‹ zu mir sagtest, habe ich dir das verboten.«

»Stimmt, ich erinnere mich, es war das erste Mal, dass ich dich richtig energisch erlebte. So etwas vergisst ein Vater natürlich nicht.« Sie lachten beide, und Isabella war froh, ihren geliebten Vater an der Seite zu haben. Aber dann wurde er, leider viel zu früh, wieder ernst, während er das klapperige Dreiradvehikel nach Hause steuerte. »Wir müssen über deine Zukunft nachdenken, Isabella. Hast du irgendwo erfahren, ob eure Schule wieder geöffnet ist?«

»Also weißt du, Vater, wie kannst du denn jetzt bei all diesen Turbulenzen an die Schule denken? Wir kämpfen ums tägliche Brot, und du denkst an Matheunterricht und an Latein.«

»Das Leben geht aber weiter, mein Mädchen, und in ein paar Jahren fragt niemand mehr nach deinem Kampf ums tägliche Brot, sondern will deine Abiturnoten sehen.«

»Abitur, Abitur, ich weiß gar nicht, ob ich ein Abitur machen will. Ich bin seit so langer Zeit nicht mehr in die Schule gegangen, ich kann das unmöglich nachholen.«

»Schatz, wenn ich richtig rechne, fehlt dir etwa ein Jahr. Dieses Jahr wird den meisten Schülern fehlen, und die Schulen werden sich darauf einstellen müssen. So schlimm ist es also gar nicht.«

»Aber ich habe überhaupt keine Lust mehr, weiterzubüffeln.«

»Das ist etwas anderes. Hast du überhaupt schon einmal nachgedacht, was du werden willst?«

»Nein, dazu hatte ich noch keine Zeit. Aber vergiss nicht, ich wäre beinahe eine Braut geworden, warum muss ich dann noch an die Schule denken.« Sie lachten beide.

»Mein Gott, der arme Fritz Renkendorff und der missglückte Schweineschmuggel«, kicherte Isabella, »Vater, der war überhaupt nicht nach meinem Geschmack.«

»Wer, der Schmuggel oder der Mann?«

»Ach Vater, irgendwie hat der Mann mir immer Leid getan, er war so unbeholfen. Also wirklich nicht einer, in den ich mich hätte verlieben können.«

»Und wer ist es dann?«

»Na, ein richtiger Mann, der nicht immer gleich rot wird, wenn man mit ihm spricht.«

»Na, dann schau dich mal um! Aber die Schule solltest du trotzdem beenden.«

Und schon war er wieder da, der Ernst des Lebens und der Wille des Vaters, dem man sich so schlecht widersetzen konnte.

Isabella beschloss, das Thema erst einmal fallen zu lassen. Was nicht ausgesprochen wurde, würde vielleicht in Vergessenheit geraten. In der nächsten Zeit wenigstens. Sie hatte andere Pläne, auf die sie sich konzentrieren wollte. Da stand ihr siebzehnter Geburtstag vor der Tür, und wenn auch alles anders gekommen war, als sie es sich erhofft hatte, festlich begehen wollte sie ihn trotzdem. Annemarie würde kommen, und sie wollte herausfinden, ob Jürgen Brandt schon vom Militär entlassen und mittlerweile zu Hause wäre. Sie wollte auch die Fürstenbergs einladen – Christiane würde bestimmt kommen. Leider hatte sie auf ihren Brief noch nicht geantwortet. Sie hatte ihr gleich am ersten Tag ihrer Rückkehr in dieses Hotel am Mittelweg geschrieben, aber auf eine Antwort wartete sie immer noch.

»Es wird an der Post liegen«, hatte der Vater gemeint. »In der Stadt ist noch keinerlei Normalität eingekehrt, wer weiß, ob Briefe überhaupt schon wieder zugestellt werden.«

»Vielleicht sollte ich persönlich hingehen? Ich fahre mit der Elektrischen, so weit ich komme, und den Rest gehe ich zu Fuß.«

»Das möchte ich nicht, du hast gesehen, welch ein Chaos in den Straßen herrschte, als wir durch die Stadt gelaufen sind. Ich fahre in den nächsten Tagen zur Universität, dort erkundige ich mich nach diesem Hotel. Du hast noch zwei Wochen Zeit bis zu deinem Geburtstag, da kann noch viel passieren.«

Isabella nickte enttäuscht. Was der Vater natürlich nicht wusste, war ihr Versprechen, am ersten Oktober im Hirschpark zu sein. Sie würde ganz bestimmt und pünktlich zur Mittagsstunde hingehen, aber würde auch dieser Michael kommen? Erinnerte er sich überhaupt noch an die Verabredung, die sie an diesem eiskalten Wintertag in Friedrichshain getroffen hatten? War er überhaupt schon wieder in Hamburg? Die Drehers hatten von seiner Kriegsgefangenschaft erzählt. Ob er inzwischen entlassen worden war? Ob er sich überhaupt noch an sie erinnerte? Sie auf jeden Fall sah ihn noch genau vor sich und wusste auch, dass er so ein seltsames Gefühl in ihr bewirkt hatte, das sie nicht beschreiben konnte, das aber ausreichte, einen Fritz Renkendorff nicht zu mögen.

Isabella freute sich trotz aller Ungewissheit auf das Treffen im Hirschpark. Sie probierte die verschiedensten Kleider der Mutter, stellte sorgsam für jedes Wetter eine kleine passende Garderobe zusammen und probierte unter Schmerzen auch deren Schuhe. Leider hatte sie größere Füße, war aber überzeugt, die Schmerzen ertragen zu können, wenn es wirklich zu diesem Treffen käme. Dummerweise hatte sie keinerlei Kosmetikartikel bei den Sachen der Mutter gefunden: keinen Lippenstift, kein Rougedöschen, keine Puderquaste, nicht einmal Parfum war vorhanden. Die Mutter hatte immer behauptet, dass Natürlichkeit der schönste Schmuck sei, den eine Frau tragen könne. Na ja, dachte Isabella, für das Gut in Hinterpommern mochte das ja zutreffen, aber in einer Großstadt wie Hamburg stellt man andere Ansprüche, selbst in diesen schweren Zeiten!

Und während Isabella ihr erstes Rendezvous plante, machte sich Conrad auf den Weg zur Wiederherstellung der Kontakte mit der Universität. Er musste seine Zukunft regeln, feststellen, ob der Lehrbetrieb wieder angefangen hatte, nachsehen, wer von den alten Freunden noch da war und wann er mit dem Unterricht beginnen konnte. Damals, als er und andere Kollegen eingezogen wurden, hatte man ihnen zugesagt, die Lehrstühle für sie frei zu halten, nun wollte er wissen, wie die Wirklichkeit aussah.

Er erlebte zwei Überraschungen. Die erste gefiel ihm gar nicht, denn er stellte fest, dass frühere Kollegen, die sich offen und bereitwilligst zu den Nationalsozialisten bekannt hatten, bereits wieder in Amt und Würden waren, die Geschicke der Lehranstalt beeinflussten und als rehabilitierte Mitarbeiter die besten Lehrstühle besetzt hatten.

Als er seinen alten Freund Benedikt Bemberg traf und sein Erstaunen nicht verstecken konnte, nahm ihn der beiseite und erklärte: »Sie sind fast alle wieder in Amt und Würden. Einer hilft dem anderen sich reinzuwaschen, das fängt ganz oben an und reicht bis in unsere Lehrerzimmer. Die alten Seilschaften haben sich gesucht und gefunden, aber es heißt, vom Rathaus aus wird bald hart durchgegriffen, so lange müssen wir durchhalten, Conrad, sonst stehen wir auf der Straße. Glaub mir, es gibt viele, die so denken wie wir beide, aber im Augenblick können wir nichts tun.« Enttäuscht und verbittert trennten sich die Freunde mit dem Versprechen, einander zu vertrauen und zu helfen.

Die zweite Überraschung für Conrad Stelling war sehr viel erfreulicher. Als er sich gerade auf den Heimweg machen wollte, lief ihm ein Student über den Weg, den er zu kennen glaubte. »Lukas«, rief er hinter ihm her, »Lukas Breitström?«

Überrascht drehte sich der junge Mann um. »Professor? Professor Stelling? Ich habe schon nach Ihnen gesucht, aber niemand konnte mir Auskunft geben. Seit wann sind Sie wieder hier?«

»Ich bin gerade gekommen, ich muss mich doch um meine alte Arbeitsstelle kümmern.«

»Himmel, bin ich froh, Sie zu sehen.« Der junge Mann lachte. »Können wir da weitermachen, wo wir einst aufhören mussten?«

»Aber mit dem größten Vergnügen, lieber Lukas, wenn Sie den Lehrstoff meinen und nicht die verkorkste Situation von damals. Aber zuerst muss ich mich um eine erneute Einstellung bemühen.«

»Das wird kein Problem, Professor, damals haben Sie vielen von uns geholfen, jetzt werden wir uns für Sie einsetzen. Jüdische Stimmen zählen heute wieder, und wir vergessen nicht.«

»Das ist schön zu hören, es ist die erste positive Nachricht bei diesem enttäuschenden Besuch.«

»Wir sind auch erschrocken über einige Entwicklungen, aber die Situation wird sich ändern. Es gibt Bereiche in dieser Stadt, da ist der Senat noch auf die alten Seilschaften angewiesen, aber es gibt Bestrebungen, den Filz von einst so schnell wie möglich zu entwirren. Und bei dieser Arbeit sind meine Freunde von damals und ich sehr aktiv. Sie hören von uns, ich verspreche es.«

Überrascht, verwirrt, unsicher und auch erfreut trat Conrad Stelling den Heimweg an. Ein letzter Blick auf das Universitätsgelände und seine Gebäude, die auch vom Krieg nicht verschont wurden, dann wandte er sich dem nahe gelegenen Bahnhof zu. Gelegentlich fuhren Stadtbahnen in verschiedene Richtungen. Vielleicht hatte er ja Glück und konnte ein Stück fahren, die Fußmärsche in dieser Stadt waren mühsam und für ihn mit dem verletzten Bein kaum zu bewältigen.

Sechsundzwanzigstes Kapitel

Tiefdunkel und regenschwer hingen die Wolken über der Elbniederung. Ein kalter Wind fegte von Nordwesten her über das Land und zerrte am welken Laub der Bäume. Es war kaum möglich, mit dem Fahrrad gegen den Sturm anzukämpfen. Isabella hatte sehr auf einen freundlichen Herbsttag mit Sonnenschein und letzter Wärme gehofft. Ihr erstes Rendezvous stand bevor, und sie hatte sorgsam ihre Garderobe ausgewählt. Ihr Treffen im Hirschpark, von dem sie nicht wusste, ob es wirklich stattfinden würde, lag vor ihr, und nun machten ihr nicht nur diese Ungewissheit, sondern auch der stürmische Oktobertag zu schaffen. Lange hatte sie nichts von Michael Fürstenberg gehört, sie hatte keine Ahnung, ob er überhaupt schon in Hamburg war.

Sie hatte sich das Fahrrad von Annemarie geliehen, um über die Elbchaussee nach Blankenese zu fahren, aber sie hatte nicht mit dem Sturm gerechnet, der die Geesthügel oberhalb des Elbufers mit besonderer Härte traf. Nur dort, wo die Parkanlagen reicher Villenbesitzer bis an die Straße reichten, hielten die Bäume den Wind etwas ab. Trotzdem musste sie über weite Strecken ihr Rad führen und hatte nun auch noch Angst, zu spät zu kommen.

Kein guter Anfang, dachte sie enttäuscht, wenn es überhaupt ein Anfang für irgendwas war. Für etwas mehr als einen Traum, hoffte sie, Träume sind schließlich erlaubt, aber wie sieht die Wirklichkeit aus?

Sie hatte den Hirschpark erreicht, der sich lang und breit an der Chaussee entlangzog. Einen festen Treffpunkt hatten sie damals nicht ausgemacht, da ihnen keine Zeit für lange Überlegungen blieb. Der Ort war Michael auf der Suche nach einem hoffentlich unzerstörten Platz spontan eingefallen, und sie hatte die Idee großartig gefunden.

Der Park war immer wieder im wechselnden Besitz reicher Hanseaten, die aus Feldern und Weidenkoppeln auf dem Geestrücken nördlich der Elbe einen zusammenhängenden gepflegten Garten nach englischem Vorbild geschaffen hatten. Er war mit Herrenhäusern, exklusiver Begrünung, Teichanlagen und einem Wildgehege erst Ende des letzten Jahrhunderts für die Bevölkerung zugänglich gemacht worden.

Isabella fuhr im Schutz dieser Begrünung am Rand des Parks entlang und suchte den Eingang. Zwar gab es kleine Schlupflöcher, die von der Straße aus in die nicht umzäunte Anlage führten, aber sie traute diesen unbekannten Eingängen nicht. Irgendwo wird ein Tor mit einer breiten Einfahrt kommen, und dort warte ich, überlegte sie und kämpfte weiter gegen den Wind. Sie dachte an die berühmte Kaufmannsfamilie Godeffroy, die über viele Generationen Besitzer des Parks war und hier ihre Landhäuser besaß. Irgendwie müssen sie mit ihren Kutschen schließlich herein- und hinausgefahren sein, dachte sie und warf einen sehnsüchtigen Blick auf eine weiße Villa, die ab und zu durch die Baumreihen hindurch bis zur Straße leuchtete.

Die Blankeneser Kirche schlug zwölf Mal, als sie tatsächlich die Toreinfahrt an der Ecke zum Mühlenberg erreichte. Ein alter Mann mit einem Hund kam ihr aus dem Park entgegen. Eine Frau schob einen Kinderwagen, beladen mit heruntergebrochenen Ästen, die sie wohl als Feuerholz verwenden wollte. Auch sie kämpfte gegen den Wind. Irgendwo hörte man Kinderstimmen und Isabella erinnerte sich, dass in der Villa eine Schule für britische Besatzungskinder untergebracht war.

Sie ging ein Stück in den Park hinein und lehnte sich erschöpft gegen die Rinde der riesigen Blutbuche, die mit ihren fast acht Metern Stammumfang guten Schutz gegen das Wetter bot. Von hier aus kann ich die Einfahrt, ein paar Wege und die Häuser beobachten, dachte sie und sah hinauf in die riesige Krone, die sich über ihr erhob. Ein dreihundert Jahre alter Baum, dachte Isabella, was der zu erzählen hätte, wenn er sprechen könnte. Mindestens zehn Generationen sind in seinem Schatten spazieren gegangen. Reiche Kaufleute und namhafte Reeder, adlige Herren und dänische Fürsten, berühmte und weniger bekannte Maler, Poeten und Baumeister haben hier ihre Spuren hinterlassen, überlegte sie und erinnerte sich an die Broschüre, die sie sich in einem Antiquariat hinter der Kirche von Nienstedten gekauft hatte, um wenigstens einen kleinen Einblick in die Geschichte zu bekommen. Sie sah hinüber zur Lindenallee, die mit ihren vier Baumreihen in ganz Hamburg bekannt war. Obwohl es mitten am Tag war, wurde es schon dämmerig unter den eng stehenden Bäumen, die noch einen Teil ihrer Blätter trugen. Zu tief hingen die regenschweren Wolken über den Wipfeln.

Und dann sah sie ihn. Sie konnte ihn nicht erkennen, aber sie wusste, dass er es war, der da mit schnellen, sicheren Schritten und hoch erhobenem Kopf auf sie zukam. So muss ein Mann gehen, der ein Ziel vor Augen hat und weiß, was er will, dachte sie flüchtig und überlegte, ob sie ihm entgegengehen sollte. Nein, bestimmte sie, ich warte, dieses Treffen war seine Idee, er soll die Initiative ergreifen. Und dass es ihm an Entschlusskraft nicht fehlte, merkte sie sofort, als er lachend auf sie zukam, ihr Gesicht in beide Hände nahm und sie fröhlich mitten auf den Mund küsste. »Isabella, dass du gekommen bist«, lächelte er, »ich habe es so gehofft, aber nicht erwartet.«

Isabella, völlig überrascht und in höchstem Grade erfreut, nickte. »Ich habe auch nicht daran geglaubt, ich wusste ja nicht einmal, ob du schon wieder in Hamburg bist.«

»Wie konntest du zweifeln«, lachte er, »ich habe Himmel und Hölle in Bewegung versetzt, um jetzt hier zu sein. Aber, um ehrlich zu sein, ich komme direkt aus Bremen, wo sie mich heute Morgen endlich entlassen haben. Ich habe der Lagerverwaltung so viel von diesem Treffen erzählt, dass sie es zum Schluss nicht mehr hören konnten. So habe ich heute früh um sieben meine Papiere erhalten und bin schnurstracks hierher gekommen. Meine Mutter verzeiht mir das nie, wenn sie's erfährt.«

Isabella, noch immer völlig verwirrt von dieser Spontaneität, lächelte ihn dankbar an. »Ich freue mich sehr, ich habe nicht damit gerechnet, aber ich habe mir dieses Treffen sehr gewünscht. Der Gedanke daran hat mir über viele Stunden, Tage und Wochen hinweggeholfen.«

Michael nahm ihr Fahrrad. »Komm, wir laufen ein Stückchen, ich möchte dir etwas zeigen.« Er führte sie quer durch den Park, zeigte ihr das Hirschgehege, das dem Park seinen Namen gab, aber jetzt ausgestorben und leer im Herbstwind lag, zeigte ihr den französischen Garten, in dem die letzten Blumen verwelkt waren, und den riesigen Bergahorn, der mit dem Schatten seiner Krone voller rötlich verfärbter Blätter viele Quadratmeter bedeckte.

»Du kennst den Park sehr gut«, stellte Isabella überrascht fest.

»Eine alte Verwandte war mit einem der Vorbesitzer befreundet, und manchmal wurden wir alle zu einem Kinderfest eingeladen. Aber mich haben diese Feste nicht besonders interessiert. Ich bin lieber durch die Gärten gestromert, habe die Enten und Gänse auf den Teichen mit Kuchenresten gefüttert und die Hirsche beobachtet. Und dabei habe ich eine Ecke entdeckt, die ich dir jetzt zeigen möchte.«

Der Sturm wurde heftiger, sie näherten sich dem Ende des Parks, dort wo das Gelände jäh zur Elbe hin abfiel. Michael lehnte das Rad an einen Baum, und legte schon ganz vertraut den Arm um Isabellas Schultern. Dann führte er sie durch einen kleinen dunklen Tunnel in das milchig graue Licht des stürmischen Tages zu einer Aussichtskanzel mit einem atemberaubenden Blick auf den breiten Strom.

Isabella holte erschrocken Luft, als sie so plötzlich an der Mauer stand, die sie von einem Abgrund trennte. Aber Michael hielt sie fest und sagte: »Ich will mit dir mein Leben teilen. Das stelle ich mir wunderbar vor.«

Isabella wandte sich abrupt um. »Was sagst du da?«

Aber Michael hielt sie weiter fest. »Isabella, ich habe mich in dem Augenblick in dich verliebt, als ich dich in einer alten grünen Männerlodenjoppe sah. Ich wusste von dem Augenblick an, als du dich geweigert hast, deine Großeltern im Stich zu lassen, dass wir zusammengehören. Ich wusste es einfach, und dieses Wissen hat sich in all den Monaten, die dann folgten, fest in mir eingegraben.«

Isabella schüttelte den Kopf. »Du kennst mich doch gar nicht. Du weißt doch überhaupt nicht, wer ich bin. Nein, Michael, so darfst du nicht reden, du machst mir Angst, ich kenne mich doch selbst kaum, wie kannst du mich dann kennen.«

»Isabella, das Kennenlernen kommt früh genug. Du bist doch auch gekommen, um mich zu sehen. Ich will dich nicht überreden oder drängen, ich will doch nur, dass du über neue Gefühle Bescheid weißt. Schau auf den Fluss, den ich so liebe, er fließt und strömt und ist nicht aufzuhalten. So möchte ich sein. Wie er, will ich ein Ziel haben, einen Weg finden. Ich weiß nicht, wohin der Weg mich bringt, aber ich will etwas Großes erreichen, etwas Wunderbares, etwas Einmaliges, und ich werde es schaffen, mit dir an meiner Seite.«

»Was hast du vor?« Isabella flüsterte vor Erregung.

»In einem zerstörten Land wird es tausend Möglichkeiten geben, eine Zukunft aufzubauen.«

»Und welche Rolle spiele ich dabei?«, fragte Isabella verzagt und erschrocken.

»Du wirst für mich der Mensch sein, der Halt, den ich brauche, an den ich mich anlehnen kann, die Frau, mit der ich leben möchte.«

»Michael, ich bin sechzehn Jahre alt, mein Vater wird mich in den nächsten Tagen wieder in die Schule schicken. Er will wissen, welche Berufspläne ich habe, und nun kommst du und redest von einer gemeinsamen Zukunft.« Sie schüttelte den Kopf. »Es kommt alles so schnell, so unerwartet, du überrumpelst mich, und ich weiß nicht, wie ich reagieren soll.«

»Vertrau mir, Isabella. Auch ich bin jung und unsicher, aber ich weiß, mit dir an meiner Seite kann ich vieles schaffen, weil du so mutig und standhaft bist.«

Der Sturm wurde heftiger und zerrte an den Bäumen. Erste Tropfen fielen. Eine graue Wand von Regen breitete sich über dem Fluss aus, verbarg die Sicht zum anderen Ufer und umhüllte gleich darauf die Aussichtskanzel. Michael zog seinen abgetragenen Militärmantel, von dem die Rangabzeichen entfernt worden waren, aus und legte ihn Isabella über die Schultern. »Es ist nur ein kleiner Schutz, den ich dir im Augenblick bieten kann, aber glaube mir, mein Liebes, eines Tages wirst du dich in meiner Obhut geborgen und zu Hause fühlen.«

Sie flüchteten in den Tunnel, den Herr Godeffroy einst angelegt hatte, um ungestört von fremden Fußgängern, die auf dem Blankeneser Kirchweg unterwegs waren, seine Aussichtskanzel zu erreichen. Und hier nahm Michael Isabella zum ersten Mal in die Arme und küsste sie.

Dann brachte er Isabella nach Hause. Es war ein langer Weg, aber die beiden spürten nicht die Entfernung. Versunken in die eigenen Gedanken, in die Gefühle des anderen, in die wohltuende Berührung des Miteinander, gingen sie Schritt für Schritt ihrem ersten Abschied entgegen.

Es war spät am Abend, als sie das Haus in der Alleestraße erreichten. »Soll ich mit hineinkommen, soll ich mit deinem Vater sprechen?«

Isabella sah zum Haus hinauf. Dann schüttelte sie den Kopf. »Mein Vater ist noch nicht zurück, die Mansardenfenster sind noch dunkel. Er beginnt gerade mit seiner Arbeit an der Universität, da wird es oft sehr spät, bis er heimkommt.«

»Gut, dann mache ich mich jetzt auf die Suche nach dem Hotel am Mittelweg. Wird Zeit, dass ich mich zurückmelde.« Er lächelte: »Aber heute gab es einen wichtigeren Termin als die Feier einer Heimkehr. Ich liebe dich, Isabella, vergiss das nie.«

Isabella sah Michael nach, wie er im trüben Schein einer einzelnen Straßenlaterne zielstrebig seinen Weg ging. Er war selbstbewusst und entschlossen, und das drückte er in jeder Bewegung aus. Dann verschwand er aus dem Lichtkegel. Einen Augenblick lang hörte sie noch die Schritte auf dem Pflaster, dann wurde es still. Sie drehte sich um und ging ins Haus. Müde und mit schmerzenden Füßen erreichte sie die dunkle Mansarde, zündete eine Kerze an, denn der Strom war noch nicht wieder bis in die Bodenräume verlegt worden, und streifte die engen Schuhe der Mutter von den Füßen. Nass und schmutzig waren die kostbaren Seidenstrümpfe, die ersten, die sie trug und die ihr Annemarie mit viel Mühe auf dem schwarzen Markt besorgt hatte. Aber schlimmer waren die Schmerzen, die sie seltsamerweise auf dem ganzen Weg nicht gespürt hatte. Sie zog sich aus, hängte die nassen Sachen sorgfältig auf Kleiderbügel, kuschelte sich in eine Wolldecke und setzte sich hin, um die Füße in einer Schüssel mit kaltem Wasser zu baden. Warmes Wasser gab es nur in der Küche, und den Weg hinunter konnte sie unmöglich noch einmal gehen.

Fröstelnd und in sich zusammengesunken saß sie auf dem Bettrand und dachte noch einmal über die vergangenen Stunden nach. Sie fühlte sich verwirrt, überfordert und hilflos. Wie konnte sie mit einem Mann Schritt halten, der sein Leben so zielstrebig mit ihr plante? Wollte sie das überhaupt? Natürlich ist es schön, begehrt und geliebt zu werden – aber will ich mich auch gleich vereinnahmen lassen? Ich hatte mir dieses Treffen eigentlich ganz anders vorgestellt. Ich habe mich darauf gefreut und bin auch nicht enttäuscht worden, aber ich habe mit einem guten Gespräch gerechnet. Ich wollte ihm von meinen Plänen erzählen, vielleicht von meinen Wünschen, über die Ungewissheit reden, die allseits herrscht. Aber dazu bin ich überhaupt nicht gekommen. Während der ganzen Zeit hat Michael gesprochen. Wird das immer so sein? Er nimmt mich in den Arm, und dann trägt er mich dahin, wohin er mich haben will?

Isabella tupfte die schmerzenden Füße trocken, legte sich unter die wärmende Bettdecke und löschte die Kerze. Sollte sie auf ihren Verstand hören, der zur Vorsicht mahnte, oder sollte sie auf ihr Herz hören, das ihm schon längst gehörte?

Siebenundzwanzigstes Kapitel

Michael wusste, dass er einen Fehler gemacht hatte, einen gravierenden Fehler. Und er wusste nicht, wie er sein Verhalten entschuldigen konnte. Er hatte ein junges Mädchen buchstäblich überfallen mit seiner Ungeduld, mit seiner Hast, mit seiner Eile.

Er spürte die Blicke Isabellas noch in seinem Rücken, als er in der Dunkelheit von ihr wegging. Wie konnte er so unüberlegt ein ahnungsloses Mädchen mit seinen Wünschen, mit seinem Verlangen, mit seinen Plänen überfallen? Er hatte sie überrumpelt, und sie wehrte sich dagegen. Gut, sie war erstaunt, vielleicht sogar angenehm überrascht, und sie hatte nicht gezögert, seinen Kuss zu erwidern. Aber er hatte gefühlt, dass es der erste wirkliche Kuss ihres Lebens war und der hätte liebevoll und zärtlich ausfallen müssen und nicht hastig, drängend, beinahe zwingend. Kein Wunder, dachte er, dass sie mich danach auf Distanz gehalten hat und körperlicher Berührung auswich. Wie konnte ich bloß so dumm und unkontrolliert sein.

Die lange Zeit des Wartens ist daran schuld, die Ungewissheit über die Zukunft, die Angst, viele Jahre in Gefangenschaft verbringen zu müssen. Die Sorge, die beste Zeit des Lebens hinter Stacheldraht zu verbringen. All die Monate, in denen ich von der Zukunft und von ihr geträumt habe, sind schuld. Außer den Träumen ist uns im Lager ja nichts geblieben. Und dann ist dieser Wunsch plötzlich Wirklichkeit geworden. Auf einmal steht sie vor mir, müde an den Stamm der uralten Buche gelehnt, mit vom Wind zerzaustem Haar, aufgeregt geröteten Wangen und mit Augen, in denen sich die Erwartung spiegelt. Mein Gott, wie soll sich ein Mann denn da noch beherrschen? Die Sehnsucht ist einfach aus mir herausgebrochen, es war die natürlichste Sache der Welt, sie in die Arme zu nehmen und zu küssen und meine ganze Zukunft vor ihr auszubreiten. Und nun? Nun steh ich da wie ein Trottel, der sich nicht zu benehmen weiß. Aber ich werde das wieder gutmachen, ich werde zärtlich und rücksichtsvoll, ja behutsam mit ihr sein, damit sie spüren kann, dass ich ein liebenswerter Mann bin.

Während er durch die dunklen, menschenleeren Straßen von Klein Flottbek ging, dachte er zurück an die vielen Monate seelischer Einsamkeit inmitten anderer Männer, in einem Lager, in dem es nie die Möglichkeit zu wirklichem Alleinsein gab. Da bleiben eben nur die Träume und machen ungeduldig. Viele Männer waren verzweifelt, aber ich hatte zwei Bilder vor Augen, die mich am Leben gehalten haben: Isabella und die Aufbauarbeit nach diesem langen Krieg. Das waren Gründe genug, durchzuhalten.

Er dachte dann an die letzten Kriegstage, an den Befehl, Menschen zu retten statt Menschen zu töten. Immer wieder kreuzten sie mit dem Schiff nach Danzig, zum Haff, nach Stettin; immer wieder suchten sie nach Schleichwegen und Verstecken, um der feindlichen Marine zu entgehen und einen sicheren deutschen Hafen zu erreichen. Und dann hatte ein britischer Zerstörer das Schiff doch gesichtet und in einen dänischen Hafen getrieben. Mein Gott, wie haben sie uns bedrängt, erinnerte sich Michael – das Schiff voller Frauen, Kinder und verwundeter Soldaten. Wir hatten nicht die geringste Chance uns zu wehren oder, wie es die Befehle immer wieder forderten, dass Schiff selbst zu versenken. Für die Menschen an Bord waren wir die letzte Hoffnung. Und dann erwischten uns die Briten kurz vor Lolland, als wir uns schon in Sicherheit glaubten. Im Hafen wurden wir sofort in Lager gesteckt: Die Zivilisten in Baracken hinter den Kaianlagen, die Verwundeten in ein Lazarett und wir im Landesinneren hinter Stacheldraht, wo bereits Hunderte von Kriegsgefangenen warteten.

Michael hatte die kleine Bahnstation von Flottbek erreicht. Dunkel, fast verträumt lag die offene Wartehalle da. Glänzend erstreckten sich die Gleise der Schnellbahn nach Westen und nach Osten. An der Wand klebte ein Zettel mit handgeschriebenen Zahlen. Ein Fahrplan, dachte Michael, aber in der Dunkelheit konnte er nichts erkennen. Müde und deprimiert setzte er sich auf den Boden und lehnte den Kopf gegen die Wand. Er richtete sich auf eine lange, unbequeme Nacht ein.

Dann war er wohl eingeschlafen, denn plötzlich wurde an seiner Schulter gerüttelt. Erschrocken wollte er aufspringen, aber die Hand hielt ihn fest und drückte ihn zu Boden. Er starrte auf ein paar sandfarbene Schnürstiefel und kakibraune Hosen. Dann sah er den britischen Militärpolizisten, der mit gezückter Pistole vor ihm stand. Neben der Wartehalle parkte ein Jeep mit laufendem Motor. Ein zweiter Mann saß hinter dem Steuer.

Endlich erlaubte man ihm aufzustehen. Nach einer kurzen Leibesvisitation überprüfte man seine Entlassungspapiere. Der Engländer nickte dem anderen zu. Die Papiere waren in Ordnung. Aber Michael hatte die nächtliche Ausgangssperre missachtet. Er erklärte, weshalb er so spät unterwegs war und dass er von der Sperre nichts wusste. Als er Isabella und das Wiedersehen im Hirschpark erwähnte, grinsten die Männer verständnisvoll, und nach einer kurzen Beratung nickten sie ihm zu. »Come on.«

Sie nahmen ihn mit in die Innenstadt und hielten vor dem Hotel »Vier Jahreszeiten« am Alsterufer. Es war eine Fahrt mit vielen Umwegen und zahlreichen Kontrollen, und zum ersten Mal bekam Michael einen Eindruck von den entsetzlichen Zerstörungen der Stadt. Es war aber auch eine Fahrt mit vielen Fragen, Scherzen und einem amüsanten Gespräch über die Unberechenbarkeit der Frauen.

Trotz der Dunkelheit konnte Michael erkennen, dass Militärfahrzeuge die Straße nach beiden Seiten hin absperrten. Die Briten hatten in dem fast unzerstörten Nobelhotel ihr Hauptquartier aufgeschlagen. Die Militärpolizisten forderten ihn auf, auszusteigen und ihnen zu folgen. Sie gingen die Eingangsstufen hinauf, bogen im Foyer nach rechts ab und führten ihn durch einen großen Raum, der früher wohl als Restaurant genutzt worden war.

Während der linke Teil des Hotels von Offizieren und Regierungsbeamten bewohnt wurde, die nicht nur die exklusiven Zimmer mit allem Mobiliar beschlagnahmt, sondern auch alle Angestellten dienstverpflichtet hatten, diente der rechte Teil als Transittrakt, in dem einfache Soldaten, die Militärpolizei und kurzfristige britische Besucher untergebracht waren. Wer das Hotel betreten wollte, brauchte einen Passagierschein, wurde von Soldaten begleitet und musste beim Verlassen des Hauses seinen Besucherzettel wieder abliefern.

Statt des Portiers saßen jetzt Militärpolizisten am Empfang. Michael musste sich erneut ausweisen, dann wurde er in ein Büro geführt. »Wait here«, wurde er aufgefordert. Er setzte sich an einen Tisch, auf dem die Reste einer Mahlzeit, eine Thermoskanne und ein paar benutzte Bestecke herumlagen. Der Geruch von Cornflakes, Dosenfleisch und Zigaretten hing in der Luft.

Nach einer Weile kamen die beiden Soldaten zurück. Sie hatten ihre Uniform gegen Jeans und T-Shirts getauscht und brachten Lebensmittel und frischen Tee mit. Dann gaben sie ihm etwas zu essen und zeigten ihm eine Pritsche, auf der er schlafen konnte.

Am nächsten Morgen teilten sie ihr Porridge mit ihm und brachten Michael in das Hotel am Mittelweg. Als sie sich verabschiedeten, wussten die drei Männer, dass sie Freunde geworden waren – eine Freundschaft, die noch verboten war, aber Folgen haben sollte.

Christiane sah den Bruder zuerst. Sie kam in die Halle, als er sich gerade nach seiner Familie erkundigte, und flog in seine Arme. »Mensch, Bruderherz, wo kommst du her? Seit wann bist du da? Und wieso kommst du mit britischer Eskorte?«

Sie warf einen Blick nach draußen, wo sich die Militärpolizisten gerade in ihren Jeep setzten und starteten.

»Jedem das, was ihm gebührt«, erklärte er lachend und erzählte von seiner Nacht im nobelsten Hotel der Stadt. Die Vorgeschichte mit dem Wiedersehen im Hirschpark verschwieg er. Er wollte Fragen vermeiden, die er sich selbst noch nicht beantworten konnte.

Und während Christiane begierig seinen Geschichten über die letzten Kriegstage, die Gefangenschaft, seine Entlassung und die Stunden im Hotel »Vier Jahreszeiten« anhörte, näherte sich zögernd, als könne sie es nicht glauben, Friederike. Sie brach in Tränen aus, als sie ihn begrüßte. »Mein Junge, mein lieber, lieber Junge, endlich bist du da. Wir haben so auf dich gewartet. Als sie Vater abholten, sind wir fast verzweifelt.«

»Vater? Wieso hat man Vater abgeholt? Er ist doch offiziell entlassen worden, ich dachte, er kümmert sich schon wieder um die Geschäfte.«

Aber Christiane schüttelte den Kopf, und Friederike wischte sich die Tränen aus den Augen. »Ein alter Arbeiter, den die Direktion vor Jahren entlassen musste, weil er Kollegen ständig aufwiegelte, hat ihn angezeigt.«

»Angezeigt? Aber Vater hat doch nie etwas Unrechtes getan.«

Michael war bestürzt und vor allem erschrocken. Was herrschten jetzt für Zustände in dieser Stadt?

»Er hat ihn denunziert, hat behauptet, Vater sei ein aktiver Nazi gewesen und hätte Ausrüstungsgegenstände hergestellt.«

»Das stimmt doch gar nicht, das kann man doch beweisen. Bei uns wurden immer nur Lederwaren fabriziert, allenfalls mal Lederkoppel für Offiziere, aber das ist doch keine Ausrüstung.«

»Ja schon, aber in der Partei war Vater wirklich.«

»Wer beruflich weiterkommen oder seine Firma erhalten wollte, musste Parteimitglied werden«, fügte Friederike hinzu. »Aber aktiv war er nie, sondern immer nur Mitläufer.«

»Und nun?«

Sie haben ihn in ein Lager bei Neuengamme gebracht. In ein Konzentrationslager, wie es heißt. Früher waren dort Tausende Ausländer, Juden und Regimegegner eingesperrt, 50 000 sollen dort umgebracht worden sein. Sie mussten unter schrecklichsten Bedingungen Klinkersteine für Hitlers Hamburger Prunkbauten herstellen.«

»Die Leute sagen, es sei ein Vernichtungslager gewesen.«

»Davon habe ich nie etwas gehört.«

»Du warst ja auch nicht hier. Erst das Internat im Odenwald, dann dein Arbeitsdienst in Ost-Friesland, und danach hast du dich gleich bei der Marine in Eckernförde gemeldet.«

»Und ihr? Ihr wart doch immer in Hamburg. Wusstet ihr davon?«

»Nein.« Beide schüttelten den Kopf. »Entweder war es ganz geheim oder die Leute hatten Angst, darüber zu sprechen.«

»Und jetzt ist Vater in diesem Lager?«

»Ja. Man sagt, da seien mehr als 6000 Hamburger in diesem ›Civilian Internment Camp‹, wie es heute heißt, und dort wird überprüft, wer von den Lagerinsassen Kriegsverbrechen begangen hat. Außerdem sollen Männer dort entnazifiziert werden. Man will die Mitläufer von den echten Nazis trennen«, erklärte die Mutter.

»Es gibt ja kaum eine Behörde, ein Amt, ein Unternehmen, in dem nicht ehemalige Nazis das Sagen hatten«, fügte Christiane hinzu.

»Und nun wird aufgeräumt«, nickte Michael.

»So kann man es auch nennen. Pech ist nur, dass Vater denunziert wurde und wir nicht wissen, wer ihn entlasten könnte.«

Friederike war wieder den Tränen nahe. »Erst hat er sein Leben für Volk und Vaterland riskiert, und dann kommt so ein mieser Typ und zeigt ihn an. Der selbst war nie an der Front, das haben wir inzwischen erfahren, hat nie seinen Kopf hingehalten, und weil er kein Soldat war, glauben die Engländer ihm.«

»Ihr müsst mir ein bisschen Zeit zum Überlegen geben, ich werde schon eine Lösung finden. Vor allem müssen wir frühere Kollegen und Freunde finden, die ihn entlasten können.«

»Ach, mein Junge, bitte beeile dich. Der Winter steht vor der Tür, und die Verhältnisse in dem Camp sollen unerträglich sein.«

»Ich werde alles versuchen, verlasst euch drauf. Aber nun möchte ich wissen, was aus unserm Haus in der Schlossstraße geworden ist. Wir können nicht ewig hier im Hotel wohnen.«

»Außer Mauerresten und ein paar verbrannten Balken ist dort nichts mehr.«

»Trotzdem, ich möchte es mir ansehen. Christiane, kommst du mit?«

»Bis nach Wandsbek?«

»Ja, bitte, es ist doch unser Elternhaus.«

»Gewesen! Aber schön, wenn du gern hin willst, komme ich mit. Ich hole nur meinen Mantel.«

Friederike schüttelte den Kopf. »Was wollt ihr da? Es ist vergeudete Zeit, dorthin zu fahren.«

»Das Grundstück gehört uns, Mutter, und wir müssen aufpassen, dass man uns das nicht wegnimmt. Nachdem, was ihr erzählt, ist hier doch alles möglich.«

»Ich habe alle Papiere gerettet, man kann uns nicht einfach enteignen.«

»Papiere, Mutter, was sind Papiere heute noch wert? Wenn sie Vater als Nazi verurteilen, bist du ganz schnell alles los.«

»Um Gottes willen.«

Michael drückte der Mutter einen flüchtigen Kuss auf die Wange. »Wir schaffen das schon.«

Was er nicht erwähnte, war die Tatsache, dass er eigentlich nur mit Christiane allein sein wollte.

Die Geschwister gingen über den Mittelweg zum Bootsanleger an der Krugkoppelbrücke, fuhren von dort mit dem Fährschiff hinüber nach St. Georg. Sie liefen weiter zur Lübeckerstraße und konnten dann mit einem Omnibus bis nach Wandsbek fahren. Während in der Schlossstraße viele Häuser unbeschädigt waren, gähnte dort, wo einst ihr Haus stand, absolute Leere. Sie stiegen über einen niedergetretenen Zaun und betrachteten die Reste der Ruine. »Mein Gott, die holen wirklich die letzten Steine weg«, erkannte Michael bestürzt.

»Das sind die Trümmerfrauen, sie sammeln alle brauchbaren Steine, klopfen den Mörtel ab und schichten sie am Straßenrand auf. Dann kommen Baufahrzeuge, sammeln sie auf und bringen sie dahin, wo bereits wieder Häuser gebaut werden«, erklärte Christiane. »Und was sonst noch fehlt, brauchbare Balken oder Fensterrahmen aus dem hinteren Hausteil, die nicht verbrannt waren, holen sich irgendwelche Leute aus der Umgebung.«

Michael stocherte mit der Schuhspitze in der verkohlten Asche. »Aber wer holt sich denn so was. Das ist doch nutzloses Zeug.«

»Vergiss nicht, wer gar nichts mehr hat, kann auch angesenkte Balken brauchen. Und unter den Armen gab es schon immer Neider, die den Menschen in der Schlossstraße die privilegierte Adresse neideten.«

Michael ging durch den verwilderten Garten bis zu einem Mauerrest, der zwischen Unkraut und wild wuchernden Sträuchern kaum zu sehen war. Er wischte welke Blätter weg und rief: »Komm, setzen wir uns, ich möchte etwas mit dir besprechen.«

Sie setzten sich Rücken an Rücken auf die kleine Mauer, was Michael ganz recht war, musste er dadurch doch seiner Schwester nicht in die Augen sehen. »Sag mal«, begann er vorsichtig, »ob die Eltern das Haus wieder aufbauen?«

»Vielleicht, Mutter hängt sehr an dem Grundstück.«

»Und du? Würdest du eines Tages das Haus haben wollen?«

»Meine Güte, Michael, du bist vielleicht neugierig. Was heißt denn eines Tages? Ich möchte lieber wissen, wo ich die nächsten Tage, Wochen, Monate und Jahre verbringen werde. Mir ist dieses Grundstück ziemlich egal. Mein Zuhause wird einmal von anderen Dingen als von diesem Grundstück abhängen.«

»Und was wären das für Dinge?«

»Na, von meinem Beruf, wenn ich je einen habe, von meinem Mann, wenn ich je einen finde, von meinen Plänen und Ideen, wenn ich je welche realisiere. Du stellst vielleicht Fragen!«

»Ich bin mit dir hierher gegangen, weil ich allein und in Ruhe mit dir reden wollte.«

«Das habe ich mir fast gedacht, denn so wichtig, dass man seinen ersten freien Tag hier verbringt, kann der Trümmerhaufen doch gar nicht sein. Und deine Fragen sind doch auch bloß vorgeschoben. Was ist also los?«

«Ich habe gestern Isabella Stelling getroffen.«

»Ach nein!«

»Du weißt, dass wir uns damals in Friedrichshain verabredet haben.«

»Aber wer hat denn das ernst genommen?«

»Ich, und erstaunlicherweise Isabella auch. Gestern um zwölf im Hirschpark, sie ist wirklich gekommen.«

»Ein absolut zuverlässiges Mädchen! Erzähle.«

»Ich habe mich wie ein Trottel benommen.«

»Das soll vorkommen.«

»Scherz beiseite, Schwesterchen, ich habe alles verdorben.«

»Aber was gab es denn da zu verderben? Du kennst sie doch kaum.«

»Ich mag sie, und ich habe darum gekämpft, aus dem Lager entlassen zu werden, um pünktlich bei ihr zu sein.«

»Und das hast du tatsächlich geschafft, alle Achtung, aber erzähle das bloß nicht unserer Mutter.«

»Leicht war es nicht, und dann habe ich auch noch alles falsch gemacht.«

»Aber wie kann man denn bei einem ersten Treffen alles falsch machen?«

»Ich habe sie überfallen, habe sie voll gepackt mit meinen Wünschen und Plänen. Ich habe sie einfach geküsst und habe ihr gar keine Zeit gelassen, selbst etwas zu sagen.«

»Ach, du meine Güte, das arme Mädchen. Und wie hat sie reagiert?«

»Sie hat sich gefreut, dass ich gekommen bin, das habe ich gemerkt, aber dann hat sie sich immer mehr zurückgezogen, und zum Schluss habe ich nicht mehr gewagt, ein neues Treffen mit ihr zu verabreden. Und nun weiß ich nicht weiter.«

»Arme Isabella, du hast sie damit völlig überfordert.«

»Was für ein Mensch ist sie eigentlich? Du kennst sie doch besser.«

»Nach außen hin ist sie mutig, aber eigentlich ist sie sehr sensibel und romantisch. Aber sie kann auch kämpfen, sie ist auch stark. Ungerechtigkeit bringt sie zum Weinen. Sie träumt eigentlich von einem glücklichen Leben in ländlicher Abgeschiedenheit, von einem wolkenlosen Himmel über blühenden Wiesen, duftendem Heidekraut und sommerheißen Kiefernwäldern. Von Friedrichshain eben.«

»Oh Gott, und ich habe ihr vorgeschwärmt von einem Leben in einer Stadt, die man wieder aufbauen kann, habe von Recht und Ordnung gesprochen, die wieder hergestellt werden müssen.«

»Dann hast du jetzt ein Problem, Bruderherz.«

»Hast du eine Idee, wie ich das wieder gutmachen kann?«

»Isabella hat am zwölften Oktober Geburtstag, lass dir etwas einfallen.«

»Danke.« Michael sah über den verwilderten Garten hinüber zu den Bäumen am Straßenrand, die mit ihrem bunten Laub Ruinen verbargen und Frieden vortäuschten. Aber Michael ließ sich nicht täuschen, er sah die Tragödien, die sich hinter den Kulissen abspielten, auch die eigenen. »Zuerst müssen wir uns um Vater kümmern«, erklärte er, »dann muss ich Isabella von meiner Zuneigung überzeugen, und danach werde ich Pläne für meine Zukunft machen. Und die wird in Hamburg sein.«

»Du bist sehr sicher.«

»Wenn nicht ich, wer sonst? Es geht schließlich um meine Zukunft. Ich habe noch keine genauen Vorstellungen, aber ich werde die Stadt und ihre Probleme kennen lernen, und dann weiß ich auch, wo meine Aufgaben liegen. Ich habe so viele Jahre durch den Krieg verloren, dass ich ganz von vorn anfangen muss, aber ich werde anfangen, und zwar bald.«

»Wenn ich dir helfen kann, sag es.«

»Danke, Christiane.«

Achtundzwanzigstes Kapitel

Es war wie erwartet ein trauriger Geburtstag, den Isabella am 12. Oktober 1945 feierte. Sie saß bei Marlene Dreher in der Küche und knabberte an einem Stück trockenem Kuchen, den Marlene mit viel Mühe und wenig Zutaten für sie gebacken hatte. Nichts war aus der großen Feier geworden, von der sie einmal geträumt hatte, und selbst ein kleines bescheidenes Zusammensein mit Freunden und Familie fand nicht statt.

Der Vater war sehr zeitig in die Stadt aufgebrochen, weil er in der Uni gebraucht wurde. Ehemalige, emigrierte und zurückgekehrte Studenten hatten sich zu einem Komitee zusammengeschlossen und ihn zu ihrem Sprecher bestellt. Ausgerechnet heute war die Sitzung anberaumt, in der es um Baumaßnahmen für die fehlenden Studienräume ging.

So hatten Vater und Tochter nur ein paar Minuten bei einem gemeinsamen, bescheidenen Frühstück verbracht. Er hatte ihr gratuliert, eine Aktentasche aus Kunststoff als neue Schulmappe geschenkt und dabei wieder das leidige Thema des Schulbesuchs angeschnitten. Wirklich kein Thema für einen siebzehnten Geburtstag, dachte Isabella enttäuscht und erklärte: »Vater, du musst mir etwas Zeit lassen. Ich habe schreckliche Monate hinter mir, die ich erst verkraften muss. Mein ganzes Leben wurde schließlich auf den Kopf gestellt.«

»Ja, natürlich, aber die Schule könnte dir dabei helfen, in die Normalität zurückzukehren. Du hättest einen geregelten Tagesablauf, sähest deine alten Freundinnen wieder und bekämst eigene Aufgaben. Und wenn du tüchtig arbeitest, bist du ganz schnell fertig, erhältst dein Abschlusszeugnis und dann sehen wir weiter.«

Aber Isabella schüttelte unwillig den Kopf. »Vater, ich kann ja verstehen, dass du bestimmte Pläne hast und wahrscheinlich hoffst du, dass ich, wie du, irgendwann einmal studiere und wissenschaftlich arbeite. Aber ich habe dazu überhaupt keine Lust. Ich möchte viel lieber mit den Händen als mit dem Kopf arbeiten. Ich miste lieber Ställe aus als Latein zu büffeln.«

»Unsinn, wie stellst du dir das vor? In den nächsten Jahren wird sich gerade in Bezug auf die Frauenarbeit vieles ändern und ich garantiere dir, nur wer ein Studium nachweisen kann, hat eine Chance auf einen guten Beruf.« Conrad stand verärgert auf und griff nach seinem Mantel. »Ich muss weg, ich habe eine Konferenz, da kann ich nicht zu spät kommen.«

Aber auch Isabella war aufgestanden und stellte sich vor den Vater. »Nein, Paps, du gehst jetzt nicht weg. Ich will das Thema zu Ende bringen. Ich will nicht mehr lernen. Dass ich keinen Abschluss habe, stört mich nicht. Ich habe vom Großvater einen Bauernhof geerbt, und um den werde ich mich kümmern. Ich will sehen, wie es auf der Insel Sylt ist, wie man da leben und was man da tun kann, und wenn ich das weiß, überlege ich mir, wie es weitergehen soll.«

»Isabella, du vergisst, dass du heute erst siebzehn Jahre alt wirst.« Sie spürte, dass der Vater ärgerlich wurde, und das war eine schlechte Ausgangsposition für eine ernsthafte Diskussion. »Du wirst noch ein Weile das tun, was ich für richtig halte«, erklärte er konsequent. »Es ist wunderbar, dass du diesen Hof besitzt, aber vorläufig wird er von einem Pächter versorgt, und dabei bleibt es in den nächsten Jahren.«

Enttäuscht sah die Tochter den Vater an. »Jetzt kehrst du den alten Erzieher raus, Vater, jetzt willst du wieder das Oberhaupt sein, der Herr Professor, der das Sagen hat. Wo zum Teufel ist mein guter, verständnisvoller väterlicher Freund geblieben, mit dem ich alles besprechen konnte?« Sie war den Tränen nahe. »Ausgerechnet an meinem Geburtstag fängst du mit dieser blöden Bevormundung an. Ich bin auf dem besten Weg, ein erwachsener Mensch zu werden, und du willst aus mir wieder das kleine Mädchen machen. Ist das dein Geburtstagsgeschenk?«

»Irgendwann wirst du verstehen, dass ich Recht habe, und ich hoffe von Herzen, dass deine Erkenntnis nicht zu spät kommt. Wir reden heute Abend weiter, ich muss jetzt wirklich gehen. Aber das sage ich dir schon jetzt: Es ist mein Wunsch und mein Wille, dass du die Schule mit dem Abitur beendest, und davon werde ich nicht abweichen.«

Dann war er weg, und Isabella saß allein und enttäuscht vor dem kümmerlich gedeckten Frühstückstisch. Sie dachte an ihre Mutter. Ob die mich verstanden und unterstützt hätte? Sie schüttelte den Kopf. Nein, Mutter hat immer nur das gemacht, was Vater gesagt hat, sie hatte nie einen eigenen Willen, und meinetwegen hätte sie sich bestimmt nicht mit dem Vater angelegt.

Sie merkte, dass ihr die Tränen in den Augen standen. Verdammt, warum gibt es niemanden, der mich versteht, der auf meiner Seite ist, mit dem ich richtig reden kann. Immer muss ich mit allem allein fertig werden. Sie dachte an Annemarie, aber die war zu jung und hatte keine Probleme mit der Zukunft. Die will Kostüme für die Oper nähen, und das wird sie auch machen. Die braucht kein Abitur und kein Studium und keine Erlaubnis für irgendwas. Sie dachte auch an Christiane und Friederike Fürstenberg, fast wären wir Freundinnen geworden, überlegte sie, aber seit der Flucht gab es von ihnen nur einen einzigen Brief und sonst kein Lebenszeichen mehr. Sie werden kämpfen, sie haben ihre Ziele, holen sich ihre Rechte, ihr Grundstück, ihre Fabrik und ihren übrigen Besitz zurück, sie haben gar keine Zeit für mich.

Sie dachte auch an Michael, aber seit dem Abschied in dieser ersten Oktobernacht hatte sie nichts mehr von ihm gehört. Vielleicht war ich zu zurückhaltend, überlegte sie, vielleicht war ich nicht begeistert genug, vielleicht ist er beleidigt, dass ich nicht Feuer und Flamme für seine Zukunftspläne war. Bestimmt hat er meine Zurückhaltung gespürt. Schade, dachte sie, er ist schon ein besonderer Mann, fragt sich nur, ob ich die entsprechende Frau für ihn geworden wäre. Trotzdem, dass er sich nicht mehr meldet.

Sie dachte auch an Jürgen Brandt, den sie eigentlich zu ihrem Geburtstag einladen wollte. Aber von ihm hatte sie vor ein paar Tagen seltsame Post bekommen. Irgendjemand hatte den Umschlag in den Hausbriefkasten gesteckt. Er enthielt eine Postkarte mit der Abbildung des berühmten David von Michelangelo vor den Florenzer Uffizien und ein recht schwülstiges Liebesgedicht auf der Rückseite, von dem sie nicht wusste, ob es wirklich ein Werk von Jürgen war. Auf jeden Fall fand sie den nackten Jüngling in Verbindung mit dem Liebesvers ziemlich unpassend. Außerdem lag noch ein Zettel in dem Umschlag mit freundlichen Geburtstagsgrüßen und der Mitteilung: »Ich war in Belgien in Gefangenschaft. Jetzt arbeite ich hier freiwillig in einer Kohlengrube. Ich verdiene ganz gut und spare mein Geld für ein Rennrad. Den Lenker habe ich schon. Hier gibt es die tollsten Rennräder, und ich komme erst zurück, wenn ich eins besitze.«

Isabella lachte laut auf. Typisch Jürgen, dachte sie, der und sein Fahrrad, und welch eine Wichtigkeit es für ihn besaß. Sie schüttelte den Kopf: Ich kämpfe gegen Heiratsanträge, und der kämpft um ein Rennrad. Sie dachte an vergangene Geburtstage und an seine liebevoll gebastelten Geschenke. Meist waren es bunt bemalte Laubsägearbeiten, kleine Tischkalender oder bunte Wandfiguren. Nichts Besonderes, aber selbst gemacht, und das zählt, überlegte sie, und dann bedauerte sie noch einmal das Schweigen von Michael. Heute, an diesem Tag, hätte sie gern etwas von ihm gehört.

Sie räumte das Geschirr weg, zog sich den Mantel der Mutter und deren Stiefeletten an und ging nach draußen. Die Schuhe drückten zwar, aber ihre Füße würden sich schon an die kleineren Schuhe gewöhnen.

Es war ein kühler, aber sonniger Herbsttag. Wiesenflächen, die im Schatten lagen, waren noch mit dem Reif des ersten Nachtfrostes bedeckt. Es roch nach welkem Laub, feuchter Erde und pflanzlicher Verwesung, ein Geruch, den sie immer schon mit ihrem Geburtstag in Verbindung gebracht hatte und den sie liebte. Er gehörte zu ihr wie die Sträucher mit den kleinen blauen Herbstastern, mit denen die Mutter früher ihren Geburtstagstisch geschmückt hatte. Vielleicht kann ich irgendwo ein paar heimlich abpflücken, die Büsche stehen in vollster Blüte, und viele Zweige ragen durch die Zäune hindurch ...

Sie ging hinunter zur Elbe, die im grauen Licht des Oktobertages träge in ihrem breiten Bett dahinfloss. Schiffe waren nicht zu sehen, die Blockade verhinderte den Frachtverkehr, und Passagiere waren in diesen wirren Zeiten sowieso nicht unterwegs. Sie sah hinüber zum anderen Ufer. Industrieanlagen hatten sich elbeabwärts ausgedehnt. Wo früher Bauern ihre Obstplantagen pflegten, waren in den letzten Jahren vor dem Krieg kleine Werften, Anlegebrücken und Fabriken entstanden. Jetzt waren die meisten Anlagen zerstört oder stillgelegt.

Sie stand am Ufer auf dem schmalen Sandstreifen, der immer wieder überflutet wurde, und sah den kleinen Wellen zu, die Stroh, Äste und Holzstückchen vor ihre Füße spülten. Ein paar Spaziergänger waren unterwegs, alte Leute, die nicht mehr arbeiten mussten und ihre Hunde ausführten. Isabella freute sich, dass es noch Menschen gab, die ihre kärglichen Lebensmittelzuteilungen mit den Vierbeinern teilten.

Dann machte sie sich auf den Rückweg. Sie hatte Marlene Dreher versprochen, bei ihr hereinzuschauen. Unterwegs pflückte sie dann doch einen kleinen Strauß der blauen Herbstastern. Der kräftige Duft erinnerte sie an die Großmutter in Friedrichshain, auch sie hatte Büsche davon in ihrem Bauerngarten hinterm Haus gepflanzt. Was wohl aus meiner gebrechlichen, geliebten Oma geworden ist? Ob sie sich bei ihren anderen Töchtern wohl fühlt? Isabella hatte immer noch Schuldgefühle, wenn sie daran dachte, dass sie die Großmutter letzten Endes allein gelassen hatte.

Sie war in keiner guten Stimmung, als sie bei den Drehers eintraf. Der kleine Stephan, den sie als Baby so gern ausgefahren hatte, spielte mit einer Holzeisenbahn auf dem Rasen. In der Küche klapperte Geschirr. Das übrige Haus schien leer zu sein. Genau wie bei uns, dachte sie, tagsüber müssen sie alle arbeiten. Ich bin gespannt, wann sie mich zum Trümmerräumen holen. Vielleicht ist es dann doch besser, ich gehe zur Schule?

Sie klopfte wohlerzogen und streckte als Erstes den kleinen Strauß durch die Tür.

»Hallo, Frau Dreher, ich habe Ihnen meine Lieblingsblumen mitgebracht.«

Marlene lachte. »Komm doch erst einmal herein. Den Strauß stellen wir auf den Kaffeetisch, meine eigenen Blumenbeete sind längst dem Gemüse gewichen. Aber erst einmal: Herzlichen Glückwunsch zum Siebzehnten. Wo sind bloß all die Jahre geblieben?«

Isabella zog den Mantel aus, streifte die sandigen Stiefeletten ab und setzte sich. »Danke, dass Sie mich eingeladen haben. Ich habe der Elbe schon einen Besuch abgestattet.«

»Du bist ganz allein heute, nicht wahr?«

»Ja.«

Marlene merkte mit feinem Gespür, wie einsam und ratlos Isabella war. Sie setzte sich zu ihr und nahm ihre Hand. »Du weißt, dass du immer herkommen kannst. Ich war auch einmal jung und weiß, dass man manchmal vollkommen einsam und ratlos ist. Oft dachte ich, es gäbe keinen einzigen Menschen auf der Welt, der mich versteht.«

»Und was haben Sie dann gemacht?«

»Ich habe mich versteckt und mich bedauert. Aber ich sage dir, das bringt gar nichts. Heute weiß ich, dass man das Selbstmitleid besiegen muss, dass man ganz einfach das tun sollte, was man wirklich will.

Isabella zuckte mit den Schultern. »Ich weiß auch, was gut für mich ist, aber mein Vater ist anderer Meinung, und ich muss tun, was er will.«

»Und was ist das?«

»Ich soll weiter zur Schule gehen, das Abi machen und studieren. Er meint, dies wäre für eine Frau unabdingbar, wenn sie etwas werden will.«

»Und was willst du?«

»Auf keinen Fall weiter zur Schule gehen. Ich habe vom Großvater einen Bauernhof auf Sylt geerbt, da würde ich gern hinziehen und arbeiten.«

»Und hier hält dich gar nichts mehr?«

»Na ja, ich habe den Michael Fürstenberg kennen gelernt, der meint, wir könnten zusammenleben und gemeinsam etwas aufbauen. Aber dann hat er nichts mehr von sich hören lassen.«

»Und dir würde das gefallen?«

»Ich weiß nicht. Er gefällt mir schon, aber mit seinen Plänen komme ich nicht zurecht.«

»Und was sind das für Pläne?«

»Er will eines Tages etwas ganz Außergewöhnliches schaffen und ich soll bei ihm sein, weil er mich gern hat. Aber das kommt alles so plötzlich.«

»Armes Mädchen, da hat er dich ja ganz schön überfahren. Aber die Männer von heute haben einfach keine Zeit und keine Geduld für Gefühle. Sie haben so viele Jahre durch den Krieg verloren, dass sie nun denken, sie müssten die verlorene Zeit möglichst schnell nachholen. Lass dich da nicht hineinziehen. Wenn er dich gern hat, wird er Verständnis für dich haben. Warte ab!«

»Seit dem Abend, als er mir seine Liebe gestanden hat, habe ich nichts mehr von ihm gehört. Vielleicht ist er wütend, dass ich von seinen Ideen nicht hellauf begeistert war.«

»Dann ist es mit seinen Gefühlen nicht weit her. Sei vorsichtig und tu genau das, was dir dein Verstand sagt, mit Herzensdingen muss man sehr behutsam umgehen.« Marlene sah sie prüfend an. »Magst du ihn denn?«

Isabella zuckte mit den Schultern: »Ehrlich gesagt, ich weiß es nicht. Es gefällt mir schon, dass er so männlich und so selbstsicher ist, das imponiert mir.«

»Aber ein Mann, der dich lediglich beeindruckt, hat doch noch lange nicht deine Liebe, Isabella.«

»Ich weiß, aber wenn ich einen Mann wirklich gern habe, dann möchte ich auch zu ihm aufsehen können. Ein Mann, der mir gefällt, soll stark sein.«

»Dann mach dich auf Enttäuschungen gefasst, Liebes.«

»Warum?«

»Starke Männer suchen starke Frauen und keine anlehnungsbedürftigen Wesen.«

»Ähnliches hat Michael zu mir gesagt. Er meinte, er brauche auch einen Halt, den er bei mir fände.«

»Dann solltest du auf dieser Grundlage weitermachen.«

»Sie meinen gegenseitige Hilfe statt gegenseitige Rücksichtnahme und Liebe? Das verstehe ich nicht.«

»Zwei Menschen, die sich achten und helfen, wachsen zusammen, viel stärker als durch Leidenschaft. Die wirkliche, lebenslange Liebe und Zuneigung kommt dann von ganz allein, Kind.« Sie legte den Arm um die Schultern ihrer ratlosen jungen Freundin. »Geh ihm ein Stückchen entgegen. Zeig ihm, dass du ihn verstehst, beweise, dass du eine starke Frau bist, die weiß, was sie will, die aber auch bereit ist, nachzugeben, wenn die Situation es verlangt.«

»Das hört sich alles so vernünftig an, aber was hat denn Vernunft noch mit Gefühlen zu tun?«

»Wenn die Vernunft von Liebe begleitet wird, merkst du, dass du auf dem richtigen Weg bist.«

»Und woran merke ich, dass Liebe im Spiel ist?«

»Wenn dein Herz schneller schlägt, sobald du ihn siehst, wenn es weh tut, weil er nicht da ist, wenn deine Knie nachgeben, wenn er dich berührt.«

»Ach Gott, ist das schwer. Ich weiß nicht, ob ich das alles empfinde und ob ich das überhaupt will.«

»Eines Tages wirst du es wissen.«

»Sie haben gut reden, Sie haben Ihre Erfahrungen gemacht und wissen Bescheid. Ich weiß überhaupt nichts und muss mich nun ganz neuen Gefühlen stellen.«

»Das musste ich auch, aber man schafft es, wenn man will, vor allem, wenn das Herz deutlicher spricht als die Vernunft, und genau das ist, glaube ich, bei dir der Fall.«

Unsicher, aber gestärkt, sah Isabella die Freundin an.

»Wenn ich nicht mehr weiterweiß, kann ich dann wiederkommen?«

»Immer, Isabella, immer.«

Neunundzwanzigstes Kapitel

Isabella stand auf, zog sich an und verabschiedete sich. Sie wusste, dass Marlene Dreher sich um den eigenen Haushalt kümmern musste. Alfons würde bald kommen und sein Essen verlangen, Annemarie hatte sicher auch bald Feierabend im Krankenhaus und kam hungrig heim, und der kleine Stephan quengelte und wollte, dass die Mutter mit ihm spielte.

Ziellos ging Isabella durch die Straßen. Die ersten Frauen kamen von der Arbeit zurück, müde und verstaubt, grau im Gesicht, wie der Mörtel, den sie den ganzen Tag von den Steinen klopften. Sie hatten das Haar unter Kopftüchern verborgen und trugen Kleider, die an Lumpen erinnerten. Einige hatten Kinder an der Hand. Sie haben ihre Kinder wohl schon aus den Betreuungsstellen abgeholt, um sich einen zweiten Weg zu ersparen, überlegte Isabella. Sie waren sehr still, diese Frauen, still und erschöpft.

Sie ging nachdenklich weiter. Eines Tages gehöre ich auch dazu. Vielleicht ist Vaters Idee mit der Schule doch nicht so schlecht, dachte sie, und wirbelte mit den Schuhen das welke Laub der Kastanien hoch. Einen Kampf mit dem Vater würde ich nicht gewinnen, will ich auch nicht. Ich will aber auch nicht verlieren, außerdem habe ich in den letzten Jahren genug getan, überlegte sie. Erst der Dienst beim BDM, den ich nicht mochte, ständig musste man um Medaillen und Anerkennung kämpfen, dann der Einsatz an der so genannten Heimatfront mit Broteschmieren und

Teeverteilen. Und kaum war ich hier weg, begann der Streit auf Friedrichshain, die Auseinandersetzungen mit dem sturen Großvater, die ich dann doch für mich entscheiden konnte – sie lächelte in der Erinnerung an die Wortgefechte; dann der Kampf mit der Angst, als die Russen kamen, und sie Streitereien um Eisenbahnplätze bei der Flucht, wunde Füße, um ein paar Lebensmittel und um etwas Wasser. Das war doch wirklich genug!«

Auf ihrem Weg gingen ihr noch viele Gedanken durch den Kopf.

»Da bist du ja endlich!«

Erschrocken blickte sie sich um. Michael Fürstenberg trat neben sie. »Ich dachte schon, du kommst nie mehr nach Hause.« Sie standen vor dem Gartenzaun. Isabella hatte gar nicht gemerkt, dass sie zu Hause angekommen war.

»Michael, wo kommst du denn her?«

»Ein guter Geist hat mir von deinem Geburtstag erzählt, den wollte ich nicht verpassen. Komm mit, es gibt da noch eine Bank bei der Kirche, da sind wir ziemlich ungestört.«

»Und dann?« Sie versuchte ihre Überraschung zu verbergen.

»Dann möchte ich mich bei dir entschuldigen.«

»Du? Bei mir?« Isabella wagte kaum zu sprechen. Sie hatte einen Kloß im Hals, der das Atmen schwer machte. Und sie hatte Mühe, mit dem Mann an ihrer Seite Schritt zu halten. Was hatte Marlene vom Zittern der Knie gesagt und vom aufgeregten Herzklopfen? Er ist gekommen, ist tatsächlich gekommen und ist mir nicht böse, dachte sie erleichtert.

»Aber zuerst möchte ich dir zu deinem Geburtstag gratulieren. Ich hoffe, dass alle deine Wünsche in Erfüllung gehen.«

Isabella lächelte. »Das wünsche ich mir auch, aber ich habe heute schon erfahren, dass das nicht passieren wird.«

»Was ist los?« Sie hatten die kleine Fachwerkkirche an der Elbchaussee erreicht, und Michael zeigte auf die Bank. »Komm, setzen wir uns, und dann erzählst du mir von diesen unerfüllten Wünschen.«

Sie setzten sich, und Michael legte den Arm um ihre Schultern. Er wagte nicht, sie näher an sich zu ziehen, aber er wollte sie wenigstens spüren.

»Mein Vater möchte, dass ich die Schule beende, aber ich will das nicht. Doch gegen meinen Vater komme ich nicht an.«

»Was möchtest du denn?«

»Ehrlich gesagt, ich weiß es nicht. Ich liebe das Leben auf dem Lande, und ich besitze einen Hof auf Sylt. Aber ich verstehe natürlich gar nichts von der Landwirtschaft. Also ist es Unsinn, davon zu träumen.«

»Dann müssen wir einen Kompromiss finden.«

Sie sah ihn mit großen Augen an. Er hatte »wir« gesagt, er hatte sich auf ihre Seite gestellt, er wollte ihr helfen – das war das Wichtigste. Und er sprach überhaupt nicht mehr von seinen Träumen.

»Danke.«

»Weißt du, ich kenne das mit den Wünschen und mit den Träumen. Es wäre traurig, wenn wir sie nicht hätten, doch die Wirklichkeit sieht oft leider ganz anders aus. Aber irgendwann, wenn man nicht mehr daran denkt, werden sie wahr. Ich verspreche dir, eines Tages reiten wir beide am Strand von Sylt auf Pferden, die uns gehören und in unserem eigenen Stall stehen.« Liebevoll strich er ihr eine Haarsträhne aus dem Gesicht. Dann zog er sie doch an sich und küsste sie liebevoll auf den Mund. Nicht drängend, nicht fordernd, einfach nur zärtlich. »So, und nun will ich mich endlich dafür entschuldigen, dass ich dich neulich so überrumpelt habe.«

»Na ja, ich gebe zu, ich war ziemlich überrascht. Ich hatte mir unser Wiedersehen anders vorgestellt«, sie lächelte, »freudig, aber nicht so, wenn du weißt, was ich meine.«

»Ich weiß sehr gut, was du meinst und was sich gehört, aber meine Gefühle sind einfach mit mir durchgegangen. Als ich dich sah, war kein Halten mehr. Verzeih, aber ich habe zu oft an unser erstes Treffen gedacht. Ich habe mir immer wieder ausgemalt, wie es sein könnte und was ich dir alles sagen würde, sodass es für mich ganz selbstverständlich war, dich in die Arme zu nehmen und mit meinen Plänen zu überschütten.« Er lächelte. »Aber wie das mit den Wünschen ist, haben wir eben schon geklärt. Nur, wenn man in einem Lager eingesperrt ist, hat man gar nichts anderes außer seinen Wünschen.«

»Ich verstehe dich ja, Michael, ich brauche nur ein bisschen Zeit.«

»Das weiß ich, aber nun zu deinem Problem. Schule nein? Oder doch?«

»Eigentlich habe ich nichts gegen die Schule, aber die meisten Fächer hasse ich. Warum soll ich mich mit Mathe und Latein und den naturwissenschaftlichen Fächern abquälen, wenn ich sie nicht mag und sie mir nichts nützen.«

»Dann such dir Fächer, die dir Spaß machen. Biologie, wenn du Tiere magst, Erdkunde, wenn du die Welt kennen lernen willst. Vielleicht kannst du kochen lernen, das würde mir sehr gefallen.« Jetzt lachten sie beide.

Isabella wurde wieder ernst. »Ich möchte was fürs Leben lernen. Kindererziehen zum Beispiel oder einen Haushalt führen, oder wie man mit Geld umgeht, das sind doch Sachen, die man brauchen kann.«

»Dann such dir eine Schule, die das anbietet. Und beeile dich, ich rechne mit dir, Isabella.«

Isabella sah ihn nachdenklich an. »Du hast das alles neulich ernst gemeint, nicht wahr?«

»Ich habe noch nie etwas ernster gemeint als das, was ich im Hirschpark gesagt habe. Isabella, ich habe dich sehr lieb, und eines Tages möchte ich, dass du meine Frau wirst. Aber heute werde ich dich damit nicht wieder überrennen. Ich lass dir alle Zeit, die du brauchst, aber denke daran, dass ich auf dich warte.«

Isabella lehnte sich glücklich an ihn. Es gab also doch einen Menschen, der für sie da war, der sich Sorgen um sie machte und eine richtig gute Schulter zum Anlehnen hatte. Es war das schönste Geburtstagsgeschenk, das sie sich wünschen konnte. Gleich morgen würde sie sich um die Schule kümmern. Es gab sicher wieder ein Schulamt, in dem man Auskunft bekam. Sie sah Michael an, der nachdenklich über die still dahinströmende Elbe schaute.

»Und was hast du gemacht? Werden deine Wünsche in Erfüllung gehen?«

Mit Bestürzung sah sie, wie ein Schatten über sein Gesicht flog. »Ich weiß es nicht. Ich habe so hochfliegende Pläne, und ich fürchte, sie lösen sich in Luft auf.«

»Aber, Michael, du hast doch gerade gesagt, irgendwann gehen alle Wünsche in Erfüllung. Glaubst du denn nicht mehr an deine Träume?«

Er zog sie enger an sich, lehnte seinen Kopf gegen ihr Haar und genoss den Duft nach Seife und Kamillentee. »Ich möchte etwas Großartiges schaffen, etwas Einmaliges, und dabei sind uns Deutschen doch die Hände gebunden. Was können, was dürfen wir denn tun? Daran hatte ich bis jetzt überhaupt nicht gedacht.«

Isabella nahm seine Hand und sagte: »Ich habe in den letzten Jahren gelernt, dass es immer einen Ausweg gibt. Wir werden diesen Weg finden.« Jetzt hatte sie das »Wir« ausgesprochen, und überrascht von ihrem eigenen Mut sah sie ihn an, und so entging ihr nicht, wie sehr er sich über ihre Worte freute.

»Du hast mehr Mut als ich, Isabella.«

»Wir schaffen das. Ich beende die Schule, und du realisierst deine Träume.«

Jetzt lachten sie beide. Es war ein vorsichtiges, aber zuversichtliches Lachen.

Michael nahm ihre Hand und küsste die Finger, jeden einzelnen.

»Ich glaube, wir brauchen einfach Zeit. Die Zeit wird vieles regeln, was jetzt unmöglich aussieht. Ich muss nur lernen, mit ihr besser umzugehen.«

Verträumt sah Isabella der untergehenden Sonne nach. Nun ist es doch noch romantisch geworden, dachte sie glücklich, genauso wie es sich gehört. Vom Wasser her strich eine leichte Brise durch das welke Laub auf den Wegen. Zwei alte Frauen mit Harken und Hacken kamen durch die Friedhofspforte und gingen an ihnen vorbei. Dämmerung breitete sich aus. Noch einmal nahm Michael Isabella in die Arme und küsste sie zärtlich. »Ich würde gern deinen Vater kennen lernen, aber du musst mir sagen, wann es dir recht ist.«

»Lass uns beiden noch etwas Zeit. So ein Gespräch macht unser Zusammensein offiziell, und ich kenne meinen Vater. Er hätte ab sofort Angst um meinen guten Ruf.«

»Ja, natürlich, obwohl ich meine Hand für mich ins Feuer legen würde«, scherzte Michael, um eine kleine Enttäuschung zu verbergen. Er hätte gern die Sicherheit eines klärenden Gespräches gehabt. Aber er hatte sich vorgenommen, nichts zu überstürzen, und er hatte doch versprochen, ihr Zeit zu lassen.

Isabella stand auf. »Es wird kühl. Die ersten kleinen Nachtfröste kündigen sich an. Wann sehen wir uns wieder, Michael?«

»In einer Woche zur gleichen Zeit hier auf der Bank, wenn du magst.«

»Ja, natürlich.« Es fiel ihr schwer, die Enttäuschung zu verbergen. Warum erst in einer Woche und nicht schon morgen, dachte sie?

Michael nahm ihre Hand. »Ich muss mich intensiv um meinen Vater kümmern. Man hat ihn in Neuengamme inhaftiert und ich versuche, ihn dort herauszuholen. Er ist sehr geschwächt, und meine Mutter hat große Angst vor dem Winter, der in dem Lager unmenschlich hart werden wird. Für mich bedeutet das viel Fahrerei, viel Warterei und viele Verhandlungen. Es tut mir Leid, aber das bin ich meinen Eltern schuldig.«

»Warum ist er dort, und was ist das für ein Lager?«

»Die Nazis haben dort zuvor Juden, Ausländer und unliebsame Mitbürger eingesperrt. Jetzt hält man sie selbst fest, bis bewiesen ist, ob sie Verbrechen begangen haben oder nicht.«

»Mein Gott, wie schrecklich. Und nun hat man deinen Vater dahin gebracht? Er war doch Soldat, und vorher hat er die Firma geführt.«

»Er war ein so genannter Mitläufer der Partei ohne Rang und Namen, und ich muss nun Leute finden, die das beeiden.«

Isabella schwieg einen Augenblick. »Man weiß überhaupt nicht, was sich da draußen alles abspielt. Kein Radio, kaum mal eine Zeitung, was passiert in der Welt? Wir gehören doch dazu.«

»Jetzt haben die Sieger das Sagen, und wir erfahren nur, was sie für nötig halten.«

»Und was halten sie für nötig?«

Michael zuckte mit den Schultern. »Sie tagen und teilen uns auf. Es gab Konferenzen auf Jalta und in Potsdam, und die Leute erzählen, es sei zu Abschlüssen über neue Landesgrenzen und Zonen gekommen, aber wir wissen nichts davon.«

»Wir erfahren ja nicht einmal, was in Hamburg los ist.«

»Ein britischer Sender wurde im September in »Nordwestdeutscher Rundfunk« umbenannt.«

»Und wer hat Strom und besitzt noch so einen Apparat, um zuzuhören?«

»Die Briten haben den Kaufmann Rudolf Petersen zum Bürgermeister ernannt. Er sorgt dafür, dass alle früheren Nazis aus dem Rathaus und aus der Verwaltung ihre Ämter verlieren. Lehrer, Professoren, Polizisten, Amtsleiter, alle, die höhere Ämter innehatten. Nun weißt du, was in Hamburg passiert.«

»Du bist gut informiert.«

»Ich bin viel unterwegs, da hört man so dies und das. Ach und noch etwas, seit Mitte Juli dürfen die britischen Soldaten Kontakte zur deutschen Bevölkerung haben. Das ist für mich sehr wichtig. Ich kenne zwei und hoffe, sie helfen mir bei den Problemen mit meinem Vater.«

»Bestimmt, Michael! Du hast sicher bald Erfolg.«

Langsam schlenderten sie Hand in Hand durch die dunklen Straßen. An der Ecke zur Alleestraße blieb Isabella stehen. »Es ist besser, wir trennen uns hier. Ich freue mich, dass du gekommen bist, dadurch habe ich den schönsten Geburtstag meines Lebens gefeiert.« Jetzt war sie es, die ihn herzlich umarmte. Dann trennte sie sich schnell und ging davon.

Michael sah ihr nach, bis sie den Garten erreichte. Dann machte er sich auf seinen langen, beschwerlichen Heimweg. Den Mittelweg zu erreichen, war noch immer kompliziert und mühsam. Selten fuhr eine Bahn, noch seltener war ein Omnibus unterwegs, und die Kontrollen auf den nächtlichen Straßen waren nicht immer angenehm. Aber um Isabella zu treffen, war ihm kein Weg zu weit, doch hoffentlich hat diese Heimlichtuerei bald ein Ende, dachte er. Ich werde schon dafür sorgen, dass wir uns in der Öffentlichkeit zeigen dürfen.

Aber dann schüttelte er unwillig den Kopf. Erst einmal muss ich Boden unter die Füße bekommen. Wer bin ich denn?, dachte er. Ein Marineoffizier ohne Bleibe und Beruf. Bevor ich offen um Isabella werben kann, muss ich beweisen, dass ich ein Mann bin, der weiß, wo es langgeht. Diese verdammten, verlorenen Jahre. Erst der Arbeits-, dann der Kriegsdienst. Jetzt bin ich fast fünfundzwanzig, und was habe ich? Was kann ich? Bei null muss ich anfangen, so einfach ist das. Da nützen keine Träume und keine Visionen, da zählen nur Realitäten, und die sehen schlecht aus. Gut, eines Tages gehört mir Mutters kleine Firma, wenn sie nicht zur Wiedergutmachung der Kriegsschulden enteignet wird. Und dann? Auch ich muss in die Schule gehen, genauso wie Isabella, dachte er resigniert. Mit fünfundzwanzig fange ich mit der Ausbildung an, statt sie abzuschließen. Wir müssen beide noch eine Menge lernen. Verärgert zertrat er ein paar trockene Eicheln, dann ging er schnellen Schrittes davon.

Isabella stieg leise die Treppen hinauf. Im Haus war Ruhe eingekehrt. Aber als sie die Bodentreppe erreichte, hörte sie Stimmen aus den Mansardenzimmern. Vater ist also wieder da, überlegte sie, aber wer ist die Frau, mit der er redet? Die Stimme kommt mir bekannt vor, aber ich kann mich nicht erinnern, wo ich sie bereits gehört habe. Dann redete ein Kind. Und ein zweites rief aus dem anderen, aus ihrem Zimmer: »Seid endlich still, ich will schlafen.«

Wir haben Besuch, dachte sie erschrocken. Meine Güte, wer kommt denn so spät zu uns? Sie öffnete die Tür. Am Tisch saßen der Vater, die Frau aus Berlin und ein Junge, der müde in das Kerzenlicht blinzelte.

Conrad sprang auf. »Da bist du ja endlich, ich habe mir schon Sorgen gemacht. Wie du siehst, haben wir Besuch. Ingrid Lehmbruck ist mit ihren Jungen gekommen. Sie braucht eine Unterkunft, weil die Ruine, in der sie gewohnt hat, abgerissen wird. In den letzten Kriegstagen hat sie mir geholfen, und auf unserer Flucht im August durften wir beide bei ihr übernachten, nun braucht sie Hilfe, und die habe ich ihr auch angeboten.«

Auch Ingrid Lehmbruck war inzwischen aufgestanden. »Ich wusste einfach nicht wohin«, erklärte sie müde.

Isabella sah den Vater fragend an. Er nickte. »Wir finden schon eine Lösung. Morgen früh gehe ich zum Amt und beantrage Eigenbedarf unten im Haus. Frau Lehmbruck hat Papiere, die sie berechtigen, in Hamburg zu wohnen. Wir schaffen das schon.«

»Und bis dahin?«

»Müssen wir zusammenrücken wie damals in Berlin.«

»Mein Bett ist schon besetzt, nicht wahr?«

»Die Kinder sind müde, und du warst nicht da.«

»Ist schon in Ordnung.«

»Wir schlafen alle drei in dem Bett, das ist kein Problem«, versicherte Ingrid.

»Ach ja?« Isabella war wütend. Konnte man nicht warten? Konnte man sie nicht wenigstens fragen? Sie beobachtete die fremde Frau und den Vater. Die beiden sind recht vertraut miteinander, stellte sie erschrocken fest. Was war in diesen Maiwochen in Berlin vorgefallen? Diese Vertrautheit war ihr schon während der Durchreise aufgefallen, aber damals hatte sie das Gefühl von aufkommender Eifersucht abgeschüttelt, es war für die paar Stunden nicht von Bedeutung. Aber was passierte jetzt?

Dreißigstes Kapitel

Wochen und Monate vergingen. Der Winter, ein harter, grausamer Winter, zog über das Land. Er machte das Leben unerträglich. Menschen verhungerten, Menschen erfroren. Der schwarze Markt blühte, und der Kohlenklau wurde schwer bestraft.

Im Haus der Stellings hatte sich Ingrid Lehmbruck mit ihren Jungen fest einquartiert. Das Einwohnermeldeamt gab drei Zimmer frei, und man konnte die Mansarde verlassen und ins Erdgeschoss umziehen. Ausschlaggebend für die Freigabe war die Tatsache, dass Ingrid Lehmbruck ausgebombt und Kriegerwitwe mit zwei Söhnen war, denn aus Berlin erhielt sie die Nachricht, dass ihr Mann in den letzten Kriegstagen verwundet und im Lazarett seinen Verletzungen erlegen war. Ihrer hingebungsvollen Verehrung für Conrad Stelling stand nun nichts mehr im Wege.

Der Professor hatte dank der Fürsprache seiner Studenten den Posten eines stellvertretenden Rektors bekommen und ging in seiner Arbeit auf. Sein höheres Gehalt wurde dringend gebraucht, denn die Witwe mit den zwei Kindern bekam nur eine geringe Kriegsrente, weil ihr Mann einfacher Soldat gewesen war; und Isabella weigerte sich, das geerbte Vermögen des Großvaters in der Schweiz in einer Zeit, in der die Reichsmark ständig an Wert verlor, anzutasten.

Conrad verließ morgens das Haus und kehrte oft erst am späten Abend zurück. Er genoss die Zuneigung der jungen Witwe, ging aber Gesprächen mit seiner Tochter aus dem Wege.

Isabella war zum Erstaunen des Vaters sehr fügsam geworden. Sie besuchte eine Frauenfachschule, in der sie ein Fachabitur machen konnte, und belegte zusätzliche Kurse an einer Fremdsprachenschule und in einer neu gegründeten Wirtschaftsakademie. Sie war selten zu Hause, und wenn sie abends heimkam, zog sie sich sofort in ihr Zimmer zurück. Sie wusste, was sich zwischen dem Vater und der Frau anbahnte, und wollte in keiner Weise in diese Beziehung einbezogen werden. Die Vertraulichkeiten der beiden schenkten ihr selbst aber viele Freiheiten, die ihr die Treffen mit Michael erleichterten.

Michael hatte mit Hilfe von Bob und Bill sowie der Fürsprache des alten Prokuristen der kleinen Firma, der jetzt ein angesehener Gewerkschaftsführer war und der SPD angehörte, seinen Vater aus dem Lager holen können. Die beiden Engländer, inzwischen gute Freunde der Familie, kämpften gemeinsam um die Gunst von Christiane. Und Michael sah mit Vergnügen, dass die Zuneigung seiner Schwester mal dem einen, dann wieder dem anderen galt, wie sie die beiden gerade brauchen konnte.

Er selbst musste seinen Weg noch finden. Er war gerade in der Stadt unterwegs, als er plötzlich wusste, was zu tun war. Wir brauchen Häuser und Wohnungen für die Hamburger, die alles verloren haben, stellte er fest. So würde er so bald wie möglich mit einem Architekturstudium beginnen.

Im Mai 1946 heirateten Conrad Stelling und Ingrid Lehmbruck, die beiden Jungen wurden von Conrad adoptiert, und eine Woche später zog Isabella in das Haus der Drehers. Sie wusste, dass sie den Vater und damit ihr Zuhause verloren hatte.

Annemarie stellte der Freundin ihr Zimmer zur Verfügung. Sie selbst besuchte eine Fachschule für Kostümschneiderei in Berlin und konnte mit Hilfe von Isabellas Miete die eigene Unterkunft in Wilmersdorf finanzieren.

Isabella und Michael hatten wenig Zeit füreinander. Sie trafen sich oft nur einmal in der Woche, und die kleine alte Bank an der Kirchenmauer war ihr einziges Domizil. Nur wenn die Kälte zu unerträglich war, flüchteten sie, stillschweigend geduldet von Pastor und Küster, in das Kirchenschiff.

Im Juli, die Semesterferien hatten gerade begonnen, beschlossen sie, gemeinsam nach Sylt zu reisen. Isabella kündigte dem Verwalter ihr Kommen an und bat ihn, zwei preisgünstige Zimmer in einer möglichst nahe gelegenen Pension zu besorgen. Da es noch keine Seebäderschiffe wie vor dem Krieg gab, fuhren sie mit einem Bummelzug voller Hamsterer, die ihre letzten Teppiche und antiken Silberleuchter gegen Kartoffeln und Speck einzutauschen versuchten, bis nach Niebüll und mit einem kleinen Zug aus offenen Loren über den Hindenburgdamm auf die Insel.

In Westerland holte sie Helge Woltersen mit einem Pferdefuhrwerk ab. Die Fahrt in der beginnenden Dunkelheit war romantisch, und die beiden Gäste saßen eng umschlungen auf einem Strohballen hinter dem Kutscher auf der Ladefläche. Die Dünen der Westküste ließen sie hinter sich und fuhren gen Osten nach Morsum. Je weiter sie kamen, umso stiller wurde das Land und umso weiter der Himmel. Isabella schmiegte sich eng an Michael und dachte glücklich: Er ist so stark, so zuverlässig, so sicher – wie gut, dass ich ihn an meiner Seite habe.

Die Pferde, zwei Norweger, legten ein zügiges Tempo vor, sie witterten den Stall und das abendliche Futter. Kleine Priele durchzogen die Weiden, Heideland nahm große

Flächen ein. Die Gehöfte standen weit voneinander entfernt, und ein Deich verhinderte die Sicht auf das Wattenmeer.

Später kamen sie durch Keitum. Friedlich duckten sich die reetgedeckten niedrigen Friesenhäuser mit dem hohen Giebel über der Eingangstür unter Linden und Eichen und Ulmen. Die Butzenscheiben der kleinen Fenster verströmten warmes, heimeliges Licht. Die Glocke der etwas entfernt stehenden Kirche läutete acht Mal. Alles war so unbeschreiblich friedlich, als hätte es nie einen Krieg mit all jenen Grausamkeiten gegeben. Michael legte den Arm um Isabellas Schultern. Er wusste, was in ihr vorging und wie sie in den vergangenen Wochen gelitten hatte. Die Entwicklung im Elternhaus war nicht spurlos an ihr vorübergegangen, und sie wollte endlich Abstand gewinnen. Er war froh, sie auf diesem wichtigen, prägenden Lebensabschnitt begleiten zu dürfen. Vor allem aber freute er sich auf die gemeinsamen Wochen. Endlich waren sie allein und kamen einander näher. Auch konnten sie sich richtig kennen lernen, Pläne für die Zukunft schmieden. Beide hatten schwere Wochen und Monate hinter sich, mussten bei ihren Planungen viele Enttäuschungen erleben, viele Rückschläge ertragen. Es wurde höchste Zeit, dem Leben Freude abzugewinnen, damit es wieder schön und lebenswert wurde.

Helge Woltersen zeigte mit der Peitsche nach vorn. »Da beginnt Morsum, und dort im Süden, das Gehöft mit der Fahnenstange neben dem Haus, ist der Uhlenhof. Früher nisteten Eulen unter dem Dach, aber das ist lange vorbei.«

Er lenkte das Gespann auf einen sandigen Seitenweg. Das Anwesen bestand aus zwei Gebäuden. Wie sie in der Dunkelheit sehen konnten, gab es ein Bauernhaus mit angebautem Stall und parallel dazu eine ebenso große Scheune.

Zwischen beiden erstreckte sich der Hof mit Geflügelhaus und Brunnen. »Wir haben zwei Zimmer für Sie vorbereitet. Die Höfe liegen hier weit auseinander. ›Warum sollen unsere Gäste woanders wohnen‹, hat meine Frau gesagt und die beiden Zimmer im Giebel gerichtet.«

Isabella lächelte glücklich. »Das ist nett. Wir werden sehr gern hier wohnen. Wir möchten Sie und den ganzen Hof kennen lernen.«

»Werden Sie einmal für immer hier leben?«

Michael spürte die berechtigte Sorge des Mannes, der um sein Heim und seine Arbeit bangte. »Nein, Herr Woltersen, wir müssen in Hamburg leben und arbeiten.« Er sah Isabella an, und als sie nickte, fuhr er fort: »Fräulein Stelling hat den Hof geerbt, das wissen Sie ja, wir werden gern in den Ferien herkommen und uns von der Großstadt erholen.«

Helge Woltersen nickte bedächtig, und die beiden spürten, wie erleichtert der Mann war.

Der Sandweg endete auf dem Hof. Woltersen zog die Zügel an, und die Pferde blieben gehorsam stehen, obwohl sie ungeduldig ihre grau-schwarze Mähne schüttelten und mit den blauen Hufen scharrten. Heidi Woltersen kam aus dem Haus. Zu Ehren der Gäste hatte sie die Morsumer Tracht angezogen und eine weiße Spitzenhaube über das Haar gebunden. »Herzlich willkommen«, rief sie höflich und half Isabella aus der Kutsche. »Sehr bequem ist der alte Plattenwagen ja nicht, aber für den Hof ist er unentbehrlich.« Isabella winkte ab. »Wir hatten eine sehr bequeme Fahrt auf dem Strohballen.«

Auch Michael war abgestiegen, und obwohl er Heidi Woltersen noch gar nicht kannte, wusste er, dass sie Geborgenheit versprach und eine liebevolle Betreuung. Bei dieser Frau sind wir gut aufgehoben, dachte er und begrüßte die Bäuerin besonders höflich.

Sie führte ihre Gäste ins Haus und zeigte auf eine Tür. »Wir haben natürlich auch eine ›Stube‹ aber ich habe den Tisch in der Küche gedeckt, da ist es viel gemütlicher.« Sie ging voraus, um die Küchentür zu öffnen. Warmes Licht erfüllte den Raum. In der Ecke stand ein breiter Holztisch mit irdenem Geschirr und einer Petroleumlampe darüber. Der Tisch war für sechs Personen gedeckt. »Unser Knecht und der Gehilfe essen mit uns. Mein Mann legt großen Wert auf eine familiäre Atmosphäre.«

Dann zeigte sie auf eine angrenzende Tür. »Wenn Sie sich erst einmal frisch machen wollen, wir haben fließendes Wasser in der Waschküche gleich nebenan, und die Toiletten finden Sie dort auch.«

Dankbar nickten die Gäste und gingen in den Nebenraum. »Wir werden uns hier wunderbar erholen«, lächelte Michael, »alles ist so natürlich und einfach, ganz anders als in Hamburg, und gerade dieser Unterschied wird uns gut tun. Mein Liebes, ich bin so glücklich.« Er umarmte Isabella und küsste sie zärtlich. »Und du? Freust du dich?«

»Ich kann es kaum beschreiben. Wir werden Hamburg mit all seinen Problemen vergessen.«

»Du hattest schwere Wochen.«

»Ich habe sie hinter mir, das ist es, was zählt.«

Sie gingen zurück in die Küche. Eine große Holzschüssel mit dampfenden Pellkartoffeln und ein Krug mit Buttermilch standen auf dem Tisch. Daneben lag auf einem Brett ein handgeformter Butterklumpen. Ein kräftiges Sauerteigbrot, ein Fässchen Salz und eine Pfanne mit brutzelnder Speckstippe verbreiteten einen unwiderstehlichen Duft.

Isabella sah fassungslos auf den Tisch. »Mein Gott, ich kann es nicht glauben. So viel Butter und Speck mit Zwiebeln. Und wie gut die Kartoffeln riechen, gar nicht vermodert und alt.« Sie griff nach Michaels Hand. »Dieser Hunger, ich kann nicht beschreiben, was für einen Hunger ich habe.«

Die Tür öffnete sich, und der Bauer trat mit seinen Arbeitern ein. Helge stellte sie vor. »Das ist Karl, er ist für das Vieh zuständig, und hier haben wir Benni, der sich um den Gemüsegarten und das Geflügel kümmert und die Milch in die Molkerei liefert. Außerdem gibt es noch den Schäfer, aber der ist im Sommer mit der Herde draußen hinterm Deich.«

Heidi unterbrach ihn lachend. »Halt, stopp, das hört sich ja an, als seien wir beide gar nicht vorhanden und faulenzen den ganzen Tag. Nein, nein, so ist es nicht. Mein Mann beackert die Felder und hält die Weiden und Priele in Schuss, und ich kümmere mich um das Obst und die Lebensmittel. Wir buttern und käsen selbst, und fürs Schlachten bin ich auch verantwortlich. Alles natürlich in kleinen Maßen, denn man muss alles abgeben. Nur was man für den eigenen Gebrauch beiseite legen kann, kommt mir in die Finger«, erklärte sie. »Die Vorschriften sind sehr streng, und mehrmals im Jahr kommen Kontrolleure und nehmen den Bestand auf. Wir füttern zum Beispiel hundert Gänse, drei dürfen wir behalten. Wir haben dreißig Milchkühe, aber pro Person steht uns nur ein Liter am Tag zu. Im Vergleich mit den Rationen, die es sonst gibt, ist das viel, aber schließlich verrichten wir auch eine wirklich schwere Arbeit, wir brauchen auch mehr.«

Michael nickte. »In Hamburg bekommen wir seit März nur noch fünf Kilogramm Brot im Monat und ein Kilo Nährmittel. Unsere Schulkinder haben im Durchschnitt acht Kilo Untergewicht, das ist schrecklich viel für ein Kind.«

»Trotz allem«, unterbrach Heidi die düsteren Schilderungen, »geht es uns hier auf dem Dorf besser als sonst irgendwo. Wir müssen körperlich schwer arbeiten, aber wir können uns satt essen, und ein paar Extras fallen immer ab. So, und nun wünsche ich guten Appetit.«

»Wir werden uns gern an der Arbeit beteiligen«, erklärte Isabella mit vollem Munde. »Ich kenne das Landleben vom Gut meines Großvaters, es macht mir nichts aus, mit den Hühnern aufzustehen.«

Es wurden wunderschöne, wenn auch arbeitsreiche Wochen. Die meiste Arbeit machten die Milchkühe. Isabella lernte melken, half die Kühe anschließend auf die Weide zu treiben und abends wieder hereinzuholen. Michael kümmerte sich hauptsächlich um die sechs Fjordpferde, denn ihr Geruch war nicht so penetrant wie der der Schweine, den man den ganzen Tag über nicht mehr loswurde. Waren die Tiere versorgt, gab es Frühstück, das meistens aus einem dicken Haferbrei mit frischer Sahne und selbst gebackenem Brot mit Marmelade aus dem eigenen Garten bestand. Danach erkundeten Isabella und Michael den Hof und die Umgebung, dehnten ihre Ausflüge immer weiter aus.

Eines Tage erklärte Helge Woltersen: »Zu Fuß kommen Sie nicht weit genug. Mir genügen im Augenblick zwei Gespanne, Sie können die beiden übrigen Pferde zum Reiten benutzen.«

»Zum Reiten?« Erschrocken sah Michael den Bauern an. »Kann man denn auf diesen Pferden reiten? Sie sind so massig und sehen so schwerfällig aus.«

»Es sind zuverlässige und trittsichere Pferde. Sie müssen ja nicht Rennen damit bestreiten, aber um die Insel kennen zu lernen sind sie ideal.«

»Wir können zwar beide reiten, aber auf dem bloßen Pferderücken? Gibt es denn Sättel und Zaumzeug?«

»Ich habe altes Sattelzeug auf dem Dachboden versteckt.

Ich wollte nicht, dass die Flakhelfer, die hier Fliegerabwehrgeschütze bedienten, mit den Pferden reiten. Ich hole heut Abend die Sachen, sie müssen natürlich gereinigt und gefettet werden, da sie noch von meinem Großvater stammen, aber man kann sie durchaus benutzen.«

Und vom nächsten Tag an erkundeten Michael und Isabella die Insel zu Pferde. Malte und Nelli waren die größten der sechs Fjordpferde und überaus sanftmütig. Waren sie gut gelaunt, fielen sie sogar hin und wieder in Trab oder Galopp. Zur Belohnung hatten die beiden Reiter immer Hafer in den Hosentaschen dabei. Entdeckte Michael ein besonders schönes Fleckchen Erde, eine kleine Vertiefung in der Heidefläche, eine Mulde in den Dünen oder ein verdecktes Wäldchen mit kaum mannshohen Nadelgehölzen, stiegen sie ab, banden die Pferde fest und breiteten eine Decke aus. Aber mehr als kleine Liebkosungen, zärtliche Umarmungen und spielerische Küsse erlaubten sie sich nie. Michael hatte sich Grenzen gesetzt, und die achtete er. Isabella würde, wenn die Zeit gekommen war, seine Frau werden, bis dahin sollte sie sich sicher und geborgen, geliebt und geachtet fühlen.

Nur einmal, vielleicht weil es der letzte Abend auf der Insel war, war Michaels Berührung nicht im Geringsten spielerisch. Er löste sich aus der Umarmung und strich ihr das Haar aus dem Gesicht, und Isabella hatte jählings das Gefühl, in seinen Augen zu versinken. Sie erwiderte seinen Blick und fühlte, wie schwer ihm seine Zurückhaltung fiel. Sie selbst verstand ihn nur allzu gut, denn auch sie verspürte Sehnsüchte, die sie vorher nie gekannt hatte. Es war der wundersamste und schönste Augenblick in ihrem Leben.

Einunddreißigstes Kapitel

Isabella hatte sich dank Heidis Fürsorge, der gesunden Inselluft und Michaels Zärtlichkeiten wunderbar erholt. Aus dem dünnen, staksigen Mädchen war in diesem Sommer und Herbst eine bezaubernde junge Frau geworden. Auf Wunsch von Michael ließ sie ihre blonden Haare wachsen und zierte sich nicht, wenn er sie bat, die Locken offen zu tragen.

Aber sie war nicht nur körperlich reifer geworden, sondern hatte sich auch seelisch zu einer aufgeschlossenen, verständnisvollen jungen Frau entwickelt. Sie tolerierte endlich die Ehe des Vaters und akzeptierte auch die Frau an seiner Seite. Michaels Liebe hatte sie weich und nachsichtig für die Probleme anderer Menschen gemacht.

Ende Oktober beendete sie die Fachschule mit einem Wirtschaftsabitur und dachte unschlüssig an die Zukunft, als Michael sie an einem Sonntag im November abholte, um mit ihr in die Stadt zu fahren.

»Aber warum in die Stadt, Michael? Lass uns doch an die Elbe gehen. Wir können bis nach Övelgönne laufen oder in der anderen Richtung bis zum Hirschpark.«

Michael schüttelte den Kopf: »Ich möchte dir etwas zeigen und dann mit dir darüber reden. Wir gehören zusammen, darum will ich meine Entscheidungen nicht ohne dich treffen.«

Neugierig geworden, folgte sie ihm zum Bahnhof Klein Flottbek. Nach zwei weiteren kurzen Fahrten in Omnibussen standen sie inmitten der Ruinen von Hammerbrook. Leicht schockiert sah Isabella ihren Begleiter an. Eine sonntäglich angenehme Spazierfahrt war das nicht. »Was hast du vor?«

»Hier werde ich eines Tages arbeiten.« Mit einer weit ausholenden Bewegung zeigte Michael über die Trümmerberge. »Ich will keine Prachtvillen für reich gewordene Schwarzhändler in den grünen Randgebieten bauen, sondern Wohnungen für Menschen, die hier einmal lebten und alles verloren haben.« Er legte den Arm um ihre Schultern. »Ich bin tagelang durch die zerstörten Gebiete gelaufen, bis ich wusste, wohin ich gehöre.«

Isabella nickte, sie hatte etwas Ähnliches erwartet. Michael Fürstenberg mit seinem Traum, etwas Großes, etwas Ungewöhnliches, etwas Einzigartiges zu schaffen, hatte sein Ziel erreicht. Noch waren es Träume, aber in seinem Kopf und in seinem Herzen nahmen sie bereits Gestalt an.

»Es sollen freundliche, lichtdurchflutete Wohnungen werden«, erklärte er, »die Menschen, die hier wohnten, hatten oft nur enge, finstere, armselige Behausungen, weil die meisten Männer einfache Arbeiter waren. Wenn sie jetzt wiederkommen, um hier zu leben, dann sollen sie sich wohl fühlen. Deshalb will ich Häuser mit Grünanlagen drum herum bauen, mit Spielplätzen für Kinder, mit breiten Straßen und guten Geschäften, mit Schulen und Verkehrsanbindungen und ... «

»Halt«, unterbrach ihn Isabella lachend, »du verplanst die ganze Stadt. Lass noch etwas Arbeit für die anderen übrig.«

»Ich kann es kaum erwarten. Das ganze Studium, die sture Theorie, die ewige Bürokratie, diese langsamen Behörden, das Feilschen um Bebauungspläne, weißt du, am liebsten würde ich hier an Ort und Stelle die Ärmel aufkrempeln und anfangen.«

Isabella sah ihn nachdenklich an. »Michael, ich beneide dich. Du weißt, was du willst, du bist dir deiner Sache so sicher. Und ich? Jetzt habe ich die Schule hinter mir, aber wie geht es weiter? Ich möchte nicht studieren, ich möchte arbeiten, mit den Händen etwas schaffen, Pläne machen, Träume haben wie du.«

Michael nickte, er wusste, dass Isabella ratlos in die Zukunft blickte, und das war nicht gut. Auch sie brauchte ihre Ziele. »Ich wüsste etwas für dich«, begann er vorsichtig, er wollte sie nicht beeinflussen, ihre Ziele musste sie selbst finden – aber er wollte wenigstens einen kleinen Anstoß geben. »Du bist doch so vielseitig interessiert, was würde dir denn Spaß machen?«

»Arbeit mit den Händen, damit ich hinterher etwas zum Anfassen habe, um es einfach auszudrücken. Ein sauber geschrubbtes Waschbecken gibt mir mehr als ein klug beschriebenes Stück Papier. Ich kann ein bisschen nähen, ich male ganz gern, ich liebe Holz und Ton. Aber wie soll ich das alles unter einen Hut bringen? Ich könnte Schneiderin werden, aber ich glaube, das füllt mich nicht aus. Ich zeichne ganz gern, aber ich habe nicht genug Talent, du siehst, ich kann ein paar Sachen, aber nichts wirklich gut.«

»Du könntest das alles miteinander verbinden!«

Sie lachte resigniert auf. »Und wie soll das gehen?«

»Lach nicht, so etwas gibt es wirklich. Eine Innenarchitektin zum Beispiel muss mit Stoff und Holz und Zeichenstiften umgehen können. Ich schlage vor, ich baue die Häuser und du richtest sie ein.«

»Also wirklich, Michael. Die Häuser, die du baust, werden von Menschen bewohnt, die sich bestimmt keine Innenarchitektin leisten können. Ich glaube, das ist das Letzte, was sie brauchen.« Doch plötzlich sah sie ihn fröhlich an. »Aber deine Idee ist grandios. Ich glaube, das wäre was für mich.«

Hand in Hand gingen sie durch die Trümmerberge zurück zur Haltestelle und schmiedeten die ersten Pläne. »Ich könnte Stoffmuster und Tapeten entwerfen. Glaubst du, es gibt irgendwann eine Zeit, in der Menschen wieder Stoffmuster und Tapeten brauchen?«

»Ganz bestimmt. Nicht heute und nicht morgen, aber wenn du mit der Ausbildung fertig bist sicherlich.«

»Was meinst du, womit soll ich anfangen?«

»Vielleicht bei einer Schneiderin? Oder bei einem Tischler? Die Menschen werden Möbel brauchen, mehr als genug.«

»Drehers kennen bestimmt eine Schneiderin oder einen Möbeltischler, die werde ich fragen.« Sie stellte sich auf die Zehenspitzen, umarmte Michael und küsste ihn mitten auf der Straße. Irgendwo pfiff jemand. Isabella störte das nicht. Schließlich hakte sie sich bei ihm ein. »Ich danke dir. Plötzlich ist die Welt wieder in Ordnung, zumindest meine Welt.«

Isabella machte beides. Morgens arbeitete sie in einer Schreinerei, was ihr kritische Seitenblicke der Männer eintrug, die glücklich waren, eine Arbeit gefunden zu haben, und eine Frau in ihrer Mitte nicht akzeptierten; und am späten Nachmittag, wenn der Feierabend in der Schreinerei begann, besuchte sie eine Schneiderin, die ihr bis in die Abendstunden hinein half, aus alter Kleidung eine neue Garderobe zu machen, denn neue Stoffe gab es nicht. Isabella nahm die altmodischen Kleider und Mäntel, die Kostüme und Hüte der Mutter mit zu Fräulein Petzold und entwickelte im Verlauf der Winterwochen ein erstaunliches Talent und sehr viel Geschick bei der Umarbeitung. Und wenn sie einmal nicht weiterwusste, half Fräulein Petzold und verriet ihr die kleinen Feinheiten, um ein einfaches Kleid in eine elegante Garderobe zu verwandeln.

Mit Verwunderung und voller Glück sah Michael, wie sich sein geliebtes Mädchen zu einer stilsicheren, selbstbewussten Dame entwickelte. Er hielt mit seiner Anerkennung nicht zurück, und zu Ostern bat er Isabella, ihn zu seinen Eltern zu begleiten.

Friederike und Martin Fürstenberg hatten das Hotel verlassen und bewohnten eine gemietete Etage am Wandsbeker Markt.

»Weißt du«, erklärte er Isabella auf dem Weg dorthin, es ist nicht gerade komfortabel, wie wir wohnen, aber besser als das Hotel. Irgendwann, wenn es endlich Steine und Holz und Maurer gibt, wird mein Vater das Haus in der Schlossstraße wieder aufbauen, aber im Augenblick ist daran noch nicht zu denken, bis dahin wollen sie wenigstens in der Nähe der alten Heimat wohnen.«

Isabella begleitete Michael mit gemischten Gefühlen. Sie dachte an die gemeinsamen Ereignisse im Kriege, die bescheidene Unterbringung von Friederike und Christiane in ihrem Elternhaus, die Flucht mit den Strapazen und Ängsten, die Gespräche mit der Freundin und an die Träume von damals. Sie hatte die beiden Frauen seit dem Abschied in Friedrichshain nicht mehr gesehen. Wie würden sie sie aufnehmen? Waren sie einverstanden mit der ernsten Beziehung zwischen Michael und ihr? Den Vater kannte sie überhaupt nicht und, wie sie wusste, ging es der Familie nicht besonders gut, weil die Zukunft der Firma so ungewiss war. Zwar durfte der Eigentümer, jetzt, zwei Jahre nach Kriegsende, weil er nachweislich keine Waffen produziert hatte, das Gelände wieder betreten, und Arbeiter konnten mit Aufräumarbeiten beginnen, aber an eine Produktion von Lederwaren wie vor dem Kriege war in keiner Weise zu denken. Michael hatte ihr erzählt, dass der Vater sich nie für die Produktion interessiert hatte, nur die Geschäfte führte, jetzt aber ratlos in die Zukunft blickte, denn gute

Facharbeiter waren genauso rar wie das ganze Material, das sie brauchen würden. »Außerdem wagt mein Vater nicht, das geerbte und in Luxemburg deponierte Geld von Mutters Eltern zu transferieren. Er traut der Reichsmark nicht mehr und möchte das Geld in Sicherheit wissen.«

Isabella nickte. »Mir geht es auch so. Mein Großvater hat ein Konto in Zürich für mich eingerichtet, aber ich werde es vorerst nicht anrühren.«

Von Hammerbrook aus gingen die beiden zu Fuß in Richtung Wandsbek, und Isabella erzählte, was der Vater ihr von der Familie berichtet hatte. »Weißt du, früher haben Kühe auf der Moorweide gegrast und Vaters Hamburger Verwandte, die im Mittelweg gewohnt haben, mussten immer über die Wiesen reiten, um durch das Tag und Nacht bewachte Dammtor in die Stadt zu gelangen.« Sie lachte: »Und dann erzählte er, wie der Urgroßvater im wilden Galopp die Rinder beiseite gedrängt und seinen ältesten Sohn, der kein guter Reiter war, in Angst und Schrecken versetzt hätte. Er sprach auch von Jens Brennicke, einem noch entfernten Verwandten, der seiner Angebeteten, das muss Vaters Urgroßtante gewesen sein, wegen der Läuse und wegen des Gestanks verboten hatte, mit gemieteten Pferdedroschken durch die Stadt zu fahren. Er berichtete ebenfalls von den in der ganzen Stadt berühmten wunderschönen Weihnachtsfesten für verarmte Künstler, die Julia, eine Cousine meines Urgroßvaters, damals im Haus am Mittelweg veranstaltet hatte.« Isabella lächelte bei der Erinnerung: »Das Haus hat eine besondere Vergangenheit, weißt du? Der Bau war sogar mit einer etwas delikaten Geschichte belastet, weil sich meine Ururgroßmutter in den englischen Baumeister verliebt hatte.«

Michael hörte Isabella gern zu. Sie konnte sehr amüsant und bildreich erzählen, und ein wenig beneidete er sie um diese lange, interessante Familiengeschichte, die so eng mit Hamburg verbunden war. »Über meine Verwandten weiß ich leider wenig«, erklärte er. »Wie war das denn mit der Familie von Semisch?«

Isabella wurde ernst, sie trauerte immer noch um die Großeltern. »Sie haben eine jahrhundertelange Vergangenheit, die irgendwie mit den Ordensrittern angefangen hat. Da meine Großeltern nicht sehr gesprächig waren und Mutter nie von ihrer Familie erzählt hat, kann ich allerdings nicht viel dazu sagen.«

Michael legte ihr den Arm um die Schultern: »So viel Vergangenheit, ich denke, es wird Zeit, neue Wurzeln zu schlagen.« Er drückte sie im Gehen an sich und fragte: »Ist es dir recht, wenn ich meinen Eltern heute sage, dass ich dich bitten will, meine Frau zu werden?«

»Aber davon weiß ich selbst noch gar nichts, mich hast du jedenfalls noch nicht gefragt«, scherzte sie vergnügt.

Da nahm Michael sie mitten auf der Wandsbeker Chaussee in die Arme und fragte ganz ernsthaft: »Willst du mich heiraten, mein Liebling?«

Und wieder einmal pfiff irgendwo ein Mann, als Isabella ebenso ernsthaft antwortete: »Ja, das will ich sehr gern!«

Friederike mit dem feinem Gespür einer glücklichen Frau wusste sofort, was geschehen war. Sie war noch jung genug, um sich an den Glanz in den eigenen Augen zu erinnern und an das Beben in der Stimme damals, als Martin sie um ihre Hand gebeten hatte. Sie lächelte, als sie bei der Begrüßung Isabella in die Arme nahm und herzlich willkommen hieß. In ihrer Geste und in ihren Worten lag weit mehr als die obligatorische Begrüßung eines Sonntagsgastes, mit dem man gemeinsam Tee trinken würde. Dann machte sie Isabella mit ihrem Mann bekannt und umarmte den Sohn. »Ich freue mich sehr, euch zu sehen«, sagte sie fröhlich, und Michael spürte, dass sie Bescheid wusste.

In einem kleinen Salon war der Teetisch gedeckt, und der aromatische Duft von Darjeeling-Tee zog durch den Raum. »Meine Güte, das duftet ja wunderbar?« Michael beugte sich über die Kanne und fächelte sich den Duft zu. »Wie kommt ihr denn an Darjeeling?«

»Hast du deine Freunde Bill und Bob vergessen? Seitdem sie nicht mehr in Hamburg stationiert sind, kommen regelmäßig Päckchen aus Glasgow und Edinburgh, je nachdem, wer einen liebevolleren Brief von Christiane bekommen hat. Aber unter uns, ich denke, Bob hat die größeren Chancen.«

Michael lachte. »Und wo ist meine Schwester jetzt? Ich vermisse sie.«

Friederike nickte ernsthaft: »Eben bei diesem Bob. Sie hat eine Sondergenehmigung für die Reise bekommen und ist seit einer Woche in Schottland.«

»Das Beziehungsverbot zwischen Deutschen und Engländern ist ja gelockert worden«, erklärte Martin Fürstenberg und bat Isabella, neben ihm Platz zu nehmen. »Schön, dass Sie da sind! Michael spricht oft von Ihnen, aber was nützen schöne Worte, wenn man sich kein Bild machen kann.«

»Vater, wir haben heute unsere Zukunft beschlossen.«

Martin nickte. »So wie ich dich kenne, willst du die Welt erobern.«

»Vater, ich werde Architekt, und ich denke, damit kann ich in dieser Stadt Zeichen setzen.«

»Dann kannst du unser Haus in der Schlossstraße bauen.«

»Ja, Mutter, aber es wird die einzige Villa sein, die ich entwerfe. Ich will behagliche Wohnungen für Menschen, die alles verloren haben, bauen. Ich will große Wohnanlagen mit Grünflächen und Spielplätzen, mit Schulen, Geschäften und breiten Straßen.«

»Das hört sich wunderbar an, mein Junge. Und wo wird das sein?«

»Da, wo die Stadt am meisten gelitten hat. In Hammerbrook, in Borgfelde oder auf der Veddel.«

»Das ist eine große Lebensaufgabe, Michael.« Friederike war besorgt. Sie wusste, wie stark Visionen das Leben von Männern beeinflussten.

»Ich habe ein Leben lang Zeit, Mutter.« Und zum Vater gewandt: »Es ist doch gut, ein Ziel zu haben.«

Martin nickte. »Ist schon recht, mein Sohn.« Er hingegen war kein Mann mit Visionen, und so genannte Lebensaufgaben akzeptierte er auch nicht. Er war zufrieden mit der täglichen, notwendigen Pflichterfüllung und mit Geschäften, von denen er etwas verstand. Er musste keine Schiffe, Häuser und Straßen bauen.

Friederike sah Isabella an. Was dachte dieses hübsche junge Mädchen, wie beurteilte sie die Pläne ihres Sohnes? Darauf kam es doch auch an. Als hätte er die Gedanken der Mutter erraten, sagte Michael. »Wir beide haben heute darüber gesprochen. Und wir sind uns einig, Mutter. Wir werden, sobald wir unsere Ausbildung abgeschlossen haben, gemeinsam an diesem Projekt arbeiten. Und bei dieser Gelegenheit möchte ich euch sagen, dass wir heiraten wollen und euren Segen erbitten.« Er stand auf und reichte Isabella die Hand, die sich neben ihn stellte. »Ich bin sehr glücklich und werde Michael eine gute Frau sein, das verspreche ich Ihnen.«

Auch die Eltern waren aufgestanden, und Friederike bat ihren Mann: »Ich denke, der Tee ist kalt geworden, und zum Anstoßen eignet er sich sowieso nicht. Martin, es gibt da vom letzten Jahreswechsel eine Flasche, die Bill und Bob mitgebracht haben. Ich denke, wir sollten mit Champagner auf diese wunderbare Nachricht und auf das gegenseitige ›Du‹ anstoßen.«

Zweiunddreißigstes Kapitel

Nach dem Besuch im Mittelweg gingen Michael und Isabella gleich am nächsten Tag zu Conrad Stelling. Michael wollte sich dem Vater seiner Braut offiziell vorstellen und ihn dann um die Hand seiner Tochter bitten.

Hand in Hand schlenderten sie durch die Straßen. Auf dem letzten kleinen Rasenstück, Irmgard hatte den gesamten Garten in Gemüsebeete verwandelt, die im Sommer und Herbst reichlich frisches Gemüse brachten, spielten ihre beiden Jungen Fußball. Isabella dachte zurück an die Kellerwohnung inmitten der Ruinen, in der sie die beiden Kinder damals kennen gelernt hatte. Sie freute sich, dass sie hier ihre Freiheit genießen konnten, und erzählte Michael von der einstigen trostlosen Behausung. Sie schämte sich, weil sie diesen fremden Menschen ein Leben in ihrem Elternhaus missgönnt hatte.

Langsam gingen sie die Einfahrt hinauf und klingelten, obwohl Isabella nach wie vor einen Schlüssel besaß. Conrad, überrascht von dem Besuch und glücklich, seine Tochter wieder zu sehen, denn die Ausbildung ließ ihr kaum noch Zeit für Besuche im Elternhaus, bat seine Gäste herein. Er kannte Michael von kurzen Begegnungen, war aber jetzt erstaunt über den vertraulichen Umgang der beiden. Dann aber, als Michael ihn nach einer höflichen Unterhaltung bei einem Glas Portwein um die Hand seiner Tochter bat, nickte er zustimmend: »Ich freue mich sehr, aber ich bin natürlich auch überrascht. Bitte verzeihen Sie.«

Er umarmte Isabella. »Mein Mädchen, mein kleines Mädchen. Kommen Sie, lieber Herr Fürstenberg, erzählen Sie, ich kenne Sie zu wenig, um mir eine Meinung zu bilden, aber ich weiß, dass meine Tochter nicht leichtfertig und überstürzt handelt, sie wird eine gute Wahl getroffen haben.«

Michael lächelte. »Wir hatten Zeit, uns gut kennen zu lernen. Vor fast vier Jahren haben wir uns das erste Mal getroffen. Die Trennung durch den Krieg hat uns nur noch mehr verbunden. Die Angst um den anderen wiegt schwerer als das Händchenhalten, denke ich.«

»Ich weiß, wie schwer es ist, in Zeiten wie diesen einem Menschen zu begegnen, den man um nichts auf der Welt wieder loslassen will.« Er rief nach Irmgard. Und als sie kam, stießen sie gemeinsam auf das junge Paar an. »Und wie geht es nun weiter?«

Isabella umarmte den Vater. »Wir stecken beide in den Prüfungen und hoffen, bis zum Herbst alles hinter uns zu haben. Wir möchten Anfang Oktober heiraten, anschließend einen kurzen Urlaub in Morsum machen und danach mit der Arbeit in Hamburg anfangen. Michael will Häuser für Bombenopfer bauen, und ich will bei den Planungen für die Innenausstattung helfen.«

Conrad legte den Arm um Isabellas Schultern. »Und wie sieht's neben der Arbeit aus? Wo wollt ihr selbst wohnen?«

»Wir werden eine der Wohnungen mieten, sobald das erste Haus steht.«

Er sah Irmgard an, und als sie lächelnd nickte, fuhr er fort: »Ihr könntet hier in der ersten Etage wohnen. Wir melden Eigenbedarf an und würden die Wohnung für euch freibekommen.«

Aber Michael schüttelte den Kopf. »Wir möchten dort wohnen, wo wir arbeiten, wo wir unser Büro haben und wo wir jederzeit erreichbar sind. Später einmal, wenn die größte Wohnungsnot beseitigt ist, werde ich mein Elternhaus wieder aufbauen, und dann werden wir dort leben.« Er sah nach draußen, wo die Jungen spielten. »Sie haben hier eine glückliche Familie, meine Eltern hingegen sind sehr allein, wenn Christiane nach Schottland geht, wir würden uns gern um sie kümmern.«

Als am 21. Juni 1948 die Deutsche Mark die alte, wertlose Reichsmark ablöste, änderte sich das Leben in Hamburg schlagartig. Innerhalb von Stunden waren die Schwarzmarktwaren weiß geworden und die leeren Schaufenster mit Sachen gefüllt, die man seit Jahren nicht mehr gesehen hatte. Jeder Bürger bekam ein Kopfgeld von vierzig Mark. Aber die Leute gingen vorsichtig mit diesem neuen Geld um. Sie stürmten nicht die Läden, sondern rechneten alles genau aus, und erst nach Tagen begannen sie, das neue Geld für Kleidung und Schuhe und andere besonders dringende Waren auszugeben.

Am ersten Oktober heirateten Michael und Isabella in der Nienstedtener Fachwerkkirche, die ihnen so oft bei Regen, Eis und Schnee Schutz geboten hatte. Isabella hatte diesen Termin gewählt, denn damals, an eben jenem ersten Oktober mittags um zwölf hatte sie Michael im Hirschpark getroffen, und dort hatte bereits ihr gemeinsames Leben seinen Anfang genommen.

Es war eine kleine Hochzeitsgesellschaft, die sich in der Kirche traf: Isabellas Vater mit Irmgard und den beiden Jungen, Michaels Eltern, Christiane und Bob, extra aus Schottland angereist, sowie Bill, der es sich nicht nehmen ließ, als Michaels Trauzeuge zu fungieren, Annemarie Dreher als Trauzeugin für Isabella, die mit ihren Eltern und dem kleinen Benni aus Berlin anreiste.

Es war eine sehr intime kirchliche Feier, in der Pastor Friedrichsen nicht versäumte, mit einem Lächeln auf die Geborgenheit der Kirche an kalten wie an glücklichen Tagen zu verweisen.

Nach dem festlichen Akt hatte Michael eine Überraschung für die Gäste. Er bat alle zum Essen in den Hirschpark. Neben der Kanzel, jener Aussichtsplattform, von der aus er damals Isabella die Elbe zeigte und von seinen Träumen sprach, hatte das Restaurant Jacobs von der Elbchaussee ein Zelt aufgebaut und servierte ein festliches Menü. Und während die Gäste bei Kaffee und Gebäck die Feier ausklingen ließen, nahm Michael seine Frau an die Hand und wanderte mit ihr durch den Park. Vorbei an der fast dreihundertjährigen Blutbuche, durch die herbstlich bunte Lindenallee, und unter dem riesigen Bergahorn hindurch gingen sie Hand in Hand zu dem Wildgehege, in dem die ersten Hirsche nach dem Krieg wieder beheimatet wurden.

Am nächsten Tag fuhren Isabella und Michael nach Sylt. Sie hatten davon geträumt, endlich auszuruhen, abzuschalten, gemeinsam allein zu sein, um endlich, nach jahrelangem Warten, das Glück der Liebe auszukosten. Und das konnten sie nur in der Stille der Insel, weit weg von Pflichten und Verantwortung und dem Druck der Prüfungen, die endlich hinter ihnen lagen.

Michael hatte eine Überraschung für Isabella geplant: Nach der Einführung der Deutschen Mark hatte er sich einen Teil seines Erbes aus Luxemburg überweisen lassen und einen Sylter Bauunternehmer beauftragt, ein kleines Ferienhaus nach seinen Entwürfen zu bauen. Unter der Aufsicht von Bauer Woltersen sollte im Schutz des Deiches ein Friesenhaus mit reetgedecktem Dach errichtet werden. Den Standort hatte er bei seinem letzten Besuch vor einem

Jahr persönlich ausgewählt. »Das Haus soll sich in den Schutz des Deiches schmiegen, damit es vor den kalten Nordostwinden geschützt ist, und es muss eine schöne Aussicht über den Uhlenhof, die Weiden und hinaus bis zum Wattenmeer haben«, hatte er dem Baumeister erklärt und war mit dem Bauern stundenlang unterwegs gewesen, um den richtigen Standort auf dem Hofgelände zu finden.

Helge Woltersen, der die beiden wieder in Westerland abholte und zu absolutem Schweigen verpflichtet war, kutschierte den Wagen mit den beiden Norwegern und dem Strohbund auf der Ladefläche ohne ein Wort heimwärts. Als Woltersen nicht, wie gewohnt, vor dem alten Bauernhaus hielt, sondern den Hof durchquerte und weiter über die Heidefläche fuhr, blickte Isabella ihren Mann erstaunt an. Und dann sah sie in der Dämmerung das weiße Haus mit hellem Reetdach und den blauen Fensterrahmen unterhalb des Deiches. Warmes Licht schimmerte durch die Butzenscheiben, und eine Girlande aus Moos, Heidekraut und letzten gelben Rainfarnblüten schmückte die Haustür.

»Michael?«

»Willkommen daheim, mein Liebling.« Michael legte ihr den Arm um die Schulter und zog sie an sich. »Ich wünsche dir und uns und irgendwann einmal unseren Kindern glückliche Stunden und Gottes Schutz in diesem Haus.«

Isabella hatte Tränen in den Augen, als sie ihn ansah. Woher wusste dieser Mann, dass sie sich so sehnlich ein Zuhause auf dieser Insel gewünscht hatte? »Danke«, flüsterte sie, putzte dann schnell die Tränen weg und ließ sich von ihrem Mann beim Absteigen helfen. »Du hast meinen Traum erfüllt. Ich danke dir.«

Helge Woltersen brachte das Gepäck bis zur Haustür und nickte den beiden zu. Dann stieg er wieder auf, verabschiedete sich mit einem Peitschenknall und fuhr davon.

Michael öffnete die Tür, nahm Isabella auf den Arm und trug sie über die Schwelle, wobei er darauf achtete, mit dem rechten Fuß zuerst das Haus zu betreten. Heidi Woltersen hatte ihm genau erklärt, was auf der Insel Sitte war. Dann endlich umarmten sie sich. »Herzlich willkommen, mein Liebstes.« Michael nahm seine Frau an die Hand: »Komm, ich will dir endlich alles zeigen.«

Der große Wohnraum, der fast das ganze Erdgeschoss einnahm, war mit alten friesischen Bauernmöbeln eingerichtet. Zwei handgewebte Schafwollteppiche bedeckten die gebohnerten Dielen, die einen gemütlichen Duft von Bienenwachs und Holz verströmten. Ein großer Kachelofen mit lindgrünen Steinen, der von der Küche aus geheizt wurde, verbreitete angenehme Wärme. Eine Petroleumlampe hing über dem Esstisch und füllte den Raum mit goldenem Licht, geheimnisvollen Schatten und einem warmen Zauber.

Hand in Hand besichtigten sie das Haus: die Küche neben dem Wohnraum mit dem Herd in der Mitte, die von einem Wirtschaftsraum mit Speisekammer begrenzt wurde, und die Holztreppe mit der Gästetoilette unter den Stufen. Im Dachgeschoss gab es zwei Zimmer und ein geräumiges Bad. Die Porzellanwanne stand auf Löwenfüßen, ein dickbauchiger Heißwasserbereiter aus glänzendem Messing und zwei Waschbecken vervollständigten die Einrichtung. Im Schlafzimmer stand das breite Doppelbett unter der schrägen Decke und in dem weiträumigen Schrank, lag die notwendige Wäsche in akkurat gebündelten und mit Schleifen versehenen Stapeln bereit. Heidi Woltersen hatte an alles gedacht.

»Mein Gott, ist das schön«, flüsterte Isabella. »Wann hast du das alles geplant und gemacht?«

»Ich war ein paar Mal hier, als du dachtest, ich müsste auswärtige Architektenkurse besuchen. Die Einrichtung hat

Heidi besorgt, das Haus hat ein Baumeister aus Westerland gebaut, und die Pläne stammen von mir. Irgendwann werden wir auch Strom haben, aber bis die Leitungen hier heraus verlegt sind, wird noch einige Zeit vergehen. Deshalb müssen wir uns mit Petroleum und Kohlen begnügen.« Er nahm sie in die Arme. »Isabella, dies ist mein Hochzeitsgeschenk für dich, weil ich weiß, dass es dein größter Wunsch ist, alle freie Zeit hier zu verbringen.« Michael nahm seine Frau in die Arme. »Wir werden in Hamburg sehr, sehr viel arbeiten müssen, mein Liebling, aber wir werden immer wissen, dass dieses Haus auf uns wartet.«

Nach einer glücklichen Umarmung flüsterte Isabella: »Ich habe auch eine Überraschung für dich, komm.« Sie nahm ihren Mann an die Hand und lief mit ihm über den dunklen Hof hinüber zu dem Stallgebäude mit der Petroleumlampe am Tor. Als sie hineingingen, nahm sie die Lampe mit und beleuchtete den Weg. Die Fjordpferde in ihren Boxen kauten genussvoll am abendlichen Heu. Dann erreichten sie einen Anbau, und Isabella blieb stehen. »Michael, damit wir unsere wundervollen Ausflüge machen können, habe ich mir auch eine Überraschung ausgedacht. Das sind Tanja und Tacitus, zwei Holsteiner, ich hoffe, du magst sie.«

Langsam, um die Tiere nicht zu erschrecken, öffnete sie eine Boxentür. »Der Hengst gehört dir.«

Michael betrat die Box und streckte die Hand aus, damit das Pferd seinen Geruch aufnehmen konnte, dann legte er ihm die Hand auf die Stirn und strich mit seinen Fingern sanft die Mähne zurück. Große klare Augen blickten ihn an, und ein leises Schnaufen hieß den Menschen willkommen. Aufmerksam spielte Tacitus mit den Ohren. Michael zog Isabella neben sich. »Siehst du, er spricht mit mir.« Langsam ließ er seine Hand über das seidige Fell gleiten, strich dem Pferd über Hals und Rücken. Ein Schauer lief durch den mächtigen Körper, und das Fell kräuselte sich. Dann blähte der Hengst die Nüstern und ließ ein kurzes, sanftes Schnauben hören. Glücklich drehte Michael sich um und zog Isabella näher. »Ich habe die Prüfung bestanden.«

Aber auch Tanja, die ungeduldig wurde und mit dem Vorderhuf gegen die Boxenwand schlug, bekam ihre Streicheleinheiten und liebevolle Worte, dann verließen die beiden den Stall.

»Ich danke dir, mein Liebes. Morgen bei Tageslicht werden wir die Welt mit ihnen erkunden.«

»Zumindest die Welt dieser Insel«, lachte Isabella und kuschelte sich in seinen Arm. Sie wusste, wie zärtlich dieser Mann sein konnte.

Bevor sie in das Haus zurückkehrten, bedankten sie sich bei Heidi und Helge, die sich trotz der vielen Arbeit auf dem Hof Zeit genommen hatten, ihre Wünsche zu erfüllen.

Später am Abend, als die Stille der Nacht Einkehr hielt und Frieden gebot, als Isabella die Nähe des Mannes fühlte, nach dem sie sich so lange gesehnt hatte, erlebte sie die Zärtlichkeit, von der sie immer geträumt hatte. Als er sie mit seinen starken Armen umfing, als er sie liebevoll aufforderte: »Lass dich fallen, ich halte dich fest«, wusste sie, das sie angekommen war. Gemeinsam hatten sie Harmonie, Frieden und unermessliche Freude erreicht.

Und als sie am nächsten Tag mit den Pferden am Strand entlanggaloppierten, die Dünen durchstreiften und sich in einer Mulde inmitten der Heide liebten, wusste Isabella, wie es ist, auf dem Sonnenstrahl zu tanzen und mit dem Wind zu lachen.